KB193542

프랑켄슈타인

Frankenstein

Frankenstein: or, The Modern Prometheus(1818)

Mary Wollstonecraft Shelly

Frankenstein by Mary Wollstonecraft Shelley
illustrated by Bernie Wrightson
Copyright © 2020 by Elizabeth Wrightson
Copyright © 1983, 1994 by Bernie Wrightson
Illustration © 1977, 1978 by Bernie Wrightson
All rights reserved. This Korean edition was published by Moonye Publishing
Co., Ltd. in 2023 by arrangement with the original publisher, Gallery Books,
a Division of Simon & Schuster, Inc. through KCC(Korea Copyright Center
Inc.), Seoul.

이 책은 ㈜한국저작권센터(KCC)를 통한 저작권자와의 독점계약으로 ㈜문예출판
사에서 출간되었습니다. 저작권법에 의해 한국 내에서 보호를 받는 저작물이므로 무
단전재와 복제를 금합니다.

프랑켄슈타인

Frankenstein

메리 셸리

버니 라이트슨 그림
임종기 옮김

♋ 문예출판사

차례

창조주여, 제가 간청하더이까,

진흙을 빚어 저를 인간으로 만들어달라고?

제가 애원하더이까, 어둠에서 저를 끌어내달라고……?

존 밀턴,《실낙원》

존경하는 마음으로

《정치적 정의》,《케일럽 윌리엄스》등의 저자인

윌리엄 고드윈에게 이 책을 헌정함.

- 이 책은 1818년에 출간된 《프랑켄슈타인 또는 현대의 프로메테우스》 초판을 옮겼다.

- 본문의 주석은 모두 옮긴이 주다.

- 원문에서 이탤릭체로 강조된 단어는 한글의 가독성을 고려해 볼드체로 표기했다.

이 소설의 근간이 되는 사건을 다윈[**] 박사와 독일의 생리학 저술가들은 전혀 불가능한 것만은 아니라고 여긴다. 그렇다고 해서 내가 그런 상상력을 조금이라도 진지하게 믿는 사람으로 보이고 싶은 생각은 추호도 없다. 하지만 상상력이 환상적인 작품의 기본이라고 가정하기에, 나는 단순히 일련의 초자연적인 공포를 엮어내는 것에 그

[*] 메리 셸리의 남편, 퍼시 비시 셸리Percy Bysshe Shelley가 메리를 대신해 익명으로 출간된 이 작품의 서문(1818년 초판)을 썼다. 1831년 출간된 작품에 수록된 1818년판 서문 맨 끝에는 '1817년 9월 말로에서'라는 말이 기록되어 있다.

[**] 이래즈머스 다윈Erasmus Darwin(1731~1802). 의사, 시인, 철학자, 생리학자로 동물의 발생에 대해서 진화설에 기초를 두어 전성설前成說을 부정했는데, 이러한 견해는 그의 손자인 찰스 다윈의 진화론 성립에 큰 영향을 끼쳤다.

칠 생각은 없다. 이 이야기를 흥미롭게 해주는 사건은 그저 그런 유령이나 마법 이야기들이 가진 약점은 지니고 있지 않다. 그 사건은 전개되는 상황들이 색다르다는 점에서 아주 인상적이며, 아무리 물리적인 사실로는 불가능하다 할지라도, 현존하는 사건들의 일상적인 관계가 만들어 낼 수 있는 것보다 더 포괄적이고 전망적으로 인간의 열정을 그려낸다는 점에서 상상력에 관한 하나의 관점을 제시해준다.

나는 그렇게 인간 본성의 근본 원칙들의 진실을 담아내려 애쓰는 한편, 그 원칙들의 조합을 일신하는 데도 주저하지 않았다. 그리스의 비극 서사시 《일리아스》, 셰익스피어의 《템페스트》와 《한여름 밤의 꿈》 그리고 무엇보다 밀턴의 《실낙원》이 이러한 법칙을 충실히 따르고 있다. 그리고 자신의 노력을 통해 즐거움을 주거나 받고자하는 아주 겸허한 소설가라면 최고의 시들에서 표현해온 섬세하고 복합적이며 다양한 인간 감정들을 선택해서, 산문체 소설에 과감하게 파격, 아니 하나의 법칙으로 적용할 것이다.

내 이야기의 기초가 되는 주된 사건은 우연한 대화 중에 받은 제안에서 비롯되었다. 한편으로는 그저 흥밋거리를 얻으려는, 다른 한편으로는 아직 시도되지 않은 정신의 원천을 발휘해보려는 방법으로 그 사건을 그려냈다.

소설의 주된 사건 이외에 다른 모티브들은 이야기를 써가면서 끼어들게 되었다. 나는 이 소설이 담고 있는 정서나 등장인물들을 통해 드러나는 도덕적 경향들이 어떤 것이든 간에, 독자에게 어떤 식으로 영향을 미칠지에 대해 결코 무심하지 않다. 하지만 이런 점에서 나의 주된 관심은 오늘날 독자들을 무기력하게 만드는 소설의 특성을 지양하면서 가족적인 정서의 온정과 보편적 선의 미덕을 보여주는 한도 내에 머문다. 등장인물과 주인공의 상황에서 자연스럽게 싹트는 견해들은 나의 평소 신념과는 무관함을 밝힌다. 또한 다음에 이어지는 본 소설 속에서 자연스럽게 끌어낼 수 있는 어떠한 추론도 특정한 철학적 학설에 대한 편견은 결코 아님을 밝힌다.

이 소설의 탄생이 이야기의 주 배경이 되는 장엄한 지역에서 지금도 늘 아쉬운 생각이 드는 한 모임을 통해 비롯되었다는 사실은 작가에게 특별한 의미가 있다. 나는 1816년 여름을 제네바 근교에서 보냈다. 그해 여름은 추운 데다 비가 많이 내려, 우리는 저녁이면 타오르는 모닥불가에 빙 둘러앉아, 우연히 우리 수중에 들어온 독일의 괴기소설 몇 권을 이따금 읽으며 즐거워하곤 했다. 그 소설 속 이야기들은 우리의 장난스러운 모방 욕구를 자극했다. 다른 친구 둘(그중 한 친구의 펜 끝에서 나온 이야기는 내가 창작하고 싶은 그 어떤 작품보다 훨씬 더 대중의 인기를 얻을 만

했다)과 나는 초자연적인 사건을 토대로 각자 이야기를 하나씩 쓰기로 했다.

하지만 날씨가 갑자기 화창해지자 두 친구는 알프스로 여행을 떠났고, 어느새 자신들이 빠져든 장엄한 풍경 속에서 유령에 얽힌 상상 이야기에 관한 모든 기억을 까맣게 잊어버렸다. 다음의 이야기는 그 가운데 유일하게 완성된 작품이다.

Frankenstein

or
The Modern Prometheus

1권

❦ — ❦

MARY
WOLLSTONECRAFT
SHELLEY

편지 1

잉글랜드의 새빌 부인에게

상트페테르부르크에서

17××년 12월 11일

네가 그토록 불길하다고 여겼던 이번 모험을 아무런 사고 없이 시작하게 됐다는 기쁜 소식을 전한다. 나는 어제 이곳에 도착했어. 도착하자마자 가장 먼저 내 사랑하는 누이동생인 네게 잘 지낸다는 안부와 함께 계획했던 내 일도 성공하리라는 확신이 더욱더 확고해진다는 말을 전해야겠다는 생각에 이렇게 편지를 보낸다.

내가 벌써 도착한 이곳은 런던에서 북쪽으로 아주 먼 곳에 자리 잡고 있어. 페테르부르크 거리를 걷자니 차가운 북풍이 뺨을 스치는구나. 그리고 그 바람을 맞으니 잔뜩 신경이 긴장되면서도 아주 기분이 좋아지는구나. 이런 기분 알겠니? 이 산들바람, 내가 가려고 하는 지역에서 불어오는 이 바람은 그곳의 몹시 매서운 기후를 미리 맛보게 해준단다. 용기를 북돋아주는 좋은 징조의 바람에 내가 꾸는 꿈은 마음속에서 더욱 강렬하고 생생하게 꿈틀거린다. 북극이 얼어붙은 황량한 땅이라는 사실이 쉽게 믿기지 않는구나. 나는 언제나 북극은 아름다움과 기쁨의 땅이라고 상상하거든. 마거릿, 그곳에서는 지지 않는 태양을 영원히 볼 수 있단다. 그 거대한 원반이 지평선에 닿을락 말락 뜬 채 영원한 광휘를 흩뿌린다지. 누이야, 앞서 탐험했던 항해자들의 말을 믿자면 말이다, 그곳은 눈과 얼음이 유배된 땅이야. 고요한 바다 너머로 항해하다 보면 우리는 지금까지 지구상에서 발견된 그 어느 곳보다 경이롭고 아름다운 땅에 도착할 거야. 그곳의 산물과 모습은 그 어디에서도 찾아볼 수 없는 것일 테지. 분명 온갖 천체 현상들이 그 미지의 황야에 존재할 테니 말이다. 영원한 빛의 나라에서라면 무엇인들 기대하지 못하겠니? 어쩌면 나는 그곳에서 나침을 끌어당기는 경이로운 힘을 발견하게 될지도 몰라. 또 오직 이번 항해에서 필요한 수없이 많은 천체 관측을 하면서 겉으론 이상해 보이는 현상들에 실은 일관성을 지닌 법칙이 존재하고 영구하게 지속된다는 사실을 찾아낼 수 있을지도 모르지. 나는 지금까지 가본 적이 없는 세상의 한 부분을 보면서 굶주렸던 호기심을 실컷 충족하고, 이제껏 인간의 발길이 닿지 않은 땅에 발을 내딛게 될 거야. 나를 유혹하는 이런 생각 때문에 나는 온갖 위험과 죽음에 대한 두려움을 극복할 수 있고, 마치 어린아이가 소꿉친구들과 함께 작은 배를 타고 동네 강을 거슬러 탐험 여행을 떠날 때 느끼는 기분처럼 이 고단한 항해를 기쁜 마음으로 시작할 수 있어. 그러나 이 모든 상상이 틀렸다 하더라도, 내가 현재 몇 개월이 걸려야만 갈 수 있는 북극 근처 영토들로 통하는 항로를 발견하거나 자기력의 비밀을 밝혀냄으로써 앞으로 모든 후세대에 이르는 전 인류에게 이루 헤아릴 수 없을 만큼 큰 혜택을 주게 되리라는 점에는 너도 동의할 수밖에 없을 거야. 물론 내가 지금 하는 탐험 여행과 같은 여정을 통해서만 가능하지.

이런 생각을 하다 보니 처음 편지를 쓸 때 가졌던 흥분이 가라앉고 이제는 천국에 오르는 듯한 열정으로 가슴이 불타는 기분이구나. 영혼이 지성의 눈을 고정할 수 있는 확고한 목표만큼 마음을 안정시켜주는 것은 없지. 이번 탐험은 내가 어린 시절부터 간직해왔던 소중한 꿈이야. 나는 다양한 항해 이야기를 다룬 책들을 열심히 탐독해왔어. 그 이야기들은 모두가 북극을 둘러싼 바다를 통과하면 북태평양에 도달하리라 예측하고 있었지. 아마 너도 기억하겠지만 인자한 토머스 삼촌의 서재에는 온갖 발견에 관련된 항해의 역사를 기록한 책들이 가득했어. 나

추위와 배고픔, 갈증, 부족한 잠을 자진해서 견뎌냈어.

는 교육을 제대로 받지는 못했지만 책 읽는 걸 무척 좋아했지. 그런 책들을 밤낮으로 읽었어. 그런 나로서는 어렸을 때 아버지가 삼촌에게 내가 바다 여행에 나서는 걸 절대 허락하지 말라는 유언을 남기셨다는 걸 알고 무척 낙담했지.

그 후로 시인들의 시를 읽으면서 처음으로 항해에 대한 내 꿈이 시들기 시작했어. 시어들에 내 영혼이 매혹되고 하늘까지 고양됐지. 나 또한 시인이 되어 일 년 동안은 내가 창작한 작품의 낙원에서 살았단다. 나는 호메로스와 셰익스피어의 이름이 모셔진 신전의 한쪽 구석에 내 이름도 새겨 넣을 수 있을지 모른다는 상상을 했어. 나는 실패하고 말았고 얼마나 낙심했는지는 너도 잘 알 거야. 하지만 마침 그때 나는 사촌의 재산을 상속받았어. 그러곤 어릴 적 빠져 있던 꿈으로 다시 생각을 돌리게 되었지.

이 항해를 결심한 지도 6년이 흘렀구나. 이 원대한 여정에 내 인생을 바치기로 결심했던 순간이 지금도 생생히 기억난다. 나는 고난으로 몸을 단련시키는 일부터 시작했다. 몇 차례에 걸쳐 포경선을 따라 북극해 탐험에 나섰고, 추위와 배고픔, 갈증, 부족한 잠을 자진해서 견뎌냈어. 종종 낮에는 다른 선원들보다 더 열심히 일했고, 밤에는 수학과 의학 이론, 그리고 해양 모험가에게 가장 실질적으로 유용한 자연과학의 여러 분야를 공부했어. 나는 실제

로 두 번씩이나 그린란드의 포경선에서 하급 항해사로 일
하면서 임무를 훌륭히 수행하기도 했어. 그 배 선장이 일
등 항해사 자리를 제의하면서 배에 남아달라고 간곡히 부
탁했을 때는 내심 우쭐한 기분이 들었던 게 사실이야. 그
만큼 선장은 내 능력을 높이 평가했던 거지.

그러니 사랑하는 마거릿, 이제는 내게도 원대한 목적
을 달성할 자격이 있지 않겠니? 어쩌면 나는 지금까지 안
락하고 호사로운 삶을 살아왔는지도 몰라. 하지만 나는
부富가 내 행로에 깔아놓은 온갖 미끼보다 명예를 선택했
어. 아, 누구든 용기를 북돋아 목소리로 그렇다고 대답해
주면 좋으련만! 내 용기와 결심은 확고하단다. 그런데도
가끔 희망은 흔들리고 의기소침해지기도 해. 길고 험난한
항해를 떠날 순간을 눈앞에 두고 있거든. 항해하다 보면
불굴의 정신이 필요한 위급한 상황도 닥치겠지. 그런 상
황에 부딪혀 선원들의 사기가 떨어지면 나는 그들의 기운
을 북돋우는 것은 물론이고 때로는 나 자신도 용기를 내
야 할 거야.

러시아는 지금이 여행하기에 가장 좋은 계절이야. 사
람들은 썰매를 타고 날쌔게 눈 위를 날아간다. 썰매를 타
고 달리면 무척 즐겁지. 내 생각에 잉글랜드의 역마차보
다 훨씬 더 경쾌해 보여. 모피로 몸을 감싸면 추위도 그리
대단치는 않아. 나는 벌써 모피 옷 한 벌을 챙겨두었지. 운

동을 아무리 해도 혈관 속의 피가 정말로 얼어버릴 듯한 날씨에는 갑판 위를 거니는 것과 몇 시간이고 꼼짝 않고 자리에 앉아 있는 것은 상당히 차이가 있거든. 나는 상트페테르부르크와 아르한겔스크 사이 우편 수송로에서 생을 마감할 생각은 추호도 없어.

2, 3주 후면 나는 아르한겔스크로 떠날 거야. 그곳에서 배 한 척을 임대할 생각이야. 선주에게 보험금을 내면 쉽게 빌릴 수 있을 거야. 그러곤 고래잡이에 노련한 선원들을 필요한 인원만큼 구할 거야. 6월이 되어야 항해를 시작할 생각이야. 그럼 언제 돌아오냐고? 아, 사랑하는 누이야, 그 물음에 내가 뭐라 대답할 수 있을까? 내가 성공한다면, 우리는 몇 개월 후, 어쩌면 여러 해가 지난 후에 다시 만날 수 있을 거야. 실패한다면 조만간 다시 만나든가 아니면 영영 보지 못하게 되겠지.

잘 있거라, 나의 사랑하는 멋진 마거릿. 하늘이 네게 축복을 내려주시길 빌고 또한 나를 지켜주시기를 빈다. 그래서 내가 너의 사랑과 배려에 감사하는 내 마음을 거듭 증명해 보일 수 있기를.

너의 사랑하는 오빠,

R. 월턴

편지 2

잉글랜드의 새빌 부인에게

17××년 3월 28일

아르한겔스크

사방이 온통 얼음과 눈뿐이라 그런지 이곳에선 시간이 정말 더디게 가는 것 같구나. 그래도 나의 모험은 두 번째 단계에 접어들었어. 배 한 척을 임대했고 선원들을 모집하는 중이야. 이미 구한 선원들은 믿음직스럽고 불굴의 용기를 지닌 사나이들이야.

하지만 절실히 필요한데 결코 충족할 수 없는 게 한 가지 있구나. 꼭 필요한 그 결핍이야말로 내가 세상에서 가장 불행한 사람처럼 느끼게 하는구나. 마거릿, 나는 친구가 없단다. 내가 성공에 열광할 때 함께 기쁨을 나누고 내가 실망감에 빠져 몹시 괴로워할 때 나를 격려해줄 친구가 없어. 실은 그래서 나는 내 생각을 종이에 기록하려고 해. 하지만 글이란 감정을 전달하기엔 부족한 매체지. 내 마음을 위로해줄 만한 친구가 있었으면 하는 바람이 간절하구나. 눈빛만으로도 서로의 마음을 알 수 있는 친구 말이다. 사랑하는 누이야, 넌 이런 내게 너무 감상적이라고 할지 모르겠지만 나로서는 친구가 없는 것이 너무 슬프구나. 내 주위에는 온화하면서도 용감하고 넓은 마음에 교양을 겸비한 친구가, 나와 취향이 비슷해서 내 계획에 공감하거나 내 계획의 오류를 바로잡아줄 사람이 단 한 명도 없단다. 그런 친구라면 이 모자란 오빠의 결점을 고쳐주련만! 나는 일할 때는 지나치게 열성적이고 어려움이 닥치면 참을성이 부족한 편이지. 하지만 더 큰 문제는 내가 독학으로 공부했다는 사실이야. 열네 살이 될 때까지 나는 그저 들판이나 뛰어다니며 제멋대로 노는 데 바빴고, 토머스 삼촌의 항해 관련 책들 외에는 읽은 책이 없었어. 그리고 그 나이가 되어서야 비로소 우리나라의 유명한 시들을 알게 되었어. 하지만 내가 모국어 이상으로 여러 언어를 배워야 할 필요성을 깨달았을 때는 그런 신념에서 가장 중요한 장점들을 끌어낼 수 있는 능력을 상실한 뒤였지. 지금 내 나이 스물여덟이지만 열다섯 먹은 평범한 학생들보다 교양이 떨어지는 게 사실이야. 물론 내가 그들에 비해 더 많이 사유했고 내 꿈을 웅대하고 장대하게 키워온 게 분명하지만 그런 내 생각과 꿈은 (화가들이 말하듯이) **조화**가 부족해. 그러기에 내겐 나를 너무 감상적이라고 멸시하지 않을 만큼 사려 깊고, 내 마음을 바로잡아줄 만큼 깊은 애정을 가진 친구가 절실히 필요한 거야.

물론 이런 말은 쓸데없는 넋두리지. 망망대해에서 무슨 수로 친구를 찾을 수 있겠어. 이곳 아르한겔스크에서 보는 사람들은 상인이나 뱃사람들뿐이니 그런 친구를 찾을 리 만무하지. 그러나 이 거친 사나이들의 가슴속에도 인간 본성의 더러운 면에 물들지 않은 감정들이 고동치고 있어. 예컨대 우리 부선장은 아주 용감하고 진취적인 사람이지. 그는 몹시도 명예를 얻고 싶어 한단다. 그는 잉글랜드 출신으로, 교양이 부족해 국가와 직업에 대한 편견이 강한 편이지만 아주 고결한 인간성을 지녔어. 내가 예전에 한 포경선에 승선했을 때 그 사람을 처음 알게 되었어. 그가 이 도시에서 마땅한 일자리를 얻지 못하고 지내는 것을 알고는 선뜻 그를 내 계획의 조력자로 채용했단다.

갑판장은 성품이 아주 좋은 사람으로 배에서 두드러져 보일 만큼 관대하고 규율에 얽매이지 않았어. 그는 정말로 너무나 온순한 성품인지라 (이곳 사람들이 매우 좋아하고 거의 유일한 오락거리인) 사냥도 하지 않을 거야. 그는 피를 보는 걸 참지 못하거든. 더욱이 그는 아주 아량이 넓단다. 몇 년 전에 그는 비교적 부유한 집안의 한 러시아 여인을 사랑하게 되었지. 그의 수중에 모아놓은 상당한 지참

금이 있었기에, 여인의 아버지는 두 사람의 결혼을 승낙
했어. 그는 예정된 결혼식 날 이전에 딱 한 번 신부를 만났
단다. 그런데 그녀는 눈물을 줄줄 흘리며 그의 발밑에 몸
을 던진 채 용서해달라고 애원하며 고백했어. 자신은 다
른 남자를 사랑하는데, 그 남자가 가난해서 아버지가 절
대로 결혼을 허락하지 않을 거라는 걸. 이 너그러운 친구
는 애원하는 여인을 안심시키고 그녀가 사랑하는 연인의
이름을 듣고는 그 자리에서 청혼을 포기했어. 사실 갑판
장은 여생을 보낼 계획으로 이미 농장을 사두었지. 하지
만 그 농장과 가축을 사려고 남겨놓은 돈까지 전부 자기
연적에게 줘버렸어. 그러곤 여인의 아버지에게 그녀가 사
랑하는 연인과 결혼하도록 허락해달라고 간청했어. 하지
만 그 노인은 이 친구의 명예를 지켜줘야 한다는 생각에
서 그의 청을 단호히 거절했어. 그러자 그는 노인의 고집
을 결코 꺾을 수 없다는 걸 깨닫고는 조국을 떠나, 자기 옛
연인이 사랑하는 남자와 결혼했다는 소식을 들을 때까지
돌아가지 않았어. "정말 고결한 분이군요!" 넌 이렇게 감
탄하겠지. 정말 그는 그런 사람이야. 하지만 그때부터 지
금까지 쭉 그는 배를 떠나지 않았고 삭구° 말고는 다른 생

• 배에서 쓰는 로프나 쇠사슬 따위

각을 거의 하지 않는단다.

하지만 내가 불평 좀 늘어놓는다고 해서, 또는 내가 결코 알 수 없는 앞으로 있을 고난에 대한 위로나 받으려 한다고 해서 내 결심이 흔들리고 있다고는 생각하지 말거라. 내 결심은 운명처럼 확고하단다. 지금 항해를 미루는 것은 날씨가 출항을 허락하지 않아서일 뿐이야. 겨울은 매우 혹독했지만 이제 봄의 징조가 뚜렷이 보여. 올봄은 유난히 일찍 찾아올 것 같으니 어쩌면 예상보다 일찍 출항할지도 모르겠구나. 나는 결코 무모하게 행동하지는 않을 거야. 너도 잘 알겠지만, 다른 사람들의 안전이 내 손에 달려 있을 때는 나도 아주 신중하고 사려 깊게 행동한단다.

곧 출항을 앞두고 느끼는 감정을 딱히 뭐라 표현할수가 없구나. 즐거움 반 두려움 반, 내가 느끼는 전율을 너에게 전달하기란 불가능하구나. 아무튼 난 그런 기분으로 출발 준비를 하고 있단다. 이제 나는 누구도 탐험해보지 못한 곳, '안개와 눈의 땅'*으로 가련다. 하지만 앨버트로스**는 죽이지 않을 테니, 내 안전에 대해선 걱정하지 말

• 영국의 낭만주의 시인 새뮤얼 콜리지Samuel Taylor Coleridge의 〈늙은 선원의 노래The Rime of the Ancient Mariner〉에 나오는 구절.
•• 1831년판에서는 늙은 선원을 비유한 표현이 나온다. 〈늙은 선원

거라.

광대한 바다를 횡단하고 아프리카나 아메리카의 최남단을 지나 돌아가면 너를 다시 만나볼 수 있을까? 감히 그런 성공을 기대하지는 않지만 그렇다고 그 반대의 경우를 상상하는 것도 견딜 수 없구나. 기회가 될 때마다 계속 편지를 보내주었으면 해. 그럼 나는 네 편지가 가장 필요할 때 네 편지를 받아 보고(그럴 가능성은 아주 희박할 테지만) 용기를 낼 수 있을 거야. 나는 너를 무척 사랑한다. 혹시라도 내게서 다시 소식을 듣지 못하게 된다면, 애정으로 나를 기억해다오.

사랑하는 너의 오빠,

로버트 월턴

의 노래〉에 나오는 늙은 선원은 항해 중에 앨버트로스를 죽이고는 저주를 받아 불행한 운명에 처한다.

잉글랜드의 새빌 부인에게

17××년 7월 7일

사랑하는 누이야,

성급히 몇 자 적어, 나는 무사하고 항해도 순조롭게 진행되고 있다고 알린다. 이 편지는 지금 아르한겔스크에서 고향으로 갈 한 상인이 잉글랜드로 가져갈 거야. 아마도 앞으로 몇 년 동안 고향 땅을 밟지 못할 나보다는 훨씬 더 운이 좋은 사람이지. 하지만 나도 기분은 무척 좋단다. 내 선원들은 대담하고 굳은 결의에 차 있어. 떠다니는 얼음장들이 계속해서 우리 곁을 스쳐 가면서 우리가 다가가는 땅이 위험하다는 걸 암시하지만 그들은 결코 기가 죽지 않아. 우리는 아주 고위도까지 벌써 접근했어. 지금 여기는 한여름이다 보니, 비록 잉글랜드에서처럼 따뜻하지는 않지만, 거센 남풍이 내가 몹시 가고 싶어 하는 해안으

한두 번 강풍이 불었고, 돛대 하나가 부러진 일이 사고라면 사고지만
노련한 뱃사람들에게 그런 일쯤은 기억할 만한 것도 못 되지.

로 우리를 빠르게 밀어주며 기대하지 않았던, 활기를 되찾아주는 온기를 불어넣고 있어.

지금까지는 편지에 쓸 만한 특별한 사건은 일어나지 않았어. 한두 번 강풍이 불었고, 돛대 하나가 부러진 일이 사고라면 사고지만 노련한 뱃사람들에게 그런 일쯤은 기억할 만한 것도 못 되지. 앞으로 항해 중에 더 나쁜 일이 일어나지 않았으면 정말 좋겠구나.

그럼 잘 있거라, 사랑하는 마거릿. 너는 물론 나 자신을 위해서도 무모하게 위험에 맞서지 않을 거야. 항상 냉정하고 참을성 있고 신중하게 행동하마.

내 잉글랜드 친구들 모두에게 안부를 전해주렴.

너를 정말로 사랑하는,
로버트 월턴

편지 4

잉글랜드의 새빌 부인에게

17××년 8월 5일

우리에게 너무나도 이상한 사건이 일어나, 나로서는 그걸 기록하지 않을 수가 없었다. 비록 네가 이 편지를 받아보기 전에 널 만나게 될 것 같지만 말이다.

지난 월요일(7월 31일), 우리는 거의 얼음에 포위되고 말았어. 사방에서 우리에게 밀려오는 얼음판들은 우리 배가 떠 있을 공간을 내주지 않았어. 더구나 매우 짙은 안개가 에워싸면서 우리 상황은 아주 위험해졌지. 우리는 배를 멈추고는 주변 상황과 날씨가 변하기만을 기대하는 수밖에 없었어.

2시쯤 안개가 걷히자, 사방으로 끝없이 펼쳐진 광대하고 울퉁불퉁한 얼음 평원이 시야에 들어오더구나. 동료 몇몇은 신음을 냈고 나는 불안한 생각에 정신이 번쩍 들었어. 그때 갑자기 시야에 들어온 뭔가 이상한 물체가 시선을 사로잡았어. 그걸 보는 순간 우리 처지에 대한 불안감이 싹 달아나더구나. 우리가 본 건 썰매 위에 고정된 나지막한 탈것이었어. 개들이 끄는 그 썰매는 1킬로미터쯤 떨어진 곳에서 북쪽을 향해 가고 있었어. 사람 형체인데 거인처럼 큰 어떤 존재가 그 썰매에 앉아서 개들을 몰았지. 우리는 망원경으로 빠르게 질주하는 그 여행자를 지켜보았어. 이윽고 그 여행자는 저 멀리 기복이 있는 빙산 사이로 사라졌어.

그 모습에 우리는 모두 무척이나 놀랐단다. 우리는 가장 가까운 육지에서도 몇백 킬로미터는 떨어진 곳에 와 있다고 알고 있었어. 그런데 예기치 않은 그의 출현은 우리 생각이 틀렸음을, 실제로 우리가 생각한 만큼 멀리 오지 못했다는 걸 알려주는 것만 같았어. 그렇지만 얼음에 갇혀 있었기 때문에 최대한 신경을 곤두세우고 지켜볼 뿐 그를 뒤쫓아 가는 건 불가능했어.

그러고 두 시간쯤 지났을 때, 거대한 물결이 이는 소리가 들렸어. 그리고 밤이 되기 전에 얼음판이 깨지면서 우리 배는 풀려났지. 그러나 깨져버린 후에 어둠 속에서 이리저리 떠다니는 거대한 얼음덩어리들과 부딪히지 않을까 하는 두려움에 우리는 아침까지 그대로 정지해 있었단다. 나는 이때를 이용해 몇 시간이나마 눈을 붙였어.

하지만 아침에 날이 밝자마자 갑판으로 올라가 보니 선원 모두가 배 한쪽에 몰려들어, 바다에 떠 있는 뭔가에 대고 말을 하는 것 같았어. 전날 보았던 것처럼 생긴 썰매였지. 커다란 얼음 조각에 실려서 우리 쪽으로 밤새 표류해 왔던 거야. 개는 한 마리만 살아 있더구나. 하지만 썰매 안에는 사람 하나가 타고 있었고 선원들은 그 사람에게 배에 오르라고 설득하고 있었어. 그는 미지의 섬에서 온 야만인처럼 보였던, 어제 본 여행자는 아니었어. 유럽인이었지. 내가 갑판 위에 나타나자, 갑판장이 말하더구나.

"이분이 우리 선장님이오. 우리 선장님은 이 망망대해에서 당신이 죽는 걸 보고만 있지는 않을 거요."

그 낯선 사람은 나를 보자, 외국 억양이 섞인 영어로 내게 말을 걸어왔어.

"당신 배에 오르기 전에 한 가지 묻겠소. 어디로 항해 중인지 말해주겠소?"

금방 죽을 지경인 사람에게서 그런 질문을 받고 내가 얼마나 놀랐는지는 너도 짐작할 수 있을 거야. 더구나 그 자에게 내 배는 세상에서 가장 값비싼 물건을 준다 해도 바꾸지 않을 생명선이나 다름없을 거라고 나는 생각했거든. 우리 배는 북극으로 탐험 항해를 하는 중이라고 대답했지.

그는 내 말을 듣고는 만족한 듯 우리 배에 오르겠다고

말했어. 맙소사! 마거릿, 자기 목숨을 살리는 길인데, 그렇게 조건을 따지는 그 사람을 네가 직접 보았더라면 아마 무척 놀랐을 거다. 그 사람의 사지는 거의 얼어붙었고 몸은 피로와 고생으로 몹시 야위어 있었어. 나는 그렇게 처참한 몰골을 한 사람을 본 적이 없다. 우리는 그를 선실로 옮겼지만, 그는 신선한 공기가 부족한 선실에 들어서자마자 정신을 잃고 말았어. 우리는 그를 다시 갑판으로 데리고 나와서 브랜디로 몸을 문지르고 억지로 브랜디를 조금 들이켜게 해서 정신을 차리게 했지. 그가 정신을 차리는 기색이 보이자 우리는 그의 몸을 담요로 감싸서 주방 화덕의 굴뚝 옆에 눕혔어. 그는 조금씩 기운을 차리더니 수프를 약간 먹었어. 그러자 원기를 상당히 회복하더구나.

이렇게 이틀이 지나자 그는 말을 할 수 있을 만큼 회복되었어. 나는 종종 그가 너무나 큰 고통 때문에 이성을 잃은 것은 아닐까 걱정하곤 했어. 그가 어느 정도 건강을 회복하자 나는 그를 내 선실로 옮겼고, 내 일에 지장이 없는 선에서 많은 시간을 들여 그를 간호해주었어. 그처럼 관심이 가는 사람은 처음 보았어. 그의 눈은 보통은 야성적인 빛을 띠었지만 어떨 때는 광기마저 번득였어. 하지만 누구든 그에게 친절을 베풀거나 아주 사소한 도움이라도 줄 때면, 간혹 표정 전체가 그야말로 아주 환해지며, 내가 결코 본 적이 없는 온화하고 상냥한 빛을 보이곤 했어.

나는 그렇게 처참한 몰골을 한 사람을 본 적이 없다.

그러나 그는 대체로 우울하고 절망에 사로잡혀 있었어. 가끔은 그를 짓누르는 고뇌의 무게가 견디기 힘든 듯 이를 갈기도 했어.

이 손님이 조금 기력을 회복하자 온갖 질문을 수도 없이 던지고 싶어 하는 선원들을 떼어놓느라 나는 아주 진땀을 흘렸어. 몸과 마음을 회복하려면 철저하게 안정을 취해야 하는 상태인지라 그가 선원들의 부질없는 호기심에 시달리도록 내버려둘 수 없었던 거야. 그런데 한번은 부선장이 "무슨 일로 그렇게 이상하게 생긴 썰매를 타고 얼음 위를 달려 이 먼 곳까지 오게 됐소?"라고 물었어.

일순간 그는 안색이 확 변하며 아주 어두운 표정을 짓더니 마침내 대답하더구나.

"내게서 달아난 자를 찾기 위해서요."

"당신이 추적하는 그자도 똑같은 썰매를 타고 갔소?"

"그렇소."

"그렇다면 우리가 본 게 그자 같군요. 당신을 만나기 전날, 우리는 개들이 끄는 썰매를 타고 얼음 위를 가로질러 가는 사람을 보았소."

이 말에 그 이방인은 신경을 곤두세우더니 그 악마―그는 자기가 쫓는 자를 그렇게 불렀어―가 지나간 길에 관해 많은 질문을 던졌어. 얼마 후에 나와 단둘이 있게 되자 그가 말했어.

"분명 내가 이 선량한 사람들은 물론이고 당신의 호기심도 자극했을 거요. 한데 당신은 일부러 내 마음을 생각해 아무런 질문도 하지 않는군요."

"그래요. 내 호기심을 채우려고 당신을 괴롭히는 건 아주 무례하고 비인간적인 짓이겠지요."

"하지만 당신은 낯설고 위험한 상황에서 나를 구해주었소. 고맙게도 기력을 되찾게 해주기도 했소."

잠시 후 그는 "혹 얼음이 깨지면서 그 썰매를 앗아가지는 않았겠소?" 하고 물었어. 나는 명확히 대답할 수는 없다, 얼음은 자정쯤 되어서야 깨졌으니 그 전에 그 여행자는 안전한 곳에 도착했을 수도 있을 것이다, 하지만 그건 내가 판단을 내릴 수 없다고 대답했어.

내 말을 듣더니 이방인은 갑판에 올라가 열의에 차서 전에 나타났던 썰매를 찾으려고 했어. 하지만 나는 바깥 바람을 견디기엔 몸이 너무 쇠약하니 선실에 남아 있으라고 설득했어. 대신에 다른 사람에게 앞서 썰매를 타고 간 사람을 찾아보라고 하고 뭔가 새로운 물체라도 나타나면 즉시 알려주겠다고 약속했어.

여기까지가 지금까지 일어난 이상한 사건에 관련된 내 기록이야. 이방인은 차츰 건강을 회복해가고 있지만 거의 말이 없고, 나 이외의 다른 사람이 그의 선실에 들어가면 불편한 기색을 보인단다. 그러나 그의 태도는 매우 온화하고 점잖아서 선원들 모두 그와 대화를 나눌 기회가 거의 없더라도 그에게 관심을 보여. 나는 그가 친형제처럼 좋아지기 시작했고, 계속되는 그의 깊은 슬픔에 연민과 동정을 느끼게 되었어. 이토록 비참한 지경에도 이렇게 매력적이고 호감을 주는 품성인 걸 보면, 한창 시절에는 매우 비범한 사람이었음이 틀림없어.

사랑하는 마거릿, 저번에 보낸 편지에서 말했지. 이 망망대해에서 친구를 찾을 순 없을 거라고. 하지만 마침내 난 친구를 하나 찾았어. 그가 겪은 불행 때문에 정신적인 상처를 크게 입기 전이었다면, 나는 기꺼이 그를 내 마음의 형제로 삼았을 거야.

이 이방인에 대해선 기록할 만한 새로운 사건이 생기면 계속해서 종종 기록하려 한다.

17××년 8월 13일

손님을 향한 나의 애정은 나날이 커가고 있어. 그는 놀라울 만큼 감탄과 연민을 동시에 자아내곤 해. 불행으로 마음에 지울 수 없는 큰 상처를 입은, 그토록 고결한 사람을 어찌 통렬한 슬픔을 느끼지 않고서 바라볼 수 있겠니? 그는 무척 온화하면서도 현명하고 교양도 갖추고 있어. 말을 할 때면 엄선된 단어들만 쓰는데도 빠르고 유창하게 얘기해.

　이제 그는 건강을 상당히 회복해 매일 갑판으로 올라가 그 썰매를 찾는 눈치야. 그는 침울하지만 자기 불행에만 사로잡혀 있지만은 않고 다른 사람들의 일에도 큰 관심을 보여. 그는 내 계획에 관해 많은 질문을 던졌고 나는 그에게 숨김없이 내 짧은 이력을 말해주었어. 그는 내가 속마음을 털어놓은 걸 흡족해하더니, 내 계획에 수정할 점을 몇 가지 제안했어. 아주 유용한 제안이었어. 그의 태도에는 괜히 현학적인 체하는 면을 찾아볼 수 없어. 그가 하는 모든 행동은 타고나길 오로지 자기 주변 사람들 편의에 관심을 보이는 데서 비롯되는 것 같아. 그는 종종 슬픔에 빠져들 때면, 홀로 앉아 우울하거나 의기소침한 기분을 완전히 떨쳐버리려 애썼어. 감정적인 큰 동요는 태양 앞에서 사라지는 구름처럼 이제 그에게서 사라졌어. 비록 실의에 빠진 마음은 그대로였지만. 나는 그의 신뢰를 얻으려 노력했지. 그리고 이제는 성공한 것 같아. 어느 날 나는 함께 공감하고 조언을 해줘서 나를 바로잡아줄 수 있는 친구를 항상 절실히 찾으려 했던 내 바람을 그에게 말했어. 또 나는 충고를 불쾌하게 생각하는 부류가 아니라고 말했지.

　"나는 독학을 하다 보니 내 능력을 충분히 신뢰하지

는 못해요. 그렇다 보니 나는 나보다 더 현명하고 경험이 많은 친구의 인정과 격려를 받고 싶어요. 나는 진정한 친구를 찾는 게 불가능하지는 않다고 믿어요."

"나도 우정은 좋은 일이고 가능한 일이라 믿는 자네 의견에 동감하네. 내게도 한때 아주 고귀한 친구가 있었으니 우정에 관해서 뭐라 판단할 수 있는 자격이 있을 걸세. 자네에게는 희망이 있고 자네 앞에 펼쳐진 세상이 있으니, 절망할 이유가 전혀 없지. 하지만 나, 나는 말일세, 모든 것을 잃어버렸으니 삶을 다시 시작할 수가 없다네."

이방인이 대답했어.

이 말을 하는 동안 그의 표정에 잔잔한 슬픔이 깃드는 것을 보고 나는 가슴이 뭉클해졌어. 그는 조용해지더니 곧 자기 선실로 들어가버렸어.

아무리 그가 정신적으로 큰 상처를 입었다고 해도, 그 사람처럼 자연의 아름다움을 섬세하게 느낄 수 있는 사람은 없을 거야. 수많은 별이 반짝이는 하늘, 바다, 그리고 이 경이로운 지역들이 보여주는 온갖 풍경은 여전히 그의 영혼을 지상에서 높이 고양하는 힘을 지닌 것처럼 보여. 이런 사람은 두 개의 존재를 지니고 있어. 한편으로는 불행을 겪고 좌절감에 사로잡히기도 하지만, 자기 내면에 들어가 앉으면 슬픔이나 어리석은 무모함 따위는 범접할 수 없는 곳에서 후광을 두른 천상의 영혼처럼 변하기도 해.

내가 이 성스러운 방랑자에 대해 이토록 열광적으로 표현하는 것을 비웃을지도 모르겠구나? 네가 비웃는다면 한때 너만의 개성적인 매력이었던 순박함을 잃어버린 게 분명할 거다. 하지만 정말 네가 웃을 거라면 내 표현에 깃든 온정을 보고 환하게 웃거라. 그사이 나는 매일매일 그런 찬사를 반복할 만한 새로운 이유를 찾고 있을 거다.

17××년 8월 19일

어제 그 이방인이 내게 이렇게 말했어.

"월턴 선장, 자네도 쉽게 짐작할 수 있겠지만, 나는 이루 다 말할 수 없는 크나큰 불행을 겪어왔네. 한때 난 이 불행한 기억들을 내 죽음과 함께 영원히 없애기로 마음먹었네. 하지만 자네가 내 결심을 바꿔놓았네. 자네는 한때 내가 그랬던 것처럼 지식과 지혜를 추구하지. 내 운명처럼 자네 소망의 대가가 자네를 무는 독사가 되지 않기를 간절히 바라네. 내가 겪은 불행을 자네에게 들려주는 게 도움이 될지 모르겠지만, 원한다면 내 이야기에 귀를 기울여보게. 내 이야기와 관련된 이상한 사건들은 자네의 능력과 사고의 범위를 확장해줄 수도 있을, 자연에 관한 하나의 시각을 제시할 거라고 믿네. 난 자네가 이제까지 습관적으로 불가능하다고 믿어온 힘과 사건들에 관해 들려줄 걸세. 하지만 내가 들려주는 이야기 속의 사건들은 모두 진실이네. 이야기 속에 그 모두가 진실임을 보여주는 일련의 내적인 증거가 있다고 나는 믿어 의심치 않네."

너는 그가 건넨 말에 내가 얼마나 기뻐했을지 쉽게 짐작할 수 있을 거야. 하지만 그가 자신의 불행을 들려주려면 슬픔을 되살릴 수밖에 없을 거라는 사실을 생각하니 마음이 아프기도 했어. 그럼에도 나는 그가 들려주기로 약속한 그의 이야기가 몹시 듣고 싶었어. 한편으로는 호기심에서였고, 다른 한편으로는 힘이 닿는 한 꼭 그의 운명을 개선해주고 싶은 바람 때문이었어. 나는 대답할 때 이런 내 감정을 표현했어.

"자네가 그렇게 헤아려주니 고맙네."

그가 대답했어.

"하지만 그런 자네의 마음은 전혀 도움이 되지 않네. 내 운명은 거의 다했거든. 이제 나는 남은 한 가지 사건만을 기다릴 뿐이네. 그때가 되면 나는 평화롭게 잠들 거야. 자네 기분은 이해하네."

그는 내가 그의 말을 끊으려 하는 걸 눈치채고는 말을 계속 이었어.

"친구, 자네를 이렇게 불러도 되겠지. 친구, 자네는 잘

못 생각하고 있어. 어떤 것도 내 운명을 바꿀 순 없어. 내 이야기를 들어보게. 그러면 내 운명이 왜 돌이킬 수 없이 정해져 있는지 알게 될 것이네."

그러곤 그는 다음 날 내가 한가할 때 자신의 이야기를 들려주겠다고 했어. 그런 그의 약속이 진심으로 고마웠어. 나는 꼭 해야 할 일이 없으면 낮에 그에게 들은 이야기를 매일 밤, 가능한 한 들은 그대로 기록하기로 마음먹었어. 꼭 할 일이 있을 때는 최소한 짧은 기록이라도 할 생각이야. 이 기록물은 분명 네게 큰 즐거움을 줄 거야. 하지만 그를 알고 그의 입을 통해 직접 그 이야기를 듣는 나는 훗날 정말 큰 감흥을 느끼며 이 기록을 읽게 되겠지!

1

나는 제네바 출신이다. 우리 집안은 제네바 공화국에서도 가장 유명한 가문 중 하나였다. 우리 조상들은 오랜 세월 동안 참사관과 지방행정 장관을 지내왔고, 아버지는 여러 공직을 거치면서 영예와 명성을 누렸다. 아버지는 공직에 성실하고 지칠 줄 모르는 관심을 쏟았고 모든 이에게 존경받았다. 젊은 시절을 온통 나랏일에 헌신하며 보냈다. 만년이 되어서야 비로소 결혼해서 자신의 덕망과 이름을 후세에 이어줄 훌륭한 아들들을 두어야겠다고 생각했다.

결혼에 얽힌 상황이야말로 아버지의 성품을 단적으로 말해주는 만큼, 그 이야기를 꼭 들려주어야 할 것 같다. 아버지의 절친한 친구 중에 상인이 있었는데, 그는 부유한 집안에 태어났지만 많은 불운을 겪으면서 가난해지고 말았다. 이름이 보포르라는 그 사람은 자존심이 강한 데다 고집 센 성격 탓에, 한때 자신이 매우 높은 지위와 영화를 누렸던 고장에서 가난한 속인으로 사는 것을 참지 못했다. 그래서 그는 가장 명예로운 방법으로 빚을 청산한 뒤 딸을 데리고 루체른이라는 도시로 종적을 감추고는 비참하게 살아갔다. 나의 아버지는 보포르를 진정한 친구로서 사랑했기 때문에 그가 그토록 불행한 상황에 부딪혀 숨어 지내는 것을 무척 안타까워했다. 또 그 친구가 사람들의 눈을 피해 지내는 것을 슬퍼해 그를 찾아내어 자신의 신용과 도움을 기반 삼아 새로운 삶을 시작하라고 설득해보기로 결심했다.

보포르가 자기 정체를 숨기기 위해 교묘히 손을 썼기 때문에 아버지가 그의 거처를 찾는 데는 열 달이 걸렸다. 그의 거처를 알아낸 아버지는 기쁜 마음에 로이스 근처 초라한 거리에 있는 그 집으로 서둘러 향했다. 그러나 친구의 집에 들어섰을 때 아버지를 맞은 것은 불행과 절망뿐이었다. 보포르는 파산해 수중에 아주 적은 돈밖에 건지지 못했지만 그 돈으로 몇 달 정도는 충분히 생계를 꾸려가면서 한 상점에서 꽤 그럴듯한 일자리도 얻을 수 있으리라 기대했다. 그래서 그사이에 아무런 일도 하지 않으며 시간을 보냈다. 그러던 중 한가로이 회상에 빠져들 때면 슬픔이 더욱더 깊어지며 마음에 사무쳤다. 마침내 슬픔이 그의 정신까지 빠른 속도로 휘어잡으면서 그는 석 달 만에 병으로 몸져누워 꼼짝할 수 없게 되었다.

그의 딸이 지극 정성으로 아버지를 간호했다. 하지만 딸 역시 남은 얼마 안 되는 돈이 순식간에 줄어들고 있고, 도와줄 사람도 없다는 걸 알고는 절망감에 휩싸였다. 그러나 비범한 기질을 지닌 카롤린 보포르는 역경 속에서도 쓰러지지 않고 용기를 냈다. 짚을 엮는 일 같은 허드렛일도 마다하지 않았다. 다양한 방법으로 그럭저럭 푼돈을 벌어서 가까스로 생계를 꾸려나갔다.

그렇게 몇 달이 흘렀다. 카롤린 아버지의 건강은 점점 나빠졌다. 카롤린은 아버지를 간호하는 데 더 많은 시간을 내야만 했다. 자연히 생계 수단이 줄었다. 결국 열 달 만에 보포르는 딸의 품에서 숨을 거두었다. 이제 그녀는 고아이자 거지가 되고 말았다. 내 아버지가 그 집 방에 들어섰을 때, 카롤린은 아버지를 앗아간 마지막 일격을 이기지 못하고 아버지 관 옆에 무릎을 꿇고 비통하게 울고 있었다. 이 불쌍한 소녀에게 내 아버지는 수호천사나 다름없었고 카롤린은 내 아버지에게 몸을 의탁했다. 내 아버지는 친구의 장례를 치르고 카롤린을 제네바로 데려와 한 친척 집에 맡겼다. 2년 후 카롤린은 내 아버지의 아내가 되었다.

남편이자 부모가 된 아버지는 새로운 상황과 의무로 많은 시간이 필요하다는 걸 깨달았고, 여러 공직을 사퇴

한 후 자녀 교육에 헌신했다. 나는 맏아들로 아버지의 모든 일과 재산의 상속자로 예정돼 있었다. 내 부모는 그 어떤 부모보다 상냥했다. 특히 나는 여러 해 동안 외동으로 지냈기 때문에 부모님은 내 성장과 건강을 꾸준히 정성껏 보살폈다. 하지만 내 이야기를 계속하기 전에 내가 네 살 때 일어났던 한 가지 사건을 기록으로 남겨야겠다.

내 아버지에게는 마음 깊이 사랑하는 여동생이 있었는데, 그분은 젊을 때 이탈리아의 신사와 결혼했다. 결혼 직후 남편과 함께 남편의 조국으로 떠난 터라 그 후로 아버지는 몇 년 동안 자기 여동생과 연락을 거의 하지 못했다. 그러던 중 바로 내가 네 살 때쯤 그녀가 죽고 말았다. 몇 달 후 아버지는 매제가 보낸 편지 한 통을 받았다. 곧 그는 이탈리아 여성과 결혼할 것이니, 고인이 된 아내 사이 유일한 자녀인 어린 엘리자베스를 아버지가 맡아달라는 부탁의 편지였다.

"부디 형님께서 그 아이를 친딸처럼 생각하시어 잘 키워주셨으면 합니다. 그 아이 어미의 재산은 그 아이에게 물려줄 것이니, 그 증서를 형님이 맡아주시기를 바랍니다. 제 제안을 심사숙고하시고, 조카딸을 계모보다는 형님이 직접 키워주실지 어쩔지를 결정해주십시오."

편지에 이렇게 쓰여 있었다.

내 아버지는 주저하지 않고 당장 이탈리아로 갔다.

그곳에서 어린 엘리자베스를 새로운 가정으로 데려왔다. 어머니는 종종 내게 말하곤 했다. 엘리자베스를 처음 보았을 때 그토록 아름다운 아이를 본 적이 없었다고, 더구나 아이의 온화하고 다정한 성품이 느껴지더라고. 이러한 암시, 그리고 가족 간 사랑의 끈을 최대한 단단히 묶으려는 바람으로 어머니는 엘리자베스를 내 미래의 아내감으로 점찍어두었다. 어머니에게 그것이야말로 결코 후회할 리 없는 더없이 좋은 계획이었다.

이때부터 엘리자베스 라벤자는 내 놀이 상대가 되었고 자라면서 친구가 되었다. 엘리자베스는 성격이 철 만난 곤충처럼 명랑하고 쾌활하면서도 온순하고 선량했다. 비록 그녀는 활달하고 생기가 넘쳤지만 감성은 짙고 깊었고 성품은 무척 자애로웠다. 누구도 그녀보다 더 우아하게 절제하면서도 마음껏 자유를 즐기는 사람은 없었다. 그녀는 상상력이 풍부하면서 적응력이 뛰어났다. 그녀의 몸은 마음의 모습과 같았다. 그녀의 엷은 갈색 두 눈은 새의 눈처럼 생기가 넘치면서도 매혹적인 부드러움을 지녔다. 그녀의 몸매는 날씬하고 우아했다. 큰 피로감도 거뜬히 견딜 수 있었지만, 그녀는 세상에서 가장 연약한 존재처럼 보였다. 나는 그녀의 이해력과 상상력을 칭찬하는 한편, 아주 좋아하는 동물을 돌보듯 그녀를 돌보는 걸 좋아했다. 나는 그녀만큼 허식 없고 몸과 마음에 우아함을 겸비한 사람을 보지 못했다.

모든 사람이 엘리자베스를 아주 좋아했다. 하인들이 부탁할 일이 있을 땐 언제나 그녀를 통해서 했다. 우리는 어떤 이유에서든 불화를 일으키거나 말다툼을 할 때가 없었다. 비록 엘리자베스와 나는 성격이 많이 달랐지만 바로 그 다름 속에서 조화를 이루었기 때문이다. 나는 내 단짝 친구에 비해 조용하고 사색적이었다. 그렇지만 그리 유연한 성격은 아니었다. 나의 적응력이라고 하면, 남들보다 더 오래 인내하며 버틸 수 있는 능력이었다. 그렇다고 해서 내가 인내하는 걸 그리 힘들어하지는 않았다. 나는 현실 세계에 관련된 사실들을 탐구하는 게 즐거웠다. 그녀는 시인들의 영묘한 창작물에 매료되어 있었다. 내게 세계는 비밀과도 같았고, 나는 그 비밀을 풀 수 있기를 갈망했다. 그녀에게 세계는 공허였고, 그녀는 자신만의 상상력으로 사람들을 위해 세상을 탐색해보려 했다.

내 형제들은 나보다 아주 어렸다. 하지만 내게는 학우 중 친한 친구가 하나 있어, 그가 내 형제들과 큰 나이 차에서 오는 결핍감을 채워주었다. 앙리 클레르발은 내 아버지의 절친한 친구인 제네바의 한 상인의 아들이었다. 그는 보기 드문 재능을 가졌고 상상력이 풍부한 소년이었다. 내 기억에 그는 아홉 살 때 동화를 창작해, 그의 친구들을 모두 즐겁고 놀라게 해주었다. 그가 가장 좋아하는 공부는 기사 이야기와 로맨스 문학이었다. 내 기억으로 아주 어렸을 때, 우리는 그가 좋아하는 그런 책들의 내용으로 연출한 연극을 하기도 했는데, 주인공은 오를란도*, 로빈 후드, 아마디스**, 그리고 성 조지***였다.

나만큼 어린 시절을 행복하게 보낸 사람은 없을 것이다. 부모님은 관대하셨고 친구들은 다정했다. 우리는 억지로 공부하지도 않았다. 우리는 항상 염두에 둔 목표가 있었고, 그래서 공부에 열정을 쏟도록 자극이 되었다. 경쟁이 아닌 바로 이런 식으로 우리는 공부에 몰두했다. 엘리자베스는 자신의 그림 솜씨를 앞지를 수 있는 친구가 없었기에 자극을 받아 그림 그리기에 전념하지는 않았다. 그저 자기 손으로 여하한 마음에 드는 경치를 재현해서 외숙모를 기쁘게 해드리면 좋았기에 그림을 그렸다. 우리는 라틴어와 영어를 배워 그 언어로 된 저작들을 읽을 수 있게 되었다. 그리고 체벌 때문에 싫어도 억지로 하는 공부는 없었고 그저 열심히 공부하는 게 좋았다. 어쩌면 우

* 이탈리아의 시인 아리오스토가 지은 영웅서사시, 《광란의 오를란도》(1516)의 주인공
** 몬탈보가 지은 기사 문학 《아마디스 데 가울라》(1508)에 나오는 주인공
*** 용을 물리쳤다는 전설 속 중세 기사

리가 누리는 즐거움은 다른 아이들에게는 노동이었을지도 모른다. 우리는 평범한 방법으로 교육받은 아이들만큼 많은 책을 읽지는 못했을지도 모른다. 또 그들만큼 언어를 빠르게 배우지는 못했을지도 모른다. 하지만 우리가 배운 것은 그들보다 훨씬 더 기억 속에 깊이 새겨졌다.

이처럼 우리 가족에 관해 설명할 때 나는 앙리 클레르발을 빠뜨리지 않는다. 클레르발은 항상 우리와 함께 지냈기 때문이다. 나와 함께 학교에 다녔고, 대체로 우리 집에서 오후를 보냈다. 외동이다 보니 클레르발의 집에는 말 상대가 없었다. 그래서 앙리의 아버지는 아들이 우리 집에서 친구들과 어울리는 걸 무척 기뻐했다. 우리는 우리대로 앙리 클레르발이 없을 때는 왠지 즐겁지가 않았다.

유년 시절의 회상에 빠져들 때면 기쁨을 느낀다. 그때는 불행이 내 정신을 더럽히기 전이었고, 널리 필요한 사람이 되겠다는 내 밝은 전망이 침울하고 편협한 사고로 바뀌기 전이었다. 나는 내 유년기를 묘사하면서 알아차릴 수 없이 조금씩 내 인생의 결말을 불행으로 이끈 사건들을 말하지 않을 수 없다. 후에 내 운명을 지배한 그 격정의 탄생을 나 자신에게 설명하려고 하면, 그 격정이 마치 산 계곡을 따라 흐르는 시냇물처럼 아주 작고 거의 알려지지 않은 수원에서 솟아나는 걸 알게 된다. 그렇게 솟아 나온

물은 흘러내릴수록 점점 거세지면서 거센 급류가 되어 내 모든 희망과 기쁨을 휩쓸어 버린다.

자연철학*은 내 운명을 규정해온 정신이다. 그래서 나는 이 이야기를 해가면서 자연철학이라는 학문에 사로 잡히게 된 계기를 말하고 싶다. 내가 열세 살이었을 때, 온 가족이 함께 토농 근처의 온천장으로 놀러 갔다. 날씨가 험악해서 우리는 온종일 여관에 틀어박혀 있을 수밖에 없었다. 그 집에서 나는 우연히 코르넬리우스 아그리파**의 저작들을 발견했다. 나는 무심코 책장을 넘겼다. 그가 보여주려는 이론과 그가 설명한 놀라운 사실들에 나는 곧 열광하게 되었다. 머릿속에 새로운 빛이 비치는 것만 같았다. 나는 기뻐하며 아버지에게로 달려가서, 내가 발견한 것을 말했다. 여기에서 나는 교사들이 가지고 있는 기회, 즉 학생들의 관심을 유용한 지식으로 이끌 수 있는 많은 기회를 언급하지 않을 수 없다. 하지만 교사들은 그런 지식을 완전히 무시한다. 아버지는 그 책의 제목을 무심히 보더니 말을 꺼냈다.

"아! 코르넬리우스 아그리파! 빅터야, 이따위 책에 시간 낭비하지 마라. 그건 말도 안 되는 쓰레기란다."

* 오늘날의 자연과학
** 16세기 독일의 신비주의자이자 연금술사

그가 보여주려는 이론과 그가 설명한 놀라운 사실들에 나는 곧 열광하게 되었다.
머릿속에 새로운 빛이 비치는 것만 같았다.

아버지가 이런 말 대신 아그리파의 원리는 완전히 폐기된 것이고, 이미 받아들여진 현대과학 체계가 고대과학보다 훨씬 더 큰 힘을 지녔으며, 그 이유는 고대과학의 힘이 비현실적이었던 반면 현대과학의 힘은 현실적이고 실제적이기 때문이라고 열성껏 설명해주었더라면 얼마나 좋았을까. 그랬더라면 아그리파의 책이 아무리 흥미로웠더라도 나는 틀림없이 그 책이 주는 상상력만을 간직한 채 그 책을 던져버리고 현대에 발견된 사실들에서 도출된 더욱 합리적인 화학 이론에 전념했을 것이다. 더욱이 일련의 내 사고 체계는 나를 파멸로 이끈 치명적인 충동을 거부했을 것이다. 그러나 아버지가 그 책에 힐끗 던지는 시선만으로는 아버지가 책 내용을 알고 그런 말씀을 하신다는 확신이 전혀 들지 않았다. 그래서 나는 아주 열성적으로 그 책을 계속 탐독했다.

집에 돌아온 나는 맨 먼저 이 작가의 모든 저작을 입수하고, 이어서 파라켈수스˙, 알베르투스 마그누스˙˙의 저작을 찾는 데에만 관심을 쏟았다. 난 이들 저자의 엉뚱한 상상을 기쁘게 읽고 연구했다. 이들의 저작들은 나 말고

- 16세기 스위스의 의학자, 화학자로 의화학을 창시했다.
- 13세기 독일의 스콜라철학자, 신학자, 자연과학자로 토마스 아퀴나스의 스승이기도 했다.

는 다른 사람들이 거의 모르는 보물처럼 느껴졌다. 그리고 비록 종종 이러한 지식의 비밀 창고를 아버지에게 알리고 싶었지만, 내가 무척 좋아하는 아그리파에 대한 아버지의 막연한 비난이 내 마음을 억눌렀다. 그런 까닭에 나는 꼭 비밀을 지킨다는 약속을 받아내고서야 엘리자베스에게 내가 알아낸 것들을 밝혔다. 하지만 그녀는 그런 주제에 별 흥미를 느끼지 않았고, 내가 혼자 연구하도록 내버려두었다.

알베르투스 마그누스의 한 제자가 18세기에 탄생했다는 것은 매우 이상해 보일지 모르지만 우리 집안은 과학과는 거리가 멀었고 나는 제네바의 학교들에 개설된 어떠한 강의도 들어보지 못했다. 그런 터라 내 꿈에 현실이 관여해 흔들릴 일은 없었다. 나는 아주 열성적으로 철학자의 돌과 불로장생의 영약을 찾아 나섰다. 하지만 곧 모든 관심을 불로장생의 영약에만 쏟았다. 부(富)는 별로 중요하지 않은 목표였다. 하지만 내가 인체에서 질병을 몰아내어, 인간을 가혹한 죽음 외에는 어떤 것에도 굴복하지 않게 만든다면 얼마나 영광스러운 발견이 되겠는가!

내 꿈은 여기에서 그치지는 않았다. 내가 좋아하는 저자들은 유령이나 악마를 불러낼 수 있다고 선뜻 약속했고, 나 역시 그 성취를 얻고자 간절히 열망했다. 내 마법이 실패할 때마다 나는 실패의 원인을 스승들의 부족한 기술이나 부정확함보다는 내 경험 부족이나 실수에서 찾았다.

우리 눈 앞에서 매일같이 일어나는 자연 현상이 곧 내 탐구 대상이었다. 증류법, 그리고 내가 좋아하는 저자들이 완전히 무시했던 방법인 증기력의 놀라운 효과에 나는 경탄했다. 하지만 내게 가장 놀라움을 준 것은 공기 펌프 실험이었다. 우리가 자주 찾아가곤 했던 한 신사가 실행한 실험이었다.

초기 철학자들은 이러한 사실들과 다른 여러 사실에 무지했기 때문에 그들에 대한 나의 신뢰는 점차 줄어들었다. 하지만 나는 다른 체계들이 내 정신에 자리 잡기 전까지는 그 저자들을 완전히 제쳐둘 수는 없었다.

내가 열다섯 살 정도 되었을 때 우리 가족은 벨리브 근처 집으로 이사해 살았는데, 어느 날 아주 사납고 무서운 폭풍우가 몰아닥쳤다. 폭풍우가 쥐라산맥 너머에서 불어오며, 하늘 사방에서 소름 끼치는 굉음과 함께 일시에 우레가 쳤다. 나는 폭풍이 계속되는 동안 호기심과 흥분된 마음으로 그 경과를 지켜보았다. 내가 문 앞에 서 있을 때, 우리 집에서 20미터쯤 떨어진 곳에 서 있던 늙고 아름다운 떡갈나무에서 갑자기 불줄기가 치솟았다. 그리고 눈부신 빛이 사라지자마자, 떡갈나무는 타버린 그루터기만 남긴 채 온데간데없었다. 다음 날 아침에 우리가 그곳에 가서 살펴보니 나무는 기이하게 박살 나 있었다. 충격으

늘고 아름다운 떡갈나무에서 갑자기 불줄기가 치솟았다.

로 산산조각이 난 것이 아니라 가느다란 줄기들로 완전히 줄어들어 있었다. 나는 그렇게 철저히 파괴된 것을 처음 보았다.

나무에 닥친 재앙을 보고 나는 무척 놀랐다. 아버지에게 천둥과 번개의 특성과 원인에 관해서 열성적으로 물었다. 아버지는 "전기"라고 대답하며 그 힘의 다양한 효과를 설명했다. 아버지는 작은 전기 기계를 고안해서 몇 가지 실험을 보여주었다. 아버지는 또한 철사와 실을 가지고 연을 만들어, 구름에서 전기 유체를 끌어내었다.

이 마지막 일격이 오랫동안 내 상상력의 군주로 지배해왔던 코르넬리우스 아그리파와 알베르투스 마그누스와 파라켈수스를 타도했다. 하지만 불운 때문에 나는 현대과학 체계에 관한 어떠한 공부도 시작할 마음이 생기지 않았다. 이처럼 공부할 마음이 내키지 않은 것은 뒤따르는 상황 때문이었다.

아버지는 내가 자연철학 강좌를 들었으면 한다고 말씀하셨고, 나는 아버지 제안에 기꺼이 동의했다. 하지만 어떤 사건 때문에 그 강좌에 참석하지 못하다가 거의 끝나갈 무렵에야 비로소 참석할 수 있었다. 맨 마지막 강의를 듣게 된 터라 내용이 전혀 이해되지 않았다. 교수는 내가 알아들을 수 없는 칼륨과 붕소, 황산염과 산화물에 관해 아주 유창하게 논했다. 이해할 수 없다 보니 자연철학이라는 학문이 몹시 싫어졌다. 비록 여전히 내가 보기에 거의 비슷한 정도로 흥미와 유익함을 지닌 플리니우스 가이우스*와 뷔퐁**의 저작들을 기쁘게 읽고 있었지만.

이 무렵에 내가 주로 하던 공부는 수학과 수학 관련 학문이었다. 언어도 열심히 공부했다. 이미 라틴어는 친숙해졌고 가장 쉬운 그리스어 저작들은 사전 없이도 읽기 시작했다. 영어와 독일어는 완벽하게 터득했다. 열일곱 살 때 이룬 성취가 이러하니 내가 모든 시간 다양한 학문의 지식을 습득하고 지키는 데 전념했다고 생각해도 좋다.

내가 형제들의 교사 노릇을 하게 되면서 또 다른 과제를 맡게 됐다. 나보다 여섯 살 어린 에르네스트가 나의 주요한 제자였는데, 녀석은 엘리자베스와 내가 계속 그의 유모 노릇을 했던 유아기 때부터 건강이 좋지 않아 고생했다. 녀석은 온순한 성격이었지만 무엇에도 열중하지 못

• 로마 제정기의 장군, 정치가, 학자로 수사학, 자연과학을 연구했다. 당시 예술, 과학, 문명에 관한 정보의 보고인《박물지 *Naturalis Historia*》를 저술했다.

•• 18세기 프랑스의 박물학자, 계몽 사상가. 파리 왕립식물원 원장이 되어 모은 동식물에 관한 자료를 기초로 1749년부터《박물지 *Histoire naturelle*》를 출판했다.

했다. 우리 가족 중에 가장 어린 나이였던 윌리엄은 아직도 유아였고 세상에서 가장 아름다운 어린아이처럼 보였다. 녀석의 생기 넘치는 푸른 눈과 보조개가 생기는 양 볼, 그리고 귀여운 몸짓을 바라보노라면, 다정다감한 애정이 샘솟았다.

우리 집안은 이러했다. 우리 집안에서는 근심과 아픔이 영원히 추방된 것만 같았다. 아버지는 우리 공부를 지도했고 어머니는 우리와 기쁨을 함께 나누었다. 우리는 어느 쪽도 자신이 누구보다 낫다는 우월감을 조금도 가지고 있지 않았다. 우리 사이에 명령하는 소리는 들리지 않았다. 하지만 서로 간에 가지는 애정 덕분에 서로의 작은 바람에도 응하고 따라주었다.

2

내 나이 열일곱이 되었을 때, 부모님은 나를 잉골슈 타트대학교로 보내기로 결정하셨다. 그때까지 나는 제네 바에서 학교를 다녔다. 하지만 아버지는 내가 제대로 교육을 마치기 위해서는 조국이 아닌 다른 나라의 관습을 배워야 한다고 생각했다. 그래서 내 출발 날짜는 일찌감 치 잡혔다. 그런데 그날이 오기 전에 내 생애의 첫 번째 불행이 닥쳤다. 사실 그건 앞으로 닥칠 불행의 전조였다.

엘리자베스가 성홍열에 걸렸다. 하지만 병세가 심하지 않아 그녀는 빠르게 건강을 회복해갔다. 엘리자베스가 병석에 누워 있는 동안 집안 식구들은 어머니에게 별별 말을 다 해가며 그녀를 간호하지 말라고 만류했다. 처음에 어머니는 우리 뜻을 따랐지만, 아끼는 엘리자베스의 건강이 회복되어간다는 소리를 듣자, 자식과 더는 떨어져 있을 수 없었다. 어머니는 전염의 위험이 없어지려면 한

참 더 있어야 하는데도 너무 이르게 엘리자베스의 침실로 들어가고 말았다. 어머니의 경솔한 행동의 결과는 치명적이었다. 사흘째 되던 날 어머니가 몸져누웠다. 아주 심각할 정도로 고열이 일면서 간병인들의 표정이 최악의 사건을 예고했다. 급기야 어머니는 죽음을 맞이하게 되었는데 그때에도 강인한 여성으로서 인내와 인자함을 잃지 않았다. 어머니는 엘리자베스와 나의 손을 함께 쥐더니 이렇게 말을 꺼냈다.

"내 새끼들, 장래의 행복을 꿈꾸는 내 가장 큰 소원은 너희가 꼭 결혼하는 거란다. 이제 네 아버지가 그 기대를 위안으로 삼겠구나. 사랑하는 엘리자베스, 나를 대신해서 네 어린 사촌들을 돌봐다오. 아아! 너희와 헤어져야 한다는 게 정말 안타깝구나. 그동안 내가 사랑받고 행복을 누려와서, 너희들 곁을 떠나기가 무척 힘든 게 아닐까? 하지만 그런 생각은 이 어미답지 않구나. 이 어미는 기쁜 마음으로 이 세상을 떠날 거야. 다른 세상에서 너희를 다시 만나기를 바라마."

어머니는 조용히 숨을 거두었다. 어머니는 죽음의 순간에도 애정 어린 표정을 띠었다. 돌이킬 수 없는 불행으로 가장 사랑하는 사람과 연결된 끈이 잘린 듯한 기분, 영혼에 깃든 상실감, 그리고 얼굴에 드리운 절망감에 대해서 굳이 설명할 필요는 없을 것이다. 오랜 시간이 지난 뒤에야 우리는 날마다 마주 대했던 어머니, 바로 우리 자신의 일부처럼 느꼈던 존재인 어머니를 영원히 떠나보낼 수 있게 되리라. 그리고 그때가 되면, 밝게 빛나던 사랑스러운 눈빛이 꺼져버리고, 그토록 귓가에 맴돌던 친숙하고 다정한 목소리도 잦아들어 더는 들리지 않는다는 사실을 받아들일 수 있을 것이다. 처음 며칠 동안은 그렇게 생각할 것이다. 하지만 시간이 흘러 어느 순간 불행이 현실로 느껴질 때면, 정말 비통한 슬픔이 시작된다. 그러나 그 무자비한 손길에 사랑하는 사람들을 잃지 않을 사람이 있겠는가? 누구나 느껴왔던, 또 느끼게 될 슬픔을 내가 굳이 묘사할 필요가 있을까? 결국 슬픔이 불가피한 것이 아니라 탐닉으로 바뀔 때가 오게 마련이다. 그리고 모독처럼 여길지 모르지만, 입가에는 다시 사라지지 않는 웃음을 띠게 된다. 어머니는 돌아가셨다. 하지만 우리에게는 아직 해야 할 일들이 있었다. 우리는 남은 사람들과 함께 주어진 삶을 계속 살아가야 하고, 자기 곁에 저승사자가 잡아가지 않은 사람이 하나라도 남아 있는 한 자신을 행운아로 여기는 법을 배워야 한다.

　이런 일로 늦춰졌던 내가 잉골슈타트로 떠나는 여정이 다시 정해졌다. 나는 아버지에게 몇 주간 휴가를 받았다. 그 기간은 슬픔에 젖어 지냈다. 어머니의 죽음과 내가 그렇게 빨리 집을 떠나야 한다는 사실에 우리는 의기소침해졌다. 하지만 엘리자베스는 우리 식구들이 다시 밝은 기분을 되찾을 수 있도록 애썼다. 외숙모가 돌아가신 후 어느 정도의 시간이 지나가자, 엘리자베스는 굳은 결의와 함께 활력을 되찾았다. 아주 철저히 자신의 의무를 충실히 이행하기로 단단히 마음먹었다. 엘리자베스는 가장 시급한 의무, 즉 자기 외삼촌과 사촌들이 다시 행복을 되찾게 하는 일이 자기 소임이라고 느꼈다. 엘리자베스는 나를 위로하고 자기 외삼촌의 기분을 밝게 해주고 내 형제들을 가르쳤다. 나는 그때만큼 매혹적인 엘리자베스의 모습을 본 적이 없었다. 그야말로 자신은 완전히 잊은 채 다른 사람들에게 행복감을 되찾아주려 끊임없이 애썼다.

마침내 내가 집을 떠나야 할 날이 찾아왔다. 나는 우리와 마지막 밤을 함께 보낸 클레르발을 제외하고 이미 모든 친구와 작별을 고한 상태였다. 클레르발은 나와 함께 가지 못해 몹시 슬퍼했다. 결국 자기 부친을 설득하지 못하고, 일상적으로 살아가며 사업하는 데 학문 따위는 불필요하다고 여기는 부친의 뜻에 순응해 부친의 사업에 함께하기로 했다. 앙리는 마음이 맑았다. 그는 빈둥거리며 지내고 싶어 하지 않았고, 부친과 함께 일하는 것에 무척 만족해했다. 하지만 그 친구는 여전히 매우 훌륭한 상인이 되어서도 교양 있는 지성을 갖출 수 있다고 믿었다.

우리는 밤늦도록 앉아서 그의 푸념을 듣고 미래를 위

한 많은 사소한 일들을 계획했다. 나는 이튿날 아침 일찍 출발했다. 엘리자베스의 눈에서 눈물이 한없이 솟아 나왔다. 한편으로는 내가 떠나는 것이 슬퍼서였고, 다른 한편으로는 석 달 전에 이 여정을 무사히 시작할 수 있었다면, 내가 어머니의 축복을 받으며 떠날 수 있었으리라고 생각했기 때문이다.

나를 멀리 태워 갈 이륜마차에 몸을 싣고 나는 아주 우울한 생각에 빠져들었다. 그동안 늘 서로 기쁨을 주려고 애쓰는 다정한 사람들에게 둘러싸여 지내오던 나는 이제 혼자였다. 내가 가려는 대학교에서는 노력해서 새로운 친구들을 사귀고, 나 스스로 보호자가 되어야 했다. 지금까지 내 생활은 세상과 동떨어져 가정의 테두리 안에 있었다. 그래서 나는 새로운 얼굴을 대할 때면, 어쩔 수 없이 강한 반감을 보이기 마련이었다. 나는 내 형제들과 엘리자베스와 클레르발을 사랑했다. 이들은 '옛날의 낯익은 얼굴들'*이었지만, 나는 낯선 사람들과는 전혀 어울릴 줄 몰랐다. 여행을 시작하면서 한 생각들이다. 그러나 앞으로 나아갈수록 용기와 희망이 샘솟았다. 지식을 배우고자 하는 나의 갈망은 강렬했다. 집에 있을 때도 나는 종종 젊은

* 《엘리아의 수필》등을 남긴 영국의 수필가, 찰스 램Charles Lamb (1775~1834)의 시 제목

시절을 한 곳에 처박혀 보내기는 힘들 거라고, 세상 속에 뛰어들어 다른 인간들 사이에서 내 위치를 차지하고야 말겠다고 생각했다. 이제 그런 욕망이 실현된 셈이니 후회는 실로 어리석은 일이었다.

멀고도 힘든 잉골슈타트로 가는 여정 동안에 나는 여유롭게 이런저런 많은 생각을 할 수 있었다. 마침내 그 도시에 높게 솟은 흰 첨탑이 시야에 들어왔다. 나는 마차에서 내렸고, 내가 묵을 독방으로 안내되어, 흡족한 마음으로 그날 밤을 보냈다.

다음 날 아침 나는 소개장을 가지고 몇몇 이름 있는 교수들, 그중에서도 특히 자연철학 교수 크렘퍼를 방문했다. 그는 정중하게 나를 맞아주었고, 여러 자연철학 관련 분야에서 내 공부의 진도를 파악하기 위해 몇 가지 질문을 했다. 나는 정말 겁을 먹고 떨면서 내가 그런 주제와 관련해 읽은 저자들의 저작을 언급했다. 그 교수는 나를 빤히 응시하면서 입을 열었다.

"정말 그런 터무니없는 것들을 공부하느라 시간을 낭비했나?"

나는 그렇다고 대답했다. 크렘퍼 교수가 흥분한 목소리로 말을 이었다.

"자네가 그런 책들에 허비한 모든 시간, 일분일초를 완전히 잃은 거야. 자네는 머릿속에 폐기된 학설과 쓸데

없는 이름들만 잔뜩 채웠던 거야. 맙소사! 자네는 대체 어느 촌구석에서 살다 왔는가? 어느 구석에 처박혀 있었기에, 자네가 탐욕스럽게 받아들였던 그런 망상들이 천 년이나 해묵고, 케케묵은 것이라는 사실을 말해주는 사람이 아무도 없었단 말인가? 오늘날처럼 진보한 과학 시대에 알베르투스 마그누스와 파라켈수스의 제자를 보리라곤 기대하지 못했네. 이보게, 자네는 공부를 완전히 새로 시작해야겠어."

이렇게 말하면서 그는 옆으로 비켜 가더니, 내가 꼭 읽기를 바라는 자연철학에 관한 책 목록을 적어주었다. 그러곤 다음 주 초에 자연철학의 일반 강좌를 시작할 예정이며, 자기가 강의하지 않는 다른 날에는 동료 교수인 발트만 교수가 화학을 강의할 거라 말하고는 면담을 마쳤다.

나는 실망감을 안고 집에 돌아오지는 않았다. 나 역시 그 교수가 강경하게 비난했던 그 저자들이 무익하다고 오래전부터 생각하고 있었으니 말이다. 하지만 그렇다고 해서 그 교수가 추천한 책들을 열심히 공부하고 싶은 마음이 생기지도 않았다. 크렘퍼 교수는 탁한 목소리와 보기 흉한 얼굴에 체구가 땅딸막한 사람이었다. 그래서인지 그의 가르침 또한 좋게 보이지 않았다. 게다가 나는 현대 자연철학의 유용성을 경멸하고 있었다. 그러나 과학의 거장들이 불멸과 힘을 추구하는 경우는 전혀 다른 문제였다. 그런 관점은 비록 무익할지라도 원대한 것이었다. 하지만 이제 상황이 바뀌었다. 내 면접을 본 교수가 가진 야망의 본령은 과학에 대한 내 관심의 근간이 되는 시각을 폐기하는 데에만 있다고, 나는 느꼈다. 나는 한없이 원대한 꿈을 별 가치 없는 현실과 바꾸라고 강요받았다.

첫 이삼일 동안 그런 생각을 하면서 거의 혼자서 지냈다. 하지만 다음 한 주가 시작되면서 크렘퍼 교수가 강의에 대해 내게 알려준 말이 머릿속에 떠올랐다. 나는 그 땅딸막하고 거만한 인간이 강단에서 떠드는 설교를 들으러 갈 마음은 없었지만, 그가 발트만 교수에 대해 얘기했던 말들이 생각났다. 이제껏 발트만 교수는 잉골슈타트에 없었기 때문에 그 교수를 만나보지 못했다.

나는 반은 호기심에서 반은 딱히 할 일이 없어서 강의실에 들어갔다. 잠시 후 발트만 교수가 강의실로 들어왔다. 그는 동료 교수와는 전혀 달랐다. 나이가 오십 정도 되어 보였는데, 아주 인자한 인상을 풍겼다. 희끗희끗 흰머리가 관자놀이를 덮고 있었지만 뒤쪽 머리카락은 거의 검었다. 키는 작았지만 꼿꼿했다. 그리고 그의 입에서는 내가 일찍이 들어보지 못한 온화한 목소리가 흘러나왔다. 그는 화학사를 개괄하고 학자들이 이룬 다양한 업적을 설명하며 강의를 시작했다. 특별히 아주 훌륭한 발견자들의

그는 화학사를 개괄하고 학자들이 이룬 다양한 업적을 설명하며 강의를 시작했다.

이름을 거론할 때는 들뜬 목소리로 발음했다. 그다음에는 현재의 과학 상황을 개괄하고 현대과학의 많은 기본 용어들을 설명했다. 그러곤 그는 몇 가지 예비 실험을 보여준 후에 현대화학에 대한 찬사로 강의를 마쳤는데, 그때 그가 한 말을 나는 영원히 잊지 못할 것이다.

그가 말했다.

"고대의 화학 교사들은 불가능한 것을 약속하고는 아무것도 성취하지 못했습니다. 현대의 거장들은 거의 아무것도 약속하지 않습니다. 그들은 금속의 성질은 변할 수 없다는 것과 불로장생의 영약은 망상에 지나지 않는다는 걸 잘 알고 있습니다. 하지만 양손을 오물에 적시고, 두 눈으로 현미경과 도가니를 뚫어지게 쳐다보기만 하는 이들 철학자들이야말로 실로 기적을 행했습니다. 그들은 자연의 깊숙한 곳을 파고들어 그 숨은 곳에서 자연이 어떻게 작동하는지 보여줍니다. 그들은 신의 영역에까지 오릅니다. 그들은 혈액이 어떻게 순환하는지 발견했고 우리가 숨 쉬는 공기의 성질이 무엇인지 밝혀냈습니다. 그들은 새롭고 거의 무한에 가까운 능력을 획득했습니다. 하늘의 천둥을 지배하고 지진을 모방하고 심지어 어둠에 가려져 보이지 않는 세계를 모방하기까지 합니다."

나는 그 교수와 그의 강의 덕분에 매우 기쁜 마음으로 강의실을 떠났다. 그러곤 그날 저녁에 그 교수를 찾아뵈었다. 사석에서 그는 공석에서보다 더욱 온화하고 매력적인 모습을 보였다. 강의 중에는 약간 위엄 있는 모습을 보였지만, 집에서는 더없이 상냥하고 친절했다. 그는 내 공부에 대한 짤막한 이야기를 주의 깊게 들어주었고, 코르넬리우스 아그리파와 파라켈수스의 이름이 나올 때는 웃음을 지었지만 크렘퍼 교수처럼 경멸감을 드러내지는 않았다. 그는 이렇게 말했다.

"그 사람들의 지칠 줄 모르는 열의 덕분에 현대 철학자들은 자신들이 가진 대부분의 지식 기반을 다질 수 있었네. 그들은 우리에게 좀 더 쉬운 과제를 남겨주었다네. 사실들에 새로운 이름을 부여하고, 연관성에 따라 각각을 분류하고 배열하는 것이지. 따지고 보면, 그들이야말로 사실을 밝히는 데 대단히 중요한 수단 노릇을 했던 거야. 천재들의 노력은 아무리 잘못된 방향으로 나아간다고 하더라도, 궁극적으로는 인류에게 실질적으로 유익한 쪽으로 방향을 틀게 마련이라네."

나는 어떠한 억측이나 허식이라곤 전혀 찾아볼 수 없는 그의 말을 경청했다. 그러고 나서 그의 강의가 현대 화학자들에 대한 나의 편견을 없애주었노라고 말했다. 또 내가 공부해야 할 책들에 관해 조언을 구했다.

"제자를 얻게 되어 기쁘군."

발트만 교수가 말했다.

"자네는 가진 능력만큼 열심히 공부한다면, 틀림없이 성공할 걸세. 화학은 자연철학 중에서도 가장 큰 진보를 해온 분야고 앞으로도 그럴 가능성이 가장 큰 학문이네. 바로 그런 이유에서 나 또한 화학을 전공으로 삼았네. 하지만 다른 분야의 학문도 소홀히 하지 않았지. 화학자라고 해서 오로지 자기 분야의 지식에만 전념한다면 정말 어설픈 화학자가 되고 말 걸세. 자네가 그저 시시한 실험가가 아니라 진정한 과학자가 되고 싶다면 수학을 비롯한 자연철학의 모든 분야에 전념하라고 충고하겠네."

이렇게 말하고는 그는 나를 자신의 연구실로 데려가서, 다양한 기계들의 용도를 설명해주면서 내가 어떤 기계들을 마련해야 하는지 알려주었고, 내가 그런 장치들을 망가뜨리지 않을 만큼 학문의 공부에 충분히 진척하게 되면 자신의 기계들을 사용할 수 있게 해주겠다고 약속했다. 그는 또한 앞서 내가 부탁했던 책들의 목록을 건네주었다. 나는 그 목록을 받고 그의 집을 나섰다.

이렇게 해서 기억에 남을 만한 하루가 저물었다. 바로 그날이 내 앞날의 운명을 결정했다.

　그날부터 나는 거의 자연철학, 특히 가장 포괄적인
의미에서 화학에만 파고들었다. 나는 이런 주제들에 관해
현대 학자들이 저술한, 천재성과 뛰어난 통찰력이 돋보이
는 책들을 열심히 탐독했다. 강의를 들으며 대학에서 과
학을 공부하는 학생들과도 사귀었다. 그리고 심지어 크
렘퍼 교수도 대단히 뛰어난 식견과 진정한 학식을 가지고
있다는 걸 깨달았다. 더불어 그가 정말로 불쾌감을 주는
얼굴과 태도를 지니긴 했지만, 그렇다고 해서 그가 지닌
학식의 가치가 떨어지는 것은 아니라는 사실도 알게 되었
다. 나는 발트만 교수에게서는 진정한 친구의 모습을 발
견했다. 그의 온화한 태도는 결코 독단에 물들지 않았고,
그의 강의는 현학적인 사고의 때가 일절 묻지 않은, 솔직
하고 친절한 분위기에서 진행되었다. 내가 과학 그 자체
에 대한 본능적인 사랑보다는 그가 가르쳤던 바로 그 자

연철학의 분야에 끌리게 된 건 그 교수의 온화한 성품 덕분이었다. 그러나 이러한 마음은 지식을 향한 첫 단계에서만 생겼다. 나는 과학을 더욱더 깊이 파고들수록 더욱더 과학을 과학 자체로서만 추구했다. 처음엔 의무와 결심 때문에 그처럼 열심히 공부했다. 하지만 이제는 열정과 열망에 불타 공부에 매진하게 되었다. 그때 얼마나 열심히 공부했는지 아침 햇빛에 별들이 사라져갈 즈음까지 종종 연구실에 남아 있곤 했다.

그토록 열심히 공부하다 보니 내 실력이 빠르게 향상되는 게 눈에 띄었던 모양이었다. 학생들은 내 열의에, 교수들은 완숙해가는 내 실력에 무척 놀랐다. 크렘퍼 교수는 종종 음흉한 웃음을 지으며, "코르넬리우스 아그리파는 어떻게 지내나?" 하고 묻곤 했지만, 발트만 교수는 내 진보를 진심으로 아주 기뻐해주었다. 이렇게 2년이 흘러갔다. 그동안 나는 제네바에는 한 번도 가보지 못한 채 내가 바라는 바를 발견하기 위해서 혼신의 노력을 다했다. 과학의 매력은 경험해본 사람만이 알 수 있다. 다른 학문에서는 앞선 사람들이 해놓은 것까지 나아가면 더 알아야 할 것이 없지만, 과학 연구에는 발견과 경이의 양식糧食이 끊임없이 존재한다. 웬만한 능력을 갖춘 사람이라면, 한 가지 연구를 열심히 추구하다 보면 반드시 그 분야에서 대가의 경지에 이르게 마련이다. 나는 한 가지 목적

그때 얼마나 열심히 공부했는지
아침 햇빛에 별들이 사라져갈 즈음까지 종종 연구실에 남아 있곤 했다.

을 이루기 위해 부단히 노력하면서 오로지 거기에만 열중했기 때문에 연구가 상당히 빠르게 진척되었다. 2년 만에 화학 실험기구들을 개선하는 데 상당히 중요한 기여를 했고, 덕분에 대학에서 높은 평가와 찬사를 받게 되었다. 이 무렵에 이르렀을 때, 나는 잉골슈타트 교수들의 강의에서 얻을 수 있는 모든 자연철학 이론과 실습을 완전히 통달했기 때문에 그곳에 계속 머무는 것이 나의 향상에 더는 도움이 되지 않았다. 그래서 나는 친구들이 있는 고향으로 돌아가려고 생각했는데, 마침 한 가지 사건이 일어나 그곳에 더 머물 수밖에 없었다.

특별히 나의 관심을 끌었던 현상 중 하나가 인체, 아니 생명을 가진 모든 동물의 신체 구조였다. 생명의 원리는 어디에서 비롯된 것일까? 나는 종종 이렇게 자문해보곤 했다. 대담한 질문이었고 지금까지 수수께끼로 남아 있던 질문이었다. 하지만 소심함과 부주의 때문에 연구 활동이 제약받지만 않는다면, 우리가 당장이라도 밝힐 만한 것들이 얼마나 많은가. 나는 이런 상황을 곰곰이 생각하고는 그때부터 생리학과 관련된 자연철학 분야를 더욱더 깊이 연구해보기로 마음먹었다. 거의 초자연적이라고 할 열정에 고무되지 않았더라면, 그러한 연구에 몰두하는 게 무척 지루하고 견디기 힘든 일이었을 것이다. 생명의 원인을 밝히려면 우선 죽음을 수단으로 이용해야만 한다.

생명의 원인을 밝히려면 우선 죽음을 수단으로 이용해야만 한다.

나는 해부학에 통달하게 되었지만, 그것만으로 충분하지 않았다. 나는 인체의 자연적인 소멸과 부패 또한 관찰해야만 했다. 아버지는 나를 가르치면서 내가 어떠한 초자연적인 공포에도 마음이 흔들리는 일이 없도록 극도로 신경을 썼다. 나는 미신적인 이야기를 듣고 무서워하거나 유령을 두려워했던 기억이 전혀 없다. 어둠은 나의 상상에 아무런 영향도 미치지 못했고, 내게 교회 묘지는 아름다움과 힘의 근원이었던 육체가 구더기들의 먹이가 되어버린, 생명을 잃은 시체들의 저장소에 지나지 않았다. 이제 나는 이러한 부패의 원인과 과정을 연구하기에 이르렀고, 밤낮을 지하 납골당이나 시체 안치소에서 보내야 했다. 비위가 약한 사람이라면 도저히 견딜 수 없을 온갖 대상에 관심을 집중했다. 어떻게 아름다운 인간의 몸이 썩어 소멸해가는지 살펴보았다. 생기가 감도는 양 볼에 죽음의 부패가 번지는 것을 보았다. 구더기들이 어떻게 경이로운 눈과 두뇌를 이어받는지 지켜보았다. 나는 삶에서 죽음으로, 그리고 죽음에서 삶으로의 변화가 실증하는 바대로 모든 상세한 원인을 검토하고 분석하다가 잠시 숨을 돌렸다. 그러던 중, 이 암흑의 한가운데에서 돌연히 비친 섬광이 내게 쏟아졌다. 그 빛은 너무나 눈이 부시고 경이로웠지만 아주 단순했다. 나는 그 빛이 보여줄 무한한 전망에 현기증을 느끼면서도 같은 과학 분야를 연구했던 많은 천재 가운데 오직 나 혼자만이 그처럼 경이로운 비밀을 발견했다는 사실이 무척 놀라웠다.

지금 내가 말하는 사실은 결코 미친 사람의 환상이 아님을 상기하기 바란다. 저 하늘의 태양도 지금 내가 확언하는 바가 진실이라는 사실보다 더 뚜렷하게 빛나지는 않는다. 어떤 기적이 연출해냈을지도 모르지만 그 발견의 무대는 명백하고 충분히 믿을 만한 것이었다. 며칠 동안 밤낮으로 엄청난 노고를 들인 끝에 나는 발생과 생명의 원인을 밝혀내는 데 성공했다. 아니, 더 나아가 생명이 없는 것에 생명을 불어넣을 수 있게 되었다.

이 발견으로 내가 처음에 느꼈던 놀라움은 곧 기쁨과 환희로 바뀌었다. 그토록 많은 시간을 들인 고통스러운 연구 끝에 마침내 바라던 일의 정상에 올랐을 때, 나는 벅차오르는 성취감에 더없이 큰 기쁨을 느꼈다. 그러나 이 발견은 너무나도 엄청나고 압도적이라 내가 단계적으로 밟아왔던 모든 단계는 완전히 사라지고 오로지 결과만이 눈에 들어왔다. 세계가 창조된 이래 가장 현명했던 사람들이 연구하고 꿈꾸어왔던 것이 이제 내 손안에 들어와 있었다. 물론 마술의 한 장면처럼, 모든 것이 내 눈 앞에 바로 펼쳐지지는 않았다. 내가 얻은 정보는 이미 완성된 결과물로 보여주기보다는, 내가 연구 목표를 향해 노력을 쏟아야 할 때 그 노력의 방향을 잡아주는 속성의 성과였다. 나는 마치 시체들과 함께 매장되었다가, 오직 한 줄기 희미한 빛을 따라 나와 결국에 살아날 수 있는 출구를 발견했던 아라비아인*과 같았다.

나의 친구여, 경이로움과 기대에 찬 자네의 눈빛, 그리고 자네의 열정을 보니, 자네는 내가 알아낸 비밀을 듣고 싶어 한다는 걸 알겠다. 지금 들려줄 수는 없다. 그러나 내 이야기를 끝까지 참을성 있게 들어주기를 바란다. 그러면 내가 왜 그 문제를 뒤로 미루려 하는지 쉽게 알게 될 테니. 나는 그 시절 경솔하고 격정적이었던 나처럼, 자네를 파멸과 피할 수 없는 불행으로 이끌고 싶지 않다. 내 가르침이 싫다면, 적어도 본보기가 되는 나를 보고 배우기를. 또한 지식을 얻는 것이 얼마나 위험한 일인지, 자기 역량 이상으로 더 위대해지려고 열망하는 사람보다 자기 고향이 세상 전부라고 믿는 사람이 얼마나 더 행복한지를 알게 되기를 바란다.

그처럼 놀라운 능력이 내 손 안에 있다는 것을 알게 됐을 때, 나는 그걸 어떻게 사용해야 할지 오랫동안 망설

• 《아라비안나이트》에서 신드바드의 네 번째 항해 중에 나오는 이야기. 신드바드는 어느 섬에서 아내를 맞이했는데 아내가 죽자 그곳 관습에 따라 죽은 아내와 함께 매장되었다가 희미한 빛을 따라가서 탈출구(야생동물이 드나드는 구멍)를 발견하고 무덤에서 빠져나온다.

였다. 내게 생명을 불어넣을 능력은 있었지만, 생명을 받아들일 온갖 복잡한 섬유, 근육과 혈관을 가지고 있는 몸체를 준비하기 위해서는 아직도 상상할 수 없을 만큼 어렵고 고된 작업이 남아 있었다. 나는 처음에는 나와 같은 인간을 창조해봐야 할지 아니면 좀 더 단순한 생물을 창조해봐야 할지 갈피를 잡지 못했다. 하지만 첫 번째 시도에서 성공을 거둠으로써 상상력이 한껏 고양되었던 나는 인간처럼 복잡하고 경이로운 동물에게도 생명을 불어넣을 수 있다는 생각을 조금도 의심하지 않았다. 당장에 쓸 수 있는 재료들은 그처럼 힘든 일에는 적당해 보이지 않았지만, 결국엔 성공하리란 것을 확신했다. 나는 수많은 실패를 대비해 마음의 준비를 했다. 작업은 끊임없이 장애에 부딪히고 결국에는 완성을 보지 못할 수도 있었다. 하지만 과학과 역학力學이 나날이 발전한다는 사실을 생각하니, 현재의 내 시도는 최소한 미래의 성공을 위한 초석이 되리라는 희망에 용기가 생겼다. 또한 내 계획이 거대한 규모에 매우 복잡한 일이라고 해서 실현이 불가능하다고는 생각하지 않았다. 결국 이러한 생각에 사로잡혀 나는 한 인간을 창조하는 작업에 들어갈 수 있었다. 신체 부위의 미세한 부분까지 만들자면 작업 속도가 너무 느려지기 때문에 나는 처음 의도와는 달리 거대한 체격을 지닌 존재를 만들기로 했다. 키를 240센티미터 정도로 하고 그에 비례해서 모든 부위를 크게 만들기로 했다. 이렇게 결단을 내리고 몇 달에 걸쳐 성공적으로 재료들을 구하고 배열하는 일을 마친 후에 나는 드디어 생명 창조 작업을 시작했다.

처음 거둔 성공의 감격 속에서 마치 허리케인처럼 나를 앞으로 밀어붙였던 다양한 감정은 누구도 이해하지 못할 것이다. 삶과 죽음은 이상적인 경계처럼 보였다. 나는 먼저 그 경계를 뚫고 들어가 우리의 암흑세계에 폭포수와도 같은 빛을 쏟아부어야 했다. 새로운 종들이 나를 자신들의 창조주요 근원으로 축복할 것이다. 행복하고 뛰어난 수많은 생명체가 나로 말미암아 탄생하게 될 것이다. 그 어떤 아버지도 나만큼 자식으로부터 크나큰 감사를 받을 만하다 할 수 없다. 나는 이런 생각에 빠진 채, 내가 생명이 없는 것에 생명을 불어넣을 수 있다면 (비록 지금은 불가능하다는 사실을 알지만) 언젠가는 죽어서 부패한 시체도 소생시킬 수 있으리라 생각했다.

바로 그러한 생각들이 지칠 줄 모르고 열심히 연구에 몰두하는 동안 내 정신을 지탱해주었다. 쉼 없는 연구로 내 얼굴은 창백해졌고 틀어박혀 있었던 탓에 몸은 몹시 야위어갔다. 때로는 확실한 것을 얻으려는 순간에 실패하기도 했다. 하지만 나는 여전히 다음 날이나 다음 순간에는 실현되리라는 희망에 집착했다. 나 혼자서 간직했던 한 가지 비밀은 바로 내가 몸을 바쳤던 그 희망이었다. 달이 한밤중의 내 연구를 지켜보는 동안에 나는 잔뜩 긴장하고 숨죽인 채 자연을 추적해 그 은신처로 파고들었다. 불경스러운 무덤의 습지에서 철벅거리거나, 생명이 없는 진흙에 생명을 불어넣기 위해 살아 있는 동물을 고문하면서 힘겹고도 은밀한 나만의 연구를 할 때 느끼는 공포를 누가 이해할 수 있을까? 지금도 사지가 떨리고 그때의 기억이 눈 앞에 어른거린다. 그러나 그때는 저항할 수 없는, 거의 광적인 충동이 나를 다그쳤다. 나는 바로 그 한 가지 충동 말고는 정신과 감각을 완전히 상실했던 것 같다. 실은 일시적인 최면 상태에 지나지 않았다. 비정상적인 충동이 사라지고 다시 평소의 습관으로 되돌아오면 곧 또렷해진 정신을 되찾고는 그 사실을 깨달을 수 있었다. 나는 납골당에서 뼈를 수집했고 불경스러운 손으로 인체의 엄청난 비밀을 침해했다. 집 꼭대기에 복도와 계단을 사이에 두고 다른 모든 방과 분리된 외딴 방, 아니 감방이나 다름없는 방에서 나는 추악한 창조 작업을 계속해나갔다. 그 연구의 세부 작업에 열중하다 보니 눈이 불거져 나오다시피 했다. 해부실과 도살장에는 내가 필요로 하는 많은 재료가 갖추어져 있었다. 나는 종종 인간적인 본능으로 역겨움을 느끼며 작업에 등을 돌리곤 했다. 하지만 이내 계속 커가는 열망에 사로잡혀 작업을 거의 완성하기에 이르렀다.

그렇게 진행한 연구에 온 마음과 영혼을 빼앗겨 있는 동안, 여름은 지나갔다. 그리고 가장 아름다운 계절이 찾아왔다. 들판은 더없이 풍족한 수확을 안겨주었고, 포도나무에는 그 어느 때보다도 포도들이 풍성하게 주렁주렁 열렸다. 그러나 내 눈은 자연의 아름다움을 느끼지 못했다. 주변 풍경의 변화조차 인식하지 못하게 했던 무심함이 멀리 떨어져 있어 오랫동안 보지 못한 친구들마저 잊어버리게 했다. 내게서 소식이 없으면 그들이 걱정할 거라는 걸 나는 잘 알았다. 또한 나는 아버지가 당부한 말도 잘 기억했다.

"네가 잘 지내고 있으면 애정으로 우리를 생각하며 우리에게 정기적으로 소식을 전해주리라 믿는다. 하지만 네 편지가 뜸해지면, 네가 다른 의무도 똑같이 게을리하고 있다고 여길 테니, 너무 섭섭하게 생각하지 마라."

그런 까닭에 나는 지금 아버지의 심정이 어떨지 잘 알았다. 하지만 그 자체가 혐오스럽긴 해도, 뿌리칠 수 없는 힘으로 나의 상상력을 붙들고 있던 그 일에서 손을 뗄 수가 없었다. 사실 나는 내 본성적인 기질을 모조리 삼켜버린 그 중대한 목적을 이루기 전까지는 사랑하는 이들과 관련된 모든 것들은 뒤로 미뤄두고 싶었다.

그러니 나는 혹시 아버지가 나의 소홀함을 비행이나

과실로 여긴다면, 그런 아버지의 생각이 부당하다고 생각했다. 하지만 지금 생각해보면, 내게 잘못이 전혀 없지는 않다고 생각했던 아버지의 생각이 옳았다. 성숙한 인간이라면 항상 평온한 마음 상태를 유지해야 하며 절대 열정이나 일시적인 욕망 때문에 평정심을 깨서는 안 된다. 나는 지식의 추구도 예외일 수 없다고 생각한다. 자네가 전념하는 연구가 자네의 애정을 약화하거나 어떤 불순물도 섞이지 않은 순수한 기쁨을 느낄 수 없게 한다면, 그 연구는 분명 부당한 것, 다시 말해서 인간의 정신에는 어울리지 않는다는 뜻이다. 인간이 이 법칙을 항상 준수했다면, 누구도 애정과 내면의 평화를 저해하는 일을 추구하지 않았더라면, 그리스는 속국이 되지 않았을 것이고, 카이사르는 조국을 구했을 것이며, 아메리카는 좀 더 늦게 발견되어 멕시코와 페루 제국이 멸망하는 일도 없었을 것이다.

나는 내 이야기 중 가장 흥미로운 부분에서 설교나 늘어놓고 있다는 걸 망각했다. 자네의 표정을 보니 하다 만 이야기를 계속 이어가야겠다.

아버지는 내게 편지를 보냈지만 꾸지람하는 내용은 전혀 없었다. 다만 예전보다 내 연구에 관해 자세히 물어 실은 내 침묵에 신경을 쓰고 있음을 드러내셨다. 연구에 매진하는 사이에 어느덧 겨울, 봄, 여름이 지나갔다. 하지만 나는 연구에 너무 깊이 빠져 있던 탓에, 예전에는 내게 최고의 기쁨을 주던 광경들, 꽃이 피는 것도 잎이 자라나는 것도 보지 못했다. 그해 나뭇잎들이 시든 뒤에야 내 작업은 완성에 가까이 이르렀고, 그때부터는 하루하루가 지날수록 성공의 가능성이 더욱더 뚜렷해졌다. 하지만 불안감 때문에 마냥 열광할 수도 없었다. 나는 좋아하는 작업에 몰두하는 예술가라기보다는 갱도에서, 아니면 다른 어떤, 몸을 해치는 노역장에서 평생 일할 운명을 지닌 노예와 같았다. 매일 밤 나는 미열에 시달렸고 아주 고통스러울 정도로 신경이 예민해졌다. 그런 병에 시달리게 되었을 때, 나는 지금까지 최상의 건강과 똑바른 정신을 누리며 늘 자랑으로 여겨왔던 터라, 슬픔이 더욱 깊을 수밖에 없었다. 하지만 운동과 오락을 즐기다 보면 그런 병의 징후는 곧 사라지게 될 거라고 믿었다. 그리고 이 생명을 창조하는 일을 끝마치면 운동과 오락을 모두 즐기겠다고 다짐했다.

4

　11월의 어느 음산한 밤, 나는 마침내 노고의 결실을 보게 되었다. 나는 거의 고뇌에 이를 정도의 불안한 마음으로 주변에 있던 생명의 도구들을 끌어모았다. 그 도구들로 이제 내 발 앞에 놓인 생명이 없는 존재에 생명의 불꽃을 불어넣을 수 있을 것이다. 이미 새벽 한 시였다. 빗줄기가 음산하게 창문을 두드렸고 초는 거의 다 타들어 갔다. 그 순간 나는 반쯤 사그라진 촛불의 희미한 빛을 통해, 내가 창조한 피조물이 흐리멍덩한 노란 눈을 뜨는 것을 보았다. 놈은 거칠게 숨을 쉬었고, 발작을 일으키며 사지를 꿈틀댔다.

　이 참상을 보고 느낀 감정을 어떻게 표현할 수 있을까? 그토록 엄청난 노고와 정성을 다해 만든 그놈을 어떻게 묘사할 수 있을까? 놈의 사지는 적당히 균형이 맞았다. 한데 나는 거기에 만족하지 않고 놈을 아름다운 용모로 만들려 했다. 아름답게! 아, 맙소사! 놈의 누런 피부 아래 움직이는 근육과 동맥이 거의 다 드러나 보였다. 검은 머리칼은 윤기를 내며 흘러내렸고 이빨은 진주 빛깔처럼 희었다. 하지만 이처럼 다채로워 보이는 모습은 희끄무레한 눈구멍에 자리 잡은 그 눈구멍과 거의 비슷한 빛깔의 축축한 눈과 쭈글쭈글한 피부, 그리고 불거진 새까만 입술과 대조를 이루어 더욱 섬뜩하기만 했다.

　다양한 인생사도 인간의 감정만큼 쉽게 변하지는 않는다. 나는 거의 2년 동안, 생명이 없는 육체에 생명을 불어넣으려는 하나의 목적을 위해 열심히 일했다. 그 목표를 이루기 위해 나는 휴식도 취하지 못했고 건강마저 잃고 말았다. 절제할 수 없는 열정으로 그 목적만을 간절히 갈망했다. 하지만 막상 일을 끝내자, 아름다운 꿈은 사라지고 숨 막히는 공포와 역겨움이 엄습했다. 내가 창조해 낸 존재를 더는 참고 볼 수가 없어서 그 방에서 뛰쳐나왔다. 그러곤 오랫동안 침실을 서성거렸지만, 마음이 진정되지 않아 잠을 이루지 못했다. 마침내 피로가 몰려들면서 격한 마음이 겨우 누그러졌다. 나는 잠시라도 모든 것을 잊고 싶어 옷을 입은 채로 침대에 몸을 던졌다. 하지만 소용이 없었다. 사실 잠이 들긴 했지만 아주 사나운 꿈에 시달렸다. 꿈에서 엘리자베스도 보았던 것 같다. 엘리자베스는 아주 건강한 모습으로 잉골슈타트 거리를 거닐고

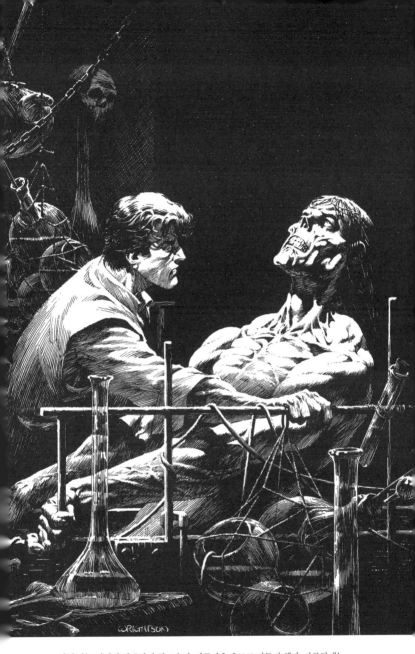

한데 나는 거기에 만족하지 않고 놈을 아름다운 용모로 만들려 했다. 아름답게!

있었다. 기쁘기도 하고 놀랍기도 해서 나는 그녀를 껴안
았다. 그런데 첫 입맞춤에 그녀의 입술은 죽음의 빛깔인
납빛으로 변해버렸다. 모습이 변하더니, 내 품에는 죽은
어머니의 시체가 안겨 있었다. 어머니는 수의를 입었는데
그 옷, 플란넬 천의 주름 사이에서 구더기들이 꿈틀거렸
다. 나는 소스라치게 놀라며 꿈에서 깨어났다. 이마엔 식
은땀이 이슬처럼 맺혔고 이빨들이 서로 딱딱 부딪치며 사
지가 부들부들 떨렸다. 그때, 나는 창의 덧문 사이로 들어
오는 어스름한 달빛을 통해 그 추악한 놈, 내가 창조해낸
끔찍한 괴물을 보았다. 놈이 침대 커튼을 걷어 올렸다. 그
러곤 놈의 두 눈은, 그것을 눈이라고 할 수 있다면, 나를 노
려보고 있었다. 그는 턱을 움직여 입을 벌리면서 알아들
을 수 없는 소리를 중얼거렸고 뺨에 주름을 잡으며 씩 웃
었다. 그는 뭔가 말했을 테지만 나는 알아듣지 못했다. 나
를 붙잡으려는 듯, 놈은 한 손을 뻗었지만 나는 도망쳐 재
빨리 계단을 뛰어 내려갔다. 나는 내가 살던 그 집에 딸린
안마당으로 피신하고는, 안절부절못하며 밤이 새도록 그
곳을 서성였다. 내가 너무나 서툴게 생명을 부여한 그 악
마 같은 시체가 다가오지나 않을까 신경을 곤두세운 채
귀를 기울이며, 단 하나의 소리도 놓치지 않았다. 그리고
어떤 소리가 들려올 때마다 소름이 돋았다.

아! 그 소름 끼치는 몰골을 참아낼 수 있는 사람은 없

그러곤 놈의 두 눈은, 그것을 눈이라고 할 수 있다면, 나를 노려보고 있었다.

을 것이다. 다시 살아난 미라도 그 추악한 놈만큼 소름 끼치지는 않을 것이다. 나는 놈을 완성하기 전에도 놈을 찬찬히 바라보곤 했다. 그때는 그냥 보기 흉한 모습이었다. 하지만 근육과 관절이 움직일 수 있게 되자, 놈은 단테조차도 상상하지 못할 그런 괴물이 되고 말았다.

나는 참담한 기분으로 그날 밤을 새웠다. 때로는 맥박이 너무 빠르게, 때로는 너무 천천히 뛰었는데, 나는 모든 동맥의 떨림을 느낄 수 있었다. 어떨 때는 엄습해온 무기력과 극도의 피로감 때문에 거의 땅에 쓰러질 뻔했다. 그때 나는 공포와 함께 쓰디쓴 실망감도 맛보았다. 그렇게 오랫동안 나의 양식이자 즐거운 휴식이었던 꿈이 이제 지옥이 되어버렸다. 내 꿈은 그렇게 일순간에 변질했고 그렇게 완전히 전복되었다!

마침내 음울하고 축축한 새벽이 밝아왔다. 잠을 못 자 쓰라린 눈에 잉골슈타트 교회, 그리고 그곳의 뾰족탑과 여섯 시를 가리키는 시계가 들어왔다. 이윽고 문지기가 지난밤에 나의 도피처였던 안마당의 문을 열었다. 나는 거리로 나와, 모퉁이를 돌 때마다 갑자기 눈 앞에 그 두려운 괴물이 나타나지 않을까 두려워하며, 놈을 어서 피하려는 듯 발걸음을 빠르게 옮겼다. 검고 황량한 하늘에서 퍼붓는 비에 온몸이 흠뻑 젖었지만 나는 내가 살던 그 집에 돌아갈 엄두를 내지 못하고, 그저 서둘러 걸음을 옮겨야겠다고만 생각했다.

　그렇게 얼마간 걸으면서 몸을 움직여서라도 내 마음을 짓누르는 짐을 덜어내려 안간힘을 썼다. 나 자신이 어디에 있는지, 무얼 하고 있는지도 제대로 의식하지 못하고 거리거리를 지나쳐갔다. 두려움에 내 심장은 마구 뛰었고, 나는 주위를 돌아볼 엄두도 내지 못하고, 비틀거리며 걸음을 재촉했다.

　　쓸쓸한 길에서
　　공포와 두려움에 질려 걸어가다가
　　한 번 뒤를 뒤돌아보고는
　　다시는 머리를 돌리지 못하고 걸어가는 사람처럼.
　　무시무시한 악마가
　　등 뒤에서 바짝 따라오고 있음을 알기에.•

　그렇게 계속 걷다 보니 어느새 나는 다양한 역마차와 마차가 서곤 하는 여관의 맞은편에 와 있었다. 그곳에서 걸음을 멈추었는데 그 이유는 알 수 없었다. 나는 몇 분 동안 그곳에 그대로 머문 채, 거리 저편 끝에서 나를 향해 다

　•　새뮤얼 콜리지의 〈늙은 선원의 노래〉 중에서.

가오던 마차를 또렷이 지켜보았다.

좀 더 가까이 다가왔을 때, 나는 그 마차가 스위스 역마차임을 알 수 있었다. 그 마차는 내가 서 있던 바로 곁에 멈추었다. 문이 열리는 순간, 내 눈에는 앙리 클레르발이 들어왔다. 그가 나를 보자마자 곧 마차에서 뛰쳐나오며 소리쳤다.

"이 친구, 프랑켄슈타인 아닌가, 정말 반가워! 내가 지금 도착한 여기에 네가 있다니, 정말 행운이야!"

클레르발을 본 순간 이루 말할 수 없을 만큼 기뻤다. 그의 얼굴을 보자 나의 아버지, 엘리자베스, 그리운 고향에 대한 모든 기억이 머릿속에 생생히 떠올랐다. 나는 덥석 그의 손을 잡았다. 그러자 일순간 공포와 불행이 잊혔다. 몇 개월 만에 처음으로 갑작스럽게 찾아온 평온하고 잔잔한 기쁨을 느꼈다. 당연히 나는 아주 따뜻하게 친구를 환영했고 우리는 함께 내가 다니는 대학 쪽으로 걸어갔다. 클레르발은 한동안 우리의 친구들에 관해 계속해서 이야기했고, 정말 운 좋게도 잉골슈타트에 오게 되었다는 말을 덧붙였다.

"너도 쉽사리 짐작할 수 있을 테지만, 아버지를 설득하기가 얼마나 힘들던지. 상인도 회계 장부를 기록하는 것 말고 다른 일도 알 필요가 있다고 말이야. 사실 아버지는 끝끝내 나를 미덥잖아 했어. 내 끈질긴 간청을 들으실 때마다 아버지는 한결같이 《웨이크필드의 목사》*에 나오는 네덜란드인 교장처럼 '난 그리스어를 몰라도 일 년에 만 플로린**을 벌어. 난 그리스어를 몰라도 배불리 먹고살아'라고 말씀하시곤 했어. 하지만 결국 나를 사랑하는 마음에서 아버지는 공부에 대한 혐오감을 억누르고, 내가 지식의 땅으로 발견의 항해를 떠나도록 허락하셨어."

"이렇게 너를 만나다니, 정말 기쁘다. 나의 아버지와 동생들, 엘리자베스는 어떻게 지내는지 들려줘."

"아주 행복하게 잘 지내. 네 소식이 뜸하니 조금 걱정하곤 하지만 말이다. 말이 났으니 말인데, 네 식구들을 대신해서 내가 너한테 잔소리 좀 해야겠다……. 아니, 프랑켄슈타인."

그가 말을 멈추고는 내 얼굴을 찬찬히 들여다보더니, 말을 이었다.

"이제 보니 네 몰골이 정말 말이 아니구나. 무척 야위고 창백하잖아. 며칠 밤을 뜬눈으로 지새운 사람 같아."

"사실 그래. 실은 요즘 어떤 일에 깊이 몰두하다 보니 제대로 쉬질 못했어. 하지만 이젠 그 모든 일이 다 끝나고,

---

- 영국 작가 올리버 골드스미스Oliver Goldsmith(1728~1774)가 1766년에 발표한 소설
- •• 플로린 금화

자유로운 몸이 되길 간절히 바랄 뿐이야."

몸이 심하게 부들부들 떨렸다. 지난밤에 일어났던 사건을 생각하는 것도, 넌지시 내비치는 것조차도 견딜 수가 없었다. 내가 서둘러 걸음을 재촉해 우리는 곧 대학에 도착했다. 그제야 내가 집에 남겨놓고 떠나온 피조물이 아직도 그곳에 살아서 어슬렁거리며 다닐지도 모른다는 생각이 떠올랐다. 그 생각에 일순간 소름이 돋았다. 내 눈으로 그 괴물을 보는 것이 정말 두려웠다. 하지만 앙리가 그놈을 보게 될까 봐 더욱 두려웠다. 그래서 나는 그에게 몇 분만 계단 밑에서 기다려달라고 부탁하고는 내 방으로 뛰어 올라갔다. 생각에 잠기기도 전에 내 손은 이미 방의 자물쇠를 잡고 있었다. 그러곤 잠시 머뭇거렸다. 차가운 전율이 온몸을 휘감았다. 나는 어린아이들이 방 저쪽에 유령이 서서 자신들을 기다릴 거라 생각할 때 그렇게 하듯이, 거세게 문을 열어젖혔다. 그러나 눈 앞에 나타난 것은 아무것도 없었다. 나는 벌벌 떨며 안으로 들어섰다. 방은 텅 비어 있었다. 침실에도 그 소름 끼치는 손님은 없었다. 내게 그런 큰 행운이 일어나다니, 정말 믿기지 않았다. 나는 적이 정말로 달아나버렸다고 확신하고는 기뻐서 손뼉을 치며 클레르발에게 달려 내려갔다.

우리가 방으로 올라오자, 곧 하인이 아침 식사를 가져왔다. 하지만 나는 마음을 진정할 수가 없었다. 기쁨 말

고도 다른 무언가가 나를 사로잡은 것만 같았다. 극도로
예민해진 신경에 온몸이 욱신거렸고 맥박이 빠르게 뛰었
다. 잠시도 한 곳에서 가만히 있을 수가 없었다. 나는 의자
를 펄쩍 뛰어넘거나 손뼉을 치거나 소리 내어 웃곤 했다.
이처럼 이상한 나의 심리 상태를 보고 클레르발은 처음에
는 자신이 찾아온 것이 너무 기뻐 그런다고 생각했다. 하
지만 좀 더 주의 깊게 나를 지켜보고는 내 눈에서 설명할
수 없는 광기를 발견했다. 자제하지 못하고 크게 터져 나
오는 차가운 내 웃음소리에 흠칫 놀라며 몹시 당황스러워
했다.

"이봐, 빅터."

그가 외쳤다.

"도대체 왜 이러는 거야? 그런 식으로 웃지 마. 너 정
말 몸이 몹시 안 좋은 모양이구나! 어쩌다 이리되었어?"

"내게 묻지 마."

나는 두 손으로 눈을 가리면서 소리쳤다. 방 안으로
그 무서운 유령 같은 놈이 미끄러져 들어오는 모습을 본
것 같았기 때문이다.

"그놈이 말해줄 거야……. 아, 살려줘! 제발 날 살
려줘!"

그 괴물이 나를 붙잡고 있는 것만 같았다. 나는 격렬
하게 몸부림치다가 의식을 잃고 쓰러지고 말았다.

가엾은 클레르발! 그의 심정이 어땠을까? 그토록 기쁘게 고대했던 만남이 이렇게 비통한 일로 기괴하게 변해 버렸으니. 하지만 나는 그의 슬픔을 목격하지는 못했다. 정신을 잃고 쓰러진 후 아주 오랫동안 정신을 차리지 못했기 때문이다.

이렇게 시작된 신경성 발열이 몇 달 동안 계속되어, 나는 그동안 꼼짝하지 못했다. 그동안 앙리는 나의 유일한 간병인 노릇을 해주었다. 나중에 알게 된 사실이지만, 앙리는 아버지가 연로하시고 긴 여행을 하기에도 무리임을 염려해, 또 내가 아프다면 엘리자베스가 몹시 마음 아파할 거라는 사실을 알기에, 이 슬픈 소식을 우리 가족에게 전하지 않으려고, 내 심한 병세를 숨겼다. 그는 내게 자신만큼 친절하고 세심한 간병인은 없을 거라는 걸 잘 알았다. 그리고 내가 반드시 회복될 거라는 희망 속에서 우리 가족에게 내 병세를 알리지 않는 편이 가족들에게 폐를 끼치지 않고, 오히려 가장 큰 친절을 베풀 수 있는 조처라고 확신했다.

그러나 내 병은 정말 심각했다. 정말이지 친구의 아낌없는 무한한 보살핌만이 나를 회생시킬 수 있었다. 내가 탄생시킨 괴물의 형상이 내 눈 앞을 떠나지 않았고 나는 그놈에 대해 끊임없이 헛소리를 했다. 분명 내 말에 앙리는 몹시 놀랐을 것이다. 처음에 그는 내가 내뱉는 말들을 정신적으로 혼란스러운 상상에서 나온 헛소리쯤으로 여겼지만 내가 집요하게 똑같은 얘기를 반복하자 내 병이 정말로 어떤 이상하고 무서운 사건에서 비롯된 것일 거라고 믿게 되었다.

종종 병세가 다시 악화해 친구를 놀라게 하고 슬픔을 안겨주기도 했지만 나는 아주 천천히 회복되어갔다. 건강을 회복한 후 처음에는 바깥 사물을 왠지 즐거운 마음으로 바라볼 수 있었던 것이 기억난다. 낙엽은 이미 사라지고 없었고 창문에 드리운 나무들에서는 어린 새싹이 돋아나고 있었다. 신성한 봄이었다. 그리고 봄은 내 건강의 회복에 큰 도움이 되었다. 나도 가슴에서 기쁨과 애정의 감정이 되살아나는 것을 느꼈다. 침울한 기분이 사라지자, 곧 파멸의 열정에 사로잡히기 전처럼 쾌활해졌다.

"클레르발, 정말 고맙다."

내가 큰 소리로 말했다.

"정말 친절하게 정성껏 보살펴줘서. 그토록 다짐했던 공부도 하지 못하고 겨우내 내 병실에서 시간을 축냈겠군. 은혜를 어떻게 다 갚지? 이런 실망스러운 내 처지에 큰 양심의 가책을 느껴. 하지만 너는 나를 용서해주겠지."

"네가 마음의 안정을 되찾고 되도록 빨리 건강을 회복하면, 그걸로 은혜는 다 갚은 거야. 자, 이제 제법 기운을 차린 것 같으니, 한 가지만 물어봐도 될까?"

나는 부르르 몸을 떨었다. 한 가지 질문이라니! 그게 뭘까? 생각조차 하기 싫은 그 괴물을 말하는 걸까?

"진정해."

내 안색이 변하는 것을 눈치챈 클레르발이 말했다.

"네가 괴롭다면 묻지 않을게. 하지만 네 아버님과 사촌이 네가 직접 쓴 편지를 받으면 무척 기뻐할 거야. 두 사람은 네가 얼마나 아팠는지 모르니, 오랫동안 소식이 없는 걸 걱정하고 있어."

"이봐, 앙리, 그게 전부야? 내가 정신을 차린 후 사랑하는 소중한 가족, 친구를 맨 처음 생각하지 않았을 것 같아서 그래?"

"친구, 네 심정이 정말 그렇다면 며칠째 여기 그대로 놓여 있는, 네 앞으로 온 편지를 보면 무척 기뻐하겠구나. 네 사촌에게서 온 것 같다."

5

클레르발이 편지를 내 손에 건네주었다. 편지 내용은
다음과 같았다.

빅터 프랑켄슈타인에게
그리운 내 사촌,
모두가 너의 건강을 얼마나 걱정하는지 말로는 표현
할 수 없어. 너의 친구인 클레르발이 네가 심한 병에 걸렸
다는 사실을 숨기고 있다는 생각이 들 정도야. 네가 직접
쓴 편지를 받은 지 여러 달이 지났으니 말이야. 지금껏 너
는 편지 내용을 말하고 앙리에게 받아쓰게 할 수밖에 없
었을 테니까. 빅터, 너는 아주 심하게 아픈 게 분명한 거지.
네가 몹시 아플 거라는 생각에 우리는 참을 수 없을 만큼
슬퍼. 너의 어머니가 돌아가셨을 때 느꼈던 괴로움과 거
의 같은 심정이야. 외삼촌은 네가 정말로 심각한 병에 걸

렸다고 거의 확신하시고는 참지 못하고 잉골슈타트로 가려 하셨어. 클레르발은 늘 너의 건강이 회복되고 있다고 편지를 쓰더군. 네가 직접 편지를 써서 너의 건강이 회복되고 있다는 걸 하루빨리 확인해주길 간절히 원해. 빅터, 클레르발의 편지 내용을 봤으면서도 우리는 너의 건강이 몹시 걱정되거든. 부디 그런 걱정에서 우리를 구해줘. 그렇게만 해주면 우리는 세상에서 가장 행복한 사람이 될 거야. 너의 아버지는 아주 건강하셔. 심지어 지난겨울에 비해 10년은 더 젊어 보여. 에르네스트도 훌쩍 자랐어. 아마 너는 녀석을 봐도 못 알아볼 거야. 녀석은 이제 거의 열여섯 살이 되었어. 몇 년 전의 그 병약했던 외모는 온데간데없이 사라졌어. 녀석은 아주 잘 자라, 아주 건장하고 활동적이야.

외삼촌과 나는 에르네스트가 무슨 직업을 선택하는 게 좋을지 지난밤에 오랜 시간 동안 대화를 나눴어. 어릴 때 앓았던 병 때문에 녀석은 게으름이 몸에 배었어. 이제 매우 건강해져서 녀석은 빈번하게 집 밖에 나가 언덕을 오르거나 호수에서 배를 젓거나 해. 난 그런 모습을 보고 녀석은 농부가 되는 게 좋을 거라고 제안했어. 사촌, 그게 가장 좋은 계획이라는 걸 너도 잘 알 거야. 농부는 매우 건강하고 행복한 삶을 누리지. 어느 직업보다도 해로움이 가장 적은, 아니 유익한 점이 가장 많은 직업이지. 외삼촌

녀석은 빈번하게 집 밖에 나가 언덕을 오르거나 호수에서 배를 젓거나 해.

은 녀석을 변호사로 가르치고 싶어 하셔. 그러면 관심사에 따라 녀석은 판사까지도 될 수 있다고 생각하시는 거지. 하지만 녀석은 그런 직업에 적성이 맞지 않을뿐더러 대리인들의 절친한 친구, 때로는 공모자인 법률가가 되느니, 사람의 생계를 위해서 땅을 가는 것이 분명 훨씬 더 명예로운 일이지. 나는 외삼촌에게 설사 부유한 농부의 일이 더 명예로운 직업이 아니라고 하더라도, 적어도 판사직보다는 더 행복한 직업이라고 말씀드렸지. 불행히도 판사는 인간 본성의 어두운 면을 항상 주무르는 일을 해야 한다고 말씀드렸어. 외삼촌은 웃음을 지으며 말씀하시더라. 바로 내가 변호사가 되어야겠다고. 그렇게 토론은 끝났어.

그럼 이제 너를 만족시킬, 아마도 너를 기쁘게 할 이야기를 해줄게. 저스틴 모리츠를 기억하니? 아마 기억 못할 거야. 그럼 그 소녀의 과거를 짤막하게 들려줄게. 그 아이의 어머니인 모리츠 부인은 네 아이를 둔 미망인이었고, 저스틴이 셋째 아이였어. 이 소녀는 아버지의 사랑을 늘 가장 많이 받던 딸이었지만 웬일인지 그 아이의 어머니는 이상한 심술로 저스틴을 아주 못마땅하게 여겼고, 모리츠 씨가 죽은 후에는 몹시 박대했어. 외숙모가 이걸 보시고는 저스틴이 열두 살이 되었을 때, 아이의 어머니를 설득해서 그 아이를 우리 집에서 살게 했지. 우리나라

공화국 체제는 주변의 커다란 군주 국가들보다 단순하면서도 적절한 제도들을 많이 갖추었지. 그래서 국민의 여러 계층 간 격차도 그리 크지 않아. 하층민이라고 해서 그리 가난하거나 멸시를 당하지도 않으며 훨씬 우아하고 도덕적인 풍습을 지녔어. 제네바의 하인은 프랑스나 잉글랜드의 하인과는 달라. 여하튼 그래서 저스틴을 우리 집에 맞아들였고 하녀로서 일을 가르쳤지. 행운이 깃든 우리나라 상황에선 그녀가 하녀라고 해서 무시당하거나 인간 존엄성을 희생한다는 건 생각할 수도 없지.

내가 지금 들려준 이야기를 들었다면, 너는 이제 내 짧은 이야기 속의 여걸을 떠올릴 수 있을 거야. 너는 저스틴을 무척 좋아했지. 언젠가 너는 기분이 좋지 않을 때면 저스틴의 눈빛 하나로 언짢은 기분을 다 잊게 된다고 말했어. 아리오스토가 안젤리카*의 아름다움을 발견했을 때와 똑같은 이유로 말이야. 그러니까 저스틴은 정말 꾸밈없고 행복해 보인다는 거였지. 외숙모님은 저스틴을 무척 사랑하셨어. 그래서 처음에 마음먹은 것보다 더 많은 교육을 하셨어. 저스틴은 그런 애정에 충분한 보답을 했지. 감사할 줄 아는 아주 귀여운 아이였어. 그렇다고 그 아이

• 16세기 이탈리아의 시인 아리오스토가 지은 영웅 서사시 《광란의 오를란도》의 여주인공

가 입에 발린 소리를 했다는 뜻은 아니야. 그 아이는 한 번도 그런 말을 입에 올린 적은 없지만 눈빛만 보면, 그 아이가 자기 후견인인 외숙모를 얼마나 존경하는지 알 수 있었어. 숭배에 가까웠지. 워낙 명랑한 성격이라 많은 점에서 경솔하기는 했지만, 그 아이는 외숙모님의 몸짓 하나하나에 아주 세심하게 신경을 썼어. 또 외숙모님을 아주 훌륭한 사람의 본보기로 생각하고 외숙모님의 말투와 태도를 따라 하려 애썼어. 그래서 지금도 그 아이를 보면 종종 외숙모님이 생각나.

사랑하는 외숙모님이 돌아가셨을 때는 모두 너무나 큰 슬픔에 빠져서 가엾은 저스틴에게는 신경을 못 썼어. 그 아이가 가장 염려하며 애정을 다해 외숙모님의 병상을 지켰건만. 가엾은 저스틴은 몹시 앓았어. 하지만 그로써 끝이 아니라 또 다른 시련이 그 아이를 기다렸지.

그 아이의 형제자매들이 하나씩 숨을 거두었어. 결국 그 아이의 어머니로서는 박대했던 딸 말고는 모두 잃고 말았지. 그 여자는 양심의 가책을 느꼈어. 사랑하는 자식들의 죽음이 자기 자식에 대한 편애 때문에 받은 천벌이라고 생각한 거지. 그녀는 가톨릭교도였는데, 고해 신부가 그녀가 마음에 품고 있던 생각을 확고히 해주었던 것 같아. 그래서 회개한 저스틴의 어머니는 네가 잉골슈타트로 떠나고 몇 달 지난 후에 저스틴을 불러들였어. 가엾은 소녀! 우리 집을 떠나면서 그 아이는 무척이나 많이 울었어. 그 아이는 외숙모님이 돌아가신 후 크게 달라졌어. 남달리 명랑했던 태도는 슬픔 때문에 부드러워지고, 사람들의 마음을 끌 만큼 얌전해졌어. 자기 어머니 집에서 살면서 다시 명랑해지지도 않았어. 그 아이의 가련한 어머니는 죄의식 때문에 심적으로 크게 동요했어. 가끔 저스틴에게 매정했던 자신을 용서해달라고 애원하기도 했지만, 저스틴 때문에 형제자매가 죽었다고 그 아이를 원망하는 일이 더 잦았어. 그렇게 계속해서 성화를 부리던 모리츠 부인은 결국 몹시 쇠약해지고 말았어. 처음에는 짜증만 늘어가는가 싶더니, 이제는 영원한 안식을 찾았지. 그녀는 지난겨울 초, 첫추위가 몰려오던 날에 세상을 떠났어. 그래서 저스틴은 우리에게 다시 돌아왔어. 이제 나는 그 아이에게 진심으로 애정을 쏟고 있어. 저스틴은 정말 총명하고 상냥한 데다 아주 예뻐. 이미 말했듯이 그 아이의 태도와 말씨는 자꾸 사랑하는 외숙모님을 생각나게 해.

사랑하는 사촌, 이젠 귀여운 윌리엄에 대해서도 짧게나마 들려줄게. 네가 윌리엄을 직접 볼 수 있으면 좋으련만. 녀석은 나이에 비해 매우 키가 크고 사랑스럽게 웃는 푸른 눈에 검은 속눈썹을 지녔고, 고수머리야. 웃을 때는 혈색 좋은 발그레한 양 볼에 작은 보조개가 생기지. 벌써부터 녀석은 꼬마 '신부' 한두 명을 거느리고 있지만, 정말

그녀는 지난겨울 초, 첫추위가 몰려오던 날에 세상을 떠났어.

좋아하는 애는 루이자 비롱이라는 다섯 살 난 예쁜 꼬마 아가씨야.

사랑하는 빅터, 이제는 네가 정말 궁금해하지 않을까 싶은 좋은 제네바 사람들에 관한 소문들을 들려줄게. 예쁜 맨스필드 양은 잉글랜드 청년, 존 멜버른 씨와 곧 결혼을 앞두고 벌써 축하 방문을 받고 있어. 못생긴 그녀의 언니 마농은 돈 많은 은행가 뒤빌라르 씨와 작년 가을에 결혼했고, 너의 동창생인 루이 마누아는 클레르발이 제네바를 떠난 후 여러 차례 불행을 겪었어. 하지만 벌써 기운을 차리고는 아주 발랄하고 예쁜 프랑스 여인 타베르니에 부인과 곧 결혼한다는 거야. 그녀는 과부인 데다 마누아보다 나이가 훨씬 더 많지만 모든 사람이 그녀를 아주 칭찬하며 좋아해.

사랑하는 사촌, 편지를 쓰다 보니 기분이 한결 좋아졌어. 하지만 편지를 마치려고 하니, 다시 걱정스러운 마음으로 너의 건강을 물어보지 않을 수 없어. 사랑하는 빅터, 그리 심하게 아프지 않으면 직접 편지를 써 보내줘. 너의 편지를 받으면 외삼촌은 물론이고 우리 모두 행복할 거야. 네 손으로 직접 쓴 편지를 받지 못하면 난 너의 건강이 어떤지 물은 내 질문에 대한 대답을 차마 유추할 엄두도 내지 못할 거야. 나는 벌써 눈물을 흘리고 있어. 진심으로 사랑하는 사촌, 부디 잘 있길.

17××년 3월 18일, 제네바에서

엘리자베스 라벤자

"아, 사랑하는 엘리자베스!"

그녀의 편지를 다 읽고 나서 난 소리쳤다.

"당장 답장을 보내 가족의 걱정을 덜어줘야겠어."

나는 편지를 썼다. 편지를 쓰고 나니 무척 피곤했다. 하지만 이미 건강을 회복하고 있었기 때문에 몸은 꾸준히 나아졌다. 2주 후에는 방에서 나갈 수 있을 만큼 기력을 회복했다.

건강을 회복하고 맨 먼저 한 일은 클레르발을 몇몇 대학교수들에게 소개하는 일이었다. 그러던 중에 나는 내 마음의 상처로는 감당하기 힘든, 이를테면 험악한 처사를 당해야 했다. 운명의 그 밤, 나의 작업이 끝나고 불행이 시작된 그 밤 이후, 나는 자연철학이라는 단어만 들어도 마음속에 격한 반감이 일었다. 건강을 완전히 되찾은 후에도 화학 실험기구를 보면, 온갖 고통스러운 신경성 증상들이 되살아나곤 했다. 앙리는 그런 내 상태를 알고는 실험기구란 기구는 모조리 내 눈에 띄지 않는 곳으로 치워 버렸다. 또한 그는 내 숙소에 변화를 주었다. 내가 전에 연구실로 쓰던 방을 싫어한다는 사실을 그가 눈치챘기 때문이다. 하지만 이러한 클레르발의 배려도 교수들을 방문했을 때 모두 허사가 되고 말았다. 발트만 교수는 내가 과학에서 이룬 놀라운 성과에 대해 상냥하고 따뜻한 마음으로 칭찬했다. 그런 그의 칭찬이 내겐 고문이나 다름없었다. 그는 내가 그런 주제를 달가워하지 않는다는 걸 곧 알아차렸지만, 진짜 이유는 까맣게 모른 채 그저 겸손해서 그러려니 생각하고는 내가 이룬 진보적인 성과에서 과학 자체로 화제를 바꾸었다. 언뜻 보기에 그런 그의 의도는 내게 침묵을 풀게 하려는 바람 때문이었다. 내가 무엇을 할 수 있었겠는가? 그는 나를 편하게 해주려고 그랬던 것이지만, 결과적으로는 나를 고문한 셈이었다. 마치 그가 나중에 나를 천천히 잔인하게 살해하는 데 쓸 도구들을 조심스럽게, 하나씩 내 눈 앞에 가져다 놓는 것만 같았다. 나는 그의 말에 몹시 괴로웠지만 그렇다고 해서 감히 내 고통을 드러내 보일 수는 없었다. 늘 다른 사람의 감정을 재빨리 파악하는 눈과 감성을 지닌 클레르발이 자신은 과학에 문외한이라는 구실로 양해를 구하고는 화제를 바꾸는 쪽으로 유도했다. 그리하여 대화는 좀 더 일반적인 화제로 바뀌었다. 나는 진심으로 친구가 고마웠지만, 말로 표현하지는 못했다. 분명 그는 매우 놀랐는데도 내게서 일부러 비밀을 캐내려 하지는 않았다. 비록 나는 한없는 애정과 존경으로 그를 사랑했지만, 종종 기억이 되살아나곤 하는 그 사건을 말할 엄두가 나지 않았다. 그 사건을 다른 사람에게 구체적으로 설명하자니, 그 기억이 머릿속에 더욱더 깊이 새겨질 것만 같은 두려움이 엄습했다. 크렘퍼 교수 역시 만만치 않았다. 당시 내 심리는 감당하지 못할 만큼 예민해져 있던 터라, 귀에 거슬리는 그의 퉁명스러운 찬사는 내게 발트만 교수의 호의적인 칭찬보다 훨씬 더 큰 고통을 안겨주었다.

"오 이런, 특별 연구원 아닌가!"

그가 외쳤다.

"에, 클레르발 군, 내 장담하건대, 빅터 군은 우리 모두를 앞질렀다네. 그렇고말고. 부디 똑똑히 봐두게. 그건 틀림없는 사실이라네.

불과 몇 년 전만 해도 코르넬리우스 아그리파를 복음처럼 굳게 믿던 청년이 이제 대학의 선두 주자가 되었어. 이 친구를 당장에 끌어내리지 않으면 우리 체면이 구겨질 판이네. 아무렴, 그렇고말고."

그는 괴로워하는 내 표정을 살피면서 말을 이었다.

"프랑켄슈타인 군은 겸손하다네. 젊은이로서 훌륭한 자질이지. 젊은이라면 자고로 겸손해할 줄 알아야지. 안 그런가, 클레르발 군. 나도 젊었을 땐 그랬지. 하지만 금방 퇴색되고 말더군."

이제 크렘퍼 교수가 자화자찬을 늘어놓기 시작하면서, 다행스럽게도 나를 그토록 괴롭혔던 화제는 바뀌었다.

클레르발은 자연철학자가 아니었다. 지나칠 정도로 왕성한 그의 상상력은 과학의 엄밀성과는 어울리지 않았다. 그는 주로 언어들을 공부했다. 그는 언어의 원리를 습득해서 제네바로 돌아가 자기 교수법의 분야를 개척하고자 했다. 그는 그리스어와 라틴어를 완벽하게 습득한 후에 페르시아어, 아랍어, 히브리어에 관심을 기울였다. 나는 빈둥거리는 데 진력이 난 지 이미 오래고 깊은 상념에서 벗어나고 싶은 데다 전에 하던 공부에 염증을 느끼고 있었기 때문에, 친구와 함께 공부하는 게 큰 위안이 되었다. 나는 동양 학자들의 저서를 읽으며 교훈은 물론이고 마음의 위안까지 얻게 되었다. 그들의 우수는 마음을 달래주었고, 그들의 기쁨은 기분을 꽤나 북돋아주었는데, 다른 나라 작가들을 공부하면서는 경험해보지 못했던 점이었다. 동양 학자들의 글을 읽노라면, 인생이 마치 따뜻한 태양과 장미 정원 속에, 정정당당한 적의 웃음과 찌푸림 속에, 그리고 마음을 태우는 불길 속에 있는 것처럼 느껴진다. 그리스와 로마의 용맹스럽고 영웅적인 서사시들과는 얼마나 다른가.

나는 이런 공부를 하면서 여름을 보냈고, 마침내 제네바로 돌아갈 날짜를 늦가을로 잡았다. 하지만 몇 가지 사건 때문에 귀향이 늦어졌다. 그리고 겨울이 닥쳐와 눈이 내려 길이 다닐 수 없는 지경이 되었기에 나의 귀향은 이듬해 봄까지 미뤄졌다. 나는 고향과 사랑하는 가족이 몹시 보고 싶었기 때문에 그렇게 귀향이 늦어지는 게 무척 씁쓸했다. 처음에 출발을 그토록 뒤로 미루었던 이유는 오직 하나, 클레르발이 그곳 사람들과 낯을 익히기도 전에 그를 낯선 곳에 남겨두고 떠나려니 내 마음이 놓이지 않아서였다. 그러나 그 겨울은 즐겁게 지나갔고, 봄은 유난히 더디게 찾아왔지만 그 꾸물거린 잘못을 만회하려는 듯 어느 때보다도 아름다웠다.

어느덧 5월에 들어섰고, 나는 내 출발 날짜를 확정할 편지가 도착하기만을 매일같이 기다렸다. 그때 앙리가 잉골슈타트의 주변 지역을 도보로 여행하면서 내가 오랫동안 살아왔던 그 고장과 작별 인사나 나누라고 제안했다. 나는 그 제안에 기꺼이 동의했다. 사실 나는 운동을 좋아했고, 고향 땅을 이곳저곳 돌아다닐 때면, 이처럼 클레르발이 항상 나의 길동무가 되어주곤 했다.

이처럼 우리가 순회 여행을 시작한 지 2주가 지나갔다. 내 몸과 마음의 건강은 이미 오래전에 회복되었는데, 상쾌한 공기를 들이마시고, 여행하며 자연경관을 즐기고 친구와 대화를 나누다 보니 더욱더 활력을 얻게 되었다. 예전에는 공부에만 파묻혀 지냈던 탓에 고립되어 동료들과 멀어지고, 결국에는 비사교적 인간이 되고 말았지만 클레르발은 내 마음속에서 좋은 감정을 불러내주었다. 그는 자연의 모습과 아이들의 해맑은 얼굴을 사랑하도록 다시 가르쳐주었다. 아주 좋은 친구여! 나는 네가 진심으로 얼마나 나를 사랑했는지, 내 정신을 너의 수준으로 고양하려고 얼마나 애썼는지 안다. 나는 이기적인 목적을 추구하다가 그것에만 사로잡혀 편협한 인간이 되고 말았다. 하지만 네가 베푼 너그러움과 애정 덕분에 비로소 나는 얼어붙은 마음을 녹이고 마음의 문을 다시금 열게 되었다. 이윽고 나는 모든 이들을 사랑하고 모든 이들에게 사랑받는, 슬픔이나 근심이라곤 모르던 몇 년 전과 똑같은 모습 그대로의 행복한 존재가 되었다. 행복해지자, 무생물에서조차 내게 엄청난 희열을 주는 힘을 느낄 수 있었다. 청명한 하늘과 푸른 들판은 황홀할 정도로 아름다웠다. 이 계절이야말로 신성했다. 봄꽃들은 울타리에서 활짝 피었고, 여름꽃들은 벌써 봉오리 속에서 피어날 준비를 했다. 지난해 동안에 아무리 떨쳐버리려 해도 떨칠 수 없는 무거운 짐처럼 나를 짓눌렀던 생각들도 이제는 내 마음을 뒤흔들어놓지 못했다.

앙리는 밝아진 내 모습에 기뻐했고 진심으로 내가 느끼는 감정에 공감했다. 그는 나를 즐겁게 해주려고 애쓰는가 하면, 자신의 영혼을 채우는 감정을 표현하곤 했다. 그럴 때마다 그가 보여주는 정신적 자산은 정말 놀라웠다. 그가 이끄는 대화는 상상력이 가득했다. 그는 종종 페르시아와 아라비아 작가들을 흉내 내어, 놀라운 환상과 열정이 넘치는 이야기를 지어냈다. 또 때로는 내가 좋아하는 시를 낭송하거나, 대단한 창의력으로 활기를 불어넣은 논쟁에 나를 끌어들이기도 했다.

우리는 일요일 오후가 되어서야 대학에 돌아왔다. 농부들은 춤을 추고 있었고 우리가 만나는 사람마다 모두 즐겁고 행복해 보였다. 나도 날아갈 듯한 기분이었다. 나는 억제할 수 없는 기쁨과 환희에 취해 펄쩍펄쩍 뛰며 걸음을 옮겼다.

6

집에 돌아와 보니, 아버지가 보낸 편지가 와 있었다.

사랑하는 빅터,

네가 고향에 돌아올 날짜를 정해줄 편지가 오기를 애
타게 기다리고 있을 줄 안다. 그래서 처음에는 네가 돌아
오기에 적당한 날짜만 언급하고 몇 줄로 글을 마칠 생각
이었다. 하지만 그건 너무 무정한 것 같아 그럴 수가 없구
나. 아들아, 가족이 행복한 모습으로 기쁘게 너를 맞아주
리라 기대했을 텐데, 오히려 너에게 눈물과 비탄을 보여
주게 될 줄이야. 그런 우리 모습에 네가 얼마나 놀랄까? 빅
터, 우리의 불행을 이 아비가 어떻게 전할 수 있을지? 우리
와 떨어져 있다고 해서 네가 우리의 기쁨과 슬픔에 무감
할 리는 없을 테지. 그런데 어떻게 아비가 멀리 떨어져 있
는 자식에게 고통을 줄 수 있겠느냐? 네가 슬픈 소식을 받

아들일 마음의 준비를 하기를 바라건만, 그건 불가능하리라는 걸 잘 안다. 이미 너의 시선은 끔찍한 비보를 알리는 말을 찾아 뒷장으로 넘어가고 있을 테지.

윌리엄이 이 세상을 떠났다! 웃음으로 내 마음을 기쁘고 따뜻하게 해주던, 그렇게 사랑스러운 아이가, 그렇게 착하고 명랑한 아이가 죽었단 말이다! 빅터, 그 아이는 살해당했어!

너를 위로하려고 하지는 않겠다. 그저 사건의 정황을 간단히 이야기하마.

지난 목요일(5월 7일) 나는 엘리자베스와 네 두 동생을 데리고 플랭팔레로 산책을 나갔다. 그날 저녁은 화창해서 우리는 평소보다 멀리까지 산책했어. 날이 어두워진 뒤에야 돌아올 생각을 하게 됐는데, 우리보다 앞서가던 윌리엄과 에르네스트가 보이지 않더구나. 그래서 우리는 아이들이 돌아올 때까지 기다리기로 하고 앉아서 쉬었다. 곧 에르네스트가 돌아오더니 윌리엄을 보았느냐고 묻더구나. 둘이서 함께 놀던 중에 윌리엄이 숨는다고 달아났고 그 후 그 아이를 찾아보았지만 소용이 없어, 오랫동안 기다렸는데 결국 돌아오지 않았다는 거야.

그 말에 놀란 우리는 밤이 되도록 윌리엄을 찾아다녔다. 그러던 중에 엘리자베스가 어쩌면 윌리엄이 집에 돌아와 있을지 모른다고 해서 우리는 집에 돌아왔지. 하지만 그 아이는 집에 없었어. 우리는 횃불을 들고 아이를 다시 찾아 나섰어. 귀여운 내 아들이 길을 잃고 헤매다 축축한 밤이슬에 몸이 젖을 거라는 생각을 하니 그냥 편히 앉아 있을 수 없더구나. 엘리자베스도 무척 괴로워했어. 새벽 다섯 시가 되어서야 나는 사랑하는 내 아들을 찾아냈어. 전날만 해도 활짝 핀 꽃처럼 생기발랄했던 아이가 납빛이 되어 꼼짝 않고 풀밭에 누워 있더구나. 그리고 그 아이의 목에는 살인자의 손가락 자국이 선명히 나 있었어.

그 아이를 집으로 옮겨왔다. 그런데 나는 고통스러운 표정을 감추지 못했고, 그 바람에 엘리자베스가 비밀을 알게 되었지. 엘리자베스는 아이의 시신을 몹시 보고 싶어 하더구나. 처음에는 보지 못하게 막으려고 했지만, 엘리자베스는 완강했어. 그 애는 윌리엄의 시신이 누워 있는 방에 들어가 황급히 죽은 아이의 목을 살피더니 양손을 마주 잡고 울부짖더구나.

"오, 하느님! 내가 이 사랑하는 아이를 죽였어요!"

엘리자베스는 실신하고 말았어. 그러곤 아주 힘들게 깨어났단다. 다시 정신을 차리고도 울며 한숨만 쉬더구나. 그러더니 그 애가 말하더구나. 그날 저녁, 윌리엄이 졸라대어 자기가 네 어머니의 초상화가 담긴 아주 귀중한 목걸이를 그 아이의 목에 걸어주었다고. 그런데 그 목걸이가 없어진 거야. 그 사실로 보아 목걸이가 살인자의 행동에 원인을 제공한 게 분명해. 우리는 계속해서 범인을 찾으려 애쓰고 있지만 현재로서는 어떤 단서도 없다. 하지만 그렇게 애쓴다고 내 사랑하는 윌리엄을 살려낼 수 있겠니.

빅터, 어서 오너라. 너만이 엘리자베스를 위로해줄 수 있어. 그 아이는 계속 울면서 자기 때문에 윌리엄이 죽었다고 몹시 자책하고 있어. 그 아이의 말이 내 심장을 찌르는구나. 우리는 모두 슬픔에 잠겨 있다. 아들아, 이 이야기가 네 마음에 큰 파문을 일으켜서, 네가 어서 돌아와 우리를 위로해주려 하겠지. 그렇지 않니? 아아, 네 어머니! 아, 빅터! 네 어머니가 살아서 사랑하는 막내아들의 참혹하고 비참한 죽음을 보지 않은 게 천만다행이구나! 빅터, 어서 오너라. 살인자에게 복수할 생각일랑 품지 말고 평화롭고 따뜻한 마음을 안고 돌아오너라. 그런 마음만이 우리 마음의 상처를 곪지 않게 치유해줄 거다. 사랑하는 아들아, 슬픔에 빠진 집에 들어올 때는 원수를 향한 증오심은 버리고 오직 너를 사랑하는 사람들에게 따뜻한 마음과 애정만을 품고 있거라.

17××년 5월 12일 제네바에서
너를 사랑하는, 비통함에 빠진 아버지
알폰세 프랑켄슈타인

편지를 읽는 내 표정을 지켜보던 클레르발은 가족의 편지를 건네받을 때 내가 처음 느꼈던 기쁨이 절망으로 변하는 것을 보고 무척 놀랐다. 나는 편지를 책상 위에 내던지고 양손으로 얼굴을 감쌌다.

내가 비통하게 흐느끼는 걸 보고는 앙리가 말했다.

"프랑켄슈타인, 어찌 그리 항상 불행을 당한단 말인가? 친구, 대체 무슨 일이야?"

나는 그에게 편지를 보라는 몸짓을 하고는 극도로 흥분한 채 방 안을 이리저리 왔다 갔다 했다. 내게 닥친 불행의 전말을 읽은 클레르발의 두 눈에서도 눈물이 솟구쳤다.

"오 친구, 위로할 말이 없구나. 돌이킬 수 없는 불행이니. 이제 어떻게 할 생각인가?"

그가 말했다.

"당장 제네바로 가야지. 앙리, 같이 가서 말을 빌리자."

앙리는 걸으면서 내가 기운을 차리게 하려 애썼다. 그는 흔한 위로의 말을 내뱉는 것이 아닌 진심 어린 동정을 보이며 내게 마음의 안정을 심어주려 했다.

"가엾은 윌리엄!"

그가 말했다.

"그 사랑스러운 녀석은 이제 수호천사가 된 엄마 곁

에 잠들었구나. 녀석의 친지들은 애도하며 흐느끼지만 녀석은 지금 안식을 얻었을 거야. 녀석은 이제는 살인자의 손길을 느끼지 않아. 잔디가 그 아이의 부드러운 몸을 덮으면, 녀석은 더는 고통을 느끼지 않을 거야. 그러니 녀석은 더는 불쌍한 존재가 아니야. 오히려 산 사람들이 엄청난 고통을 겪고 있어. 산 사람들에겐 흘러가는 시간만이 위로가 될 거야. '죽음은 악이 아니다', '인간의 마음은 사랑하는 대상의 영원한 부재에도 절망감을 초월한다' 따위의 스토아철학자들의 격언을 굳이 꺼낼 필요도 없겠지. 카토*도 죽은 형제의 시신 앞에서 흐느끼지 않았나."

클레르발은 나와 함께 거리를 서둘러 걸으면서 그렇게 말했다. 나는 그의 말을 가슴 깊이 새기고 나중에 외로울 때면, 그 말을 떠올리곤 했다. 하지만 말이 도착하자마자 나는 작은 이륜마차에 올라타고 친구에게 작별을 고했다.

무척 우울한 여행이었다. 처음에는 슬픔에 빠진, 사랑하는 가족들을 위로하고 함께 슬픔을 나누고 싶은 마음에 빨리 고향 집에 도착했으면 했다. 그러나 고향에 가까이 다가왔을 때, 나는 속도를 늦추었다. 마음속으로 밀려

• Marcus Porcius Cato(BC 95~BC 46). 로마 시대 정치가. 스토아철학의 신봉자였으며 카이사르와 정치적으로 대립했다.

오는 온갖 감정을 감당하기 힘들었다. 거의 6년 동안 보지 못했던 어린 시절의 낯익은 풍경들이 눈 앞을 스쳐 지나갔다. 그 세월 동안 모든 것이 얼마나 변했을까? 이미 한가지 갑작스럽고 황폐한 변화가 일어나지 않았는가. 하지만 수많은 작은 상황들이 서서히 다른 변화들을 일으켰을 것이고, 그 변화들이 조용히 이루어졌다고 해서 덜 결정적인 변화라고 말할 수는 없다. 두려움이 엄습했다. 설명할 길 없지만 어쩐지 불길한, 무수한 원인 모를 예감에 두려움이 몰려와 감히 더는 앞으로 나아갈 수 없었다.

나는 이런 괴로운 심정으로 로잔에서 이틀을 머물렀다. 호수를 찬찬히 바라보았다. 물결은 잔잔했고 주위는 조용했다. 그리고 눈 덮인 산맥, 그 '자연의 궁전'은 예전 그대로였다. 고요하고 아름다운 풍경이 잃었던 나의 기운을 서서히 되살려주었다. 그래서 나는 제네바를 향해 다시 여정을 계속했다.

호숫가를 따라 난 길은 고향에 가까워질수록 점점 좁아졌다. 쥐라의 검은 산등성이와 몽블랑의 눈부신 정상이 더욱 뚜렷하게 시야에 들어왔다. 나는 어린아이처럼 흐느꼈다.

"정겨운 산이여! 나의 아름다운 호수여! 정말 이 방랑자를 환영해주는가? 너, 산의 정상은 선명하도다. 하늘과 호수는 푸르고 잔잔하구나. 평화를 예고하는 것인가 아니면 내 불행을 조롱하는 것인가?"

친구, 이처럼 사전 상황을 장황하게 늘어놓아 내 이
야기가 지루하게 들리지 않을까 걱정이군. 하지만 그때가
상대적으로 행복했던 시기였기에 나는 그때를 기쁘게 회
상하는 것이라네. 내 고향, 사랑하는 내 고향이여! 이곳의
토박이가 아니고서는 그대의 시내, 그대의 산맥, 그리고
무엇보다도 그대의 아름다운 호수를 다시 바라보면서 내
가 느끼는 기쁨을 알 수 없으리라.

그러나 집에 점점 더 가까워지면서 슬픔과 두려움이
엄습했다. 밤의 장막이 드리우고 어둠에 싸인 산이 거의
보이지 않게 되자 나는 더욱더 울적한 기분에 젖어들었
다. 밤의 정경이 거대하고 희미한 악의 무대처럼 보이면
서, 나는 세상에서 가장 비참한 인간이 될 운명이라는 예
감이 어렴풋이 느껴졌다. 아아! 나의 예감은 적중했다. 다
만 한 가지 사실만을 예감하지 못했다. 나는 닥쳐올 온갖
불행을 상상하고 두려워하면서도, 내가 감수해야 할 고통
의 백분의 일도 생각해보지 못한 것이다.

제네바 부근에 도착했을 때는 완전히 어두워진 뒤였
다. 도시의 성문은 이미 닫혀 있었기 때문에 나는 도시의
동쪽에서 반 리그*쯤 떨어진 마을인 세슈롱에서 밤을 지
내야만 했다. 밤하늘이 맑았다. 잠을 이룰 수 없었던 나는
가엾은 윌리엄이 살해된 지점에 가보기로 했다. 도시를

지나갈 수 없었기 때문에 플랭팔레에 가려면 배를 타고 호수를 건널 수밖에 없었다. 이 짧은 항해를 하는 사이에 나는 몽블랑 정상에서 번개가 아주 아름답게 번쩍이는 형상을 보았다. 폭풍우가 빠르게 다가오는 듯 보였다. 나는 배에서 내려서는 낮은 언덕으로 올라가 폭풍의 진행을 살펴보았다. 폭풍우는 바로 앞에 와 있었다. 하늘이 구름으로 뒤덮였고, 곧 굵은 빗방울이 천천히 떨어지는가 싶더니, 어느새 거센 비가 매섭게 쏟아졌다.

　나는 그 자리를 떠나 걸어갔다. 매 순간 어둠과 폭풍은 더해갔고 머리 위에선 무서운 굉음과 함께 천둥이 폭발했지만. 그 소리가 살레브, 쥐라, 사부아의 알프스산맥에서 메아리쳤다. 번개의 강렬한 섬광이 호수를 비추자, 눈이 부셨다. 호수는 거대한 불판처럼 보였다. 그러곤 일순간 모든 것이 칠흑 같은 어둠에 휩싸였고, 섬광 때문에 보이지 않던 내 눈은 차츰 어둠에 익숙해졌다. 스위스에서 흔히 볼 수 있는 것처럼 폭풍을 동반한 천둥과 번개가 하늘 곳곳에서 한꺼번에 터졌다. 가장 격렬한 천둥과 번개가 정확히 도시의 북쪽, 벨리브 갑岬과 코페 마을 사이에 있는 호수 위에서 터졌다. 천둥과 함께 또 하나의 번개

- 　1리그는 약 4.8킬로미터

가 어렴풋한 섬광으로 쥐라산을 비추었고, 번개가 이따금 번득이며 호수 동쪽으로 우뚝 솟은 어둠 속에 휩싸인 몰 산의 모습을 비추곤 했다.

나는 그토록 아름다우면서도 무서운 그 폭풍 속의 번 개를 보면서 황급히 돌아다녔다. 하늘에서 벌어지는 장대 한 전쟁을 보고 있자니 정신이 고양되었다. 나는 양손을 움켜쥐고 큰 소리로 외쳤다.

"윌리엄, 사랑스러운 천사야! 너의 장례식이다. 너를 위한 만가輓歌다!"

그 순간 나는 근처의 덤불 뒤에서 슬그머니 움직이는 검은 형체를 보았다. 나는 제자리에 못 박힌 듯 선 채, 뚫어 져라 쳐다보았다. 잘못 보았을 리 없었다. 번갯불이 비추 자, 그 형상이 뚜렷하게 보였다. 거대한 체구, 흉측한 얼굴, 인간이라고 할 수 없는 소름 끼치는 모습. 그놈을 보자마 자, 나는 놈이 내가 생명을 주었던 비열하고 더러운 악마 라는 것을 알아차렸다. 저놈이 대체 저곳에서 무슨 짓을 하고 있는 거지? 혹시 놈이 내 동생을 살해한 게 아닐까? (나는 그 생각만으로도 몸서리를 쳤다.) 그 생각이 뇌리를 스 치는 순간 나는 그 사실이 틀림없다고 확신했다. 이가 딱 딱 부딪치며 몸이 부들부들 떨려, 나는 몸을 가누기 위해 나무에 몸을 기댔다. 그 형체는 재빨리 내 앞을 지나쳐 어 둠 속으로 사라졌다. 인간의 탈을 쓰고서 그 해맑은 아이

번갯불이 비추자, 그 형상이 뚜렷하게 보였다.

를 죽일 수 있는 자는 없을 것이다. 그놈이 살인자였다! 의심의 여지가 없었다. 바로 이 생각 자체가 곧 사실에 대한 반박할 수 없는 증거였다. 나는 악마를 뒤쫓으려 했지만 소용없는 일이었다. 다음번 번개가 번쩍이는 순간에 살펴보니, 놈은 남쪽으로 플랭팔레에 접해 있는 언덕인 몽살레브의 깎아지른 절벽, 바위틈에 매달려 있었기 때문이다. 그놈은 순식간에 정상에 오르더니 사라졌다.

나는 꼼짝 않고 서 있었다. 천둥은 그쳤지만 비는 계속 쏟아졌고 주위는 칠흑 같은 어둠에 휩싸여 있었다. 이제까지 잊으려고 애썼던 사건들이 머릿속에 맴돌았다. 그괴물을 만들어내기까지의 모든 과정, 내 손에 의해 탄생한 놈이 살아서 침대 곁에 모습을 드러낸 일, 그리고 놈이 사라졌던 일이 머릿속에 떠올랐다. 그가 처음 생명을 얻었던 밤 이후로 거의 2년이 지났다. 이번이 놈의 첫 범죄일까? 맙소사! 나는 살육과 만행을 저지르며 기쁨을 느끼는 사악한 괴물을 세상에 풀어놓고 만 것이다. 그놈이 벌써 내 동생을 죽이지 않았던가?

그날 밤, 노천에서 비에 젖은 채 추위에 떨면서 남은 밤을 지새우는 동안에 겪었던 고통스러운 심정은 그 누구도 상상할 수 없을 것이다. 하지만 나는 궂은 날씨 따위에는 전혀 고통을 느끼지 않았다. 뇌리에 불길하고 절망적인 장면들만이 쉴 새 없이 스쳐 갔다. 내가 인간 세상에 내

뇌리에 불길하고 절망적인 장면들만이 쉴 새 없이 스쳐 갔다.

던진, 지금 저지른 소행처럼 가공할 짓을 할 수 있는 의지와 능력을 나에게서 부여받은 그 존재가 마치 나 자신의 흡혈귀나 유령인 양 무덤에서 되살아나 내게 소중한 사람 모두를 반드시 파멸시키려 하는 것만 같았다.

이윽고 동이 트자, 나는 마을을 향해 걸음을 옮겼다. 도시의 성문이 열려 있어 서둘러 집으로 향했다. 처음에는 그 살인마에 대해 내가 아는 바를 모두 밝히고, 당장 추격에 나서도록 할 생각이었다.

하지만 가족에게 들려줘야 할 이야기를 생각하니 망설여졌다. 내가 형상을 빚어, 생명을 불어넣은 존재가 어젯밤 나를 스쳐 갔다. 놈은 분명 인간으로서는 오를 수 없는 산의 절벽을 올랐다. 내가 그 괴물을 창조하고 나서 곧바로 신경성 발열에 시달렸던 사실도 생생히 떠올랐다. 그렇지 않아도 터무니없는 소리로 들릴 이야기를 더욱더 망상처럼 여길 것이다. 만일 다른 사람이 내게 그런 이야기를 들려준다면, 나 역시 미치광이의 헛소리로 여길 게 분명했다. 설령 내가 가족들에게 무척 신뢰를 얻어 그들을 설득해 놈을 추격한다고 해도, 그 짐승은 비상한 능력을 지녔으니, 어떤 추격도 쉽게 따돌릴 수 있을 것이다. 대체 추격이 무슨 소용이 있겠는가? 몽살레브의 가파른 절벽을 오를 수 있는 괴물을 누가 체포할 수 있단 말인가? 이런 생각들이 뇌리를 스치자 나는 심사숙고 끝에 입을 다물기로 마음먹었다.

새벽 다섯 시쯤 되어서야 고향 집에 도착했다. 하인들에게는 식구들을 깨우지 말라 이르고, 서재로 가서 식구들이 일어날 때까지 기다렸다.

6년이란 세월이 지울 수 없는 흔적을 남긴 채, 꿈처럼 훌쩍 흘러가버렸다. 이제 나는 잉골슈타트로 떠나기 전에 마지막으로 아버지를 포옹했던 그 자리에 서 있었다. 사랑하고 존경하는 아버지! 그분은 여전히 내 곁에 살아 계셨다. 나는 벽난로 선반에 놓인 어머니의 그림을 응시했다. 그 그림은 아버지의 희망에 따라 그린 그림으로, 역사적으로 유명한 인물을 담은 것만 같았다. 절망의 고통에 빠진 카롤린 보포르가 죽은 자기 아버지의 관 옆에 무릎을 꿇은 모습을 표현한 것이었다. 어머니의 차림새는 소박하고 뺨은 창백했지만, 전체적인 모습에는 동정 따위의 감정은 허락하지 않는 위엄과 아름다움이 깃들어 있었다. 그 그림 밑에는 윌리엄의 작은 초상화가 있었다. 그걸 보는 순간 눈물이 솟았다. 이렇게 슬픔에 빠져 있을 때 에르네스트가 들어왔다. 그는 내가 도착한 소리를 듣고는 나를 맞으러 서둘러 온 것이었다. 그는 나를 보고는 애처롭게 기쁜 표정을 지었다.

"빅터 형, 잘 왔어."

그가 말했다.

"아! 석 달 전에만 왔어도 좋았을걸. 그때라면, 형은 우리 모두가 즐겁고 기뻐하는 모습을 보았을 텐데. 하지만 지금 우리는 참담해. 그리고 유감스럽지만 난 웃음이 아닌 눈물로 형을 맞이할 수밖에 없어. 아버지는 아주 큰 슬픔에 빠져 있어. 이 무서운 사건이 엄마가 돌아가셨을 때의 슬픔을 되살린 것 같아. 가엾은 엘리자베스 누나도 큰 슬픔에 빠져 있어."

에르네스트는 이렇게 말하고는 울음을 터뜨렸다.

"그렇게 눈물로 나를 맞이하지 마라."

내가 말했다.

"좀 더 침착해라. 그래야 내가 그토록 오랫동안 고향 집을 떠난 후 다시 돌아온 이 순간, 조금이라도 참담한 기분이 덜하지. 그래도 내게 말해다오. 아버지는 어떻게 불행을 견디고 계신지? 그리고 가엾은 엘리자베스는 어떻게?"

"엘리자베스 누나는 정말 위로가 필요해. 누나는 자신이 윌리엄을 죽게 했다고 자책하면서 몹시 괴로워하고 있어. 하지만 살인자가 밝혀진 후로는……"

"살인자가 밝혀졌다니! 이럴 수가! 어떻게 그런 일이 있을 수가! 누가 그놈을 추격한단 말이냐? 그건 불가능한 일이야. 차라리 바람을 따라잡거나 지푸라기로 계곡물을 막는 게 쉬울 거야."

"형, 도대체 무슨 말을 하는지 모르겠군. 여하튼, 범인이 그녀라는 게 밝혀졌을 때, 우리는 모두 아주 참담했어. 처음에는 누구도 그 사실을 믿으려 하지 않았어. 지금도 엘리자베스 누나는 믿으려 하지 않아. 모든 증거가 드러났는데도 말이야. 사실, 그토록 상냥하고 식구들 모두를 좋아하던 저스틴 모리츠가 별안간 그렇게 아주 끔찍한 짓을 저지를 수 있으리라고 누가 믿겠어?"

"저스틴 모리츠라고! 불쌍해라. 그 불쌍한 아이가 범죄자로 몰렸다고? 절대 그렇지 않아. 그 아이가 범인이 아니라는 건 누구나 다 알아. 에르네스트, 그녀가 범인이라고 믿을 사람이 있을 리 없지?"

"물론 처음엔 아무도 믿지 않았지. 하지만 여러 정황이 드러나서 우리도 어쩔 수 없이 믿을 수밖에 없었어. 안타깝지만, 저스틴의 행동도 앞뒤가 안 맞는 걸 보면, 진상에 대한 증거는 의심할 여지가 없어 보여. 오늘 재판이 있을 테니, 형도 모든 진상을 듣게 될 거야."

에르네스트는 죽은 윌리엄의 살인 사건이 드러난 날 아침에 저스틴은 몸이 아파서 침대에 누워 있었다고 말했다. 그 후로 며칠이 지나서, 하인 하나가 우연히 저스틴이 살인 사건이 일어났던 밤에 입었던 옷을 살피다가 주머니에서 내 어머니의 초상화 목걸이를 발견했다고 한다. 윌리엄을 죽일 마음이 생기게 했을 것으로 추정되었던 목걸이였다. 그 하인은 당장 그것을 다른 하인에게 보여주었고, 그것을 본 하인은 가족에게 한마디 말도 없이 치안판사에게 달려가고 말았다. 그리고 그 하인들의 증언에 따라 저스틴이 체포되었다. 그런 사실로 기소된 그 불쌍한 소녀는 매우 혼란스러운 태도를 보였는데, 그것 때문에 혐의를 사실로 확실히 인정하는 결과를 초래하고 말았다.

동생이 들려준 것은 뜻밖의 이야기였지만 내 믿음이 흔들리진 않았다. 나는 진지하게 대답했다.

"넌 완전히 잘못 안 거야. 난 그 살인범을 알아. 불쌍한 저스틴, 착한 저스틴은 죄가 없어."

바로 그때 아버지가 들어왔다. 얼굴에는 깊은 수심이 가득했지만 아버지는 애써 밝게 나를 맞아주었다. 서로 애처로운 인사를 나눈 뒤, 우리에게 닥친 참사보다는 다른 이야기로 화제를 돌리려 할 때, 에르네스트가 외쳤다.

"맙소사, 아빠! 누가 윌리엄을 죽였는지 빅터 형이 안대요."

"불행히도 우리 역시 안단다."

아버지가 대답했다.

"아주 좋은 아이라고 여겨왔건만, 그런 아이가 그렇게 사악하고 배은망덕한 짓을 하다니, 차라리 영원히 몰랐더라면 좋았을 걸 그랬어."

"아버지, 잘못 알고 계신 거예요. 저스틴은 죄가 없

어요."

"그렇다면 신께서 그 아이의 무고함을 밝혀주실 테지. 그 아이의 재판이 오늘 있다. 실은 나 역시 그 아이가 무죄로 판결되기를 진심으로 바란다."

아버지의 그 말에 마음이 다소 진정되었다. 나는 마음속으로 저스틴은 물론이고 모든 사람이 이번 살인과는 무관하다고 굳게 믿었다. 그래서 나는 저스틴에게 유죄를 선고할 만큼 강력한 정황증거가 나오리라고 우려하지 않았다. 이러한 확신 속에서 나는 마음을 가다듬고 나쁜 판결이 나올 리 없다고 생각하며 빨리 재판이 열리기만을 기다렸다.

곧 엘리자베스가 나타났다. 그녀의 모습은 세월이 흐른 만큼 많이 변해 있었다. 6년 전엔 예쁘고 온순한 성품을 지닌 소녀였고, 그런 엘리자베스를 모든 이들이 사랑하고 보듬었다. 이제 그녀는 용모와 표정에서 아주 사랑스러운 분위기가 느껴지는 여인이 되어 있었다. 시원하게 드러난 넓은 이마는 아주 솔직함 성품에 더해져, 매우 지적인 인상을 풍겼다. 엷은 갈색 눈동자는 최근에 겪고 있는 슬픔과 괴로움에도 온화한 빛을 발했다. 아주 짙은 적갈색의 머리칼에 살결은 희었고 자태는 가냘프고 우아했다. 엘리자베스는 아주 따뜻하게 나를 맞아주었다.

"사촌, 네가 돌아왔으니, 이제 내게도 희망이 생겨."

엘리자베스가 말했다.

"너라면 불쌍한 저스틴의 무고함을 밝힐 방법을 찾을 수 있을 테지. 아아! 그 아이가 유죄 판결을 받는다면, 범인으로 몰리지 않을 거라고 장담할 사람이 세상에 어디 있겠어? 나는 내가 결백한 것처럼 그 아이도 틀림없이 결백하다는 걸 믿어. 우리에게 닥친 불행은 엎친 데 덮친 격이야. 사랑스러운 귀염둥이 녀석을 잃은 데다 내가 진심으로 사랑하는 이 불쌍한 소녀마저 참혹한 운명에 잃고 말게 되었으니 말이야. 그 아이가 유죄 선고를 받으면 난 그때부터 기쁨이란 걸 모른 채 살게 될 거야. 하지만 분명 그렇게 되지는 않을 거야. 그래, 그 아이의 무고함이 밝혀지면 나는 다시 행복해질 수 있을 거야. 비록 슬프게도 귀여운 윌리엄이 세상을 떠나긴 했지만."

"엘리자베스, 저스틴은 결백해."

내가 말했다.

"그러니 그 아이의 무고함은 밝혀질 거야. 분명 그 아이는 석방될 테니, 아무 걱정하지 말고 기운 내."

"너는 정말 사려 깊구나! 다른 사람들은 한결같이 그 아이가 범죄자라고 믿고 있어. 그게 너무 괴로웠어. 그 아이가 그런 짓을 했을 리 없거든. 한데, 다른 사람들은 모두가 그처럼 지독한 편견에 사로잡혀 있어. 그런 사실이 내겐 너무 절망스러워."

그녀가 흐느꼈다.

"애야, 그만 눈물을 거두어라."

아버지가 말했다.

"네가 믿는 바대로 그 애가 결백하다면 재판관들의 정의와 판결을 믿어보자꾸나. 나도 그 판결이 편파성 없이 공정하게 이루어지도록 최선을 다하겠다."

7

슬픔 속에 몇 시간을 보내고 마침내 열한 시, 재판이 시작될 시간이 되었다. 아버지와 다른 식구들은 증인으로 참석해야 했기 때문에 나도 식구들과 함께 법정으로 갔다. 정의를 조롱하는 이 비열한 짓거리를 하는 동안 나는 마치 고문을 당하는, 생지옥에 있는 기분이었다. 내 호기심과 무모한 계획의 결과가 나와 가까운 두 사람의 죽음을 초래할 것인지가 결정되는 순간이었다. 한 사람은 순진무구하고 해맑은 어린아이였고, 다른 한 사람은 사람들에게 잔혹한 살인자로 낙인찍혀 온갖 더러운 오명을 뒤집어쓴 채 훨씬 더 참혹하게 살해될 소녀였다. 저스틴 역시 착한 소녀였고 행복한 인생을 누릴 만한 심성을 가진 아이였다. 그 순간에 모든 것은 불명예스러운 무덤 속으로 사라질 운명이었다. 그 원인이 바로 나였다! 나는 몇천 번이라도 저스틴이 뒤집어쓴 내 범죄를 자백하고 싶었다.

하지만 범행이 발생하던 때 나는 현장에 없었으니, 그런 자백을 한다고 해도, 내 말은 미친 사람의 헛소리로만 들릴 뿐, 나 때문에 고통을 겪는 저스틴의 혐의를 벗겨주지는 못할 것이다.

저스틴은 침착해 보였다. 상복을 입었는데 엄숙한 감정이 깃들어서 그런지, 안 그래도 매혹적인 얼굴이 무척이나 아름다웠다. 저스틴은 수많은 사람의 시선과 비난을 받으면서도 자신은 결백하다며 당당한 태도로 전혀 떨지 않았다. 다른 때라면 그녀의 미모에 관심을 보였을 사람들의 마음속에 있는 최소한의 인정도 그녀가 저질렀다는 흉악한 범죄를 상상하는 구경꾼의 심리 속에 자취를 감추었다. 저스틴은 차분했지만 그 차분함은 분명 부자연스러운 면이 있었다. 전에 보였던 혼란스러운 태도가 유죄의 증거로 사용된 터라 그녀는 애써 용기 있는 모습을 보이려 했다. 저스틴은 법정에 들어서자, 주변을 둘러보고는 재빨리 우리가 앉아 있는 곳을 찾아냈다. 우리를 보자 두 눈에 눈물을 보이는가 싶더니 곧 냉정을 되찾았다. 슬픔에 젖어 있으면서도 애정이 깃든 표정은 그녀가 정말 결백하다는 사실을 입증해주는 듯 보였다.

재판이 시작되었다. 그녀를 기소한 검사가 그녀의 혐의를 낭독한 후 증인 몇 명을 소환했다. 이상한 사실들 몇 가지가 하나로 얽혀 그녀에게 불리한 증거로 제시되었다.

저스틴이 결백하다는 사실을 확신하는 나와는 달리 결백의 증거를 가지고 있지 않은 사람이라면 누구라도 제시된 증거에 마음이 흔들릴 만했다. 그녀는 살인이 일어나던 날에 밤새도록 집에 없었고, 이후 살해된 아이의 시신이 발견된 장소에서 멀지 않은 곳에서 아침 녘에 한 여자 상인에게 목격되었다. 그 여자는 저스틴에게 그곳에서 무얼 하느냐고 물었지만 그녀는 아주 이상해 보였을 뿐 아니라 모호하고 무슨 말인지 알아들을 수 없는 대답만 했다. 저스틴은 여덟 시쯤 되어 집에 돌아왔는데, 누군가가 어디서 밤을 보냈느냐고 묻자, 아이를 찾고 있었다고 대답하고는 그 아이에 관한 소식이 있는지 진심 어린 목소리로 물었다. 그녀는 시신을 보자 격렬한 발작을 일으켰고, 그 후로 며칠 동안 계속 누워 있어야 했다는 것이다. 다음으로 하인이 그녀의 주머니에서 찾아낸 초상화 목걸이가 증거로 제시되었다. 그러고 나서 엘리자베스가 더듬거리는 목소리로 그것은 아이가 실종되기 한 시간 전에 자신이 직접 그 아이의 목에 걸어준 것이라고 증언하자, 법정은 경악과 분노로 술렁거렸다.

저스틴이 자기 변론을 위해 불려 나갔다. 재판이 진행되면서 그녀의 표정은 변해갔다. 얼굴에 몹시 놀랍고 두렵고 참담한 표정이 역력했다. 때로는 눈물을 참으려고 애썼다. 하지만 자신을 변론하게 되었을 때는 온 힘을 다해, 비록 고르지는 못했지만 남들이 들을 수 있을 만한 목소리로 말했다.

"제가 정말 결백하다는 걸 하느님은 아십니다. 하지만 항변한다고 해서 혐의가 벗겨질 거라고 생각하지는 않습니다. 저는 제 혐의에 대한 증거로 제시된 사실들에 대해 있는 그대로 명백히 설명하는 것으로 저의 결백을 주장하겠습니다. 의심스럽거나 수상쩍은 상황으로 보일 때는 판사님들이 제 본래의 성품을 참작하시어 호의적으로 해석해주시길 바랍니다."

이윽고 그녀는 해명을 시작했다. 살인 사건이 일어나던 날 저녁, 그녀는 엘리자베스의 허락을 받고서 제네바에서 1리그쯤 떨어진 마을인 셴에 있는 아주머니 집에 갔다. 아주머니 집에 얼마간 있다가 9시쯤 집으로 돌아오는 길에, 그녀는 잃어버린 아이를 보았느냐고 묻는 한 남자를 만났다. 그 남자의 말에 몹시 놀란 그녀는 아이를 찾으며 몇 시간을 보냈고 그사이에 제네바의 성문은 닫히고 말았다. 어쩔 수 없이 그녀는 한 오두막집에 딸린 헛간에서 밤 동안 몇 시간을 보내게 되었다. 그녀는 그 집 식구들과 잘 알고 지내는 사이였지만, 밤늦게 폐를 끼치고 싶지 않아 그들을 깨우지는 않았다. 편히 쉬지도 잠을 이룰 수도 없던 그녀는 뜬눈으로 밤을 보내고는 새벽녘에, 다시 내 동생을 찾아보려고 그곳을 빠져나왔다. 동생의 시신이 있던 장소에 가까이 갔다고 하더라도 그녀는 그 사실을 전혀 몰랐다. 그녀가 상인 여자의 질문에 당황했던 것도 놀랄 만한 일이 아니었다. 그녀는 밤새 한잠도 자지 못한 데다 가엾은 윌리엄의 생사도 아직 알 수 없었으니 말이다. 그녀는 초상화 목걸이에 관해서는 전혀 해명하지 못했다.

불운한 피해자는 말을 이었다.

"저는 이 한 가지 정황이 저에게 얼마나 엄중하고 치명적으로 불리한 증거가 될지 잘 압니다. 하지만 저는 그걸 해명할 능력이 없습니다. 제가 전혀 모르는 사실이라고 대답할 경우에 남은 유일한 가능성은 누군가가 그 목걸이를 제 주머니에 넣었을지도 모른다는 것뿐입니다. 하지만 그 또한 해명으로선 미흡하다고 생각합니다. 저는 누구의 원한도 산 적이 없고, 저를 악의적으로 파멸시킬 악한 사람도 있을 리 없습니다. 살인범이 그걸 제 주머니에 넣었을까요? 저는 누군가에게 그렇게 할 기회를 준 기억이 없습니다. 혹 제가 그럴 기회를 주었다면, 그자는 그처럼 금방 내줄 귀중품을 어째서 훔쳤을까요?

저는 제 소명을 재판관님들의 정의에 맡깁니다. 하지만 희망이 없다는 걸 잘 압니다. 그럼 이제, 제 성격과 관련해서 몇 분이 증언할 수 있도록 허락해주시길 간청합니다. 이분들의 증언도 제 혐의를 벗기지 못한다면, 비록 맹세코 저는 결백하다고 해도 유죄 선고를 받아들일 수밖에 없겠지요."

그녀를 몇 년 동안 알고 지낸 몇몇 증인이 불려 나와 그녀에게 호의적인 증언을 해주었다. 하지만 그들은 그녀가 저질렀다고 생각되는 범죄가 두렵고 몹시 혐오스러워서인지, 마음을 움츠린 채 적극적으로 나서지 못했다. 엘리자베스는 마지막 수단, 즉 피고인의 뛰어난 성품과 흠 잡을 데 없는 행실에 대한 변호마저 피고인을 저버리려는 것을 보고는 비록 감정이 매우 격해졌지만 법정 발언을 요청했다.

엘리자베스가 발언을 시작했다.

"저는 살해된 불행한 아이의 사촌입니다. 친누나나 다름없죠. 그 아이가 태어나기 오래전부터 그 아이의 부모님과 함께 살며 그 부모님께 교육받았으니까요. 그런 까닭에 제가 이 사건에 나서는 게 온당치 않을지도 모릅니다. 하지만 친구인 척하는 사람들의 비겁함 때문에 목숨을 잃을 위기에 처한 우리와 같은 한 인간을 보고 있자니, 저라도 꼭 피고인의 성품에 관해 아는 바를 말해야겠다고 하는 생각이 들어 이렇게 발언을 요청합니다. 저는 피고인을 잘 압니다. 피고인과 한 번은 5년을, 또 한 번은 거의 2년을 같은 집에서 살았습니다. 그렇게 함께 사는 동안 그녀는 누구 못지않게 다정하고 인정 많은 모습을 보여주었습니다. 그녀는 제 외숙모인 프랑켄슈타인 부인의 병상을 지키며 마지막까지 극진한 사랑과 정성으로 보살폈고, 그 후로 자신의 어머니가 고된 병마에 시달리는 동안에는 그녀를 아는 모든 사람이 칭찬할 정도로 정성껏 어머니를 돌보았습니다. 그 후 그녀는 다시 제 외삼촌 댁에 살게 되면서 온 가족의 사랑을 받았습니다. 그녀는 죽은 아이를 늘 따뜻하게 감싸주며 아주 인자한 어머니처럼 보살펴주었습니다. 아무런 주저 없이 말씀드리지만 피고인에게 불리한 모든 증거에도 불구하고 그녀가 전적으로 결백하다는 사실을 저는 굳게 믿습니다. 그녀는 결코 그런 행동에 유혹될 사람이 아닙니다. 주요 증거로 제시된 그깟 물건을 그녀가 정말 갖고 싶어 한다면 저는 기꺼이 그녀에게 주었을 겁니다. 그만큼 저는 그녀의 성품을 존경하고 높이 평가합니다."

훌륭한 엘리자베스! 동조의 목소리들로 술렁였다. 하지만 엘리자베스의 관대한 처사에 감동해서였지 불쌍한 저스틴의 편을 들어서가 아니었다. 오히려 군중 사이에서는 다시 격해진 분노가 일어 그들은 저스틴을 천하의 악질에 배은망덕한 아이라고 비난했다. 저스틴은 엘리자베스가 말하는 동안 울기만 할 뿐 아무런 대답도 하지 못했다. 재판이 진행되는 중에 나는 정신적으로 몹시 혼란을 겪었고 이루 말할 수 없는 괴로움을 느꼈다. 나는 그녀의 무죄를 믿었고 그 사실을 알았다. 내 동생을 살해한(나는 이 사실을 한순간도 의심해본 적이 없다) 그 악마가 사악한 장난으로 이 죄 없는 사람을 죽음과 치욕스러움에 빠뜨린단 말인가? 나는 그 무서운 상황을 견딜 수 없었다. 그리고 나는 군중의 목소리와 판사들의 표정에서 이미 나의 불행한 피해자가 유죄 선고를 받았다는 사실을 깨닫고는 뼈저린 괴로움을 참지 못하고 법정을 뛰쳐나왔다. 피고인의 괴로운 심정은 나의 것과는 비교가 되지 않았다. 그녀에겐 결백이라는 최소한의 위안거리가 있었지만, 내가 느끼는 가책의 엄니는 내 가슴을 찢어놓고도 결코 공격의 기세를 늦추지 않을 것이다.

나는 아주 참담한 심정으로 밤을 보냈다. 그러곤 아침에 법정으로 갔다. 입술과 목이 바싹 말랐다. 그 숙명적인 판결의 결과를 감히 물어볼 용기가 나지 않았다. 하지만 내 얼굴은 이미 잘 알려져 있었기에 법정 관리는 내가 찾아온 이유를 짐작했다. 투표는 이미 끝났다. 그 결과 모두 검정표가 나와 저스틴은 유죄를 선고받았다.

그때의 내 감정을 뭐라 표현할 길이 없다. 전에도 공포감을 경험해본 적은 있었고 나는 그런 감정을 적절하게 표현해보려 한 적이 있었지만, 저스틴의 유죄 선고 소식을 들었을 때 느낀, 일순간 가슴이 저미는 절망감을 도저히 말로는 전달할 수 없다. 내가 말을 걸었던 그 사람은 저스틴이 이미 자신의 죄를 자백했다는 말을 덧붙였다.

"이렇게 명백한 사건에는 자백도 별 필요 없을 테지만, 아무튼 자백해서 다행입니다. 사실 어떤 판사도 정황 증거만으로 죄인에게 유죄 선고를 내리고 싶어 하지 않아요. 아무리 결정적이라고 해도 말입니다."

집에 돌아오자, 엘리자베스는 결과를 간절한 마음으로 물었다.

"엘리자베스. 예상했던 대로 결정됐어. 판사들은 모두 죄인 한 명이 도망치게 하는 쪽보다는 결백한 사람 열 명이 고통받게 하는 쪽을 택하지. 하지만 저스틴이 자백했단다."

내 말은 저스틴의 결백을 굳게 믿었던 가엾은 엘리자베스에게 청천벽력과 같았다.

엘리자베스가 입을 열었다.

"아아! 이제 어떻게 다시 사람의 선행을 믿을 수 있을까? 내가 친동생처럼 사랑하고 존중했던 저스틴, 어떻게 그 아이가 그렇게 순진한 웃음을 띠고 배은망덕한 짓을 할 수가 있어. 그 아이의 순한 눈을 보면 가혹함이나 악한 면이 조금도 없어 보이건만, 그런 아이가 살인을 저질렀다니."

곧 우리는 그 불쌍한 희생자가 내 사촌을 보고 싶어 한다는 소식을 들었다. 아버지는 엘리자베스가 저스틴을 만나러 가는 걸 원치 않았지만 엘리자베스 자신의 판단과 감정에 따라 결정하라고 말했다.

"가겠어요."

엘리자베스가 말했다.

"그 아이가 정말 죄를 범했다고 하더라도 가겠어요. 빅터, 함께 가줘. 혼자서는 못 가겠어."

저스틴을 보러 가는 일이 나에게는 고문과도 같았지만, 엘리자베스의 부탁을 거절할 수가 없었다.

우리는 어둠침침한 감방으로 들어가서 저스틴을 보았다. 그녀는 저편 끝의 밀짚 위에 앉아 있었다. 그녀는 양손이 묶인 채 머리를 무릎에 기대고 있었다. 그녀는 우리가 들어오는 것을 보고 일어섰다. 그리고 우리 세 사람만 남자 그녀는 엘리자베스의 발치에 몸을 던지고는 서럽게 울었다. 내 사촌 역시 울었다.

"오 저스틴! 왜 넌 내 마지막 위안마저 빼앗아 간 거야? 난 너의 결백을 믿었는데. 그때도 무척 비참했지만, 지금만큼 참담한 기분은 아니었어."

"아가씨도 제가 그렇게 아주 사악한 인간이라고 믿으시나요? 아가씨도 저를 짓밟은 적들과 한편이세요?"

저스틴은 흐느낌으로 목이 메었다.

"불쌍한 저스틴, 일어나라."

엘리자베스가 말했다.

"결백하다면 왜 무릎을 꿇는 거냐? 난 결코 네 적이 아니야. 온갖 증거가 나왔어도 나는 네가 무죄라고 믿었어. 너 스스로 죄를 자백했다고 하는 말을 듣기 전까지는 말이다. 한데, 지금 네 말은 그 자백이 거짓이란 말이로구나. 사랑하는 저스틴, 분명히 말하지만, 네가 내 눈 앞에서 직접 자백하지 않는 한, 너를 향한 나의 믿음은 어떤 것에도 흔들리지 않아."

"저는 자백했지만, 거짓 자백이었어요. 실은 사면받을지도 모른다는 생각 때문에 그리했던 거예요. 하지만 지금 그 거짓말이 제가 지은 어떤 다른 죄보다 더 무겁게 제 가슴을 짓누르고 있어요. 신이시여, 용서하소서! 저는 유죄 선고를 받은 후로 고해 신부에게 계속해서 괴롭힘을 받았어요. 그자가 얼마나 협박하고 위협하던지, 어느 순간엔 그자의 말대로 저 자신이 괴물인 듯한 생각이 들었어요. 그 신부는 제가 계속 회개하지 않으면 파문당하고 최후의 순간에 지옥의 불에 떨어지게 될 거라고 위협했어요. 친애하는 아가씨, 저를 지지해주는 사람은 아무도 없었어요. 모두가 저를 추잡하고 지옥에 떨어질, 사악한 인간처럼 쳐다봤어요. 그런 상황에서 제가 뭘 할 수 있었겠어요? 불행히도 저는 거짓에 동의하고 말았어요. 그리고 이제 저는 정말 비참한 신세가 된 것이죠."

그녀는 잠시 말을 못 하고 흐느끼다가 다시 말을 이

었다.

"아가씨, 저는 아가씨가, 고인이신 마님께 그렇게 큰 인정을 받고 아가씨에게 사랑받던 이 저스틴이 악마만이 범할 수 있는 범죄를 저지를 수 있는 괴물이라고 믿을까 봐 몹시 두려웠어요. 사랑스러운 윌리엄! 너무나 사랑스러운 고이 잠든 아이여! 곧 천국에서 너를 다시 만나리라. 그곳에서 우리는 모두 행복할 거야. 굴욕과 죽음이 임박했지만 그런 생각을 하며 위안을 얻어요."

"오, 저스틴! 잠시나마 널 의심했던 걸 용서해줘. 왜 자백했어? 내 사랑하는 저스틴, 슬퍼하지 마라. 내가 어떻게 해서든 네 결백을 증명하고 사람들이 그걸 믿게 하겠어. 그런데도 네가 죽어야 한단 말이냐. 내 소꿉친구이며 말벗이자 친동생 이상인 네가 말이다. 나는 말이다, 그런 끔찍한 불행을 겪고는 살아갈 수가 없어."

"오, 사랑하는 엘리자베스 아가씨, 울지 말아요. 아가씨는 앞으로 더 잘 사실 생각으로 제게 용기를 주시고, 불의와 투쟁으로 가득한 이 세상을 조금이나마 살피시어 제 기분을 돋워주셔야 해요. 제게 너무나 좋은 친구가 되어주신 아가씨, 저를 절망시키지 말아주세요."

"꼭 네 마음을 편안하게 해주고 싶어. 하지만 유감스럽게도 너의 그 바람대로 하려니 내가 너무나 지독하고 끔찍한 나쁜 짓을 하는 것 같아, 네 마음을 편안하게 해주지 못하겠구나. 희망이 없으니 말이야. 하지만 사랑하는 저스틴, 하늘이 네게 운명에 대한 순응과 이 세상 너머로 고양된 확신을 베풀었구나. 오! 하늘의 허식과 조롱이 정말 증오스럽구나! 한 생명이 살해되었는데, 또 한 생명이 곧 천천히 고문받아 목숨을 잃게 되는구나. 그러면 사형 집행인들은 여전히 자기 손에서 결백의 피 냄새가 진동하는데도 자신들이 훌륭한 행동을 했다고 믿겠지. 그자들은 그것을 '징벌'이라고 부르지. 가증스러운 이름이구나! 그 말이 선언되면, 가장 음침한 폭군이 최고의 보복을 만족시키기 위해 고안했던 것보다도 훨씬 더 무시무시한 형벌이 곧 가해질 거라는 걸 나는 안다. 저스틴, 이따위 넋두리가 결코 네게 위안이 될 리가 없겠지. 정말로 네가 그 비참한 소굴에서 벗어나는 기쁨을 누리는 일이 없는 한 말이야. 아아! 차라리 증오스러운 세상과 인간의 탈을 쓴 혐오스러운 몰골들 틈바구니에서 벗어나 외숙모와 사랑하는 윌리엄과 함께 평화를 누릴 수 있었으면."

저스틴이 힘없이 웃음을 지었다.

"사랑하는 아가씨, 아가씨의 그런 마음은 운명에 대한 순응이 아니라 절망이에요. 저는 아가씨께서 제게 가르치려는 그 교훈을 받아들이지 않겠어요. 그런 말씀 마시고 다른 얘기를, 평화를 가져오고 참담한 심정을 누그러뜨려 줄 만한 얘기를 해주세요."

두 사람이 대화하는 동안 나는 감방 구석으로 물러나 나를 사로잡고 있는 무서운 번민의 고통을 숨겼다. 절망! 누가 감히 절망을 말한단 말인가? 내일이면 삶과 죽음의 황량한 경계를 넘을 그 불쌍한 희생자도 나만큼 깊고 쓰라린 고통을 느끼지는 못했다. 나는 이를 악물고 이를 갈면서 아주 깊은 영혼에서 솟아 나오는 신음을 토해냈다. 저스틴이 깜짝 놀랐다. 그녀는 그 소리를 낸 주인공이 누구인지 알아보고는 내게 다가와서 말문을 열었다.

"도련님, 저를 이렇게 보러 오시다니, 정말 고마워요. 도련님은 제가 유죄라고 믿지 않으시죠?"

나는 대답할 수 없었다.

"물론이지, 저스틴. 빅터는 네 결백을 나보다 더 확신하고 있어. 네가 자백했다는 얘기를 듣고도 그걸 믿지 않았어."

엘리자베스가 말했다.

"도련님, 정말 고마워요. 제게 친절을 베풀어주신 분들께 이 마지막 순간에도 진심으로 감사드려요. 나처럼 가련한 사람에게도 애정을 베풀어주시다니 정말 인정 많으세요! 그걸로 제 불행의 반 이상은 덜었어요. 친애하는 아가씨와 도련님, 이제 두 분이 제 결백을 믿어주셨으니, 저는 평화롭게 눈을 감을 수 있을 것 같아요."

이렇게 말하면서 이 불쌍한 희생자는 자신을 찾아온

두 사람과 자기 자신을 위로하려 했다. 그녀는 정말로 바라던 대로 운명을 순순히 받아들인 것이다. 하지만 진짜 살인범인 나는 가슴속에 영원히 죽지 않는 벌레가 꿈틀거리는 느낌을 받았다. 내 가슴속에 어떤 희망이나 위안도 있을 자리가 없었다. 엘리자베스 또한 눈물을 흘리며 참담한 심정에 빠져 있었다. 하지만 저스틴의 불행은 그녀의 순결함에서 오는 참담함이었고, 청명한 달 앞으로 흘러가며 잠시 가릴 수는 있어도 그 밝은 빛을 퇴색시킬 수 없는 구름과 같았다. 괴로움과 절망이 내 가슴 한가운데로 파고들었다. 나는 내 안에 무엇으로도 끌 수 없는 지옥 불을 품었다. 우리는 몇 시간을 저스틴과 함께 있었다. 엘리자베스는 저스틴을 혼자 두고 차마 발길을 뗄 수 없었다.

"차라리 너와 함께 죽고 싶구나. 더는 이 비참한 세상에서 살아갈 수 없어."

엘리자베스가 울부짖었다.

저스틴은 흘러나오려는 눈물을 억지로 참으며 애써 밝은 표정을 지었다. 그녀는 엘리자베스를 껴안고는 반쯤 감정을 억누른 목소리로 말했다.

"고마운, 친애하는 엘리자베스 아가씨, 사랑하는, 내 유일한 친구인 아가씨, 잘 가세요. 자애로우신 신의 은총과 보호를 받으시길 빌겠어요. 이번이 아가씨가 겪을 마지막 불행이길 빌겠어요. 부디 행복하게 잘 사시고, 다른 사람들에게도 행복을 전해주세요."

우리가 집에 돌아왔을 때 엘리자베스가 말했다.

"사랑하는 빅터, 너는 모를 거야. 그 불운한 소녀의 결백을 믿고 나니, 내 마음이 얼마나 한결 가벼워졌는지. 내가 속아서 그 아이를 계속 믿지 못했다면, 다시는 평화라는 걸 알지 못했을 거야. 잠깐이지만 그 아이가 유죄라고 믿었을 때 나는 무척 괴로웠어. 이제 내 마음은 가벼워졌어. 결국 결백한 그 아이를 사형에 처하고 말겠지. 하지만 다정하고 착한 그 아이는 내가 그 아이에게 걸었던 믿음을 배반하지 않았어. 그 아이의 마음 때문에 그나마 위안이 돼."

다정한 내 사촌! 그런 너의 생각은 사랑스러운 네 눈빛과 목소리처럼 따뜻하고 고결하구나. 하지만 나, 나는 비참한 사람이었다. 그 순간 내가 겪고 있던 불행을 그 누구도 알지 못했다.

결국 결백한 그 아이를 사형에 처하고 말겠지.

Frankenstein

or

The Modern Prometheus

2권

MARY
WOLLSTONECRAFT
SHELLEY

순식간에 잇달아 닥친 사건들로 감정이 격해질 대로 격해진 후, 뒤이어 찾아오는 정적, 희망과 두려움의 영혼마저 앗아가버리는, 죽은 듯 아무런 생명의 흔적이 없는 완벽한 정적만큼 인간에게 고통스러운 것은 없다. 저스틴은 죽어서 안식을 찾았고 나는 여전히 살아 있었다. 피는 혈관 속을 자유롭게 흘렀지만, 무엇으로도 없앨 수 없는 절망과 회한의 무게가 나의 가슴을 짓눌렀다. 잠을 이룰 수가 없었다. 나는 악령처럼 방랑했다. 말로는 표현할 수 없을 만큼 무서운 악한 짓을 저질렀을뿐더러 그보다 더한, 훨씬 더한 것(나는 그렇게 믿었다)이 아직 뒤에 남아 있었기 때문이다. 그럼에도 나의 마음은 인정과 미덕에 대한 사랑으로 넘쳤다. 나는 한때 선의를 가지고 인생에 발을 내디뎠고, 그런 의도를 실행에 옮겨 다른 사람들에게 도움을 줄 수 있는 순간을 갈망했다. 이제 모든 것이 무너지고 말았다. 양심의 평온은 깨졌으니, 나는 이제 더는 과거를 흐뭇하게 돌아보고 거기서 새로운 희망의 약속을 끌어낼 수 없게 되었다. 그 대신에 나를 언어로는 표현할 수 없는 엄청난 고통의 지옥 속으로 몰아대는 회한과 죄의식에 사로잡히고 말았다.

이런 나의 심정은 처음 받았던 충격에서 완전히 회복되었던 건강을 갉아먹었다. 나는 사람과의 대면을 피했다. 무엇이든 기쁨이나 즐거움을 주는 소리를 듣는 것이 내게는 고문이었다. 고독, 깊고 어둡고 죽음과도 같은 고독만이 유일한 위안이었다.

아버지는 눈에 띄게 변한 내 성격과 습관을 걱정스럽게 지켜보면서, 너무나도 깊은 슬픔에 빠진 나의 어리석음을 타일러 바로잡아주려 애썼다.

"빅터, 넌 이 아비가 괴로워하지 않는 줄로 아니? 나만큼 네 동생을 사랑했던 사람은 없을 거다(아버지는 이 말을 하면서 눈물을 흘렸다). 하지만 다른 산 사람들을 더 슬프게 하지 않도록 지나친 슬픔은 자제하는 게 산 사람들의 도리이지 않겠니? 그건 너 자신을 위한 의무이기도 해. 지나친 슬픔에 빠져 있다 보면, 몸을 추스르지도 못하고 즐거움을 다시 찾을 수도 없거니와 심지어는 사회 성원으로서 꼭 필요한 일상생활마저 못할 테니 말이다."

좋은 말이었지만, 내 경우에는 전혀 적합하지 않은

충고였다. 만일 회한이 괴로움과 다른 감정들을 뒤섞지 않았다면, 나는 가장 먼저 내 슬픔을 감추고 식구들을 위로했을 것이다. 그때 내가 할 수 있는 거라곤 아버지에게 절망 어린 표정으로 대답하고는 아버지의 시선을 피하려고 애쓰는 것뿐이었다.

이 무렵 우리는 벨리브에 있는 집으로 와 있었다. 이런 변화가 나로서는 매우 다행스러운 일이었다. 매일 열 시에 성문이 닫혀 그 시간 이후에는 호수에 머물 수 없었기 때문에, 제네바 성벽 안에 있던 우리 집에 있을 때는 무척 답답했다. 이제는 자유를 얻은 것이다. 나는 종종, 식구들이 잠들고 나면 호수에서 배를 타면서 많은 시간을 보내곤 했다. 때로는 돛을 올린 채 바람을 타고 떠다녔고 때로는 호수 가운데까지 노를 저어가서, 배가 알아서 원하는 방향으로 향하게 놔두고 비참한 생각에 빠져들곤 했다. 나는 종종 호수에 뛰어들고 싶은 충동을 느꼈다. 그러니까 주변이 온통 평화로운데 오직 나만이, 박쥐나 호숫가로 다가가기만 하면 정적을 깨며 요란하게 개골개골 울어대는 개구리들은 예외로 해야겠지만, 그처럼 아름답고 신성한 풍경 속에서 흥분한 채 방황하는 불안한 존재라는 생각이 들 때면, 나는 물이 나와 나의 불행을 영원히 삼켜버릴 것만 같은 조용한 호수에 뛰어들고 싶은 충동을 느끼곤 했다. 하지만 고통을 이겨내는 의연한 엘리자베스,

때로는 호수 가운데까지 노를 저어가서,
배가 알아서 원하는 방향으로 향하게 놔두고 비참한 생각에 빠져들곤 했다.

내가 가슴 깊이 사랑하는, 나와 연을 끊으려야 끊을 수 없는 존재인 엘리자베스를 떠올리면 그런 충동을 억제할 수 있었다. 또한 아버지와 남은 동생도 생각났다. 비열하게 회피해서, 그들을 내가 그들 주변에 풀어놓은 악의에 찬 악마에게 내몰아 위험에 빠지도록 내버려두어야겠는가?

그럴 때면 나는 통렬하게 흐느끼면서, 내 마음에 평화가 다시 찾아와 그들에게 위안과 행복을 줄 수만 있다면 얼마나 좋을까 하고 생각했다. 그러나 그건 불가능한 일이었다. 회한이 모든 희망의 불씨를 꺼버렸다. 나는 돌이킬 수 없는 사악한 일들을 초래한 장본인이었다. 나는 내가 창조한 괴물이 뭔가 새로운 악행을 저지를까 봐 매일 공포 속에서 살았다. 나는 모든 것이 끝난 게 아니며, 그놈이 과거의 범죄에 관한 기억을 지워버릴 만큼 극악무도하고 엄청난 범죄를 저지르고 말 거라는 막연한 예감에 사로잡혔다. 무엇이든 내가 사랑하는 것이 남아 있는 한 두려움을 완전히 떨쳐버릴 순 없었다. 이 악마를 향한 나의 증오심은 상상할 수 없을 만큼 컸다. 그놈을 생각하면 이가 갈리고, 눈에선 불꽃이 일면서 그처럼 생각 없이 부여한 생명을 없애고 싶은 마음이 간절해졌다. 그의 범죄와 적의를 생각하면 간신히 억눌렀던 증오심과 복수심이 폭발했다. 할 수만 있다면, 안데스산맥 최고봉까지 순례길에 올라 그곳에서 천 길 낭떠러지 아래로 놈을 밀어 떨어뜨리고 싶었다. 놈을 다시 만나, 놈의 머리에 대고 가장 험악한 분노를 터뜨리고 윌리엄과 저스틴의 죽음에 복수하고 싶었다.

우리 집은 초상집 분위기였다. 아버지는 최근의 사건들 때문에 충격을 받아 건강이 많이 상했다. 엘리자베스는 슬픔에 빠져 풀이 죽어 있었다. 더는 일상의 일에서 즐거움을 얻지 못했다. 조금이라도 즐거움을 느낀다면 고인을 모독하는 거라 여기는 듯했다. 엘리자베스는 영원한 비애와 눈물만이 그렇게 사그라들어 사라진 순결함에 바쳐야 할 헌정물이라고 생각했다. 그녀는 어릴 적에 나와 함께 호숫가를 거닐며 환희 어린 마음으로 미래의 희망을 이야기하던 행복한 존재가 더는 아니었다. 그녀는 무덤처럼 변해, 종종 변덕스러운 운명과 인간 삶의 불안정에 대해 말하곤 했다.

"사촌, 비참하게 죽은 저스틴 모리츠를 생각할 때마다 세상과 세상의 일들이 예전과는 달라 보여. 예전에는 책에서 읽거나 다른 사람들에게서 들었던, 악과 불의에 관한 이야기들은 그저 먼 옛날의 이야기이거나 꾸며낸 사악한 이야기라고만 생각했어. 적어도 그런 이야기들은 내게 너무 동떨어져 있어서, 상상은 못 하고 이성으로만 이해하려 했어. 한데 이런 불행이 우리 집에 닥치고 나니, 이제는 사람들이 서로의 피에 굶주린 괴물처럼 보여. 하지만 나 역시 정의롭지 못해. 모든 사람이 그 불쌍한 소녀가 유죄라고 믿었어. 저스틴이 정말로 그 범죄를 저지를 수 있었다면, 그 아이는 의심의 여지 없이 가장 타락한 인간이었을 테지. 그깟 하찮은 보석을 손에 넣으려 자기 은인이자 친구인 사람의 아들을, 태어날 때부터 돌봐주면서 마치 자식처럼 사랑했던 아이를 죽였으니 말이야! 나는 누구든 인간을 죽이는 것에는 동의하지 않지만, 분명 그런 인간이 인간 사회에 사는 것은 부당하다고 생각했을 거야. 하지만 저스틴은 결백했어. 그 아이가 결백하다는 걸 난 알아. 느낄 수 있어. 너도 나와 같은 생각이지. 그래서 나는 더욱 확신해. 아아! 빅터, 거짓이 그처럼 진실로 보인다면, 누가 과연 확실한 행복을 장담할 수 있겠어? 마치 벼랑 끝을 걷는데, 수많은 사람이 나를 그 심연으로 밀어 던지려 내게 몰려오는 것만 같아. 윌리엄과 저스틴은 살해되고 그 살인범은 도망쳤어. 그자는 자유롭게 세상을 돌아다니고 있고, 어쩌면 사람들에게 존경받고 있을지도 몰라. 하지만 설사 내가 똑같은 범죄로 교수형에 처한다고 해도 그런 파렴치한 자와 내 위치를 바꾸지는 않겠어."

나는 몹시 괴로운 마음으로 엘리자베스의 말을 들었다. 직접적으로 살인을 저지르지는 않았지만 사실 나는 진짜 살인범이나 다름없었다. 엘리자베스는 괴로워하는 내 표정을 읽고는 다정하게 내 손을 잡으며 말했다.

"내가 가장 사랑하는 사촌, 이제 그만 마음을 가라앉혀야 해. 이번 일들로 내가 얼마나 깊은 상처를 입었는지는 아무도 모를 거야. 하지만 너만큼 참담하지는 않겠지. 네 얼굴에 깃든 절망감, 가끔 비치는 원한을 보노라면 몹시 불안해. 사랑하는 빅터, 이제 그만 정신을 차려. 나는 네마음의 안정을 위해서라면 목숨이라도 희생할 거야. 우리는 꼭 행복을 되찾을 거야. 세상에 등을 돌리고 평온한 고향에서 묶여 지내면 무엇이 우리의 평화를 훼방놓겠어?"

엘리자베스는 이렇게 말하면서 눈물을 흘렸다. 그 바람에 내게 방금 건넸던 위로의 말을 스스로 어겼지만, 그러면서도 내 마음속에 숨어 있던 악마를 쫓아내려는 듯 미소를 지었다.

내 얼굴에 서린 참담함에서 내가 당연히 느끼던 극심한 슬픔만을 보았던 아버지는 내 취향에 맞는 위안거리가 평소의 평온한 내 성격을 회복하는 데 가장 좋은 방법이 될 거라고 생각했다. 그래서 아버지는 그 지방으로 이사했던 거였다. 같은 이유로 아버지는 이제 모두 같이 샤모니 계곡으로 여행을 가자고 제안했다. 나는 그곳에 예전에 가본 적이 있지만, 엘리자베스와 에르네스트는 가본 적이 없었다. 두 사람은 일찍이 무척 경이롭고 장엄하다고 들은 적 있던 그곳 풍경을 보고 싶다는 바람을 종종 털어놓곤 했다. 그래서 우리는 저스틴이 죽은 지 거의 2개월 후인 8월 중순 무렵 제네바를 떠나 여행길에 올랐다.

날씨는 무척 화창했다. 환경을 바꿔서 내가 슬픔에서 벗어날 수 있었다면, 아버지가 생각한 이번 여행은 분명 효과가 있었을 것이다. 실제로 나도 조금은 여행지의 풍경에 흥미를 느꼈다. 그곳 풍경은 비록 내 슬픔을 없애주지는 않았지만 이따금 가라앉혀주었다. 첫날에는 마차를 타고 여행했다. 아침에 우리는 저 멀리 보이는 산을 향해 서서히 달렸다. 아르브강이 흐르는 방향을 따라가다 보니, 결국 우리는 그 강이 형성한 계곡으로 휘어 들어가게 됐다. 계곡은 갈수록 점차 간격이 좁아졌다. 해가 졌을 때, 우리는 사방으로 우뚝 솟은 거대한 산맥과 절벽을 보았고 바위 사이로 사납게 흘러내리는 물소리와 주변에서 세차게 쏟아지는 폭포수 소리를 들었다.

다음 날 우리는 노새를 타고 여행을 계속했다. 높이 올라갈수록 계곡은 더 웅장하고 경이로운 모습을 드러냈다. 소나무가 우거진 산 절벽에 아슬아슬하게 걸린, 폐허가 된 성들, 세차게 흐르는 아르브강, 나무들 사이로 여기저기 모습을 드러낸 오두막들, 이 모두 한데 어울려 빼어나게 아름다운 풍경을 그려냈다. 그 풍경은 더욱 커지면서 웅대한 알프스산맥을 드러내 장엄한 장관을 펼쳤다. 알프스의 하얗게 반짝이는 피라미드와 둥근 지붕과 같은 봉우리들은 특별히 다른 세상, 다른 종족이 사는 세계에

속하기라도 한 듯 우뚝 솟아 있었다.

강물이 만들어놓은 협곡이 우리 앞에 열어놓은 펠리시에 다리를 건너, 우리는 불쑥 고개를 내민 산을 오르기 시작했다. 곧 우리는 샤모니 계곡에 들어섰다. 이 계곡은 더욱 경이롭고 장엄했지만 방금 지나온 세르보 계곡만큼 그림처럼 아름답지는 않았다. 눈 덮인 높은 산들이 그 계곡과 경계를 이루며 맞닿았지만 더는 폐허가 된 성이나 기름진 들판은 보이지 않았다. 거대한 빙하가 길에서 그리 멀리 떨어져 있지 않았다. 그 순간, 눈사태가 일어나 천둥처럼 으르렁거리는 소리가 들리더니, 희뿌연 눈안개가 일었다. 몽블랑, 최고봉인 장엄한 몽블랑이 주위를 두른 뾰족한 산봉우리들 위로 우뚝 솟았고, 그 거대한 둥근 지붕은 계곡을 굽어보았다.

이 여행을 하는 동안 나는 가끔 엘리자베스 곁에 가서 풍경의 다양한 아름다움을 설명하곤 했다. 종종 노새를 다른 식구들보다 뒤처져 가게 이끌면서 고통스러운 회상에 빠져들기도 했다. 어떤 때는 노새에 박차를 가해 다른 식구들을 앞서갔다. 그럴 때면 그들과 세상, 무엇보다도 나 자신이 잊히는 것만 같았다. 식구들과 멀리 떨어지면, 나는 노새에서 내려, 공포와 절망감의 무게에 짓눌린 채, 풀밭에 몸을 던졌다. 저녁 8시에 샤모니에 도착했다. 아버지와 엘리자베스는 몹시 피로에 지쳐 있었다. 우리와

174

함께 온 에르네스트는 기쁜 마음에 기분이 꽤 좋은 모양이었다. 녀석의 기쁨을 훼방하는 상황이라면 남풍과 다음 날에 내릴 것만 같은 비뿐이었다.

　우리는 일찌감치 숙소로 들어갔지만 잠이 오지 않았다. 적어도 나는 잠을 이룰 수가 없었다. 나는 오랜 시간 동안 창가에 서서, 몽블랑 위로 번쩍이는 희미한 번갯불을 바라보면서 창문 밑으로 흘러가는 아르브강의 거센 물소리에 귀를 기울였다.

　여행 안내인들의 예상과는 달리 다음 날은 구름이 끼긴 했지만 화창했다. 우리는 아르베롱강의 발원지를 찾아가 해 질 녘까지 노새를 타고 계곡 주변을 서성였다. 이 숭고하고 장엄한 풍경에 나는 내가 받을 수 있는 최대한의 위로를 받았다. 움츠러든 나의 마음을 한껏 드높여주었다. 그리고 그 풍경은 나의 슬픔을 없애주지는 못했지만 제압해 진정시켜주었다. 또한 내가 지난달 내내 품고 있던 상념에서 어느 정도 마음을 돌리게 해주었다. 해 질 녘에 지친 몸으로 숙소에 돌아왔지만, 비참한 기분은 제법 진정되었다. 그래서 나는 한동안 평소보다 훨씬 밝은 마음으로 가족과 담소를 나누었다. 아버지는 흡족해했고 엘리자베스는 몹시 기뻐하며 말했다.

　"사랑하는 사촌, 그리 즐거워하니, 네게서 정말 행복한 기운이 감돌잖아. 이제 다시는 침울해하지 마!"

다음 날 아침, 비가 거세게 쏟아졌고, 짙은 안개가 산맥의 정상을 숨겼다. 나는 일찍 일어났지만 기분이 몹시 침울했다. 거센 빗줄기를 보고 있자니, 기분이 우울해졌다. 옛 감정이 되살아나고 가슴이 슬픔에 젖어들었다. 나는 이런 갑작스러운 심경 변화에 아버지가 얼마나 실망할지 잘 알았다. 그래서 나는 기분이 회복될 때까지 가능한 한 나를 억누르던 그 슬픈 감정을 숨기기 위해 아버지를 피하고 싶었다. 나는 그날엔 가족들이 숙소에 머물 거라는 걸 알았다. 그래서 일찍이 비와 습기와 추위에 익숙했던 나는 혼자 몽탕베르 정상에 오르기로 결심했다. 나는 끊임없이 움직이는 거대한 빙하의 장관을 처음 보았을 때 받았던 충격을 잊지 않고 있었다. 그 장관을 본 순간 내 가슴은 순수한 환희로 가득 차며 내 영혼에는 날개가 달렸다. 동시에 내 영혼은 어두운 세상을 박차고 빛과 기쁨을 향해 날아올랐다. 경외심을 불러일으키는 장엄한 자연의 광경은 항상 나의 마음을 엄숙하게 만들어주었고 덧없는 인생의 근심들을 잊게 해주었다. 나는 혼자 가기로 결심했다. 길을 잘 알았고 곁에 누군가 있으면 그 적막한 경치의 장관을 해칠 것 같아서였다.

올라가는 길은 몹시 가팔랐다. 하지만 끊길 듯 말 듯 구불구불 이어지는 길을 따라가면 깎아지른 듯한 산을 오를 수 있었다. 소름 돋을 정도로 고독한 풍경이었다. 곳곳에는 겨울 눈사태의 흔적인 듯 부러진 나무들이 바닥에 흩어져 있었다. 어떤 것들은 완전히 부러졌고 어떤 것들은 휘어진 채, 산악의 돌출한 암벽에 기대거나 다른 나무에 가로로 걸려 있었다. 높이 올라갈수록 길은 눈이 쌓인 협곡을 스쳐 갔고, 그때마다 위에서는 돌들이 끊임없이 굴러 내려왔다. 그중 한 협곡은 특히 위험했다. 큰 목소리로 내뱉는 말과 같은 정도의 소리에도 공기의 진동이 일어나 말한 사람의 머리를 부숴버릴 만한 돌이 굴러떨어질 것 같았다. 키가 크지도 화려하지도 않은 소나무들이 쓸쓸히 서 있는 모습은 그곳의 풍경에 음울한 분위기를 더했다. 나는 아래 계곡을 내려다보았다. 그 계곡으로 흐르는 강물에서 피어오르는 엄청난 안개가 거대한 소용돌이를 그리며 맞은편의 산맥을 휘감았다. 그리고 그 산맥의 봉우리들이 똑같은 구름 더미에 숨어 있는 동안에 어두운 하늘에서는 비가 쏟아지며, 주변의 사물들 때문에 울적해진 나의 마음을 더욱 어둡게 만들었다.

아아! 어째서 인간은 짐승보다 감성이 뛰어나다고 자랑하는가. 바로 그 사실이 우리가 감성에 더욱 얽매이게 할 뿐인데. 우리의 충동이 배고픔과 목마름, 정욕뿐이라면 우리는 훨씬 더 자유로울 것이다. 하지만 실상 우리는 언제든 부는 바람에 마음이 흔들리고, 우연히 귓결에 스치는 말 한마디나 그런 말이 전하는 작은 사건에도 마음이 동요된다.

우린 잠자리에 눕는다. 꿈은 잠에 독이 될 수도 있지.

우린 일어난다. 정처 없이 떠도는 생각은 하루를 망치지.

우린 느끼거나 상상하거나 추론하거나 웃거나 울거나 하지.

우린 어리석은 고뇌를 껴안거나 근심을 떨쳐버리지.

그런 짓은 다 매한가지. 기쁨이든 슬픔이든

그건 언제든 자유로이 떠날 수 있으니까.

인간의 어제는 절대 내일과 같지 않은 법,

무상無常 말고는 그 무엇도 영원하지 않으리라!*

정오가 다 되어 오르막의 정상에 올랐다. 한동안 나는 빙하의 바다가 내려다보이는 바위 위에 앉아 있었다. 안개가 그 바다와 주변의 산맥을 뒤덮었다. 얼마 후 불어온 산들바람에 구름이 흩어지자 나는 빙하 위로 내려갔다. 그 표면은 매우 울퉁불퉁해 마치 거친 바다의 파도처럼 솟아올랐다가 푹 꺼져 들어갔는가 하면, 군데군데 깊게 팬 균열이 보이기도 했다. 얼음 벌판은 폭이 1리그 정도 되었지만 그곳을 건너는 데 거의 두 시간이나 걸렸다.

* 메리 셸리의 남편인 시인, 퍼시 셸리의 시 〈무상Mutability〉 중에서.

맞은편에 서 있는 산은 깎아지른 듯한 벌거숭이 바위산이었다. 내가 그때 서 있던 쪽에서 몽탕베르는 정반대편에 1리그의 거리를 두고 있었다. 그리고 그 위로 몽블랑이 아주 위엄 있게 우뚝 솟았다. 나는 그 암벽의 후미진 곳에 앉아 경이롭고 거대한 장관을 바라보았다. 그 바다, 아니거대한 얼음 강은 강에 예속된 산들 사이를 휘감았고, 그 깊은 강 위로는 산봉우리들이 높이 치솟아 있었다. 구름 위로 고개를 내민, 얼음에 덮인 찬란한 봉우리들이 햇빛을 받아 반짝였다. 바로 전까지만 해도 슬픔에 젖어 있던 내 가슴은 이제야 기쁨과 유사한 감정으로 벅차올랐다. 나는 외쳤다.

"방황하는 정령들이여, 정녕 그대들이 방황하며 좁은 침상에서 쉬지 않고 있다면, 나에게 이 어렴풋한 행복을 허락해주시오. 아니면, 삶의 기쁨에서 저 멀리로, 나를 그대의 벗 삼아 데려가주시오."

이처럼 외치는 순간, 갑자기 저 멀리에서 사람의 형체가 시야에 들어왔다. 그 형체는 나를 향해 초인적인 속도로 다가왔다. 그는 내가 조심스럽게 건넜던 얼음의 갈라진 틈을 가볍게 뛰어넘었다. 그자가 가까이 다가왔을 때 보니, 그자의 체구는 사람보다 훨씬 더 커 보였다. 정신이 아찔했다. 안개가 낀 듯 눈 앞이 흐려졌고 현기증이 일었다. 하지만 산에서 불어오는 차가운 강풍에 곧 정신을 차렸다. 그 형체가 가까이 다가왔을 때, 나는 그 형체(정말 소름 끼치고 역겨운 모습이었다!)가 내가 창조한 비열한 놈이라는 걸 깨달았다! 나는 분노와 공포로 몸을 부르르 떨면서도 그놈이 바로 앞으로 다가올 때까지 기다렸다가, 때가 되면 그놈과 목숨을 걸고 필사적으로 싸우겠다고 마음먹었다. 마침내 놈이 다가왔다. 이 세상에서는 볼 수 없을 만큼 흉측한 놈의 얼굴은 차마 눈 뜨고 보기 어려울 정도로 소름 끼쳤고, 그런 놈의 표정은 경멸감과 악의와 어우러진 쓰디쓴 고뇌를 드러내 보였다. 하지만 놈의 얼굴이 내 눈에 거의 들어오지 않았다. 처음에 나는 분노와 증오로 말문을 열지 못하다가 애써 정신을 차리고는 그저 거세고 증오 어린 경멸적인 말로 놈을 제압하려 했다. 내가 외쳤다.

"이 악마 놈아, 감히 내게 와? 네 추악한 머리통을 부숴버릴 사나운 복수의 팔이 두렵지 않으냐? 꺼져버려, 더러운 벌레 같은 놈아! 아니 기다려라, 내가 널 짓밟아 가루로 만들어버릴 테다! 아아! 추악한 존재인 네놈을 죽여, 네놈이 그렇게 잔인하게 살해한 희생자들을 되살릴 수만 있다면!"

그 악마가 입을 열었다.

"그리 나올 줄 알았소. 사람들 누구나 추한 것들을 미워하지. 그러니 어떤 생명체보다도 추한 내가 얼마나 혐

내가 창조한 비열한 놈이라는 걸 깨달았다!

오스러울까! 그대, 나의 창조자여, 하물며 당신까지도 자기 피조물인 나를 혐오하고 멸시하고 있소. 그래도 그대와 나는 둘 중 하나가 죽어야만 풀릴 끈으로 묶여 있소. 당신은 나를 죽이려 하지. 어찌 생명을 가지고 그렇게 놀 수 있는 거요? 나에 대한 의무를 다하시오. 그러면 나도 당신과 다른 인간들에 대한 내 본분을 다하겠소. 당신이 내 조건을 수락한다면 난 순순히 인간들과 당신의 곁을 떠나겠소. 하지만 거절한다면 죽음의 배 속을 다 채울 때까지 당신의 남은 친구들의 피를 실컷 마셔대겠소."

"이 흉측한 괴물아! 네놈은 악마로구나! 지옥의 고문도 네놈의 죄악에 대한 복수로는 약할 것이다. 사악한 악마! 네놈을 만들었다고 나를 원망하다니. 그럼, 좋다, 어서 이리 오너라. 내가 경솔하게 네놈에게 주었던 그 불꽃을 꺼주겠노라."

분노가 한없이 치밀었다. 나는 한 존재가 다른 존재에게 품을 수 있는 온갖 적개심에 이끌려 그놈에게 덤벼들었다.

그는 쉽게 나를 피하며 입을 열었다.

"진정하시오! 부탁하건대, 부디 저주받은 내 머리 앞에 증오심을 토해내기 전에 내 말 좀 들어보시오. 내가 겪는 이 정도의 고통으로는 부족해서, 나를 더욱더 비참하게 만들 작정이오? 삶은, 비록 고뇌 덩어리라고 해도 내겐 소중한 것이오. 그러니 난 삶을 지킬 것이오. 명심하시오. 당신은 나를 당신보다 더 강하게 만들었다는 걸. 나는 당신보다 키가 크고, 관절이 훨씬 더 유연하오. 하지만 당신과 대적할 마음은 없소. 나는 당신의 피조물이니 당신이 내게 빚진 책임만 다해준다면, 나의 본래 주인이자 왕인 당신 앞에선 부드럽고 온순해지겠소. 아아, 프랑켄슈타인, 다른 사람에겐 공정한 태도를 보이면서 어찌 나만을 짓밟으려 하는 거요. 오히려 누구보다도 내게 당신의 정의와 자비와 애정을 쏟아야 할 텐데 말이오. 명심하시오. 난 당신의 피조물이란 걸. 나는 당신의 아담이건만 아무런 죄도 없이 당신 때문에 기쁨에서 쫓겨나 타락한 천사가 되었소. 어디를 보든 행복뿐인데, 나만 혼자 영원히 그 행복에서 쫓겨났소. 나는 인정 많고 선량했건만, 불행이 나를 악마로 만들었소. 나를 행복하게 해주시오. 그러면 다시 고결해지겠소."

"썩 꺼져! 네놈 말은 듣고 싶지 않아. 네놈과 나 사이에 공유할 만한 것은 있을 수 없어. 우린 적이야. 썩 꺼져. 아니면 누구 하나가 쓰러질 때까지 힘을 겨뤄볼까."

"어떻게 당신 마음을 움직일 수 있을까? 아무리 애원해도 당신은 자기 피조물에게, 당신의 친절과 동정을 애원하는 피조물에게 호의적인 눈길 한번 주지 않겠다는 것이오? 프랑켄슈타인, 부디 내 말을 믿으시오. 나도 전에는 선량하게 살았소. 내 영혼은 사랑과 인간애로 빛났소. 하지만 이제 나는 혼자, 가련하게 혼자가 아니오? 내 창조자인 당신까지도 나를 혐오하는데 내게 빚진 게 없는 당신의 주변 사람들한테야 내가 무얼 기대할 수 있겠소? 그들은 나를 경멸하고 증오하오. 내겐 인적 없는 산과 황량한 빙하만이 피난처요. 나는 이곳에서 많은 날을 방랑했소. 내가 유일하게 두려움을 느끼지 않는 얼음 동굴이야말로 내 집이오. 그곳에서만큼은 나를 싫어하는 인간을 볼 일이 없소. 난 저 황량한 하늘을 반기오. 그건 저 하늘이 당신과 같은 인간들보다 내게 더 친절하기 때문이오. 많은 인간이 내 존재를 알았다면 당신처럼 나를 경멸하며 해치려고 무기를 들었을 거요. 나를 그토록 증오하는 인간들을 내가 어찌 미워하지 않을 수 있겠소? 나는 적들과 손잡지는 않겠소. 내가 비참하면 적들도 내 비참함을 느끼게 될 거요. 그렇지만, 내 비참함을 보상해주는 일과 당신에겐 너무나 참담함으로 남을 뿐인 불행에서, 당신과 당신 가족뿐 아니라 수많은 사람을 분노의 소용돌이 속에 삼켜버릴 불행에서 모두를 구하는 일은 당신의 손에 달렸소. 부디 불쌍히 여겨 나를 경멸하지 마시오. 그리고 내 얘기를 꼭 들어주시오. 일단 내 얘기나 들어보고 나서 내가 어떤 놈인지 판단하시오. 그런 후에 나를 버리든 동정하든 하시오. 우선은 내 얘기를 들어보란 말이오. 인간의 법에 따르면 아무리 잔인한 범죄의 혐의를 받는 피고인이라도 유죄 판결을 받기 전에 스스로 변론할 기회를 받을 권리가 있을 거요. 그러니 프랑켄슈타인, 부디 내 말을 들어보시오. 당신은 나를 살인자라 비난하고 있소. 그러면서도 스스로 만족할 만한 양심을 가진 당신 역시 자기 피조물을 죽이려 하고 있소. 아, 인간의 영원불멸한 정의를 찬미할지어다! 날 용서해달라고 부탁하는 것이 아니니, 부디 내 말을 들어주시오. 내 얘기를 다 듣고도 당신 손으로 만든 피조물을 죽일 수 있으면, 죽일 마음이 생기면 그렇게 하시오.”

“왜 생각만 해도 몸서리쳐지는 상황을 떠올리게 하느냐? 왜 내가 불행의 근원이자 창조자라는 걸 상기하느냐? 혐오스러운 악마야, 네놈이 처음 빛을 본 그날이 저주스럽다! (나 자신도 저주스럽지만) 네놈을 만든 두 손이 저주스럽다! 네놈 때문에 난 이루 말할 수 없이 비참해졌어. 네놈 때문에 나는 내가 네놈 앞에 떳떳한지 떳떳하지 못한지 생각할 힘마저 잃었어. 어서 꺼져! 역겨운 그 몰골을 내 눈앞에서 치워버려.”

“나의 창조자여, 그리해주겠소.”

그가 말문을 열며, 자신의 혐오스러운 양손으로 내 눈 앞을 가렸다. 순간 나는 거칠게 그 두 손을 내쳤다.

“그렇게 눈을 가리면 내 혐오스러운 얼굴이 안 보일

거 아니오. 그래도 내 말소리는 들릴 테니, 부디 내게 동정을 베푸시오. 한때 지녔던 선한 마음으로 부탁하오. 내 얘기를 들어주시오. 내 이야기는 길고 기이하게 들릴 것이오. 그런 이야기를 듣기에, 예민한 당신으로서는 이 추운 곳은 어울리지 않소. 산 위 오두막으로 갑시다. 아직 해가 하늘 높이 떠 있으니, 해가 저 눈 덮인 절벽 너머로 기울어 모습을 감추고 다른 세계를 비추기 전에, 당신은 내 이야기를 다 듣고 결정을 할 수 있을 거요. 이제 문제는 당신에게 달렸소. 내가 인간 곁을 영원히 떠나 남을 해치는 일 없이 살게 될지, 아니면 당신 주변 사람들을 응징하고 당신의 파멸을 빠르게 재촉할지 말이오."

이렇게 말하면서 그는 빙판을 건너갔다. 나는 그의 뒤를 따라갔다. 가슴이 벅차올라 아무런 대답도 하지 못했다. 하지만 그를 따라가면서 그가 주장했던 여러 말들을 곰곰이 생각해보고는 적어도 그의 이야기는 들어봐야겠다고 결정했다. 조금은 호기심에서 마음이 동했고, 동정심이 결심을 굳혀주었다. 그때까지 나는 내 동생을 죽인 살인자가 그놈이라고 믿었기에 그 믿음이 사실인지 아닌지 꼭 확인해보고 싶기도 했다. 또한 처음으로 나는 창조자가 자기 피조물에게 가지는 책임감 같은 것을 느꼈고, 그렇다 보니 그놈의 사악함을 불평하기에 앞서, 그놈을 행복하게 해줘야겠다고 생각하게 됐다. 이런 동기 때문에 나는 그의 요구를 수락했다. 이제 우리는 빙하를 건너 맞은편 암벽 위로 올라갔다. 공기는 차가웠고 다시 비가 내리기 시작했다. 우리가 오두막에 들어서자 그 악마는 몹시 기뻐하는 표정을 보였지만 나는 마음이 무겁고 의기소침해졌다. 하지만 나는 그의 이야기를 듣기로 동의하고는 그 흉측한 동반자가 미리 피워놓았던 불가에 자리를 잡았다. 그러자 마침내 그는 이야기를 시작했다.

3

내가 태어나던 순간을 떠올리려니 상당히 힘드오. 그 당시 일련의 모든 사건은 혼란스럽고 불분명하오. 기묘한 여러 감각이 일시에 나를 사로잡았소. 그런 까닭에 나는 동시에 보고 느끼고 듣고 냄새 맡았소. 사실, 나는 오랜 시간이 지나서야 비로소 다양한 감각 작용을 구분할 줄 알게 되었소. 조금씩 더 강렬해지는 빛이 신경을 압박해서 눈을 감아야 했던 기억이 떠오르오. 그렇게 눈을 감자 어둠이 몰려왔고, 나는 불안감에 사로잡혔소. 하지만 다음 순간, 나는 거의 어둠을 느끼지 못했소. 지금 생각해보니 다시 눈을 떴고, 그때 내게 빛이 다시 쏟아졌던 거였소. 나는 걷다가 계단을 내려왔던 것 같았소. 하지만 곧 내 감각에 큰 변화가 일어났소. 이전에는 시커멓고 불투명한 물체들이 내 몸을 에워싸고 있었지만, 그것들을 제대로 만지거나 볼 수 없었소. 하지만 이제는 자유롭게 걸어 다닐 수 있게 됐을뿐더러 더는 내가 오르지 못하거나 피하지 못할 장애물은 없게 됐소. 한데 내게 쏟아지는 빛이 점점 더 강렬해졌고, 걷다 보니 높은 열기에 피로감이 몰려와, 나는 그늘이 있을 만한 곳을 찾았소. 그래서 찾아낸 곳이 바로 잉골슈타트 근처의 숲이었소. 그곳의 시냇가에서 누워 피로를 달래려니, 못 견딜 정도로 배가 고프고 목이 말랐소. 그러는 바람에 반수면 상태에서 깨어나 나무에 달렸거나 땅에 떨어진 열매를 먹었소. 나는 시냇물로 갈증을 달래고는 다시 누워서 잠에 빠져들었소.

잠에서 깨어났을 때는 이미 어두웠소. 춥기도 하고 본능적으로 쓸쓸한가 하면, 조금은 무서웠소. 당신의 방을 나오기 전에 추위를 느껴, 옷가지를 주워 입기는 했지만 밤이슬을 막아주기에는 충분하지 않았소. 나는 가련하고 의지할 데 없는 초라한 신세였소. 나는 아무것도 몰랐고, 아무것도 분간할 수 없었소. 그저 사방에서 엄습해오는 고통을 느끼며 주저앉아 흐느낄 뿐이었소.

그러고 있자니 얼마 후에 부드러운 빛이 하늘로 퍼지는 게 보였소. 그걸 보는 순간 내 마음에 기쁨이 샘솟았소. 나는 벌떡 일어나 나무들 사이로 떠오른 밝은 형체*를 지

---

* 1831년판에는 '달'이라는 저자의 주가 붙어 있다.

나는 시냇물로 갈증을 달래고는 다시 누워서 잠에 빠져들었소.

켜보았소. 나는 경이감을 느끼며 응시했소. 그것은 아주 천천히 움직였지만 길을 비춰주어, 나는 다시 열매를 찾아 나섰소. 여전히 추웠는데, 숲속을 걷다 보니 어느 나무 밑에 커다란 망토가 보이는 게 아니겠소. 나는 그걸로 몸을 감싸고 바닥에 주저앉았소. 그때 내 머릿속에 떠오르는 생각은 조금이라도 명확한 것이 하나도 없었소. 모든 것이 혼란스러웠소. 하지만 빛과 배고픔과 갈증과 어둠만은 느낄 수 있었소. 그리고 수많은 소리가 귓전을 울렸고 사방에서 온갖 냄새가 풍겨왔소. 그 순간 내가 알아볼 수 있는 것은 오로지 달뿐이었소. 그래서 나는 기쁜 마음으로 달에서 눈을 떼지 않았소.

낮과 밤이 여러 차례 바뀌고 달이 아주 작아진 어느 날, 나는 비로소 내가 느끼는 감각들 각각을 구분하기 시작했소. 마실 물을 공급해주는 시냇물과 무성한 잎으로 그늘을 만들어주는 나무들이 점차 뚜렷이 보이는 게 아니겠소. 종종 귓전을 울리는 유쾌한 소리가 내 눈 앞에서 빛을 가로채 가곤 하던 날개 달린 작은 동물의 목구멍에서 나온다는 사실을 맨 처음 깨달았을 때는 무척 기뻤소. 나는 또한 나를 둘러싼 형체들을 훨씬 더 정확하게 관찰하기 시작하면서 내게 드리운 지붕 모양의 환한 빛의 경계선도 지각할 수 있었소. 때로는 새들이 지저귀는 유쾌한 노래를 흉내 내려고 했지만 할 수 없었소. 때로는 내 감정을 내 식대로 표현하고 싶었지만 내 입에선 그저 거칠고 알아들을 수 없는 소리만 터져 나올 뿐이었소. 그리고 그럴 때마다 나는 흠칫 놀라 다시 입을 다물곤 했소.

계속 그 숲속에서 지내는 동안에 달이 밤하늘에서 사라지는가 싶더니 작아진 모습으로 다시 나타났소. 이때쯤 나의 감각은 아주 뚜렷해졌고 나의 정신은 날마다 새로운 개념들을 받아들였소. 눈은 빛에 익숙해져 사물의 형태를 정확히 지각할 수 있었소. 나는 풀잎과 벌레를 구별할 수 있게 됐고 점차 이 풀과 저 풀을 구별할 수 있게 됐소. 참새는 귀에 거슬리는 쩍쩍 소리만을 낼 뿐이지만 찌르레기와 지빠귀는 듣기 좋고 매혹적인 소리도 낼 수 있다는 걸 알게 됐소.

어느 날 추위에 떨던 나는 떠돌이 거지들이 남기고 간 모닥불을 발견했소. 그 불이 주는 따뜻한 온기에 너무나 기뻐 완전히 넋이 나가고 말았소. 너무 기쁜 나머지 나는 아직 꺼지지 않은 잉걸불에 손을 쑥 들이밀었다가 고통스러워 울며 손을 빼내고 말았소. 같은 것에서 그렇게 정반대의 결과가 나오다니, 정말 신기했소! 나는 불의 재료를 살펴보고는 기쁘게도 그것이 나무로 이루어졌다는 것을 알아냈소. 나는 재빨리 나뭇가지들을 주워 모았지만, 모두 젖어 있어서 타지 않았소. 그 때문에 실망감에 빠진 나는 가만히 앉은 채 불이 타는 모습을 지켜보았소. 그리고

있자니, 불 가까이 놓아둔 젖은 나무들이 어느새 말라, 불이 붙기 시작했소. 나는 이 사실을 곰곰이 생각해보면서 나뭇가지를 이것저것 만져보다가 그 이유를 깨달았소. 그러곤 말려서 불을 지필 만큼 충분히, 나무를 부지런히 구해왔소. 밤이 되어 졸음이 밀려왔을 때는 행여 불이 꺼지지 않을까 몹시 걱정되었소. 나는 마른 나무와 나뭇잎으로 조심스럽게 불을 덮고는 그 위에 젖은 나뭇가지를 놓았소. 그러곤 망토를 펴고 바닥에 누워 잠에 빠져들었소.

아침에 눈을 뜬 나는 맨 먼저 불을 살펴보았소. 불에 덮었던 나뭇가지를 걷어냈더니, 불어온 부드러운 산들바람의 입김에 불꽃이 살아났소. 그 모습을 지켜본 후 나뭇가지들로 부채질을 했더니 거의 꺼져가던 잉걸불이 다시 살아났소. 또다시 밤이 찾아왔을 때, 기쁘게도 나는 불이 열뿐 아니라 빛을 낸다는 사실을 알게 됐소. 또한 불의 그런 성질이 먹을 걸 해결하는 데 도움이 된다는 것도 알게 됐소. 여행자들이 남기고 간 고깃덩이가 구워져 있었는데 구운 고기는 나무에서 딴 열매들보다 훨씬 더 맛있었소. 그래서 나는 똑같은 방법으로 내가 준비한 먹을 것들을 익혀보려고 살아난 잉걸불 위에 올려놓았소. 그랬더니 딸기는 먹을 수 없게 되어버렸지만 밤 따위와 뿌리는 훨씬 먹기 좋게 되었소.

먹을 것이 점점 떨어져, 온종일 먹을 것을 찾아다니

곤 했지만 허기를 달래줄 도토리 몇 알도 구하지 못하는 날이 많았소. 더는 먹을 것을 찾을 수 없다는 걸 알고는 나는 지금까지 머물던 그 숲을 떠나, 내가 느껴본 기본적인 욕구를 좀 더 쉽게 만족시킬 수 있는 곳을 찾아 나서기로 마음먹었소. 그렇게 그곳을 떠나자니, 불을 잃는 것이 몹시 아쉬웠소. 그 불은 우연히 얻은 것이어서 어떻게 다시 피우는지 몰랐던 거요. 나는 오랜 시간 그 문제를 진지하게 숙고해보았지만 불을 가져가는 건 결국 포기할 수밖에 없었소. 그리해서 나는 망토로 몸을 감싸고 해가 지는 쪽을 향해 숲을 가로질러 갔소. 그렇게 무작정 사흘 동안 헤매다가 마침내 확 트인 시골을 발견했소. 전날 밤에 많은 눈이 내려 들판은 온통 새하얗게 변해 있었소. 눈에 들어오는 광경은 황량했소. 그리고 땅을 덮은 차갑고 축축한 물질 때문에 발은 싸늘했소.

아침 일곱 시쯤 되었을 때, 먹을 것과 은신처가 간절히 필요했소. 마침내 나는 언덕배기 위에 작은 오두막이 있는 걸 발견했소. 양치기들의 편의를 위해 지은 것이 틀림없어 보였소. 그 집은 처음 보는 것이라 나는 깊은 호기심을 가지고 그 구조를 꼼꼼하게 살펴보았소. 그리고 문이 열려 있었기에 안으로 들어갔소. 한 노인이 불 가에 앉아서, 장작불 위에 아침 식사를 준비하고 있었소. 순간 노인은 소리를 듣고는 뒤돌아보았소. 그러곤 나를 보자마자, 큰 소리로 비명을 지르며 오두막을 뛰쳐나가, 그의 앙상한 체구로는 거의 불가능해 보이는 매우 빠른 속도로 들판을 가로질러 달아났소. 그자의 그런 모습은 그전까지 내가 보아온 어떤 것과도 다른 광경이었소. 그래서 그런지 그자가 도망치는 것에 다소 놀랐소. 하지만 나는 오두막의 모습에 매료되고 말았소. 비나 눈이 스며들 수 없었고 바닥은 물기가 없었소. 불의 호수에서 고통을 겪고 난이후 지옥의 악마들에게 악마의 소굴이 그렇듯이 내게 그오두막은 아주 훌륭하고 멋진 피난처였소. 나는 그 양치기가 두고 간 아침 식사를 게걸스럽게 먹어치웠소. 빵과치즈와 우유와 포도주였소. 포도주는 내 입맛에 맞지 않았소. 음식을 먹고 나니 어느새 피로가 몰려와 나는 짚더미에 누워 잠에 빠져들었소.

정오가 되어서야 나는 눈을 떴소. 그러곤 새하얀 들판을 환하게 비추는 태양의 따뜻한 온기에 이끌려 다시길을 나서기로 결심했소. 오두막에서 찾아낸 작은 가방에농부가 먹다 남긴 음식을 넣은 후, 몇 시간 동안 들판을 가로질러 가다가 해 질 녘에 어느 마을에 도착했소. 그 마을의 풍경이 얼마나 놀랍게 보이던지! 오두막들, 그보다 깔끔해 보이는 집들, 그리고 위풍당당한 저택들이 차례대로시야에 들어오면서 감탄을 자아냈소. 텃밭에 있는 채소와 몇몇 작은 집 창가에 놓인 우유와 치즈가 식욕을 돋우었소. 나는 그중 가장 좋아 보이는 집에 들어갔소. 하지만 내가 문 안에 발을 들여놓자마자 아이들이 비명을 지르고 한 여자가 기절했소. 마을 전체가 발칵 뒤집히고 말았소. 어떤 사람들은 도망쳤고 어떤 사람들은 나를 공격했소. 급기야 나는 돌과 날아든 온갖 무기에 심한 상처를 입은 채 확 트인 들판으로 달아날 수밖에 없었소. 이윽고 나는 겁에 질린 채 가까스로 나지막한 우리 안으로 몸을 피했소. 좀 전에 그 마을에서 보았던 궁전 같은 집들에 비하면 그곳의 모양새는 초라했소. 그래도 그 우리 옆에는 깔끔하고 쾌적해 보이는 아담한 집이 붙어 있었소. 하지만 바로 전에 값비싼 대가를 치른 뒤라 그 집 안으로 들어갈 엄두가 나지 않았소. 내가 숨은 그 우리는 나무로 지었는데 높이가 너무 낮아서 똑바로 앉기도 힘들었소. 땅바닥에는 나무판자 따위는 깔려 있지 않았지만 습기는 없었고 수많은 틈새로 바람이 들어오긴 했지만 눈과 비는 피할 수 있는, 나름대로 괜찮은 은신처였소.

그렇게 그곳으로 숨어들었고, 비록 초라했지만 혹독한 겨울 날씨와 더욱이 잔인한 인간들을 피할 수 있는 은신처를 찾았다는 것에 행복해하며 그 자리에 누웠소.

아침이 밝자마자 나는 바로 옆에 붙은 오두막을 살펴보고 내 은신처에서 계속 머물 수 있을지 알아보기 위해서 우리에서 기어 나왔소. 그 우리는 집 뒤편에 있었고 양

급기야 나는 돌과 날아든 온갖 무기에 심한 상처를 입은 채
확 트인 들판으로 달아날 수밖에 없었소.

옆으로 돼지우리와 물이 맑은 작은 못이 있었소. 우리의 일부는 트여 있어 그곳으로 내가 기어들어 갔던 거였소. 하지만 나는 남의 눈에 띄지 않기 위해 모든 갈라진 틈을 돌과 나무로 막고는 특별히 드나들 때만 입구를 열었소. 내가 누릴 수 있는 빛은 돼지우리를 통해서 들어오는 게 전부였지만, 나로서는 그 정도면 충분했소.

이렇게 내 거처를 정리하고, 바닥에 깨끗한 짚을 깔고 나서 얼른 몸을 숨겼소. 저 멀리서 사람의 모습이 보였고, 전날 밤에 당했던 일의 기억이 너무나 생생하게 떠올라 사람의 손에 잡히기라도 하면 큰일이라고 생각했기 때문이오. 하지만 나는 우선 그날 하루 정도는 배를 채울 만큼의 거친 빵 한 덩어리를 훔치고 컵을 마련해두었소. 그 컵은 내 은신처 옆에서 샘솟는 맑은 물을 떠먹기에 내 손보다 훨씬 편했소. 은신처의 바닥은 다른 곳에 비해 약간 높았기 때문에 습기가 전혀 차지 않았고 가까이에는 그 집의 굴뚝이 있어 꽤 따뜻했소.

이렇게 내 보금자리를 갖추자, 나는 내 결심을 바꿔야 할 만한 특별한 사건이 일어나기 전까지는 이 우리에 살기로 마음먹었소. 사실 그곳은 전에 살던 황량한 숲, 빗방울이 떨어지는 나뭇가지와 축축한 땅바닥에 비하면 낙원이었소. 기분 좋게 아침을 먹고 나서 물 좀 마실까 해서 밖으로 나가려 판자를 치우려는데, 발소리가 들렸소. 작은 틈새로 내다보니, 어린 소녀가 머리에 동이를 이고 내가 숨은 우리 앞을 지나고 있었소. 그 소녀는 어렸지만 전에 본 시골 사람들이나 농가의 하인들과는 달리 품행이 고상해 보였소. 하지만 소녀의 차림새는 남루했소. 그저 거친 천으로 만든 푸른색 치마와 리넨 윗도리를 입었고 금발 머리는 땋아 내렸지만 아무런 장식도 없었소. 소녀의 표정은 침착하면서도 슬퍼 보였소. 그녀는 내 시야에서 사라졌다가 15분쯤 뒤에 우유가 어느 정도 든 동이를 이고 돌아왔소. 무거워서 그런지 그녀가 불편해 보이는 걸음으로 걷고 있자니, 젊은 남자가 마중 나왔소. 그 남자의 얼굴은 더 침울해 보였소. 그는 우울한 표정으로 몇 마디 말을 하면서 동이를 소녀의 머리에서 받아 들더니 그것을 가지고 오두막 안으로 들어갔소. 그녀도 뒤따라 집 안으로 들어가, 그들은 내 눈 앞에서 사라졌소. 이내 그 젊은이는 손에 연장을 든 채 다시 집 안에서 나오더니 집 뒤의 들판을 가로질러 갔소. 그리고 이따금 소녀는 소녀대로 바쁘게 집 안과 마당을 들락거렸소.

나는 내 거처를 살펴보다가 예전에 그 오두막집에서 그 일부로 제 기능을 했을 법한 창문을 발견했는데, 창 유리가 있어야 할 여러 창틀에 나무가 채워져 있었소. 그중 한 창틀에 한쪽 눈으로만 겨우 볼 수 있을 만한 작은 틈새가 나 있었소. 이 작은 틈새를 들여다보니, 작은 방이 보였소. 하얀색 회칠을 했고 깨끗했지만 가구도 하나 없이 휑해 보였소. 한쪽 구석의 작은 화롯불 가에는 한 노인이 근심 어린 자세로 머리를 두 손에 괸 채 앉아 있었소. 그 어린 소녀는 집 안을 치우고 있었소. 하지만 그녀는 곧 서랍에서 뭔가를 꺼내 들고 노인 곁에 앉는 게 아니겠소. 노인이 소녀에게서 그 악기를 건네받더니 연주를 시작하는데, 지빠귀나 나이팅게일보다도 더 감미로운 소리가 났소. 아름다운 모습이었소. 그전까지는 아름다움이란 걸 본 적 없는 가련한 놈인 나의 눈에도 말이오! 백발인 시골 노인의 인자한 표정에 존경심이 절로 우러나왔고 소녀의 공손한 태도는 너무나 사랑스러웠소. 노인이 감미로우면서도 애처로운 곡조를 연주하자, 상냥한 소녀의 두 눈에선 어느새 눈물이 흘렀소. 하지만 노인은 소녀가 소리 내어 흐느낄 때에야 비로소 그녀가 울고 있다는 걸 눈치챘소. 소녀의 모습에 노인이 뭐라고 몇 마디 말을 하자, 그 예쁜 소녀는 울음을 그치고 노인의 발 앞에 무릎을 꿇었소. 노인은 소녀를 일으키고는 어찌나 자상하고 애정 어린 눈길로 소녀를 바라보며 웃음을 짓던지, 나는 뭐라 표현할 수 없는 기묘하고 강렬한 느낌을 받았소. 굶주림이나 추위나 따뜻함이나 음식에서는 결코 경험해보지 못한, 그러니까 고통과 기쁨이 어우러진 느낌이었소. 나는 차마 그 감정을 견디지 못하고 창가에서 물러났소.

얼마 후 젊은이가 나뭇단을 어깨에 짊어지고 돌아왔소. 소녀는 문간으로 마중 나가, 그를 도와 짐을 내리고는 땔감을 얼마간 집 안으로 가져가 화롯불 위에 놓았소. 그러고 나서 소녀와 청년은 집의 한구석으로 가더니, 청년이 소녀에게 커다란 빵 한 덩어리와 치즈 한 조각을 내보였소. 그녀는 만족한 표정을 지으며 텃밭으로 가서 무슨 뿌리와 식물을 뽑더니 그걸 물에 담갔다가 화롯불 위에 올려놓았소. 그 후 그녀가 일을 계속하는 동안에 청년은 텃밭에 나가 분주하게 땅을 파고 뿌리를 뽑아내는 듯 보였소. 그가 그렇게 일한 지 한 시간쯤 지난 후에, 소녀가 그에게 다가오더니 함께 집 안으로 들어갔소.

그 사이에 노인은 시름에 잠겨 있었는데, 두 사람이 나타나자 얼굴이 밝아지는 듯했소. 이윽고 그들은 함께 앉아 식사를 했소. 그들은 식사를 금방 마쳤소. 소녀는 다시 집안일을 했고 노인은 청년의 팔에 기대어 몇 분 동안 집 앞을 거닐면서 햇볕을 쬐었소. 대조를 이루는 이 훌륭한 두 사람의 모습만큼 아름다운 광경은 세상 어디에도 없을 것이오. 백발의 노인은 만면에 자애로움과 사랑이 넘쳐났고 가냘프고 우아한 자태의 젊은이는 균형 잡힌 이목구비가 뚜렷했소. 하지만 그의 눈과 태도에서는 극심한 슬픔과 근심이 엿보였소. 노인이 집 안으로 들어가자 청년은 아침에 썼던 것과는 다른 연장을 들고 들판을 가로질러 걸어갔소.

곧 밤이 들이닥쳤지만, 정말 놀랍게도 이 오두막집 사람들은 가는 초를 이용해 밤에도 빛을 밝히는 방법을 가지고 있었소. 나는 해가 진 뒤에는 계속 이 이웃들을 지켜보는 즐거움을 누릴 수 있다는 걸 알고 무척 기뻤소. 저녁에 어린 소녀와 청년은 내가 이해할 수 없는 여러 가지 일들을 했소. 그리고 노인은 아침에 나를 매혹했던 성스러운 소리를 내는 악기를 다시 집어 들었소. 노인이 연주를 끝내자마자 청년이 악기의 연주가 아닌, 단조로운 소리를 입 밖에 내기 시작했는데, 노인의 악기가 내는 화음이나 새소리와는 다른 소리였소. 나중에야 나는 그가 소리 내어 책을 읽었던 거라는 걸 알게 됐지만, 그때는 말이나 문자 따위의 체계에 대해선 전혀 알지 못했소.

그렇게 짧은 시간을 보낸 후 그 가족은 불을 끄더니, 잠을 청하려는 듯 그 방에서 물러갔소.

4

짚더미에 누웠지만 잠이 오지 않았소. 나는 그날 있었던 일들을 생각해보았소. 주로 머릿속에 떠오르는 것은 그 사람들의 온화한 태도였소. 나는 그들과 어울려 지내고 싶은 마음이 간절했지만 감히 그럴 엄두를 내지 못했소. 전날 밤 야만스러운 마을 사람들에게서 받았던 대우를 너무나 생생하게 기억하고 있던 터라, 나는 앞으로 취해야 할 옳은 행동이 무엇이라고 장차 생각하게 되든 간에 당장은 우리 안에 조용히 머물며 이 사람들을 지켜보면서, 그들의 행동에 영향을 미친 동기를 알아내기로 결심했소.

그 오두막집 사람들은 다음 날 해가 뜨기 전에 일어났소. 어린 소녀는 집 안을 정리하고 음식을 준비했고 청년은 그날의 첫 끼니를 때운 후에 집을 나섰소.

그날도 전날과 다름없이 일상적인 과정대로 지나갔

소. 청년은 계속해서 집 밖에서 일을 했고 소녀는 집 안에서 온갖 잡다한 일을 부지런히 했소. 곧 알고 보니 노인은 장님이었는데 악기를 연주하거나 사색에 잠겨 여가를 보냈소. 오두막집 두 젊은이가 덕망 있는 노인에게 보이는 사랑과 존경은 그 무엇과도 비교할 수 없었소. 두 사람은 노인을 위해 작은 일 하나하나 따뜻한 애정과 존경심을 가지고 정성껏 했고 노인은 인자한 웃음으로 보답했소.

그들이 행복했던 것만은 아니었소. 청년과 소녀는 종종 따로 떨어져 있을 때 우는 듯 보였소. 그들이 왜 불행한 모습을 보이는지 나로서는 알 수 없었지만 정말 가슴이 아팠소. 그렇게 사랑스러운 사람들이 불행하다면, 나처럼 불완전하고 외로운 존재가 비참함을 겪는 건 너무나 당연한 일일 거요. 한데, 이 고결한 존재들은 무엇 때문에 불행한 걸까? 그들은 (적어도 내 눈에는) 쾌적한 집을 가졌고, 온갖 것을 누리는데도 말이오. 추울 때면 몸을 녹일 불이 있고 배고플 때면 먹을 수 있는 맛있는 음식이 있는데도 말이오. 좋은 옷을 입었고, 게다가 서로에겐 의지할 벗이 있어, 날마다 서로서로 애정 어린 자상한 모습을 보이며 담소를 나눌 수 있는데도 말이오. 그들의 눈물은 대체 무엇을 의미하는 걸까? 그 눈물이 정말로 고통을 표현하는 걸까? 처음에는 그런 의문을 풀 수 없었소. 하지만 계속 관심을 가지고 살펴보면서 시간을 보내다 보니, 처음에는 수

수께끼로 여겼던 많은 사정이 이해되었소.

상당한 기간이 지나서야 나는 이 상냥한 가족을 불안하게 하는 원인 중 하나를 알게 되었소. 가난이었소. 그들은 아주 비참할 정도로 가난의 불행에 시달렸소. 그들의 식사는 고작 텃밭에 기르는 채소와 젖소 한 마리에서 나오는 우유가 전부였소. 그나마 겨울에는 소에게 줄 먹이가 거의 없었기에 우유마저도 얻기가 어려웠소. 그들은 종종 극심한 굶주림에 시달려야 했을 거요. 노인 앞에 음식을 내놓으며 본인들은 굶었던 적이 한두 번이 아니었던 것을 보면, 특히나 두 젊은이는 아주 고통스러운 굶주림에 시달렸을 거요.

나는 두 젊은이의 그런 따뜻한 배려에 매우 감동했소. 실은 나는 주린 배를 채우기 위해, 밤중에 몰래 그들이 저장해놓은 음식을 훔쳐 먹곤 했소만, 나의 그런 짓이 이 오두막집 사람들에게 폐를 끼친다는 사실을 알고부터는 당장에 그런 짓을 그만두고 근처 숲에서 얻은 딸기, 호두, 뿌리 따위만으로 배를 채웠소.

또한 나는 그들의 일을 도와줄 방법을 알아냈소. 청년은 매일 땔감을 구하느라 많은 시간을 보내는 게 아니겠소. 그래서 나는 그가 쓰는 연장의 사용법을 재빨리 터득해서 밤이면 종종 그 연장을 꺼내 며칠 동안 쓰기에 넉넉한 땔감을 마련해오곤 했소.

내가 처음 그 일을 했던 날이 기억나오. 소녀는 아침에 문을 열고, 밖에 쌓아놓은 커다란 장작더미를 보고는 깜짝 놀란 듯 보였소. 그녀가 큰 소리로 뭐라 말을 하자, 청년이 뛰쳐나와 보고는 역시 몹시 놀란 표정을 지었소. 그날 청년이 숲에 나가지 않고, 그 대신에 오두막을 손보고 텃밭을 가꾸는 모습을 보고 나는 기분이 무척 흡족했소.

점차 나는 훨씬 더 중요한 사실을 발견하게 되었소. 이 사람들은 음절이 있는 소리로 자신들의 경험이나 감정을 서로에게 전달하는 방법을 가지고 있다는 걸 깨달은 것이오. 그들이 하는 말들은 이따금 듣는 사람의 마음과 얼굴에 기쁨이나 고통, 웃음이나 슬픔을 자아냈소. 그것이야말로 신과 같은 과학이었고, 나는 그것을 터득하기를 열렬히 원했소. 하지만 그 목적을 실현하고자 하는 나의 노력은 번번이 실패로 끝났소. 그들의 발음은 빨랐고, 그들이 내뱉는 말들은 눈에 보이는 사물과는 뚜렷한 관계가 없는 듯했소. 그렇다 보니 나로서는 그들의 말뜻의 수수께끼를 풀 단서를 찾을 수가 없었소. 그러나 달의 주기가 여러 번 바뀌는 동안 그 우리 안에 머물면서 엄청난 노력을 기울인 끝에 나는 마침내 그들의 대화에서 가장 자주 등장하는 몇몇 사물들에 붙은 이름을 알게 됐소. 나는 '불', '우유', '빵', '땔감' 같은 말들을 배우고 사용해보았소. 또한 나는 그 오두막집 사람들의 이름도 알게 되었소. 청

나는 그가 쓰는 연장의 사용법을 재빨리 터득해서 밤이면 종종 그 연장을 꺼내
며칠 동안 쓰기에 넉넉한 땔감을 마련해오곤 했소.

년과 소녀는 모두 이름을 여러 개 가지고 있었지만 노인은 '아버지'라고 하는 단 하나의 이름만을 가졌소. 소녀는 '누이'나 '애거사'로 불렸고 청년은 '펠릭스'나 '오빠'나 '아들'로 불렸소. 그 소리에 해당하는 개념을 터득하고 발음하게 되었을 때 느꼈던 기쁨은 말로 표현할 수 없소. 그리고 그 뜻을 모르거나 사용해볼 수 없었던 다른 단어들, 이를테면 '좋은', '아주 사랑하는', '불행한' 같은 단어도 구분해낼 수 있었소.

나는 그렇게 그해 겨울을 보냈소. 나는 그 사람들의 온화한 태도와 아름다운 모습을 보면서 그들을 좋아하게 되었소. 그들이 불행해하면 나도 우울해졌고, 그들이 기뻐하면 나도 함께 기뻐했소. 사실 나는 그들 외에 다른 사람들을 거의 볼 수 없었소. 간혹 어떤 다른 사람들이 그 집에 들어올 경우가 있긴 했는데, 그자들의 거친 태도와 교양 없는 걸음걸이는 내 친구들의 훌륭한 자질을 더욱 돋보이게 할 뿐이었소. 노인은 종종 자식들에게 용기를 주려고 애썼소. 때때로 목격한 바지만, 그는 자식들이 우울한 기분을 떨쳐 내게 하려고 괜히 그들을 불러대곤 했소. 그는 기운찬 말투로 얘기하면서 나까지도 기분이 밝아지게 하는 인자한 표정을 짓곤 했소. 애거사는 존경심을 갖고 귀를 기울이며, 가끔 눈에 눈물이 고일 때면 아버지 몰래 눈물을 닦아내곤 했소. 하지만 아버지의 충고를 듣고 나면 그녀의 표정과 말투가 한층 밝아질 때가 많았소. 하지만 펠릭스는 그렇지 못했소. 그는 언제나 이 사람들 가운데에서 가장 슬퍼 보였소. 미숙한 내 눈에도 그는 노인과 소녀보다 훨씬 더 깊은 시름에 젖어 있는 듯 보였소. 하지만 그렇게 훨씬 더 슬픈 표정을 짓고 있을 때도 목소리만큼은 누이동생보다 더 씩씩했소. 특히 노인에게 말할 때는 목소리에 한층 더 씩씩함이 배어들었소.

비록 사소한 일이지만 이 선량한 오두막집 사람들의 품성을 드러내는 무수한 예들을 일일이 열거할 수도 있소. 가난과 궁핍 속에서도 펠릭스는 눈 덮인 땅 밑에서 갓 피어난 작은 하얀색 꽃을 따서 기쁜 마음으로 동생에게 가져다주었소. 그리고 이른 아침 누이동생이 일어나기 전에 눈을 말끔히 치워 누이동생이 우유를 짜러 가는 길을 편안하게 해주었고, 직접 우물에서 물을 길어왔고, 보이지 않는 손이 항상 채워놓은 장작더미가 언제나 그를 놀라게 했던 헛간에서 땔감을 가져왔소. 낮에는 가끔 그는 이웃 농부의 일을 해주는 것 같기도 했소. 종종 나갔다가 저녁에야 돌아오곤 했는데, 땔나무를 전혀 마련해오지 않는 걸 보면 말이오. 다른 때는 텃밭에서 일을 했지만, 혹한의 계절에 할 일이 거의 없을 때는 노인과 애거사에게 책을 읽어주었소.

처음에 나는 그처럼 책을 읽는다는 것을 이해하지 못

했소만, 점차 그가 읽을 때에 말할 때와 똑같은 소리를 많이 낸다는 것을 알게 됐소. 그래서 나는 그가 자신이 이해하고 있는 말의 기호들을 종이에서 찾아내는 거라고 추측했소. 나는 그것도 간절히 이해하고 싶었소. 하지만 그들이 기호로 나타내는 소리도 이해하지 못하는 내가 어떻게 그럴 수 있었겠소? 아무튼 나는 언어라는 기술에 꽤 향상을 보이긴 했지만 어떤 대화를 이해할 만큼 충분하지는 못했소. 온 정신을 쏟아 배우려 애썼지만 말이오. 이 오두막집 사람들 앞에 내 정체를 드러내고 싶은 마음은 간절했지만, 우선 그들의 언어를 완전히 습득하기 전까지 그래서는 안 된다는 것쯤은 잘 알았소. 언어의 지식을 터득한다면, 나는 그들이 내 흉측한 모습을 무시하도록 만들 수 있을 것 같았소. 내 눈에 계속해서 보이는, 나와는 아주 대조적인 그들의 얼굴을 보면서 그런 사실을 깨닫게 된 것이오.

나는 그 사람들의 완벽한 모습에 감탄했소. 우아하고 아름답고 섬세한 외모에 말이오. 하지만 맑은 못에 비친 내 모습을 보았을 때는 얼마나 끔찍했는지! 나는 처음에는 깜짝 놀라 뒤로 물러나고 말았소. 거울과 같은 물에 비친 모습이 나라는 사실을 믿을 수 없었소. 물에 비친 그 괴물이 정말로 나라는 걸 믿게 되었을 때는 몹시 쓰라린 절망감과 굴욕감이 가슴을 파고들었소. 아아! 하지만 그때도 비참한 내 흉측한 몰골이 어떤 치명적인 결과를 초래하게 될지는 제대로 알지 못했소.

해가 점점 따뜻해지고 낮이 길어지면서 눈은 녹아 없어졌고, 헐벗은 나무들과 시커먼 땅이 모습을 드러냈소. 이때부터 펠릭스는 더욱 바빠졌고 절박한 기근을 예고하는 가슴 아픈 징조들도 사라졌소. 나중에 알게 된 사실이지만 그들의 음식은 고급스럽지는 않았지만 건강에는 좋은 것이었고 그 양도 넉넉히 마련되어 있었소. 그들이 가꾼 텃밭에서는 새로운 채소들이 자라났고, 이처럼 좋은 조짐은 봄이 무르익어 갈수록 나날이 더해갔소.

노인은 비가 오지 않을 때는 매일 정오쯤에 아들에게 몸을 기대어 산책을 했소. 알고 보니 하늘에서 쏟아지는 물을 비라고 부르는 거였소. 비는 자주 내렸지만 젖은 땅은 세찬 바람에 금방 말랐고 계절은 날이 갈수록 한층 더 쾌적해졌소.

우리 안에서의 내 생활양식은 변한 것이 없었소. 아침나절에는 오두막집 사람들을 살펴보다가 그들이 저마다 이런저런 일을 하기 위해 흩어지면 잠을 잤소. 하루의 남은 시간은 다시 내 친구들을 지켜보면서 보냈소. 그들이 침실로 물러가면, 달이 뜨거나 별빛이 밝은 밤에는 숲에 가서 내가 먹을 음식과 그 오두막에 쓸 땔감을 구해오곤 했소. 숲에서 돌아왔을 때는 필요할 때마다 그들이 다

물에 비친 그 괴물이 정말로 나라는 걸 믿게 되었을 때는
몹시 쓰라린 절망감과 굴욕감이 가슴을 파고들었소.

니는 길에 쌓인 눈을 치웠고, 내가 본 바 있는 펠릭스가 했던 일들을 했소. 나중에 알게 된 사실이지만 내가 해놓은 일들, 그러니까 보이지 않는 손이 해놓은 일에 그들은 깜짝 놀랐소. 나는 그들이 내가 해놓은 일을 보고는 한두 번 '착한 정령'이니 '경이로운'이니 하는 말을 내뱉는 걸 들었지만 그때는 그 말들의 의미를 이해하지 못했소.

바로 그 무렵, 나의 사고력이 더욱 활발해지면서, 나는 이 사랑스러운 사람들의 동기와 감정을 간절히 알고 싶었소. 펠릭스가 왜 그토록 불행해 보이고 애거사는 왜 그토록 슬퍼 보이는지 몹시 알고 싶었소. 나는 나 자신이 의당 행복해질 자격이 있는 이 사람들에게 행복을 되찾아 줄 수 있을 거라고 생각했소. (멍청한 놈!) 잠을 잘 때나 멍하니 있을 때에는 덕망 있는 장님 아버지와 상냥한 애거사, 멋진 펠릭스의 모습이 아른거렸소. 나는 그들을 내 앞날의 운명을 결정지을 우월한 존재로 받아들였소. 내가 그들 앞에 모습을 드러내고 그들이 나를 환영해주는 상황을 몇천 번이나 마음속에 그려보았소. 아마 그들은 내 모습을 보고는 혐오스러움을 느끼겠지만, 부드러운 태도와 친절한 말로 그들의 호의를 사게 되면, 결국엔 나를 사랑하게 될 것이라고 상상했소.

이런 생각에 나는 몹시 고무되어 새로운 열정을 가지고 언어의 기술을 터득하는 데 전념했소. 내 음성 기관은 사실 귀에 거슬리는 소리를 냈지만 유연했소. 그리고 내 목소리는 음악처럼 부드러운 그들의 음색과는 아주 달랐지만, 나는 내가 이해하는 단어들을 꽤 쉽게 발음할 수 있었소. 마치 당나귀와 개*와 같았소. 하지만 표현은 거칠더라도 애정 깊은 의도를 가진 온순한 당나귀라면 몽둥이세례와 욕설보다는 나은 대접을 받을 것 같았소.

봄날의 상쾌한 소나기와 따뜻한 온기에 대지의 모습이 크게 변해갔소. 이런 변화와 함께 그전까지는 동굴에 숨어 지내기라도 했는지 보이지 않았던 사람들이 여기저기 모습을 드러내더니, 다양한 기술로 농사를 짓기 시작했소. 새들은 더욱더 기운찬 소리로 지저귀고 나무들은 새싹을 틔웠소. 행복한, 행복한 대지여! 얼마 전만 해도 황량하고 축축하고 해로워 보였던 대지가 이제는 신들을 위해 손색이 없는 거처가 되었도다. 자연의 매혹적인 모습에 내 마음도 고양되었소. 과거는 내 기억에서 지워졌고, 현재는 평온했고, 미래는 기쁨에 대한 희망과 예감의 밝은 서광으로 빛났소.

• 라퐁텐 Jean de La Fontaine(1621~1695)의 우화 〈당나귀와 개〉가 연상되는 표현. 이 우화에서 개가 주인 앞에서 꼬리 치며 주인의 손을 핥으면 주인이 귀여워하며 먹이를 주는 것을 보고, 당나귀가 개의 행동을 따라 하지만 몽둥이질을 당하고 만다.

5

　이쯤에서 내 이야기의 감동적인 부분으로 서둘러 옮겨가겠소. 과거의 나를 지금의 나로 변화시킨 격정을 통감케 한 사건을 들려주겠소.

　봄이 성큼 다가왔소. 날씨는 화창했고 하늘은 구름 한 점 없었소. 황폐하고 음울하기만 하던 곳에 어느덧 그토록 아름다운 꽃들과 신록이 만발하다니 정말 놀라웠소. 내 마음은 몇천 가지 황홀한 향기와 아름다운 광경이 주는 기쁨을 마음껏 즐기며 새로워졌소.

　그러던 어느 날, 그 오두막집 사람들은 이따금 그렇듯이 일손을 놓고 쉬고 있었는데, 보통은 노인이 기타를 치고 자식들은 그 연주를 들었소. 그런데 펠릭스의 표정이 말할 수 없이 침울해 보였소. 그가 자주 한숨을 내쉬자, 그의 아버지가 기타를 내려놓았소. 그 태도로 미루어보아 아들이 슬퍼하는 이유를 묻는 것 같았소. 펠릭스가 쾌활한 목소리로 대답하고 노인이 다시 기타를 치려는 순간 누군가 문을 두드렸소.

말을 탄 어떤 여자가 길 안내를 한 시골 사람과 함께 찾아왔소. 그 여자는 검은색 옷에 두꺼운 검은 베일을 썼소. 애거사가 뭔가 묻자, 그 낯선 여자는 감미로운 억양으로 펠릭스란 이름만 말할 뿐이었소. 그녀의 목소리는 음악 소리와도 같았지만 내 친구들의 목소리와는 달랐소. 그녀의 목소리를 듣자마자, 펠릭스가 급히 달려 나갔고, 그를 본 여자가 베일을 젖혔소. 그러자 천사처럼 아름다운 표정을 지닌 얼굴이 드러났소. 칠흑처럼 검게 빛나는 머리칼은 기묘한 모양으로 땋아 있었소. 두 눈은 검지만 생기가 넘치면서 부드러웠소. 균형 잡힌 이목구비에 피부색은 놀라울 정도로 하얗고 두 볼은 사랑스러운 분홍색을 띠었소.

펠릭스는 그녀를 보자 미칠 듯이 기뻐하는 것 같았소. 그의 얼굴에는 슬픔의 흔적은 말끔히 사라지고 금방 황홀한 기쁨이 넘쳐났소. 어떻게 그럴 수가 있는지 나로서는 믿기지 않았소. 그의 볼이 기쁨으로 홍조를 띠자 두 눈이 반짝였소. 그 순간 그는 그 낯선 여자만큼이나 아름다워 보였소. 그 여자는 만감이 교차하는 표정을 보였소. 사랑스러운 두 눈에서 흐르는 눈물을 닦으며, 그녀가 펠릭스에게 손을 내밀자 그는 그 손에 황홀한 듯이 입을 맞추고는 '내 귀여운 아라비아 여인'이라고 불렀소. 그 소리를 나는 똑똑히 알아들을 수 있었소. 여자는 그의 말을 알아듣지 못한 것 같았지만 웃음을 지었소. 그는 그녀가 말에서 내리는 걸 도와주고 안내인을 돌려보내고 그녀를 집안으로 데려갔소. 그와 아버지 사이에 뭔가 대화가 오갔소. 그러자 젊은 낯선 여인이 노인의 발 앞에 무릎을 꿇고 노인의 손에 입을 맞추려 했지만, 노인이 그녀를 일으켜 다정하게 껴안았소.

나는 곧 그 낯선 여인도 분절된 소리를 말하며 자기 나름의 언어를 가지고 있지만 이 오두막집 사람들의 말을 알아듣거나 그들에게 자기 말을 이해시키지 못한다는 걸 알게 됐소. 그들은 내가 알 수 없는 많은 몸짓을 했지만, 나는 그 여자의 존재가 그 집에 기쁨을 퍼뜨리고 태양이 아침 안개를 사라지게 하듯 슬픔을 몰아낸다는 걸 알 수 있었소. 특히 펠릭스가 행복해 보였소. 그는 기쁨 가득한 웃음을 지으며 아라비아 여인을 환영했소. 애거사, 언제나 상냥한 애거사는 사랑스러운 낯선 여인의 손에 입을 맞추고 나서 오빠를 가리키며, 그 여자가 오기 전까지 펠릭스가 슬픔에 잠겨 있었다는 뜻을 전하는 몸짓을 해 보였소. 그렇게 몇 시간이 지나가는 동안, 그들의 얼굴에는 기쁨이 활짝 폈소. 나로서는 그 이유를 알 수 없었소. 곧이어 낯선 여인이 그들을 따라서 어떤 소리를 자주 반복하는 걸 보고는 나는 그녀가 그들의 언어를 배우려고 애쓴다는 걸 알게 됐소. 그 순간 불현듯 나도 그녀처럼 똑같이 따라 하다 보면 그녀와 똑같은 결과를 얻을 수 있겠다는 생각이 뇌리를 스쳤소. 그 낯선 여인은 첫 번째 수업에서 단어를 스무 개 정도 배웠는데, 사실 그 대부분은 내가 이미 아는 것들이었소. 하지만 다른 몇몇 단어는 모르는 것이었으니, 내게 도움이 되었소.

밤이 되자 애거사와 그 아라비아 여인은 일찌감치 잠자리에 들었소. 그때, 펠릭스는 그 낯선 여인의 손에 입을 맞추며 이렇게 말했소.

"잘 자요, 사랑스러운 사피."

그는 아버지와 이야기하며 한참 더 앉아 있었는데, 그녀의 이름이 빈번히 반복되는 것으로 보아 그들의 사랑스러운 손님이 대화의 주제임을 짐작할 수 있었소. 나는 그들의 말을 알아듣고 싶은 마음이 간절했기에, 그러기 위해서 내 모든 능력을 쏟았지만 완전히 불가능한 일이었소.

다음 날 아침, 펠릭스가 일하러 나가고 애거사가 평소의 일을 끝마치자, 아라비아 여인이 노인의 발치에 앉아 기타를 들고 어떤 곡조를 연주하기 시작했는데, 그 곡이 얼마나 황홀하게 아름답던지 나는 어느 순간에 슬픔과 기쁨의 눈물을 흘렸소. 그녀는 노래를 불렀는데, 그 목소리는 풍부한 리듬을 타고 흘러 숲속, 나이팅게일의 노랫소리처럼 커지다가 사그라졌소.

그녀가 노래를 마치고는 애거사에게 기타를 건네주었는데, 애거사는 처음에는 사양했소. 이윽고 애거사는 단순한 곡을 연주했고, 그녀의 목소리는 감미로운 어조로 기타 선율에 어우러졌지만 낯선 여인의 경이로운 노래와는 달랐소. 노인이 음악에 도취된 듯한 표정을 보이며, 몇 마디 하자 애거사가 아버지의 말을 사피에게 설명해주려고 애썼소. 노인은 그녀가 음악으로 자신에게 최고의 기쁨을 주었노라고 말하고 싶어 하는 것 같았소.

바야흐로 여느 때처럼 평화로운 나날이 흘러갔소. 변한 것이 있다면, 내 친구들의 얼굴에 깃들었던 슬픔이 기쁨으로 바뀐 것뿐이오. 사피는 언제나 명랑하고 즐거워했소. 그녀와 나는 빠르게 언어를 습득해, 마침내 나는 두 달 만에 내 보호자들이 하는 말 대부분을 이해할 수 있게 되었소.

그러는 사이에 검은 땅은 풀로 뒤덮였고, 초록의 둑에는 향기롭고 예쁜, 셀 수 없이 많은 꽃들이 만발했고, 달빛이 비치는 숲속 하늘에는 창백한 별들이 반짝였소. 햇볕은 점점 더 따뜻해지고 밤은 맑고 온화해졌소. 밤중에 하는 산책은 아주 즐거웠소. 비록 해가 늦게 지고 일찍 뜨는 바람에 산책 시간이 상당히 줄어들었지만. 사실 예전에 맨 처음 들어갔던 마을에서 겪은 수모를 또다시 당할까 두려운 나머지 나는 낮 동안에는 감히 밖에 나가지 못했소.

나는 좀 더 빨리 언어를 터득하고자 낮에는 더욱더 세심히 그 집 사람들을 관찰하며 보냈소. 자랑하는 것 같지만, 사실 그 아라비아 여인보다 내 언어 능력이 더 빨리 향상되었소. 그 여자는 그들의 말을 그리 잘 이해하지 못했고 띄엄띄엄 어설픈 억양으로 말했지만, 나는 그들의 말을 제법 잘 알아들었고 거의 모든 말을 그대로 흉내 낼 수 있게 되었소.

언어 능력이 향상되면서 나는 그 낯선 여인이 배우던 문자도 배웠소. 그 문자를 배우자, 내 앞에 경이와 기쁨의 넓은 들판이 펼쳐졌소.

펠릭스가 사피에게 가르치던 책은 볼네의《제국의 몰락》*이었소. 펠릭스가 그 책을 읽으며 아주 자세한 설명을 해주지 않았다면 나는 그 책에 담긴 내용의 의미를 이해할 수 없었을 거요. 펠릭스는 자신이 이 책을 선택한 이유가 그 웅변조의 문체가 동방 작가들을 모방했기 때문이라고 말했소. 그 저작을 통해 나는 역사에 대한 대강의 지

---

* 프랑스의 역사가 볼네가 1791년에 출간한《몰락, 또는 제국의 혁명에 관한 명상*Les ruines, ou Méditations sur les révolutions des empires*》을 가리킨다.

나는 좀 더 빨리 언어를 터득하고자 낮에는 더욱더 세심히 그 집 사람들을 관찰하며 보냈소.

식과 현재 세계에 존재하는 여러 제국에 대한 전망을 얻게 되었소. 덕분에 지구상에 있는 서로 다른 여러 나라의 예절과 정부, 종교에 대한 나름의 통찰력도 얻었소. 나는 게으른 아시아인들과 대단히 천재적이고 지적인 활동을 보인 그리스인들, 초기 로마인들의 전쟁과 놀라운 미덕과 이후의 타락, 그 강대한 제국의 쇠퇴, 그리고 기사도와 기독교와 왕들에 관한 이야기를 들었소. 또한 아메리카 대륙을 발견한 이야기도 들었고, 그곳 원주민의 불운한 운명에 사피와 함께 눈물을 흘리기도 했소.

그 놀라운 이야기들을 들으면서 나는 이상한 느낌에 사로잡혔소. 그토록 강하고 고결하고 훌륭한 인간이 그렇게 사악하고 비열하단 말인가? 인간은 어느 때는 순전히 악의 근원에서 태어난 자식 같기도 하고 어느 때는 고귀하고 신과 같은 존재로 보이기도 했소. 위대하고 고결한 인간이 되는 것은 감각이 예민한 존재에게 있을 수 있는 최고의 영예 같았소. 많은 역사적 기록에서 볼 수 있듯이 비열하고 사악한 인간이 되는 것은 가장 비천한 타락, 눈먼 두더지나 나약한 벌레보다도 더 비참한 지경의 인간처럼 보였소. 오랫동안 나는 한 인간이 어떻게 동족을 죽일 수 있는지, 심지어 법과 정부 따위가 왜 있는 것인지 이해할 수 없었소. 하지만 악과 살육에 관한 자세한 이야기를 들었을 때 내가 품었던 의혹은 사라지고 역겨움과 혐오감이 몰려와 고개를 돌리고 말았소.

　이제 이 오두막집 사람들의 모든 대화는 내게 새로운 경이로움을 펼쳐 보였소. 펠릭스가 아라비아 여인에게 가르쳐주는 내용을 들으면서 인간 사회의 이상한 구조를 알게 되었소. 나는 재산의 분배, 막대한 부와 비참한 가난, 그리고 계급과 혈통과 귀족에 관해서도 듣게 되었소.

　그 이야기들은 나 자신을 돌아보게 했소. 나는 당신의 동족들이 가장 중시하는 것은 부富와 연결된 신분이 높은 순수한 혈통이라는 것을 배웠소. 인간은 부와 신분이 높은 순수한 혈통 중 하나만 지녀도 존경을 받을 수 있을 것이오. 하지만 어느 하나도 가지고 있지 않으면, 아주 예외적인 경우를 제외하고는 부랑자와 노예 취급을 받으며, 선택받은 소수의 이익을 위해 자기 능력을 낭비할 수밖에 없는 운명에 처할 거요! 그렇다면 나는 어떤가? 나는 나의 출생과 창조자에 관해서는 전혀 아는 것이 없었지만 내게는 돈도 친구도 재산 따위도 없다는 것쯤은 알고 있었소. 게다가 나는 소름 끼치도록 흉측하고 역겨운 모습을 하고 있었소. 심지어 본성도 인간과 달랐소. 나는 인간보다 민첩하고 더욱 거친 음식으로도 살아갈 수 있었소. 극한 더위와 추위에도 몸에 큰 상처 없이 견딜 수 있었고 체구는 인간보다 훨씬 더 컸소. 주변을 둘러보았지만, 나와 같은 존재는 보지도 듣지도 못했소. 그렇다면 나는, 모든 인간

이 달아나려 하고 회피하려 하는 괴물, 이 세상의 오점이
란 말인가?

그런 생각들에 사로잡혀 얼마나 괴로웠는지 말로 다
표현할 수 없소. 나는 그런 생각을 떨쳐내려 애썼지만 지
식이 늘수록 내 가슴에 파고든 슬픔은 더욱 깊어만 갔소.
아, 차라리 내가 처음 머물던 숲을 영원히 떠나지 말 것을!
차라리 배고픔과 목마름과 뜨거운 것 말고는 알지도 느끼
지도 말 것을!

지식이란 정말 묘한 것이오! 일단 지식을 얻게 되면
바위에 낀 이끼처럼 머릿속에 착 달라붙어 떠날 줄을 모
르니 말이오. 이따금 모든 생각과 감정을 떨쳐버리고 싶
었소. 하지만 나는 괴로움을 이길 방법은 오직 한 가지밖
에 없다는 걸 알게 됐소. 바로 죽음이었소. 그러나 죽음이
두렵기도 했거니와 이해할 수도 없었소. 나는 고결함과
선한 감정을 숭배했고, 오두막집 사람들의 상냥한 태도
와 마음씨 고운 성격을 사랑했지만 그들과의 상호교감은
막혀 있었소. 그들과의 교감이라고 해봐야 내 정체가 눈
에 띄거나 들통날 염려가 없을 때 몰래 내가 취했던 행동
뿐이었소. 사실 그런 방법은 내 친구들과 어울리고 싶은
욕망을 만족시켜주기는커녕 그 욕망만 더 커지게 할 뿐이
었소. 애거사의 상냥한 말이나 매력적인 아라비아 여인의
생기 넘치는 웃음은 나를 향한 것이 아니었소. 또 노인의

따뜻한 충고와 펠릭스의 생생한 이야기도 나를 위한 것이 아니었소. 비참하고 불행한 놈이여!

다른 가르침들은 내게 훨씬 더 깊은 감동을 주었소. 나는 남녀의 차이, 아이의 출생과 성장에 관해서 들었소. 그리고 아버지가 갓난아기의 웃음을, 자라난 아이의 생기 넘치는 장난을 얼마나 좋아하는지 들었소. 어머니가 생명을 낳고 보살피는 일이 얼마나 고귀한 의무인지를 들었소. 그 밖에 젊은이들의 정신이 어떻게 넓어지고, 그들이 어떻게 지식을 습득하는지를 들었고, 상호 결속을 통해서 인간을 서로 묶어주는 형제자매와 다양한 관계들에 대해서도 들었소.

그런데 내 친구와 친척 들은 어디 있을까? 내겐 어린 시절을 지켜보았던 아버지도, 웃음과 애정 어린 손길로 축복해준 어머니도 없었소. 아니 설사 있었다고 해도 나의 모든 과거는 지금 내 눈에는 하나의 얼룩, 아무것도 보이지 않는 캄캄한 공백이었소. 내가 기억할 수 있는 가장 오래전의 내 모습은 지금과 똑같이 큰 키와 큰 체구를 지니고 있었소. 나는 나를 닮거나 나와 친교를 맺으려 했던 존재를 본 적이 없었소. 나란 존재는 무엇일까? 이 의문이 다시 뇌리를 스쳤지만 대답으로 신음만 나올 뿐이었소.

이런 감정이 어떤 영향을 미쳤는지는 곧 설명하겠지만, 지금은 그 오두막집 사람들의 얘기로 돌아가는 게 좋겠소. 그들의 이야기를 듣노라면 나는 분노와 기쁨, 경이로움 등 온갖 감정에 사로잡혀 흥분했지만, 그럴 때마다 결국 내 보호자들(나는 애처로움 반, 자기기만 반인 심정으로 순수하게, 그들을 보호자라고 부르는 걸 좋아했소)을 향한 사랑과 존경은 깊어졌소.

6

꽤 시간이 지난 후에야 나는 내 친구들의 지난 과거를 알게 되었소. 그들은 나처럼 세상 경험이 전혀 없는 사람에게는 하나같이 흥미롭고 놀랄 만한 과거의 수많은 상황을 있는 그대로 펼쳐 보였소. 그들이 펼쳐 보인 그 옛이야기는 내 마음에 깊은 감동을 주었소.

노인의 이름은 드 라세였소. 그는 프랑스 명문가의 자손으로 프랑스에서 오랜 세월을 유복하게 살아오면서 윗사람들에게는 존경을, 동료들에게는 사랑을 받으면서 지냈소. 그의 아들은 나랏일에 공헌할 사람으로 자라났고, 애거사는 가장 지체 높은 집안의 숙녀들과 견줄 만한 숙녀였소. 내가 이곳에 오기 몇 달 전만 해도 그들은 파리라는 크고 호화로운 도시에서 친구들에게 둘러싸여, 풍족한 부에 따르는 미덕이나 세련된 지성, 취미가 주는 모든 즐거움을 누리며 살았소.

드 라세 집안의 몰락은 사피의 아버지 때문이었소. 사피의 아버지는 터키의 상인으로 파리에 여러 해 동안 살던 중에 나는 알 수 없는 어떤 이유로 정부의 미움을 사게 되었소. 그는 사피가 콘스탄티노플에서 아버지를 만나러 온 날에 체포되어 투옥되고 말았소. 사피의 아버지는 재판에서 사형 선고를 받았소. 그 선고는 명백히 부당했소. 파리 시민 모두가 분개했소. 사람들은 그가 사형을 선고받은 이유가 그의 혐의보다는 그의 종교와 부유함 때문이라고 생각했던 거요.

그때 마침 그 재판에 참석했던 펠릭스는 법원의 결정을 듣고는 경악과 분노를 금할 수 없었소. 순간 그는 터키인 상인을 구하겠노라고 엄숙히 맹세하고 방법을 모색했소. 감옥 출입 허가를 받아내려 온갖 노력을 했지만, 그 뜻이 허사가 되고 만 후에 그는 보초가 없는 감옥 한구석에 튼튼한 쇠창살을 친 창문을 발견했소. 창문은 불운한 그 이슬람교도의 지하 감옥을 비추었소. 사슬에 묶인 그는 절망에 사로잡힌 채 야만적인 사형 집행을 기다리고 있었소. 그날 밤에 펠릭스는 그 창문으로 다가가 죄수에게 도와주겠다며 자신의 구출 의도를 알려주었소. 터키인은 놀랍고 기쁜 마음에, 충분한 돈과 후한 보상을 약속하며 구원자의 열의를 북돋우려 애썼소. 펠릭스는 모욕감을 느낀 듯 일언지하에 그 제안을 거절했소. 하지만 아버지를 면회하러 온 사랑스러운 사피가 몸짓으로 감사를 표했을 때, 청년 펠릭스는 자신의 노고와 위험을 충분히 보상해 줄 보물이 그 죄수에게 있다는 사실을 인정하지 않을 수 없었소.

터키인은 자기 딸이 펠릭스의 마음을 사로잡았음을 재빨리 눈치채고는 좀 더 단단히 펠릭스의 마음을 붙잡기 위해 자기를 안전한 곳으로 빠져나갈 수 있게 해주면, 그 즉시 자기 딸과 결혼시켜주겠노라고 약속했소. 펠릭스는 워낙 심성이 고운 사람이라 그 제안을 수락하지 않았지만, 터키인의 말대로 그의 딸과 결혼할 수 있게 된다면 더없이 행복할 거라 기대했소.

이후 며칠 동안 상인을 탈출시킬 계획이 진행되는 사이에, 펠릭스의 열의는 그 사랑스러운 소녀가 보낸 몇 통의 편지로 아주 활기를 띠었소. 사피는 프랑스어를 아는 한 노인, 아버지 하인의 도움을 받아 자기 생각을 연인의 언어로 표현할 방법을 찾아냈소. 그녀는 자기 아버지를 도우려는 펠릭스의 노력에 가슴 깊이 감사하며, 동시에 자신의 운명을 몹시 한탄했소.

나는 그 편지 몇 통을 가지고 있소. 우리 안에서 지내는 동안 필기도구를 쓸 만한 방법을 찾던 중 그 편지를 손에 넣게 되었소. 그 편지들은 종종 펠릭스나 애거사의 손에 들려 있었소. 떠나기 전에 그 편지를 당신에게 주겠소.

그 편지들이 내 이야기가 사실임을 증명해줄 거요. 하지만 지금은 해가 이미 많이 기울어 시간이 얼마 안 남았으니, 편지의 요점만 줄여서 말하겠소.

사피의 말로는, 그녀의 어머니가 기독교도인 아랍인이었는데 터키인들에게 붙잡혀 노예가 되었다고 했소. 미모가 뛰어났던 덕분에 사피 아버지의 마음을 사로잡아, 두 사람은 결혼하게 되었소. 어머니 이야기를 하는 동안 사피는 소리를 높여 감정이 고조된 어조로 말했소. 자유로운 몸으로 태어난 사피의 어머니는 자신이 얽매인 굴종적인 상황을 경멸했소. 그녀는 자기 딸에게 기독교 교리를 가르쳤고, 여성 이슬람교도에게는 금지된 더 높은 지성의 힘과 자주적인 정신을 추구하도록 가르쳤소. 그 부인은 죽었지만 그녀의 가르침은 사피의 마음에 영원히 새겨졌소. 그런 사피는 다시 아시아로 돌아가 하렘의 벽 안에 갇혀 있을 생각을 하니 미칠 지경이었소. 하렘의 벽 안에서 유치한 오락에만 빠져 지내는 것은 웅대한 이상과 미덕을 향한 고귀한 경쟁에 익숙한 그녀의 영혼의 본성에는 어울리지 않았소. 기독교도와 결혼해 여자의 사회적 신분을 인정하는 나라에서 사는 꿈은 그녀를 황홀하게 했소.

터키인의 사형 집행일이 정해졌으나 그는 사형 집행일 전날 밤에 감옥을 탈출해서 아침이 밝기 전에 파리에서 상당히 멀리까지 달아났소. 펠릭스는 자기 아버지와 여동생, 자기 이름으로 여권을 준비해두었소. 그는 자신의 계획을 미리 아버지에게 말해두었고 아버지는 그의 계략을 도와 여행을 떠나는 듯한 모습으로 집을 나서, 딸과 함께 파리의 인적이 드문 곳에 숨어 있었소.

펠릭스는 도망자들을 데리고 프랑스를 두루 거치며 리옹으로, 몽세니를 가로질러 리보르노까지 도피했소. 그러곤 그곳에서 그 상인은 터키 영토로 들어갈 적당한 기회를 기다리기로 했소.

사피는 아버지가 떠날 때까지 그의 곁에 남기로 했고 그 터키인은 떠나기 전에 자기 딸을 생명의 은인과 결혼시키겠다는 약속을 재차 다짐했소. 펠릭스는 그때를 고대하며 그들과 같이 지냈소. 그러는 사이에 펠릭스는 아주 순수하고 따뜻한 애정을 보여준 그 아라비아 여인과 좀 더 친밀해졌소. 그들은 통역자의 도움을 받아 대화를 나누었고, 때로는 표정으로 의사를 교환했소. 사피는 그에게 고향의 신묘한 곡조의 노래들을 불러주었소.

터키 상인은 그처럼 두 사람이 친밀한 관계로 발전하는 것을 허락하며 젊은 연인들의 기대감을 높였지만 심중에는 다른 계략을 가지고 있었소. 그는 마음속으로는 자기 딸이 기독교도와 결혼하는 것을 원치 않았던 것이오. 하지만 미온적인 태도를 보인다면 펠릭스가 분개하지 않을까 두려워했소. 그는 펠릭스가 마음만 먹으면 언제든 그때 그들이 머물던 이탈리아의 당국에 자신을 고발할 수도 있는 만큼, 자신의 목숨은 아직도 펠릭스의 손에 달렸다는 사실을 알고 있던 거요. 그래서 그는 더는 속임수를 쓰지 않아도 될 때까지, 몰래 자기 딸과 함께 그곳에서 도피할 때까지 그런 속임수를 계속 이어갈 수 있는 온갖 계략을 궁리했소. 그런 그의 계략은 파리에서 날아온 소식 덕분에 수월해졌소.

프랑스 정부는 죄수의 탈옥 사건에 크게 분개하면서, 탈옥을 도와준 사람을 잡아 처벌하려고 혈안이 되어 있었소. 펠릭스가 꾸민 음모는 곧 발각되었고 드 라세와 애거사는 투옥되고 말았소. 그 소식을 들은 펠릭스는 달콤한 꿈에서 깨어났소. 그가 자유의 공기를 마시며 사랑하는 여인과 애정을 나누는 동안 눈먼 늙은 아버지와 상냥한 누이동생은 더러운 지하 감옥에 있었던 거요. 그런 생각에 펠릭스는 몹시 괴로웠소. 그는 곧 터키인과 협의하여 결정을 보았소. 펠릭스가 이탈리아로 돌아오기 전에 그 상인에게 적당한 탈출 기회가 생기면 사피를 리보르노에 있는 수녀원에 맡기고 떠나는 것으로. 그러고 나서 펠릭스는 사랑하는 여인과 헤어져 급히 파리로 가서 사법 당국에 자수했소. 자신의 자수로 드 라세와 애거사가 풀려나리라고 기대하면서 말이오.

그러나 노력은 뜻을 이루지 못했소. 그들은 감옥에 갇혀 다섯 달을 지낸 뒤에야 재판을 받았소. 그리고 재판 결과, 모든 재산을 몰수당하고 국외로 영구 추방되었소.

그래서 그들은 내가 발견했던 독일의 오두막에 초라한 거처를 마련했소. 펠릭스는 곧 그 배은망덕한 터키인이 본인 때문에 펠릭스와 그의 가족이 엄청난 고생을 겪게 되었는데도, 생명의 은인이 무일푼이 되어 초라한 신세가 되었다는 사실을 알고는 선의와 명예를 저버리고 딸과 함께 이탈리아를 떠났다는 걸 알게 되었소. 그자는 이탈리아를 떠나면서 펠릭스에게 모욕감을 주려는 듯 앞으로 살아갈 궁리를 하는 데 쓰라면서 푼돈을 보냈소.

내가 펠릭스를 처음 봤을 때는 이러한 사건들이 그의 마음에 큰 상처를 주어 그는 가족 중에서 가장 비참한 처지가 되어 있었소. 펠릭스는 가난은 견딜 수 있었고 그런 고통이 선행의 대가라면 오히려 영광스러운 일로 여겼을 테지만, 터키인의 배은망덕과 사랑하는 사피를 잃은 일이 더없이 비통하고 치유할 수 없는 불행이었소. 바로 이런 때에 아라비아 여인이 찾아와 그의 영혼에 새 생명을 불어넣은 거요.

펠릭스가 부와 사회적 지위를 잃었다는 소식이 리보르노에 전해지자, 그 상인은 딸에게 더는 연인을 생각하지 말고 고향으로 돌아갈 준비나 하라고 명했소. 너그러

그들은 감옥에 갇혀 다섯 달을 지낸 뒤에야 재판을 받았소.
그리고 재판 결과, 모든 재산을 몰수당하고 국외로 영구 추방되었소.

운 성품의 사피도 그런 명령에는 격분했소. 사피는 아버지를 설득해보려 했지만 아버지는 오히려 화를 내며 위압적인 명령만 되풀이했소.

며칠 후 그 터키인은 딸의 방에 들어와서는 다급하게 말했소. 충분히 믿을 만한 근거로 판단하건대, 리보르노에 자신이 숨어 있다는 사실이 발각되어 곧 자신은 프랑스 정부에 넘겨질 처지라고. 그래서 콘스탄티노플까지 타고 갈 배 한 척을 빌려놓았고, 배는 몇 시간 내로 떠날 수 있을 거라고 말했소. 하지만 아직 리보르노에 도착하지 않은 재산이 상당 부분 남아 있었기에 그는 딸을 충직한 하인에게 맡기고, 딸에게 그 재산이 도착하는 대로 천천히 따라오라고 일러두고는 먼저 떠났소.

혼자 남은 사피는 이 위급한 상황에서 어찌해야 할지 생각하며 자신의 계획을 구상했소. 터키에서 사는 건 끔찍한 일이었소. 사피는 종교적으로나 정서적으로나 터키에 거의 적대적이었던 거요. 수중에 들어온 아버지의 서류들을 통해 자신의 연인이 추방되었다는 사실과 그가 현재 사는 곳의 지명을 알게 되었소. 사피는 한동안 망설이다가 마침내 결심했소. 자기 소유의 보석과 돈을 약간 챙기고는, 리보르노에서 나고 자랐지만 터키어를 모르는 한 안내인을 데리고 이탈리아를 떠나 독일로 향했소.

그녀는 드 라세의 오두막에서 20리그쯤 떨어진 한 마

을에 무사히 도착했는데, 안내인이 중병에 걸리고 말았소. 사피는 아주 정성껏 간호했지만 그 불쌍한 소녀는 숨을 거두고 말았소. 결국 이 아라비아 여인은 언어도 낯설고 관습은 전혀 모르는 그곳에서 혼자 남고 말았소. 하지만 다행히 그때 사피에게 도움의 손길을 내민 사람이 있었소. 안내인이었던 이탈리아 소녀가 그들이 묵는 집 여주인이 듣는 앞에서 행선지를 말한 적이 있었소. 그 소녀가 죽자 여주인은 사피가 연인의 오두막에 무사히 도착할 수 있도록 도와주었소.

7

여기까지가 내가 사랑하는 오두막집 사람들의 옛이
야기라오. 그들의 과거 이야기에 나는 가슴 깊이 감동했
소. 점차 사회생활이란 걸 터득해가던 나는 그 관점에서
이들의 선행에 감탄하고 인류의 악을 비난할 줄 알게 되
었소.

이때까지도 범죄는 나와는 거리가 먼 악행이라고 여
겼소. 선행과 관용을 보면서 그토록 많은 감탄할 만한 사
건들이 연출되어 펼쳐지는 활기찬 무대에 선 배우가 되고
싶은, 내 마음속에 품은 욕망이 자극되었소. 하지만 내 지
성이 어떻게 향상했는지 설명하기 위해 같은 해 8월 초에
일어난 사건을 빠뜨릴 수 없소.

어느 날 밤, 내가 먹을 것과 내 보호자들을 위한 땔감
을 구하러 여느 때처럼 가까운 숲에 들어가 거닐던 중에
나는 땅바닥에서 옷 몇 점과 책 몇 권이 든 커다란 가죽 가

가까운 숲에 들어가 거닐던 중에 나는 땅바닥에서
옷 몇 점과 책 몇 권이 든 커다란 가죽 가방을 발견했소.

방을 발견했소. 나는 애타는 마음으로 그 전리품을 들고 우리로 돌아왔소. 다행히도 그 책들은 내가 그 오두막에서 터득한 언어로 쓰여 있었소. 그 책들은 《실낙원》,《플루타르코스 영웅전》한 권, 그리고 《젊은 베르테르의 슬픔》이었소. 이 보물들을 소유하게 되다니, 정말 말로는 표현할 수 없을 만큼 기뻤소. 내 친구들이 평소처럼 자신들이 하는 일에 매달려 있는 동안에 나는 계속 이 이야기들을 읽으면서 공부하고 마음을 단련했소.

이 책들이 내게 미친 영향을 설명하기란 쉬운 일이 아니오. 이 책들은 새로운 관념과 감정들을 끊임없이 일깨우며, 가끔 환희를 느끼게 했지만 말할 수 없이 우울한 감정에 빠져들게 할 때가 더 많았소. 《젊은 베르테르의 슬픔》은 단순하고 감동적인 이야기가 흥미로웠소. 그뿐 아니라 논쟁적인 수많은 견해를 제시하고 있어, 그때까지 내게 모호한 주제로만 느껴졌던 것들에 그 많은 견해만큼 수많은 빛을 던져주었소. 그 결과 나는 작품 속에서 끝없이 샘솟는 사색과 경이로움의 원천을 찾을 수 있었소. 그 작품에 그려진 온화하고 내면적인 태도들은 타자를 향한 고결한 생각과 감정들과 결합해 있었는데, 내 보호자들을 통해 내가 경험한 것, 그리고 내 가슴에 늘 살고 있던 소망과 정확히 일치했소. 하지만 베르테르는 지금까지 내가 보거나 상상한 그 누구보다도 더 성스러운 존재로 느껴졌소. 그는 전혀 가식이 없었지만 아주 침울한 성격이었소. 죽음과 자살에 관한 논고는 무척 놀라웠소. 나는 그런 입장의 진가를 감히 다 이해할 수는 없었지만 주인공의 견해에 공감이 갔고, 정확히 이해하지는 못하면서도 그의 죽음을 몹시 슬퍼했소.

하지만 그 작품을 읽어갈수록 더욱더 나 자신의 감정과 상황에 눈을 돌리게 되었소. 나는 나 자신이 읽는 이야기 속 인물들의 본질이나 듣는 그들의 대화 속 내용과 비슷하면서도 이상하리만큼 동떨어져 있다는 걸 깨달았소. 그들을 공감하고 어느 정도 이해했지만 나는 정신적으로 미숙했소. 내게는 의지할 사람도, 친분이 있는 사람도 없었소. 그러니 '나는 언제든 자유로이 떠날 수 있었소.'* 그렇게 내 존재가 없어진다고 해도 슬퍼할 사람은 없었소. 내 생김새는 소름이 끼쳤고 체구는 거대했소. 그건 도대체 무슨 뜻일까? 나는 누구일까? 나는 어떤 놈일까? 어떻게 태어난 것일까? 내 삶의 목적은 무엇일까? 이런 의문들이 꼬리를 물고 떠올랐지만 해답을 얻을 수 없었소.

내가 가지고 있던 《플루타르코스 영웅전》은 고대 공

---

* 앞에서 인용된 퍼시 셸리의 시 〈무상〉을 비유한 표현이다.

화국들을 처음 세운 사람들의 역사를 담고 있었소. 이 책은 내게《젊은 베르테르의 슬픔》과는 전혀 다른 영향을 주었소. 베르테르의 상상력에서 절망과 우울을 배웠지만, 플루타르코스는 숭고한 사상을 가르쳐주었소. 그가 내게 심어준 용기 덕분에 나는 나 자신의 비참한 처지를 잊고 지나간 시대의 영웅들을 찬양하고 사랑하게 되었소. 하지만 내가 읽은 많은 내용은 내 이해력과 경험을 넘어선 것이었소. 나는 매우 혼란스럽게나마 왕국과 드넓은 영토의 나라, 거센 물결의 강, 그리고 망망대해를 알게 되었소. 하지만 도시와 엄청나게 많은 사람이 모여 있는 집단에 대해서는 전혀 모르고 있었소. 내 보호자들의 오두막이 내가 인간의 본성을 공부하는 유일한 학교였지만, 이 책은 새롭고 훨씬 더 거대한 활동 무대를 가르쳐주었소. 나는 공공의 일과 관련된 사람들, 자신과 같은 종족을 지배하거나 학살하는 사람들의 이야기들도 읽었소. 나는 선에 대해서는 커다란 열정을, 악에 대해서는 혐오감을 느꼈소. 물론 그런 말들의 의미는 상대적일 것이며, 나는 오로지 기쁨과 고통에 관련해서 이해했지만 말이오. 이러한 감정에 젖어, 나는 당연히 로물루스˙와 테세우스˙˙보다 평

* 전설상의 로마를 건국한 초대 왕
** 그리스 신화에 나오는 아티카의 영웅으로 크레타섬의 미궁에서

화를 위한 입법자들인 누마°나 솔론°°, 리쿠르고스°°°를 존경하게 되었소. 내 보호자들의 존경할 만한 삶은 이러한 나의 생각을 내 머릿속에 확고하게 각인시켰소. 어쩌면 내게 처음으로 자애심을 알려준 사람이 명예와 살육 욕구에 불타는 젊은 군인이었다면 나는 다른 지각에 감염되어 있었을 거요.

그러나《실낙원》은 달랐고 훨씬 더 깊은 감동을 주었소. 내 손에 들어온 다른 책을 읽을 때처럼 나는 그 작품을 실제 역사라고 생각하며 읽었소. 전능한 신이 자기 피조물들과 싸우는 흥미진진한 광경은 온갖 경이와 두려움을 불러일으켰소. 내 경우와의 유사성을 깨달을 때면 나는 종종 그 작품 속의 여러 상황을 나 자신의 상황과 관련지어 생각해보았소. 나 역시 아담처럼 세상에 존재하는 어떤 피조물과도 전혀 연관이 없었소. 하지만 아담의 처지

괴수 미노타우로스를 물리쳤고 왕위에 오른 후에는 아마존을 정복하여 아테네를 융성시켰다.
• 로마의 2대 왕으로 여러 가지 종교의식의 창설자로 일컫는다.
•• 고대 그리스 아테네의 정치가, 입법자, 시인으로 그리스의 일곱 현인賢人의 한 사람이다. 참정권과 병역 의무를 규정하여 입헌 민주 정치의 기초를 세웠다.
••• 고대 스파르타의 입법자로 스파르타의 특이한 제도 대부분을 제정하였다고 전해진다.

는 다른 모든 면에서는 나와 아주 달랐소. 그는 신의 손에 의해 완벽한 피조물로 태어났고, 창조주의 각별한 보호를 받으며 행복하고 순탄하게 살아갔소. 그는 우월한 본성을 지닌 존재들과 대화를 나누고, 그들로부터 지식도 얻을 수 있었지만, 나는 비참하고 무력한 외톨이였소. 자꾸만 내 처지에 딱 들어맞는 상징이 사탄일 거라는 생각이 들었소. 종종 내 보호자들이 더없는 기쁨을 누리는 걸 볼 때면, 나는 사탄처럼 가슴 쓰린 질투심이 마음속에서 끓어오르는 걸 느꼈기 때문이오.

이런 느낌은 또 다른 사건을 계기로 더욱 확고하게 굳어졌소. 나는 우리에 도착하고 나서 얼마 지나지 않아, 당신의 연구실에서 가져왔던 옷의 주머니 속에서 종이 몇 장을 발견했소. 처음에는 관심이 없었지만, 얼마 후 그 종이들에 쓰여 있는 글을 읽을 수 있게 되자 나는 그 글들을 부지런히 연구하기 시작했소. 글들은 내가 태어나기 전 넉 달 동안 당신이 쓴 일기였소. 당신은 실험 과정에 있었던 모든 단계를 그 종이들에 상세히 기록했소. 그 기록에는 집안일에 관한 이야기도 섞여 있었소. 당신은 분명 그 일기를 기억할 거요. 바로 여기 있소. 내 저주받은 탄생에 얽힌 사건의 전말이 이 일기에 기록되어 있소. 나를 만들어낸 그 역겨운 일련의 상황들이 하나도 빠짐없이 생생히 그려져 있소. 당신은 자신이 느낀 공포를 생생히 표현한 글로 내 역겹고 혐오스러운 모습을 낱낱이 묘사했소. 그 글은 내게 씻을 수 없는 참담함을 심어주었소. 나는 그 글을 읽으면서 구역질을 느꼈소.

"생명을 얻은 저주스러운 날이여!"

나는 괴로움에 소리쳤소.

"저주받을 창조자! 왜 당신은 자신도 역겨워 고개를 돌릴 만큼 소름 끼치는 괴물을 만들었는가? 신은 가엾게 여겨, 인간을 자신의 형상을 본떠 아름답고 매혹적으로 만들었건만, 내 모습은 추악한 당신의 모습이구나. 그런 당신의 모습을 빼닮았기에 더욱 소름 끼친다. 사탄에게는 칭찬해주고 용기를 줄 친구, 동료 악마들이라도 있지만, 나는 외톨이요 증오의 대상이로다."

나는 몇 시간 동안 절망과 고독 속에서 그런 생각에 잠겨 있었소. 그러나 오두막집 사람들의 미덕과 상냥하고 인정 많은 성품을 생각하고는, 그들이 언젠가는 자신들의 미덕을 흠모하는 내 마음을 알아주고, 나를 불쌍히 여겨 내 흉측한 모습을 너그럽게 봐줄 거라고 스스로 위로했소. 아무리 괴물같이 생겼다고 하지만 그들의 동정과 우정을 구하는 사람을 문전 박대할 리가 있겠는가? 나는 적어도 절망은 하지 않고 내 운명을 결정할 그들과의 만남을 위해서 만반의 준비를 하기로 마음먹었소. 나는 그들과 만나볼 시기를 몇 달 뒤로 미뤘소. 만남의 성패 여부

저주받을 창조자!
왜 당신은 자신도 역겨워 고개를 돌릴 만큼 소름 끼치는 괴물을 만들었는가?

가 굉장히 중대한 만큼, 혹 실패하지 않을까 두려웠기 때문이오. 게다가 나는, 내 이해력이 매일매일 하는 경험에 따라 크게 향상되었으므로 몇 달을 더 기다려 내가 더욱 지혜로워진 후에 그 일을 시작하는 게 좋겠다고 생각한 거요.

그러는 동안에 그 오두막에 몇 가지 변화가 일어났소. 사피가 오고 나서 그 사람들은 행복해졌고, 또한 생활도 크게 넉넉해진 것 같았소. 펠릭스와 애거사가 즐겁게 대화를 나누며 보내는 시간이 많아졌고 일을 거드는 하인들도 생겼소. 그들은 부자 같아 보이지는 않았지만 현재의 생활에 만족했고 행복했소. 그들의 감정은 고요하고 평화로운 반면에 내 감정은 날마다 점점 더 격정적으로 변해갔소. 지식이 늘수록 내가 얼마나 비참한 폐물인지 더욱 뚜렷하게 알게 된 것이오. 물론 나는 희망을 품고 있었지만, 마침 물에 비친 내 모습이 흐릿하거나 달빛 아래 내 그림자가 흔들릴 때, 그 모습들을 볼 때면, 내 마음속에서 희망은 자꾸만 희미해져갔소.

나는 몇 달 후에 실천하기로 결심한 그들과의 만남을 위해 그런 두려움을 깨고 마음을 굳게 다지려고 애썼소. 때로는 이성의 구속에서 벗어나 낙원의 벌판에서 거니는 상상을 하는가 하면, 내 감정에 공감하고 내 우울한 기분을 풀어주는 상냥하고 사랑스러운 존재들을 상상하기도 했소. 천사 같은 그들의 표정에는 내 마음을 위로해주는 웃음이 어려 있었소. 그러나 그건 모두 꿈이었소. 나의 슬픔을 위로해주거나 생각을 공유할 이브는 없었소. 나는 혼자였소. 문득 아담이 창조주에게 애원하던 모습이 떠올랐소. 한데, 나의 창조자는 어디에 있단 말인가? 그는 나를 버렸소. 그래서 나는 비통한 마음으로 그를 저주했소.

그렇게 가을이 지나갔소. 나는 놀랍고도 슬픈 마음으로 나뭇잎이 시들어 떨어지는 것을 보았소. 자연은 내가 맨 처음 숲과 아름다운 달을 보았을 때의 그 황폐하고 쓸쓸한 모습으로 되돌아가고 있었소. 그러나 나는 황량한 날씨 따위에 신경 쓰지 않았소. 신체 구조상 나는 더위보다는 추위에 훨씬 더 잘 견뎠소. 하지만 내게 특별히 기쁨을 주는 것은 꽃, 새, 그리고 여름을 장식한 온갖 화려한 것들의 풍경이었소. 그런 것들이 내 곁에서 사라지자, 나는 오두막집 사람들에게 더욱더 관심을 보였소. 여름은 갔지만 그들의 행복은 전혀 시들지 않았소. 그들은 서로를 사랑하고 서로에게 공감했소. 그리고 서로 의지하며 그들이 느끼는 기쁨은 주변에서 일어나는 어떠한 사고들에도 방해받지 않았소. 그들을 보면 볼수록 그들에게 보호와 친절을 구하고 싶은 욕망이 커졌소. 나의 정체를 이 상냥한 사람들에게 밝히고 사랑받고 싶은 마음이 간절했소. 애정의 눈빛으로 나를 바라보는 그들의 고운 표정을 본다면 더는 바랄 게 없었소. 나는 그들이 경멸과 두려움 때문에 내게 등을 돌릴 거라고는 전혀 생각해보지 않았소. 그들은 문을 두드린 가난한 사람들을 쫓아낸 적이 없었소. 물론 나는 약간의 음식이나 휴식보다는 훨씬 더 큰 보물을 요구했던 거였소. 나는 친절과 동정을 청했던 것이오. 하지만 나는 나 자신이 그런 걸 청할 자격이 전혀 없다고는 생각하지 않았소.

겨울이 다가오면서 내가 깨어나 삶을 시작한 이후 처음으로 사계절이 모두 바뀌었소. 이때쯤 나는 오두막집 사람들 앞에 모습을 드러내고 나를 소개할 계획에만 온 신경을 쏟았소. 여러 계획을 궁리해봤지만 마침내 결정한 계획은 눈먼 노인이 혼자 있을 때 그 집에 들어가는 것이었소. 이제 나는 옛날에 나를 보았던 사람들이 소름 끼치는 기괴한 내 모습 때문에 나를 몹시 두려워했다는 사실을 알 정도의 지혜로움은 터득했소. 내 목소리는 비록 거칠긴 했지만 무섭게 들리지는 않았소. 그러니 그의 자식들이 없을 때라면 드 라세 노인에게서 호의를 얻을 수 있을 테고, 그가 중간에서 중재해준다면, 젊은 보호자들도 나를 너그럽게 봐줄 거라고 생각했소.

땅을 뒤덮은 빨갛게 물든 낙엽들이 햇살에 반짝이며 상쾌함을 퍼뜨리던 어느 날, 따뜻한 날씨는 아니었지만 사피와 애거사와 펠릭스는 인근으로 멀리 산책을 나섰고,

노인은 자신의 바람대로 오두막에 혼자 남았소. 자식들이 집을 나서자 그는 기타를 들고 구슬프면서도 감미로운 곡조를 몇 곡 연주했소. 지금까지 들어본 곡들보다 더 감미롭고 구슬픈 곡이었소. 처음에는 그의 표정에 기쁨이 깃들었지만 계속 기타를 연주해갈수록 기쁨은 사라져가고 상념에 잠긴 슬픔이 깃들기 시작했소. 마침내 그는 기타를 치우고는 생각에 잠긴 채 앉아 있었소.

나는 가슴이 마구 뛰었소. 드디어 심판의 시간, 내 희망을 결정짓거나 두려움이 현실이 될 심판의 순간이 찾아온 거요. 하인들은 인근에서 열리는 장에 나가고 없었소. 오두막 안팎이 모두 조용했소. 절호의 기회였소. 하지만 막상 계획을 실행에 옮기려 하니 사지가 말을 듣지 않아 나는 그만 바닥에 주저앉고 말았소. 나는 다시 일어나, 발휘할 수 있는 결연한 의지의 힘을 다해 나의 은신처를 숨기기 위해 우리 앞에 세워두었던 판자들을 치웠소. 맑은 공기에 정신을 차리고 나서, 나는 마음을 굳게 먹고는 오두막의 문으로 다가갔소.

나는 문을 두드렸소.

"누구시오? 들어오시오."

노인이 말했소.

나는 들어갔소.

"이렇게 불쑥 찾아온 걸 용서하십시오."

내가 말문을 열었소.

"지나가는 나그네인데 잠시 쉬어갔으면 합니다. 잠시
만 불을 쬘 수 있게 해주시면 정말 고맙겠습니다."

"어서 들어오시오."

드 라세가 말했소.

"댁이 필요한 게 있다면 어떻게든 챙겨드리고 싶소만
아쉽게도 자식들은 집에 없고, 나는 앞을 못 보는지라, 음
식조차 대접하기가 힘들구려."

"친절하신 주인장, 신경 쓰지 마십시오. 음식은 제게
도 있습니다. 그저 따뜻한 불과 휴식이면 족합니다."

나는 자리에 앉았고 침묵이 이어졌소. 내겐 일분일초
가 소중하다는 걸 알았지만, 어떤 식으로 대화를 시작해
야 할지 몰라 그저 망설였소. 그때 노인이 말을 꺼냈소.

"이보시오, 댁의 말투로 보아하니, 우리나라 사람인
듯한데, 프랑스 사람이오?"

"아닙니다. 하지만 저는 한 프랑스인 가족의 가르침
을 받아서 프랑스어밖에 못합니다. 저는 제가 진심으로
사랑하는 친구들에게 호의를 기대하며, 보호해달라고 부
탁하러 가는 길입니다."

"그들은 독일 사람들이오?"

"아닙니다. 프랑스 사람들이지요. 그건 그렇고, 저는
다른 얘기를 하고 싶습니다. 실은 저는 아주 불행한 버림

받은 놈입니다. 주위를 둘러봐도 세상에는 제 친척이나 친구는 한 명도 없습니다. 제가 만나러 가는 이 상냥한 사람들은 저를 본 적도 없고 저를 알지도 못합니다. 그래서 저는 무척 두렵습니다. 그들이 제 바람을 들어주지 않는다면 저는 영원히 이 세상에서 버림받은 놈이 될 것이기 때문이지요."

"절망하지 마시오. 친구가 없다는 건 정말 불행한 일이지만, 눈앞에 보이는 사리사욕에 눈이 먼 경우가 아니라면, 우애와 박애가 넘치는 것이 인간의 마음이오. 그러니 희망을 잃지 마시오. 그 친구들이 선하고 상냥한 사람들이라면 절망할 이유가 없지 않소."

"그 친구들은 친절합니다. 세상에서 가장 훌륭한 사람들이죠. 그러나 불행히도 그들은 제게 편견이 있습니다. 제 성격은 유순합니다. 지금까지 살면서 남에게 해를 끼친 적이 단 한 번도 없고, 적게나마 도움을 주었습니다. 그러나 치명적인 편견이 그들의 눈을 가려, 그들은 저를 다정하고 친절한 친구로 보지 않고 흉측한 괴물로만 봅니다."

"정말 안됐구려. 하지만 댁이 진정 잘못한 게 없다면 그들의 오해를 깨우쳐줄 수도 있지 않소?"

"이제 곧 그럴 작정입니다. 그리고 그 때문에 이루 다 말할 수 없이 두렵기도 합니다. 저는 그 친구들을 정말 사랑합니다. 저는 그들 몰래 몇 개월 동안 일상생활처럼, 매일 그들에게 친절을 베풀었습니다. 하지만 그들은 제가 자신들을 해치려는 줄 알고 있습니다. 바로 그게 제가 그들에게서 없애고 싶은 저에 대한 편견입니다."

"그 친구들은 어디 살고 있소?"

"이 근처입니다."

노인은 잠시 가만히 있다가 말을 이었소.

"댁의 이야기를 좀 더 자세히 숨김없이 말해준다면, 내가 그들의 잘못을 깨우치는 데 도움이 되어줄 수도 있을 것 같소만. 나는 눈이 멀어 댁이 어떻게 생겼는지 볼 수 없지만 댁이 하는 말을 들으니, 댁이 진실한 사람이라는 걸 알겠구려. 가진 것 없는 망명객 신세지만 내가 어떻게든 한 사람에게 도움을 줄 수 있다면 정말 기쁘겠소."

"정말 훌륭한 분이십니다! 너그러우신 제안 정말 감사히 받겠습니다. 어르신께서 친절한 마음씨로 저를 더러운 진흙탕에서 일으켜주시는군요. 어르신이 도와만 주신다면 제가 어르신의 주변 사람들에게 쫓겨나거나, 그들에게 동정받지 못하는 일은 없을 것입니다."

"그런 말씀 마시오! 설령 댁이 실제로 죄를 저질렀다고 해도 그건 댁이 절망으로 내몰려서 어쩔 수 없이 부정을 저지를 수밖에 없었기 때문일 거요. 나 역시 불행하오. 나와 우리 가족은 결백한 데도 형벌을 선고받았소. 그러니 내가 댁의 불행을 이해하지 못할 거라고 생각하지 마시오."

"어르신께 어떻게 감사를 드려야 할지요? 어르신은 제게 최고의 은혜를 베푸셨습니다. 어르신은 제게 은혜를 베푸신 유일한 분입니다. 어르신께서 제게 하신 말씀처럼 친절한 말씀은 저로서는 생전 처음 들어봅니다. 평생 그 은혜를 잊지 않겠습니다. 그리고 제게 보여주신 어르신의 그 자애로움 덕분에 제가 곧 만나려는 친구들과도 일이 잘될 것 같습니다."

"그 친구들의 이름과 거처를 말해줄 수 없겠소?"

나는 멈칫했소. 드디어 결단의 순간이 왔구나 하고 생각했소. 영원히 행복을 잃을 수도, 아니면 영원한 행복을 얻을 수도 있는 순간이었소. 나는 대답하려고 사력을 다하여 마음을 다잡아보았지만 헛수고였소. 남은 기력이 모조리 쇠진했소. 결국 의자에 주저앉은 채 소리 내어 흐느꼈소. 그 순간 젊은 보호자들의 발소리가 들려왔소. 정말 다급한 순간이었소. 나는 얼른 노인의 손을 잡고 소리쳤소.

"이제 말씀드릴 때가 왔습니다! 절 살려주십시오! 절 보호해주십시오! 제가 찾는 친구들은 바로 어르신과 어르신의 가족입니다. 제발 심판의 시간에 절 버리지 마십시오!"

"오, 맙소사!"

노인이 소리쳤소.

"댁은 누구요?"

바로 그 순간 오두막의 문이 열리고 펠릭스, 사피, 애거사가 들어왔소. 나를 본 순간 그들의 얼굴에 서린 공포와 경악을 누가 표현할 수 있겠소? 애거사는 정신을 잃었고 사피는 쓰러진 동료를 돌볼 생각도 못 한 채 집 밖으로 뛰쳐나가 달아났소. 펠릭스는 쏜살같이 내게 달려오더니, 믿기지 않을 초인적인 힘으로 자기 아버지의 무릎에 매달린 나를 거세게 떼어냈소. 그는 미친 듯이 분노를 터뜨리며, 나를 바닥에 내동댕이치고는 막대기로 사정없이 후려쳤소. 나는 사자가 영양을 물어 찢어내듯 그의 사지를 갈가리 찢어놓을 수도 있었소. 하지만 가슴이 꺼지는 듯하고 속이 쓰려 그를 그냥 두고 말았소. 그가 다시 주먹을 날리려는 찰나, 나는 고통과 고뇌를 딛고 오두막을 빠져나와 흥분으로 온몸이 달아오른 채 남의 눈에 띄지 않고 우리로 숨어들었소.

8

저주받을, 저주받을 창조자! 도대체 왜 내가 살았을까? 당신이 멋대로 내게 준 생명의 불씨를 왜 당장에 꺼버리지 않았단 말인가? 모르겠소. 절망이 아직 나를 지배하지는 않았던 모양이오. 분노와 복수심이 타올랐으니. 나는 기꺼이 그 오두막을 파괴하고, 그 집 사람들을 죽이면서 그들의 비명과 고통을 실컷 즐길 수도 있었소.

밤이 되자 나는 은신처를 빠져나와 숲속을 헤매었소. 이제 더는 발각될까 두려워 애써 몸을 숨기려 하지 않고 거세게 울부짖으며 비통한 심정을 마음껏 터뜨렸소. 나는 덫을 부순 한 마리 야수와 같았소. 앞길을 가로막는 무엇이든 부숴버리며 수사슴처럼 빠르게 숲속을 이리저리 뛰어다녔소. 아! 얼마나 참담한 밤을 보냈던가! 차가운 별들이 비웃듯 반짝이고 헐벗은 나무들은 머리 위에서 가지를 흔들었소. 이따금 새들의 달콤한 노랫소리가 세상의 적막을 깨뜨리곤 했소. 나 말고 모든 것은 잠들었거나 향락을 누리고 있었소. 나는 마왕처럼 마음에 지옥을 품었소. 그리고 나를 동정해줄 사람은 아무도 없다는 걸 느끼게 되자, 나무들을 뿌리째 뽑아버리고 주변의 모든 것을 짓밟고 파괴하고 싶었소. 그리고 나서 그 자리에 앉아 그 폐허를 감상하며 쾌감을 느끼고 싶었소.

그러나 그건 지속될 수 없는 감정의 사치였소. 나는 그토록 몸을 막무가내로 쓰다가 녹초가 된 채, 절망에서 오는 병적인 무력감을 느끼며 축축한 풀밭에 주저앉았소. 존재하는 무수한 사람 중에 나를 불쌍히 여기거나 도와줄 사람은 아무도 없었소. 그런데 내가 내 적들에게 호의를 가져야겠소? 아니오. 그 순간부터 나는 인류, 아니 누구보다 나를 만들어 이토록 참을 수 없는 비참한 상황으로 내몬 자와의 영원한 전쟁을 선포했소.

해가 떠올랐소. 사람들의 목소리가 들려왔소. 나는 밝은 낮 동안에는 은신처로 돌아갈 수 없다는 걸 깨달았소. 그래서 우거진 덤불 숲에 몸을 숨기고는 내가 처한 상황을 내내 곰곰이 생각해보기로 했소. 상쾌한 햇빛과 신선한 공기는 어느 정도 마음의 평화를 되찾아주었소. 오두막에서 벌인 일을 생각해보니 내가 그처럼 성급하게 결론을 내렸다는 사실이 믿어지지 않았소. 분명 내 행동은 경솔했소. 내 이야기에 그 노인이 관심을 보인 것은 분명

했는데, 나는 바보처럼 그의 자식들에게 내 모습을 드러내어 공포감을 주었던 거요. 우선 드 라세 노인과 친해지고 나서, 나머지 가족이 나를 받아들일 마음의 준비가 되었을 때, 서서히 내 모습을 드러냈어야 했소. 하지만 나는 내 실수가 돌이킬 수 없는 것이라고는 생각하지 않았소. 그래서 많은 생각 끝에 오두막으로 돌아가 노인을 찾아, 내 입장을 충분히 설명해서 그를 내 편으로 끌어들이기로 결심했소.

그렇게 생각하고 나니 마음이 진정되었고, 오후에는 깊은 잠에 빠져들었소. 그러나 끓어오르는 피는 평화로운 꿈이 끼어드는 것을 허락하지 않았소. 전날에 있었던 끔찍한 장면이 계속해서 눈 앞에 펼쳐졌소. 여자들은 달아났고 격분한 펠릭스는 아버지의 발에서 나를 떨쳐냈소. 기진맥진한 채 깨어나 보니 벌써 밤이었소. 나는 숨어 있던 덤불에서 기어 나와 먹을 것을 찾으러 나섰소.

허기를 달래고 나서 오두막으로 난 낯익은 길 쪽으로 걸음을 옮겼소. 모든 것이 평화로웠소. 나는 우리 안으로 들어가 가족들이 늘 깨어나는 시간까지 조용히 기다렸소. 그런데 시간이 지나 해가 하늘 높이 떠올랐는데도 오두막집 사람들은 모습을 보이지 않았소. 무시무시한 불행을 예감하듯 내 몸이 격렬하게 떨렸소. 오두막 안은 컴컴했고 아무런 기척도 없었소. 그 순간에 온몸을 휘감았던 불안감을 말로는 표현할 수 없소.

이윽고 시골 사람 둘이 지나가는 모습이 보였소. 하지만 그들은 오두막 근처에 멈추더니 요란한 몸짓을 해가며 대화를 나누기 시작했소. 그들은 내 보호자들이 쓰는 말과는 다른 그 지방의 언어로 말했기 때문에 나는 그들이 뭐라고 말하는지는 알아듣지 못했소. 하지만 얼마 지나지 않아 펠릭스가 다른 한 사람과 함께 나타났소. 나는 그가 그날 아침에 오두막을 떠난 게 아니라는 걸 알고 무척 놀랐소. 그리고 나는 그가 하는 말에서 이 뜻밖의 사람들의 출현이 무얼 의미하는지 알아낼 수 있기를 애타게 기다렸소.

"석 달 치 집세를 내고도 텃밭의 소출을 손해 볼 생각인가? 나는 부정한 이득을 취하고 싶지 않으니, 부디 며칠 시간을 두고 결정하게나."

함께 온 사람이 펠릭스에게 말했소.

"이젠 소용없어요."

펠릭스가 대답했소.

"우리 가족은 다시는 어르신의 오두막에서는 살 수 없어요. 말씀드린 끔찍한 일 때문에 아버님의 생명이 위독하세요. 제 아내와 누이동생은 그 공포를 결코 씻어낼 수 없을 겁니다. 더는 설득하려 하지 말아주세요. 어르신의 집을 돌려받으시고, 이곳에서 떠날 수 있게 해주세요."

이런 말을 하면서 펠릭스는 격렬하게 몸을 떨었소. 그는 같이 온 사람과 함께 오두막에 들어가 몇 분 정도 있더니 곧 떠났소. 그 후로는 다시 드 라세 가족을 보지 못했소.

나는 그날 내내 우리 안에서 바보처럼 지독한 절망감에 사로잡혀 있었소. 내 보호자들이 떠나버림으로써 세상과 나를 이어주던 유일한 고리는 끊어지고 말았소. 처음으로 복수심과 증오심이 가슴에 가득 찼소. 그리고 나는 그걸 억제하려고 하지 않고 그 흐름에 몸을 맡기고는 온정신을 인간을 해치고 죽이는 것에만 쏟았소. 내 친구들, 드 라세의 온화한 목소리와 애거사의 부드러운 눈길, 그리고 아라비아 여인의 섬세한 아름다움을 떠올리면 이런 생각이 사라졌고, 솟구치는 눈물이 다소 나를 달래주었소. 하지만 그들이 나의 마음을 저버리고 떠나버린 사실을 생각하면, 다시 분노가 치밀어 올랐소. 그렇다고 사람을 해칠 수는 없었고 대신 물건을 향해 분노를 터뜨렸소. 밤이 되자 나는 오두막 주변에 불에 잘 탈 만한 것들을 이것저것 늘어놓았소. 그러곤 텃밭의 작물을 하나도 남김없이 짓이겨 놓은 다음, 내 계획을 실행하기 위해 달이 기울 때까지 아주 초조하게 기다렸소.

밤이 깊어지자 숲에서 거센 바람이 일어 하늘에 떠다니던 구름을 순식간에 흩어놓았소. 돌풍이 엄청난 눈사태

처럼 휘몰아치며, 내 정신 속에서 광기가 요동치게 해 이
성과 사고의 영역을 송두리째 쓸어버렸소. 나는 마른 나
뭇가지에 불을 붙이고는 분노에 사로잡힌 채, 내게 헌납
된 오두막 주위를 빙빙 돌며 춤을 추었소. 그러는 중에도
나는 계속해서 서쪽 지평선, 이제 막 달이 닿으려는 그 지
평선 끝자락만을 보았소. 마침내 달의 둥근 선 일부가 지
평선 아래로 숨어들자, 나는 횃불을 흔들었소. 이윽고 달
이 지평선 아래로 완전히 사라지자, 비명을 크게 지르며
주워 모은 밀짚과 잡목, 덤불에 불을 붙였소. 바람이 불길
에 부채질하자 화염은 순식간에 오두막에 달라붙어 집 전
체를 휘감더니, 여러 갈래로 갈라진 파괴의 혀로 집을 핥
기 시작했소.

　나는 어떤 손길도 그 오두막의 작은 부분조차 구할 수
없다는 걸 확신하자마자, 그 현장을 떠나 은신처를 찾아
숲으로 들어갔소.

　이제 세상이 내 앞에 펼쳐졌는데, 어디로 걸음을 옮
겨야 할까? 나는 불행의 현장에서 멀리 달아나기로 결심
했소. 그러나 혐오와 멸시를 받는 나로서는 세상 어디나
똑같이 끔찍할 게 분명했소. 결국 당신에 대한 생각이 뇌
리를 스쳤소. 나는 당신의 일기를 보고 당신이 내 아버지,
나의 창조자임을 알게 되었소. 내게 생명을 준 사람보다
누구에게 더 마음을 기울일 수 있겠소? 펠릭스가 사피한

이윽고 달이 지평선 아래로 완전히 사라지자,
비명을 크게 지르며 주워 모은 밀짚과 잡목, 덤불에 불을 붙였소.

테 가르쳐준 것 중에는 지리도 있었소. 나도 그 지리를 배워 지구상의 서로 다른 나라의 상대적인 위치에 대해서는 알았소. 당신은 일기에 제네바라는 곳을 당신의 고향이라고 적어놓았소. 그래서 나는 그곳을 향해 가기로 결심했소.

하지만 내가 길을 어찌 알겠소? 목적지에 도착하려면 남서쪽 방향으로 가야 한다는 걸 알았지만 태양만이 유일한 길잡이였소. 나는 내가 거쳐 가야 할 마을의 이름도 몰랐고 그렇다고 해서 누구에게 길을 물어볼 수도 없었소. 하지만 절망하지 않았소. 비록 당신에 대한 내 감정은 증오뿐이었지만 나를 구원해줄 것을 기대할 사람도 당신뿐이었소. 무정하고 냉혹한 창조자! 당신은 내게 지각과 열정을 주고서는 세상 밖으로 내쫓아 인류의 경멸과 공포의 대상이 되게 했소. 하지만 내가 동정과 보상을 요구할 사람은 당신뿐이었소. 그래서 나는 인간의 탈을 쓴 다른 존재에게서 헛되이 구하려 했던 정의를 당신에게서 구하기로 결심했소.

긴 여행이었고 여행 내내 몹시 고생스러웠소. 내가 그토록 오랫동안 머물던 그 지방을 떠날 때는 늦가을이었소. 혹시 인간의 눈에 띌까 봐 두려워 밤에만 이동했소. 주변의 자연은 시들어갔고 태양은 식어갔소. 비와 눈이 쏟아졌고 거대한 강물은 얼어붙었소. 대지의 표면은 헐벗은 채 딱딱하고 차갑게 변해버려 내가 쉴 곳이 어디에도 없었소. 오, 대지여! 내 존재의 기원을 얼마나 저주했던가! 온화한 본성은 사라지고 내 마음엔 온통 증오와 괴로움만이 가득 차올랐소. 당신의 집에 가까워질수록 나는 마음속에서 더욱 거센 복수심이 타오르는 걸 느꼈소. 눈이 내리고 강물이 꽁꽁 얼어붙었지만 쉬지 않았소. 이따금 일어난 몇 가지 사건을 계기로 나아가야 할 길을 알게 되었고 그 지방의 지도 한 장도 손에 넣었소. 하지만 종종 길을 잃고 헤매기도 했소. 괴로움에 사로잡혀 쉴 수도 없었소. 나의 분노와 비참함의 불꽃에 기름을 끼었을 만한 사건은 일어나지 않았소. 하지만 태양이 온기를 회복하고 대지가 다시 초록의 물결로 변하기 시작할 무렵, 스위스 국경에 도착했을 때, 한 사건이 내 마음속에서 꿈틀거리는 비통함과 공포심을 더욱더 심하게 부추겼소.

　나는 보통 낮에는 쉬고, 사람들의 시선을 피할 수 있는 밤에만 여행했소. 그러나 어느 날 아침, 내가 가는 길이 깊은 숲속으로 나 있다는 사실을 알고는 해가 떠오른 후에도 쉬지 않고 여정을 계속했소. 이른 봄이라 낮의 햇살은 따사롭고 공기는 향기로워 기분이 한결 좋아졌소. 오랫동안 죽은 듯이 묻혀 있던 평화롭고 기쁜 감정이 되살아나는 듯했소. 이러한 색다른 감정에 다소 놀란 나는 그 감정에 빠져든 채, 고독과 흉측한 내 모습을 잊고 감히 행복에 취했소. 부드러운 눈물이 또다시 두 뺨을 적셨소. 순간 나는 촉촉한 눈을 들어 나에게 그런 기쁨을 선사한 고마운 태양을 감사하는 표정으로 바라보았소.

숲속의 길을 계속 이리저리 돌아가다 보니, 마침내 숲이 끝나는 지점에 이르렀고, 그곳에는 수심이 깊고 물살이 빠른 강이 쭉 펼쳐졌소. 그리고 그 강물에 가지를 기울인 많은 나무는 상쾌한 봄기운을 받아 싹을 틔우고 있었소. 어느 쪽으로 가야 할지 제대로 몰라 그곳에 잠시 멈춰 서 있는데, 사람들의 목소리가 들려왔소. 그래서 나는 얼른 사이프러스 나무 그늘에 몸을 숨겼소. 내가 몸을 숨긴 순간 거의 동시에 어린 소녀가 내가 숨은 지점을 향해, 누군가와 놀이를 하기라도 하는지 누군가에게서 도망치듯 웃으며 달려왔소. 그 소녀는 가파른 강가를 따라 계속 뛰어가다가, 그만 발을 헛디뎌 급류 속으로 떨어지고 말았소. 나는 숨어 있던 곳에서 뛰쳐나와 거센 물살을 힘겹게 헤치고 그 소녀를 구해 강가로 끌어올렸소. 소녀는 의식을 잃은 상태였소. 그래서 소녀의 의식을 회복시키려고 힘닿는 한 모든 노력을 기울이려니, 불쑥 한 농부가 나타나 내 앞에 섰소. 아마 장난스럽게 도망치던 그 소녀와 놀이를 하던 사람이었던 모양이오. 그는 나를 보자마자 내게 달려들어 내 품에 안겨 있던 소녀를 낚아채고는 쏜살같이 깊은 숲속으로 달려 들어갔소. 나도 재빨리 숲속으로 따라 들어갔는데, 왜 내가 그랬는지 모르겠소. 바로 그 때 그 남자는 내가 가까이 쫓아오는 걸 보고는 내 몸에 총을 겨누고 발사했소. 나는 곧 땅바닥에 쓰러졌소. 그러자 가해자는 더욱더 날쌔게 숲속으로 도망쳤소.

내 은혜에 대한 보답을 그리하다니! 나는 한 인간을 죽음의 문턱에서 구해주었는데, 그 대가로 살과 뼈가 으스러지는 듯한 비참한 고통으로 몸부림쳐야 했소. 불과 몇 분 전에 품었던 친절하고 다정한 마음이 지옥의 불길과 같은 분노로 바뀌고 이가 부득부득 갈렸소. 고통으로 분노가 불타오르던 나는 모든 인류를 영원히 증오하고 그들에게 복수하리라 맹세했소. 그러나 상처의 고통이 엄습했고 맥박이 멈추자, 나는 의식을 잃었소.

몇 주 동안 나는 그 숲에서 내가 입은 상처를 치유하며 비참한 나날을 보냈소. 탄환을 어깨에 맞았는데, 탄환이 그 부위에 그대로 있는지 관통했는지 알 수 없었소. 박혀 있더라도 그걸 빼낼 방법은 없었소. 이처럼 내게 형벌을 준 불의와 배은망덕에 숨이 막히는 기분이 들면서 고통은 더욱 커져만 갔소. 나는 매일같이 복수를, 아주 처절하고 잔악한 복수를 맹세했소. 그러한 복수만이 내가 겪은 분노와 고뇌를 보상해줄 수 있을 거라고 생각했소.

몇 주가 지나자 상처가 아물어, 나는 다시 여정을 시작했소. 밝은 햇빛이나 부드러운 봄바람도 더는 나를 사

바로 그때 그 남자는 내가 가까이 쫓아오는 걸 보고는 내 몸에 총을 겨누고 발사했소.

로잡은 고뇌를 덜어주지 못했소. 어떠한 기쁨도 고독한 내 처지를 모욕하는 조롱일 뿐이었소. 기쁨이란 것은 내가 기쁨을 향유할 만한 존재가 아니라는 사실을 뼈저리게 느끼게 할 뿐이었소.

그러나 이제 힘든 여정도 끝날 때가 가까이 다가와 있었소. 마침내 두 달 만에 나는 제네바 근교에 도착했소.

그곳에 도착했을 때가 저녁이라 나는 사방으로 온통 들판인 곳에서 몸을 숨길 만한 곳을 찾아 숨어들고는 당신에게 어떤 식으로 접근할지를 곰곰이 생각했소. 허기지고 몹시 지친 나머지 나는 저녁의 부드러운 산들바람을 즐길 마음도, 웅장한 쥐라산맥 너머로 지는 해의 경치를 감상할 기분도 아니었소.

이때 잠깐 잠이 들어 상념에서 벗어났는데, 한 아름다운 아이가 다가오는 바람에 잠에서 깨어났소. 그 아이는 어린애다운 천진한 모습으로 내가 숨어 있던 후미진 곳으로 달려왔소. 아이를 보고 있자니, 문득 이 어린아이라면 아직은 편견이 없을 테고 세상 경험도 거의 하지 않았을 테니, 나를 소름 끼치는 흉측한 모습으로 보지 않을지도 모른다는 생각이 들었소. 그렇다면, 그 아이를 붙잡아 내 동료가, 내 친구가 되도록 가르친다면, 사람들이 사는 이 세상에서도 내가 그리 쓸쓸하지만은 않을 거라고 생각했소.

그런 충동에 이끌려 나는 그 아이가 내 곁을 지나갈 때 붙잡아 끌어당겼소. 그 아이는 내 모습을 보자마자 양손으로 두 눈을 가리며 날카로운 비명을 질렀소. 나는 강제로 그 아이의 얼굴에서 손을 떼어내며 말했소.

"애야, 왜 눈을 가리는 거니? 난 너를 해칠 생각이 없어. 내 말 좀 들어볼래."

아이는 거세게 몸부림쳤소.

"이거 놔."

그 아이가 외쳤소.

"괴물! 추악한 놈! 날 갈기갈기 찢어 잡아먹으려는 거지. 이 도깨비 놈아, 제발 놓으란 말이야. 안 그러면 아빠한테 이를 거야."

"이 녀석, 넌 다시는 아빠를 보지 못할 거다. 나와 함께 가줘야겠다."

"흉측한 괴물아! 어서 놓아. 우리 아빠는 장관이셔, 프랑켄슈타인 장관님이라고. 아빠가 네놈을 가만 안 둘 거다. 그러니 어서 놓으란 말이야."

"프랑켄슈타인! 그럼 넌 내 원수의 아들이로구나. 바로 네가, 내가 영원한 복수를 맹세한 그놈의 아들이로구나. 네가 나의 첫 번째 희생자가 돼주어야겠다."

아이는 계속 몸부림치며, 내 가슴을 쓰리게 하는 욕설을 퍼부었소. 나는 아이를 조용히 시키려고 목을 움켜

잡았소. 그런데 다음 순간 아이는 죽어서 내 발치에 쓰러졌소.

내 희생물을 가만히 쳐다보려니 내 가슴은 환희와 몸서리쳐지는 승리감으로 벅차올랐소. 나는 두 주먹을 움켜쥐고 부르짖었소.

"나도 인간을 참혹하게 만들 수 있다. 내 적도 불사신은 아니야. 이 아이의 죽음이 내 원수에게 절망감을 안겨주리라. 이제 이어질 수많은 불행이 놈을 괴롭혀 파멸시키리라."

그 아이에게서 시선을 떼지 않았는데, 어느 순간 내두 눈에 그 아이의 가슴에서 반짝이는 뭔가가 들어왔소. 나는 그 반짝이는 것을 집어 들었소. 정말 사랑스러운 여인의 초상화였소. 가슴속에서 원한의 불길이 타올랐지만 그 여인의 모습은 내 마음을 달래주고, 내 마음을 유혹했소. 한동안 나는 짙은 속눈썹에 감싸인 검은 두 눈동자와 사랑스러운 입술을 황홀하게 바라보았소. 하지만 곧 다시 분노가 치밀었소. 나란 놈은 그처럼 아름다운 존재들이 주는 기쁨을 영원히 누릴 수 없다는 생각이 떠올랐던 거요. 내가 상상한 그 초상화 속의 여자도 나를 본다면, 그토록 성스럽고 온화한 얼굴이 혐오감과 공포가 가득한 표정으로 바뀔 것이라는 생각이 들었소.

그런 생각에 분노가 치밀어 오르는 건 당연한 일이 아

니겠소? 오히려 그 순간에 절규하고 고통의 감정을 토해내는 대신에 곧장 사람들 세상으로 달려가 죽음을 무릅쓰고 사람들을 닥치는 대로 죽이려 하지 않은 게 더 의아할 뿐이오.

이런 감정에 사로잡힌 채, 나는 살인을 저지른 현장을 떠나 좀 더 인가에서 멀리 떨어진 곳에서 은신처를 찾고 있었소. 그때 한 여자가 내 곁을 지나쳐 가는 걸 보았소. 그 여자는 젊었는데, 내가 가진 초상화의 여인만큼 아름답지는 않았지만 상냥해 보이는 외모에 사랑스러운 젊음과 건강미가 가득했소. 여기에도 나 말고 모든 사람에게 웃음을 선사할 사람이 있구나 하고 생각했소. 그녀는 결코 위험에서 벗어나지 못할 거라고 생각했소. 펠릭스의 가르침과 인간의 잔인한 법 덕택에 나는 어떻게 짓궂은 장난을 칠 수 있는지도 알았소. 나는 그녀가 눈치채지 못하게 몰래 그녀에게 다가가 그녀의 옷 주머니에 초상화를 안전하게 집어넣었소.

며칠 동안 나는 그 사건이 있었던 곳들을 자주 드나들면서 때로는 당신을 볼 수 있을까 기대하기도 했고, 때로는 세상과 세상의 불행과 영원히 이별을 고하겠노라고 결심하기도 했소. 마침내 나는 이 산속으로 들어오게 되었고 당신만이 만족시켜줄 수 있는 불타는 열정에 사로잡힌 채 그 광대한 숲속을 이리저리 떠돌아다녔소. 당신이 내 요구를 들어주기로 약속할 때까지 우리는 헤어질 수 없소. 나는 외롭고 비참하오. 인간은 나와 친해지려 하지 않을 거요. 하지만 나처럼 흉측하고 무섭게 생긴 여자라면 나를 거부하지 않을 거요. 나의 동반자는 나와 같은 종이고 나와 똑같은 결점을 지녀야 하오. 당신이 그런 존재를 만들어주어야겠소.

9

　그놈은 말을 마치고 대답을 기대하는 듯 나를 빤히 쳐다보았다. 하지만 나는 당황스럽고 혼란스러운 상황에서 생각을 정리하지 못해 그놈이 한 제안이 무슨 뜻인지 완전히 이해하지는 못했다. 그가 말을 이었다.

　"내게, 서로 공감하는 바를 나누며 함께 살아갈 수 있는 여자를 만들어달라는 거요. 이 일은 당신만이 할 수 있소. 그리고 나는 그걸 요구할 권리가 있으니 당신이 거절해서는 안 되오."

　그놈이 마지막으로 한 말을 듣고 난 순간, 그놈이 오두막집 사람들과 평화롭게 생활하던 이야기를 하는 동안에 내 가슴속에서 사라졌던 분노가 다시 불타올랐다. 놈의 그따위 말에 나는 가슴속에서 타오르는 분노를 더는 억누를 수 없었다.

　"난 그 제안을 거절한다."

나는 대답했다.

"아무리 날 괴롭혀도 네 뜻을 들어줄 수 없어. 넌 나를 가장 불행한 사람으로 만들 순 있겠지만, 비열한 사람으로는 만들진 못할 거다. 함께 세상을 황폐화할 사악한 마음을 지닌 너 같은 괴물을 또 하나 만들라는 말이냐! 그따위 부탁일랑 집어치워! 내 대답은 이렇다. 네놈이 아무리 날 괴롭힌다고 해도 난 절대로 응하지 않겠어."

그 악마가 대답했다.

"당신의 생각은 틀렸소. 난 당신을 협박하기보다는 설득하고 싶은 거요. 내가 악한 건 내가 너무 비참하기 때문이오. 모든 인간은 나를 피하고 증오하잖소? 나를 창조한 자인 당신은 나를 갈가리 찢어 없애버리고 싶어 하고 말이오. 그걸 잊지 말고 말해보시오. 나를 동정하지 않는 인간을 내가 동정해야 할 이유가 뭐가 있겠소? 당신이 나를 저 빙하 틈으로 밀어 떨어뜨려 내 몸을, 당신 손으로 만든 작품을 파괴한다고 해도, 당신은 그것을 살인이라고 하지는 않을 거요. 나를 경멸하는 인간을 내가 어찌 존경할 수 있겠소? 어디 그런 인간을 나와 정을 나누며 살 수 있게 해보겠소? 그러면, 나는 그 인간을 해치기는커녕 나를 받아준 것이 고마워 눈물을 흘리면서 모든 은혜를 베풀 거요. 하지만 그런 일은 있을 수 없소. 인간의 의식은 우리가 화합하는 데 넘어설 수 없는 장벽이오. 더욱이 나는 굴복해서 비참한 노예가 될 생각은 없소. 나는 내가 입은 상처에 복수로 답할 거요. 인간에게 사랑을 일깨워줄 수 없다면 두려움을 가르쳐주겠소. 누구보다도 불구대천의 원수인 당신에게 공포를 가르쳐주겠소. 난 내 창조자를 영원히 증오하기로 맹세했으니 말이오. 조심하시오. 나는 당신을 파멸로 이끌 것이오. 당신의 마음을 황폐하게 만들어 당신이 세상에 태어난 것을 저주할 때까지, 나는 멈추지 않을 것이오."

이런 말을 하는 동안 그는 악마 같은 분노에 사로잡혀 있었다. 차마 인간으로서는 눈을 뜨고 볼 수 없을 만큼 그의 얼굴은 너무나 섬뜩하게 일그러졌다. 하지만 그는 곧 마음을 진정시키고 말을 이었다.

"이성적으로 설득해보려 했소만, 이처럼 울분이 내 마음을 해치고 말았소. 그건 나의 북받치는 울분이 당신 때문이라는 걸 당신이 인정하지 않기 때문이오. 누구든 내게 선행을 보인다면, 나는 백배 천배로 그 은혜를 갚을 거요. 그 한 사람을 위해서라면 나는 모든 인간과 화해할 생각이니 말이오! 그러나 지금 내가 꾸는 그 행복한 꿈은 이루어질 수 없소. 그러니 내 요구는 정당한 것이오. 그리 무리한 부탁은 아닐 것이오. 여자지만 나처럼 흉측한 존재를 만들어주시오. 내가 얻을 만족은 작지만 그 존재는 내가 받을 수 있는 전부고 그걸로 내게는 충분하오. 물론 우리는 세상과는 완전히 절연하고 사는 괴물이 될 거요. 하지만 그 때문에 오히려 우리는 서로에게 더욱 애착을 가질 것이오. 우리의 삶은 행복하지는 않을 테지만 남에게 해를 입히는 일은 없을 테고 지금 내가 느끼는 비참함에서는 자유로워질 거요. 아! 나의 창조자여, 부디 나를 행복하게 해주시오. 내게 단 한 번만 자비를 베풀어주시오! 그러면 당신에게 무척 감사를 드리겠소. 부디 다른 존재에게 동정을 받아볼 수 있게 해주시오. 제발 내 청을 거절하지 말아주시오!"

나는 마음이 흔들렸다. 요구를 들어주었다가 무슨 일이 일어날지 생각해보니, 소름이 돋았다. 하지만 그의 주장에는 일리가 있었다. 그의 이야기로 보나, 지금 그가 표현한 감정으로 보나, 그는 훌륭한 지각을 가진 존재임이 분명했다. 그리고 나는 그의 창조자로서 가능한 한 줄 수 있는 행복을 모두 주어야 할 빚을 지고 있는 것은 아닐까? 그는 내 감정의 변화를 눈치채고는 말을 이었다.

"내 요구를 들어준다면 당신이나 다른 어떤 누구도 우리를 다시 보지 못하게 될 것이오. 남아메리카의 광활한 광야로 갈 것이오. 내가 먹는 음식은 인간의 음식과는 다르오. 그러니 식욕을 채우려 고양이나 새끼염소를 잡아 먹는 일은 없소. 내 음식으로는 도토리와 딸기면 충분하오. 나의 동반자도 나와 본성이 같을 테니까 나와 같은 음식에 만족할 거요. 우리는 마른 나뭇잎으로 잠자리를 마련할 것이오. 태양은 인간에게와 마찬가지로 우리에게도 빛을 비추며 우리의 양식을 무르익게 해줄 거요. 이처럼 당신에게 보여주는 나의 미래상이 평화롭고 인간적인 만큼, 이유 없이 힘과 잔인함을 보여줄 생각이 아니라면 당신은 내 요구를 거절할 수 없을 거요. 당신은 지금까지 내게 잔인하게 굴었지만, 지금 당신의 눈에는 동정의 빛이 역력하오. 부디 이 절호의 기회를 놓치지 말고 간절한 내 열망을 들어주겠노라고 약속해주시오."

"사람들의 거주지에서 떠나 그런 광야에서 들판의 짐승들만을 벗 삼아 살겠다는 거로군."

나는 대답했다.

"인간의 사랑과 동정을 갈망하는 네가 어떻게 그 유형 생활을 견딜 수 있겠느냐? 너는 돌아와서 다시 인간의 친절을 구할 것이고, 결국에는 사람들의 미움을 살 것이다. 네 사악한 열정은 다시 살아날 것이고, 그러면 너는 동료의 도움을 받아 함께 인간 세상을 파멸로 이끌 거다. 절대 그런 일이 있어서는 안 된다. 난 네 제안을 결코 받아들일 수 없으니 그 얘기는 그만두어라."

"당신의 감정은 정말 변덕스럽군! 좀 전까지만 해도 내 얘기에 마음이 흔들리더니 왜 다시 내 한탄에 그렇게 무정한 태도를 보이는 거요? 내가 사는 이 땅에, 나를 만든 당신에 걸고 맹세하건대, 내 동반자를 만들어준다면, 나는 그녀와 함께 인간 세상을 영원히 떠나 가장 황량한 곳에서 살아가겠소. 그때는 내게도 동정을 보일 존재가 있으니, 나의 사악한 열정은 사라지게 될 것이오! 나는 조용히 삶을 살아갈 것이고 죽음을 맞이하는 순간에도 나를 만든 사람을 저주하지 않을 것이오."

그놈의 말을 들으니, 아주 묘한 기분이 들었다. 그놈이 측은하게 느껴져 이따금 그를 위로해주고 싶다가도, 추악한 몸뚱이가 움직이며 말하는 것을 보면, 역겨움이 일어 공포와 증오심이 내 마음을 사로잡았다. 나는 애써 이런 내 감정을 억눌렀다. 그러곤 그를 동정할 수는 없는 만큼, 나로서는 내 손에 달린 그의 작은 행복을 막을 권리가 없다는 생각이 들었다.

"피해를 주지 않겠다고 맹세하지만 너는 이미 내가 너를 믿지 못할 만큼 악한 짓들을 저지르지 않았더냐? 혹이 짓도 복수의 기회를 늘려 한층 더 승리감을 맛보려는 속임수가 아니냐?"

내가 말했다.

"아니 무슨 말을 그렇게 하시오? 당신의 동정심을 자극했다고 생각했건만, 당신은 여전히 그저 내 마음을 달래주는 걸, 내가 악의 없는 존재가 되도록 도와주는 걸 거부하고 있소. 내가 의지할 동료도 애정도 없이 살아야 한다면 증오와 악의가 나의 일부가 되고 말 것이오. 내가 다른 누군가에게서 사랑을 받는다면 내 범죄의 동기는 없어질 것이고 나는 모든 사람의 기억에서 잊힌 존재가 될 것이오. 나의 악덕은 강요된 지긋지긋한 고독의 산물이니 나와 동등한 존재와 교감하며 함께 살아간다면 나는 분명히 선해질 것이오. 그리고 그때가 되면, 나는 감수성이 예민한 존재의 애정을 느끼며 지금으로서는 내가 소외된 존재와 사건들의 사슬에 연결될 거요."

나는 한참 동안 입을 다문 채 그가 내게 말한 모든 내용과 그가 역설한 모든 주장을 곰곰이 생각해보았다. 그가 막 탄생했을 때 보였던 선한 존재로서의 가능성, 그리고 그의 보호자들에게서 혐오와 경멸을 받게 되면서 차츰 시들어간 온화한 감정들을 생각해보았다. 그의 능력과 위협적인 문제도 빠뜨리지 않고 계산했다. 빙하의 얼음 동굴에서 지낼 수 있고 추적을 피해 인간이 접근할 수 없는 절벽 틈으로 숨을 수 있는 존재라면, 그는 인간으로서는 결코 맞설 수 없는 능력의 소유자였다. 오랜 심사숙고 끝에 결국 나는 그의 요구에 응하기로 결정했다. 그것이 그와 내 이웃인 인간들을 위해 내가 마땅히 치러야 할 정의라고 판단했다. 이윽고 나는 입을 열었다.

"네 요구를 들어주겠다. 하지만 우선 내가 너의 손에 유형 생활을 함께할 여자를 건네주는 즉시 영원히 유럽을, 사람들의 모든 인근 지역을 떠나겠다고 엄숙히 맹세해라."

그가 외쳤다.

"맹세하오. 태양에, 푸른 하늘에 걸고 맹세하건대, 당신이 내 소원을 들어주면 저 태양과 하늘이 존재하는 한 당신은 나를 다시는 보지 못할 것이오. 그럼 어서 집으로 가서 일을 시작하시오. 나는 간절히 염원하며 그 일의 경과를 지켜보겠소. 하나 걱정은 마시오. 나는 당신이 일을 마치고 나서야 나타날 테니."

그는 이 말을 하면서, 내 마음이 변할까 두려운지 갑자기 사라졌다. 그는 독수리의 비행보다도 훨씬 빠른 속도로 산을 내려가더니 순식간에 굽이치는 얼음 바다 속으로 사라졌다.

그가 이야기하는 사이에 하루가 후딱 지나갔다. 그가 떠날 때는 태양이 이미 지평선에 걸려 있었다. 곧 어둠이 몰려올 것이기 때문에 나는 서둘러 계곡을 내려가야 했다. 하지만 마음은 무겁고 걸음은 느렸다. 굽이굽이 휘감긴 산길을 내려가면서 헛디디지 않기 위해 발에 힘을 주려 애썼는데, 낮 동안에 있었던 사건으로 몹시 흥분했던 탓에 정신이 혼미했다. 밤이 아주 깊어서야 나는 휴식처까지 반쯤 내려와 샘 옆에 앉았다. 지나가는 구름 사이사이로 간간이 별들이 반짝였다. 시커먼 형체의 소나무가

그는 독수리의 비행보다도 훨씬 빠른 속도로 산을 내려가더니
순식간에 굽이치는 얼음 바다 속으로 사라졌다.

내 앞에 서 있었고 바닥 여기저기에는 부러진 나무들이 누워 있었다. 경이롭고 엄숙한 광경이었다. 그 광경을 보노라니, 이상한 생각들에 사로잡혔다. 나는 비통하게 흐느꼈다. 양손을 움켜쥐고 고통스럽게 외쳤다.

"아! 별아, 구름아, 바람아, 너희들은 나를 비웃으려 하는구나. 진정 나를 가엾게 여긴다면 내 감정과 기억을 부수어다오. 흔적조차 남지 않을 때까지 나를 완전히 파괴해다오. 하나 그러지 않겠다면 제발 내 곁에서 떠나거라. 나를 어둠 속에 남기고 어서 떠나거라."

나는 황량하고 참담한 생각에 빠졌다. 영원히 반짝이는 별들이 얼마나 내 어깨 위로 쏟아졌던가, 마치 나를 태워버릴 듯한 불쾌감을 주는 후덥지근한 시로코*라도 되는 듯 몰아치는 바람 소리를 빠짐없이 얼마나 들었던가. 그 감정을 표현할 길이 없다.

이미 날이 밝은 뒤에야 나는 샤모니 마을에 도착했다. 하지만 수척하고 기이한 표정으로 나타난 나는 불안한 마음으로 내가 돌아오기만을 학수고대하며 뜬눈으로 밤을 지새웠던 가족들의 불안감을 거의 누그러뜨리지 못했다. 다음 날 우리는 제네바로 돌아갔다. 아버지가 여행

---

* 지중해 주변 지역에서 저기압이 통과하기에 앞서 아프리카의 사막 지대에서 불어오는 더운 열풍

을 계획했던 목적은 내게 기분전환을 시켜주고 잃어버린 평온을 되찾아주려는 것이었다. 하지만 그 처방은 치명적인 결과를 가져왔다. 그리고 내가 겪는 엄청난 불행을 알지 못한 아버지는 조용하고 단조로운 가족과의 생활이 점차 어떤 원인에 의해 생긴 것이든 나의 고통을 경감시켜줄 것을 바라며 서둘러 집으로 돌아왔다.

나는 찾아드는 온갖 고통 속에서 활기를 잃었다. 내가 사랑하는 엘리자베스의 온화한 애정도 깊은 절망에서 나를 꺼내주지 못했다. 내가 악마에게 했던 약속은 단테의 지옥의 위선자들이 머리 위에 쓴 철 고깔처럼 내 마음을 짓눌렀다. 땅과 하늘의 모든 기쁨이 꿈처럼 내 앞을 스쳐 갔다. 그리고 내게는 바로 그 생각만 삶의 현실로 다가왔다. 가끔 광기가 나를 사로잡았다고 해서 이상할 건 없었다. 또는 주변에서 내게 끊임없이 비명과 고통스러운 신음을 토해낼 수밖에 없게 하는 고문을 가하는 추악한 동물들을 무수히 계속해서 보았다고 해서 이상할 것도 없었다.

하지만 점차 이러한 감정은 누그러졌다. 흥미로운 일은 없지만 적어도 어느 정도의 평온함을 지니는 일상생활의 무대로 나는 다시 돌아가게 되었다.

3권

MARY
WOLLSTONECRAFT
SHELLEY

제네바로 돌아온 후 하루하루 흘러 몇 주가 지나가는데도 작업을 시작할 용기가 나지 않았다. 나는 실망한 그 악마의 복수가 두려웠지만 내게 강요된 일에 드는 반감을 극복할 수 없었다. 다시 몇 달을 매달려 심층적으로 연구하고 고된 탐구를 해야만 여자를 만들어낼 수 있다. 언젠가 나는 잉글랜드의 한 철학자가 뭔가 중요한 발견을 했다는 소식을 들은 적이 있었다. 그 지식이야말로 내 연구의 성공에 중요한 열쇠인 듯해 나는 가끔 아버지에게 잉글랜드에 가겠다는 허락을 받아볼까 생각하곤 했다. 하지만 온갖 핑계를 들어 작업을 미루었다. 나는 되찾은 평온을 깨뜨리고 싶지 않았다. 여태까지 쇠약했던 몸이 이제 많이 회복되어 있었다. 불행한 약속이 떠올라 자제심이 약해지지 않는 한 내 정신은 평화로웠다. 아버지는 이런 변화를 지켜보며 흡족해하셨고, 내 우울의 남은 찌꺼기를 말끔히 없애버릴 가장 좋은 방법을 생각하기 시작했다. 그때까지도 우울증은 이따금, 얼굴을 내민 태양을 삼켜버릴 듯 뒤덮는 시커먼 먹구름처럼 발작적으로 찾아오곤 했다. 그런 순간에 내 도피처는 정말 완벽한 고독이었다. 나는 혼자 호수에 나가 작은 배를 탄 채, 조용하고 그저 무심하게 구름을 보고 잔잔한 물결 소리를 들으며 온종일을 보냈다. 하지만 신선한 공기를 마시고 밝은 햇빛을 쐬다 보면 대부분 어느 정도 안정을 되찾을 수 있었다. 집에 돌아오면 언제든 식구들이 기꺼운 웃음과 아주 밝은 마음으로 맞아주었다.

이렇게 시간을 보내다가 집에 돌아온 어느 날이었다. 아버지가 나를 따로 부르더니, 이렇게 말했다.

"아들아, 네가 예전처럼 얼굴이 밝아지고, 원래 네 모습으로 돌아온 듯해서 기쁘구나. 그렇지만 넌 아직도 불행해 보이고, 여전히 우리 식구들을 피하는구나. 한동안 나는 그 이유를 곰곰이 생각해봤는데, 어제 문득 생각이 떠오르더구나. 내 짐작이 맞는다면, 부디 솔직히 말해다오. 그런 걸 숨기는 건 쓸데없는 짓일뿐더러 우리 모두에게 큰 불행을 줄 거야."

아버지가 서두로 꺼낸 말에 나는 격하게 몸을 떨었다. 그러자 아버지가 말을 이었다.

"아들아, 고백하지만 난 항상 네가 네 사촌과 결혼하

기를 고대해왔다. 그게 우리의 가정이 편안해지는 길일 거야. 내 말년도 의지가 될 테고. 너희들은 아주 어렸을 때부터 서로 좋아했잖아. 함께 공부했고, 성격이나 취향도 서로 잘 어울리는 것 같고. 하지만 인간의 경험은 알 수 없는 것인지라, 내 계획에 가장 큰 도움이 될 거라고 생각했던 일이 오히려 내 계획을 완전히 망쳐놓은 것 같구나. 어쩌면 너는 엘리자베스를 누이로만 생각했지 아내로 삼았으면 하는 바람은 가지지 않았는지 모르겠구나. 아니, 네가 사랑하는 여자가 따로 있는지도 모르겠구나. 그래서 네 사촌과의 신의에 얽힌 문제를 고민하며, 그처럼 심한 갈등으로 뼈아픈 불행에 시달리는 모양이구나."

"아버지, 안심하세요. 저는 제 사촌을 진심으로 마음속 깊이 사랑합니다. 진정 엘리자베스만큼 감탄스럽고 연모하고픈 여자는 보지 못했어요. 사실 제 미래에 대한 희망과 기대감은 엘리자베스와의 결혼에 전적으로 달려 있어요."

"빅터, 네 결혼 문제에 대해 그리 말해주니, 그 어느 때보다도 기쁘구나. 네 생각이 그렇다면, 아무리 현재의 일들이 우리에게 슬픔을 준다고 해도 머지않아 우리는 틀림없이 행복해질 거다. 하지만 나는 네 마음을 매섭게 휘어잡은 그 어둠을 쫓아내고 싶구나. 그러니 말해보려무나. 당장에 결혼식을 올리는 건 어떤지 말이다. 그동안 우리는 많은 불행을 겪었어. 더구나 우리의 평온한 일상을 깨뜨린 최근의 일들은 늙고 허약한 나로서는 감당하기 무척 힘들구나. 너는 아직 젊지만, 충분한 재산을 가지고 있으니 일찍 결혼한다고 해서 네가 마음에 품은 명예와 실리 면에서 미래 계획에 방해가 되지는 않을 거다. 하나 내가 너보고 빨리 결혼해서 행복을 찾으라고 강요한다거나 네가 결혼을 미룬다고 해서 내가 언짢아하리라고는 생각하지 말거라. 내 말뜻을 있는 그대로 해석하고, 부디 거짓 없이 솔직하게 대답해다오."

나는 조용히 아버지의 말을 들으며, 한동안 어떤 대답도 하지 못하고 그저 가만히 있었다. 나는 재빨리 머릿속에 무수한 생각들을 떠올리며 어떤 결론에 이르려고 애썼다. 아아! 당장에 사촌과 결혼한다는 건 정말 무섭고 암담한 일이었다. 나는 아직 이행하지 못한, 그렇다고 감히 깨뜨리지도 못할 엄숙한 약속에 구속되어 있었다. 내가 그 약속을 깨뜨린다면 나와 내 사랑하는 가족에게 정말 엄청난 불행이 닥칠지도 모를 일 아닌가? 머리를 땅바닥에 조아리게 할 정도로 엄청난 무게를 지닌 짐을 여전히 목에 건 채 결혼식장에 들어갈 수 있겠는가? 나는 약속을 이행하고 그 괴물을 짝과 함께 떠나보낸 다음에야 내게 평화를 안겨줄 엘리자베스와 결혼의 기쁨을 누릴 수 있을 것이다.

나는 또한 꼭 해야 할 일을 상기했다. 잉글랜드로 여정을 떠나든지 그 나라의 철학자들과 오랫동안 편지를 주고받아야 했다. 당면한 과제를 위해서는 꼭 그 학자들의 지식과 그들이 발견한 사실을 이용해야만 했다. 그러나 서신 왕래를 통해서 바라는 지식을 얻는 방법은 시간이 너무 많이 걸릴뿐더러 불충분할 것이다. 게다가, 내게는 무엇이든 변화가 있는 게 좋을 듯했다. 가족을 떠나 환경을 바꾸고 일에 변화를 주며 일이 년을 보낼 생각을 하니 기분이 상쾌해졌다. 그동안 이런저런 사건들이 일어날 테고, 나는 마침내 평화롭고 행복한 기분으로 가족들에게 돌아갈 수 있을 것이다. 내가 약속을 이행하면, 그 괴물은 영원히 떠날 테니 말이다. 아니면 어떤 불의의 사고로 그 괴물이 죽어, 나는 놈의 속박에서 영원히 벗어날 수 있을지도 모른다.

이러한 생각 끝에 나는 아버지에게 대답했다. 아버지에게 잉글랜드에 가보고 싶다는 의사를 밝혔다. 하지만 내 요구의 실제 이유를 숨긴 채, 나는 고향의 성벽 안에 평생 살아갈 삶의 터전을 꾸리기 전에 여행하며 세상을 보고 싶다는 구실을 들먹이며 내 희망을 말했다.

내가 간절히 청하자, 아버지는 쉽게 내 뜻에 응했다. 지구상에 나의 아버지처럼 관대하고 독선적이지 않은 사람은 없었다. 우리의 계획은 곧 준비되었다. 나는 스트라스부르로 떠나고 그곳에서 클레르발이 합류하기로 했다. 우리는 잠시 네덜란드의 여러 도시에서 시간을 보낼 테지만, 대부분은 잉글랜드에서 체류하게 될 것이다. 우리는 프랑스를 거쳐 돌아올 것이다. 그리고 여행 기간은 2년으로 합의했다.

아버지는 내가 제네바로 돌아오는 즉시 엘리자베스와 결혼하리라 생각하고는 매우 흡족해했다.

"2년이란 세월은 눈 깜짝할 사이에 지나갈 거야."

아버지가 말했다.

"그러면 더는 너의 행복을 방해하는 일, 그처럼 결혼을 다시 연기하는 일은 없을 테지. 나는 정말 진심으로 네가 돌아오는 날, 그러니까 우리가 모두 함께 모이는 날을 고대한다. 그때는 희망이든 공포든 우리 가정의 평화를 방해하는 것은 없기를 바란다."

"그렇게 계획하신 아버지의 생각에 저도 만족합니다."

내가 대답했다.

"그때가 되면 우리는 모두 지금보다 더 현명해질 테죠. 그러니, 그때는 저도 더 행복해지길 바랍니다."

나는 한숨을 쉬었다. 하지만 고맙게도 아버지는 참고 내 실의의 이유에 관해서 더는 질문을 던지지 않았다. 아버지는 그저 새로운 환경과 여행의 즐거움이 내게 평안함을 되찾아주기만을 희망했다.

이제 여행 준비를 마쳤다. 하지만 한 가지 생각이 머릿속에서 떠나지 않고 두려움과 불안감에 내 마음이 사로잡히게 했다. 나는 집을 떠나 있는 동안, 적의 존재를 모르는 식구들을 내가 떠났다고 격분할지도 모르는 놈의 공격에 무방비 상태로 남겨둘 수밖에 없었다. 하지만 그놈은 내가 어디로 가든지 따라가겠다고 약속했다. 그러니 그는 잉글랜드까지 나를 따라오지 않을까? 이런 상상은 그 자체는 섬뜩했지만, 그렇게 된다면 식구들이 안전할 테니까 마음이 놓였다. 문득 반대의 일이 일어날 수도 있다는 생각에 몹시 괴로웠다. 하지만 나는 내 피조물의 노예로 있는 동안에는 매 순간의 충동에 따르기로 했다. 그 순간, 그 악마는 나를 따라올 것이고, 따라서 내 가족은 놈의 위험한 음모에서 안전할 거라는 예감이 강하게 들었다.

2년 동안 외국에서 지내기 위해 다시 고향을 떠난 것은 8월 말이었다. 엘리자베스는 내가 집을 떠나는 이유에 동의하면서도 자신도 똑같이 견문을 넓히고 지식을 배양할 기회를 얻지 못해 애석해했다. 하지만 작별 인사를 할 때는 눈물을 흘리며, 행복하고 마음의 평화를 얻어서 돌아오라고 간청했다.

"우리는 모두 너를 믿어."

그녀가 말했다.

"네가 슬프다면, 우리 기분은 어떻겠니?"

나는 몸을 던지다시피 마차에 올랐다. 나를 태운 마차는 떠나갔지만 나는 내가 어디로 가는지 거의 알지도 못했고, 주위에 무엇이 스쳐 지나가는지 의식하지도 못했다. 다만 생각만 해도 견디기 힘들 정도로 고통을 주는 한 가지 사실만을 기억했다. 바로 꾸려진 내 화학기구들이 나와 함께 도착해야 한다고 지시해야 한다는 사실이었다. 왜냐하면 나는 외국으로 떠나 있는 동안 놈과 한 약속을 이행하고, 가능하다면 자유로운 인간으로 되돌아오기로 결심했기 때문이다. 내 마음이 황량한 상상에 사로잡혔기에, 아름답고 웅장한 풍경들이 무수히 스쳐 지나가는데도 내 눈은 초점을 잃은 채 아무것도 보지 못했다. 나는 오로지 여행의 목적지와 그곳에 있는 동안 해야 할 일만을 생각했다.

며칠 동안 멍하니 나른하게 보내는 사이에 기나긴 거리를 가로질러, 마침내 스트라스부르에 도착했다. 나는 그곳에서 이틀 동안 클레르발을 기다렸다. 이윽고 그가 왔다. 아아, 우리 두 사람은 어쩌면 그렇게 대조적일까! 그는 새로운 광경에 아주 민감했다. 지는 해의 아름다운 광경에 기뻐했고, 해가 떠오르며 새날을 여는 광경을 보았을 때는 한층 더 행복해했다. 어떤 때는 내게 색조가 변해가는 풍경과 하늘의 경치를 가리키곤 했다.

"이런 것이 살아 있다는 거야."

그가 외쳤다.

"지금 나는 존재 자체를 즐기노라! 한데 프랑켄슈타인, 넌 대체 무엇 때문에 그리도 맥없이 침울하나?"

사실 나는 우울한 생각에 사로잡혀, 샛별이 지는 것도 라인강에 비친 황금빛 일출도 보지 못했다. 한데 친구여, 당신이 클레르발의 일기를 읽는다면 내 회상을 듣는 것보다 훨씬 더 재미있을 것이다. 그는 느끼고 기뻐할 줄 아는 두 눈으로 풍경을 감상했다. 나, 저주에 묶인 이 비참한 놈에게는 즐거움을 느낄 수 있는 모든 길이 막혀 있었다.

우리는 스트라스부르에서 로테르담까지 보트를 타고 라인강을 내려가기로 했다. 로테르담에서 런던행 배를 탈 수 있을 것이다. 이번 항해 중에 우리는 버드나무가 우거진 섬을 무수히 지났고 아름다운 도시도 여럿 보았다. 우리는 만하임에서 하루를 머물렀고, 스트라스부르에서 출발한 지 5일째 되는 날에 마인츠에 도착했다. 라인강의 여정은 마인츠를 지나면서 훨씬 더 그림 같은 풍경을 드러냈다. 강은 점점 물살이 빨라지면서, 높지는 않지만 가파르고 아름다운 경치의 언덕들 사이사이로 휘어 돌았다. 벼랑 끝에는 폐허가 된 성들이 여럿 서 있었는데, 검은 숲에 둘러싸인 채 아주 높이 치솟아서 감히 접근할 수 없어

우리는 스트라스부르에서 로테르담까지 보트를 타고 라인강을 내려가기로 했다.

보였다. 라인강에서 이 부근은 정말로 유별나게 다채로운 풍경을 보여주었다. 어떤 한 지점에서는 바위투성이의 언덕과, 저 아래로 검은 라인강이 내달리는 거대한 낭떠러지를 굽어보는 폐허가 된 성이 보이는가 하면, 갑자기 강 쪽으로 뻗어 나온 땅이 꺾이는 지점에서는 경사진 초록빛 비탈에 펼쳐진 풍성한 포도밭, 굽이쳐 흐르는 강, 그리고 많은 사람이 사는 마을들이 보였다.

마침 포도의 수확기였기에 우리가 물결을 타고 내려가는 동안에 농부들의 노랫소리가 들려왔다. 풀이 죽고 정신이 끊임없이 우울한 생각에 동요했던 나조차도 기분이 밝아졌다. 나는 보트의 바닥에 누웠다. 구름 한 점 없는 푸른 하늘을 바라보자니 오랫동안 잊고 지냈던 평온함에 빠져드는 기분이 들었다. 내 기분이 이러한데 앙리의 기분은 어떻겠는가? 그는 마치 동화 속 나라에 들어오기라도 한 듯한 기분에 젖어 인간이 좀처럼 맛보기 힘든 행복을 즐겼다.

"나는 우리나라에서 가장 아름다운 풍경들을 보았지."

그가 말했다.

"루체른 호수와 우리Uri 호수에 가보았지. 그곳에는 눈 덮인 산들이 물을 향해 거의 수직으로 이어지며, 앞도 안 보일 검은 그림자를 드리웠어. 화사한 경치가 눈길을 사로잡는 아주 푸르른 나무들로 무성한 섬들이 없었다면 우울하고 음산한 풍경을 던져주었을 거야. 나는 폭풍우 때문에 그 호수에 격랑이 이는 것도 보았어. 그럴 때마다 바람이 호수에 회오리를 일으켜 물이 솟구치곤 했는데, 그 모습을 보노라면, 망망대해의 물기둥이 어떨지 상상이 가지. 물결이 거세게 때리는 산자락에서는 한 사제와 그의 애인이 눈사태에 휩쓸려버렸다는군. 그곳에선 지금도 밤바람이 잠잠해질 때면, 그들이 죽어가는 소리가 들린다는 거야. 나는 라 발레 산과 페이 드 보에도 가보았어. 하지만 빅터, 이 지방의 풍경은 그 모든 경이로운 풍경보다도 더 큰 즐거움을 준다. 스위스의 산들이 더 웅장하고 기묘하긴 하지만 이 신성한 강 유역에는 지금까지 본 적이 없는, 그 어떤 곳과도 비길 수 없는 매력이 있어. 저 절벽에 매달린 성을 봐. 그리고 저 섬에, 멋진 나무들의 무성한 잎들 사이에 거의 보이지 않을 정도로 숨은 저 성도 보라구. 저기 포도넝쿨 사이로 걸어 나오는 농부들과 산의 우묵한 곳에 반쯤 가려진 저 마을도. 아, 정말 이곳에 살며 이곳을 지키는 정령들은, 빙하를 쌓거나 인간으로서는 오를 수 없는 산봉우리에 숨어 사는 우리나라의 정령들보다 훨씬 더 인간과 조화를 이루는 영혼을 지녔을 거야."

클레르발! 사랑하는 친구! 이렇게 너의 말을 옮기면서, 넌 정말 대단한 찬사를 받을 만하구나 하는 생각을 하자니, 지금도 절로 마음이 즐거워진다. 그는 '이른바 자연의 시심詩心' 속에서 성장한 사람이었다. 그의 거칠 것 없고 열정적인 상상력은 섬세한 감수성에 의해 다듬어졌다. 그의 영혼은 뜨거운 애정으로 넘쳤고, 그의 우정은 세속적인 사람들이 상상 속에서만 찾아보라고 말하곤 하는 헌신적이고 경이로운 것이었다. 하지만 인간적인 공감조차도 그의 열정적인 마음을 만족시키기에는 부족했다. 다른 사람들이 그저 감탄하며 바라볼 뿐인 외부의 자연 풍경을, 그는 뜨겁게 사랑했다.

……우렁차게 울리는 폭포가

열정처럼 그를 사로잡았지.

높은 바위, 산, 그리고 깊고 어두컴컴한 숲,

그 빛깔과 모양들은 그때 그에겐 식욕과도 같았지.

그것은 감정이자 사랑,

그러니 사상이 선사하는 어렴풋한 매력이나

눈에서 빌리지 않은

그 어떤 흥미도 필요 없었지.˙

• 영국 시인 윌리엄 워즈워스William Wordsworth의 시 〈틴턴 사원Tintern Abbey〉

그럼, 지금 그는 어디 있는가? 그 상냥하고 사랑스러운 존재는 영원히 사라져버린 걸까? 기발하고 무궁무진한 생각과 상상력이 넘쳤던 그 정신은 사라져버린 걸까? 그 현존이 창조자의 삶에 달린 세계를 만들어냈던 그 정신은 사라져버린 걸까? 이제 그 정신은 내 기억 속에만 존재하는 걸까? 아니, 그렇지 않다. 그토록 성스럽게 빚어져 아름다움을 빛내던 너의 육신은 썩어 없어졌지만 네 영혼은 여전히 너의 불행한 친구를 찾아와 위로해주고 있다.

이처럼 갑작스럽게 슬픔을 토해내는 걸 용서해주기를 바란다. 이 헛된 말들은 둘도 없이 소중했던 앙리에 대한 보잘것없는 찬사에 지나지 않지만, 그를 기억하며 생긴 고뇌로 넘쳐나는 내 마음을 달래준다. 그럼, 다시 내 이야기를 계속하겠다.

쾰른을 지나 우리는 네덜란드의 평원으로 내려갔다. 그러곤 그곳에서부터는 남은 여정을 역마차를 이용해 계속하기로 했다. 역풍이 불었고, 강의 물살은 너무 느려 우리의 여정에 전혀 도움이 되지 않았기 때문이다.

여기서부터 우리의 여행은 아름다운 풍경으로 고조된 감흥을 잃었다. 하지만 우리는 며칠 내로 로테르담에 도착했고, 그곳에서 배를 타고 잉글랜드로 향했다. 12월 말 어느 맑은 아침, 나는 처음으로 잉글랜드의 하얀 절벽을 보게 되었다. 템스강 기슭에는 아주 새로운 광경이 펼쳐졌다. 강기슭은 평평했지만 비옥했고 그 도시 어디를 가든 이런저런 추억의 이야기가 서려 있었다. 우리는 틸버리 요새를 보며 스페인의 무적함대를 떠올렸다. 그리고 그레이브젠드*, 울리치**, 그리니치 등 내 고향에서도 익히 들어보았던 곳을 보게 되었다.

마침내 런던의 수많은 첨탑이 시야에 들어왔다. 그리고 가장 높이 치솟은 세인트 폴 대성당과 잉글랜드 역사에서 유명한 런던탑도 보였다.

* 템스강 하구의 우안에 위치하는 하항
** 그레이터런던 남동부의 옛 수도구區

우리는 런던을 당분간 휴식처로 정하고, 경이롭고 유명한 이 도시에서 몇 달을 머무르기로 했다. 클레르발은 당대에 유명했던 천재들이나 인재들과 친분을 쌓고 싶어 했지만 나에게 그건 부차적인 목적이었다. 나는 주로 어떻게 하면 약속을 이행하는 데 필요한 정보를 얻어낼까 골몰하다가, 곧 함께 가져왔던 저명한 자연철학자 앞으로 쓰인 소개장들을 이용했다.

이 여행을 내가 공부하던 행복한 시기에 했더라면 더 없이 즐거웠을 것이다. 그러나 어두운 그림자가 이미 내 삶에 드리워졌기에, 나는 그저 내 관심을 완전히 사로잡은 문제에 관련된 정보를 얻기 위해서, 내게 그것을 줄 수 있는 그 사람들을 만날 뿐이었다. 나로서는 사람을 사귀는 게 몹시 짜증 나는 일이었다. 혼자 있을 때면 하늘과 땅의 광경을 머릿속에 가득 담아둘 수 있었다. 앙리의 목소

나는 그저 내 관심을 완전히 사로잡은 문제에 관련된 정보를 얻기 위해서,
내게 그것을 줄 수 있는 그 사람들을 만날 뿐이었다.

리가 위안을 주었고, 나는 잠시나마 평화를 즐길 수 있었다. 하지만 참견하기 좋아하고 시시껄렁하게 즐거워하는 낯짝들을 보면, 마음속에서 절망감이 되살아났다. 그런 주변 사람들과 나 사이에는 넘을 수 없는 장벽이 놓여 있었다. 이 장벽은 윌리엄과 저스틴의 피로 봉해졌다. 그 두 이름과 연관된 사건을 떠올리면 나의 영혼은 온통 고뇌로 물들었다.

하지만 클레르발을 보노라면, 예전의 내 모습을 보는 것만 같았다. 그는 이것저것에 호기심이 많아 경험과 배움을 몹시 갈망했다. 그가 관찰한 이색적인 풍습들은 그의 마르지 않는 배움과 즐거움의 원천이 되었다. 그는 늘 바빴고, 그의 즐거움을 방해하는 것은 슬픔에 잠겨 절망감에 빠진 나의 모습뿐이었다. 나는 될 수 있는 한 속내를 숨기고는, 어떠한 걱정이나 쓰라린 기억도 잊은 채 새로운 삶의 현장에 발을 디딜 때면 느끼게 마련인 기쁨을 누리는 그를 방해하지 않으려 애썼다. 나는 종종 다른 약속이 있다는 핑계로 그를 따라나서지 않고 혼자 남았다. 이제 나는 새로운 창조 작업에 필요한 재료들을 수집하기 시작했다. 이 일은 마치 물방울이 한 방울씩 계속해서 머리 위로 떨어지는 고문과도 같았다. 그 일에 골몰할 때면 극심한 괴로움에 사로잡혔고 그 일과 조금이라도 연관된 말을 할 때면 입술이 떨리고 심장이 터질 것만 같았다.

런던에서 몇 달을 보내고 난 어느 날, 예전에 제네바의 우리 집에 방문한 적이 있는 한 스코틀랜드 사람에게서 편지 한 통을 받았다. 그는 자기 고향의 아름다움을 자랑하면서, 북쪽으로 자신이 사는 퍼스까지 우리의 여행을 연장하라고 권했다. 그럴 만한 가치가 있을 만큼 그곳의 풍광은 정말 아름답고 매혹적이라는 거였다. 클레르발은 이 초대에 기꺼이 응하고 싶어 했고, 나는 사람들의 모임에 가는 걸 꺼렸지만 산과 개울, 그리고 자연이 특별한 자기 거처에 장식해놓은 모든 경이로운 작품들을 다시 보고 싶었다.

우리는 10월 초에 잉글랜드에 도착했는데, 벌써 2월이었다. 그래서 우리는 3월 말에 북쪽으로 여행을 떠나기로 했다. 이번 여행에서는 대로를 따라 에든버러로 가는 대신에 윈저와 옥스퍼드, 매틀록, 그리고 컴벌랜드 호수를 거쳐 7월 말쯤에 목적지에 도착하기로 했다. 나는 스코틀랜드 북부 고산 지대의 어느 외딴 벽지에서 내 작업을 끝내기로 마음먹고 화학기구들과 그동안 모은 재료들을 꾸렸다.

우리는 3월 27일에 런던을 떠나 윈저에서 며칠을 머물며 그곳의 아름다운 숲속을 거닐었다. 우리처럼 산악 지방 사람들에게는 새로운 풍경이었다. 아름드리 참나무들이며 많은 사냥감, 위풍당당한 사슴의 무리는 모두 우리에게 신기한 광경이었다.

그곳에서 우리는 옥스퍼드로 향했다. 우리가 이 도시에 들어서자, 150년도 더 전에 이곳에서 있었던 사건들이 머릿속에 떠올랐다. 찰스 1세*가 군대를 모았던 곳이 바로 여기였다. 이 도시는 나라 전체가 그의 동기에 등을 돌리고 의회파와 자유의 깃발 아래 모여든 후에도 그에게 충성을 다했다. 그 불운했던 왕과 그의 심복들, 온건한 포클랜드**와 오만한 가워***, 왕비와 그의 아들 등에 얽힌 추억들이 그들이 거주했을지도 모르는 이 도시의 곳곳에 특별한 의미를 부여했다. 과거의 영혼들이 이곳에 거주하는 것만 같아, 그 발자취를 더듬는 일이 무척 즐거웠다. 설사 이런 기분으로는 상상으로나 느낄 수 있는 만족감을 얻을 수는 없다 해도 이 도시의 모습은 그 자체로 감탄을 자아낼 정도로 아름다웠다. 고풍스러운 대학들은 한 폭의 그림과 같았고, 거리는 장엄한 느낌이 들 정도였다. 그리고

* 스코틀랜드 스튜어트왕조의 왕으로 의회와 대립 과정에서 청교도혁명을 촉발했고, 결국에는 처형당했다.

** 잉글랜드 왕당파였던 포클랜드 자작, 루셔스 케리Lucius Cary(1610~1643)를 가리킨다.

*** 잉글랜드 왕당파였던 고링George Goring(1608~1657)을 작가가 잘못 표기한 것이다. 1831년판에는 고링으로 수정되어 있다.

섬세한 초록빛 목초지 사이로 흐르는 아름다운 이시스*는 잔잔한 넓은 호수로 흘러들었고, 그 호수는 고목들로 둘러싸인 탑과 첨탑과 원형 지붕 들의 무리가 빚어내는 웅장한 모습을 비추었다.

나는 그 풍경을 즐겼다. 하지만 문득 과거의 기억과 미래에 대한 불안감에 사로잡힐 때면, 그런 즐거움은 깨어지곤 했다. 나는 평화로운 행복 속에서 성장해왔다. 젊은 시절에는 불만이란 것은 전혀 모르고 살았고, 설사 권태에 사로잡힐 때조차 자연의 아름다움을 보거나 인간이 이루어놓은 위대하고 숭고한 것들을 공부하다 보면, 항상 마음은 흥미로 채워지고 영혼은 용기와 힘을 얻게 되었다. 하지만 지금 나는 시든 나무였다. 내 영혼에 큰 화살이 박혀 있었다. 순간 나는 곧 있을 나의 파국, 다른 사람의 눈에는 가련하게 보이고 내 눈에는 혐오스럽게 보이는 파멸한 인간성의 참혹한 광경을 보여주기 위해서라도 살아남아야 한다고 느꼈다.

우리는 옥스퍼드에서 꽤 오랫동안 지내면서 그 도시의 근교를 돌아다니며 잉글랜드 역사에서 가장 역동적이며 획기적인 사건들과 연관이 있을 만한 곳을 모두 확인

• 고대 이집트의 풍요의 여신. 여기에서는 템스강을 가리킨다.

하려고 했다. 짧은 기간을 계획했던 우리의 탐사 여행은 종종 유물들이 예기치 않게 눈에 띄는 바람에 길어지곤 했다. 우리는 유명한 애국지사 햄던*의 묘소와 그가 쓰러졌다는 벌판을 찾아가 보았다. 이러한 유적과 유물 들을 보면서 떠오르는 자유와 자기희생의 숭고한 이상을 생각하니, 잠시 내 영혼이 저급하고 비참한 두려움에서 벗어나 비상하는 느낌이 들었다. 한순간 나는 과감히 사슬을 끊고 자유롭고 고결한 영혼으로 주변을 둘러보았다. 하지만 쇠사슬은 이미 내 살을 파고들었던 탓에 나는 다시 전율과 절망에 휩싸인 채 비참한 나 자신 속으로 추락하고 말았다.

우리는 아쉬워하며 옥스퍼드를 떠나 다음 목적지인 매틀록으로 향했다. 이 마을과 이웃한 시골은 풍경이 스위스와 매우 비슷하다. 다만 모든 것의 규모가 좀 더 작았고, 초록 언덕들은 있었지만, 내 고향에서처럼 소나무가 무성한 산들을 거느린 만년설로 덮인 알프스가 보이지 않을 뿐이었다. 우리는 신비로운 동굴과 작은 자연사 박물관을 구경했는데, 진기한 것들이 세르보나 샤모니 박물관들의 소장품과 똑같은 방식으로 진열되어 있었다. 앙리가

- 잉글랜드 의회파의 지도자 존 햄던John Hampden(1594~1643)을 가리킨다.

샤모니란 이름을 언급했을 때 나는 온몸에 전율을 느꼈다. 그와 동시에 끔찍한 장면이 연상되어 나는 서둘러 매틀록을 떠났다.

더비에서 계속 북쪽으로 여행하는 도중에 우리는 컴벌랜드와 웨스트모얼랜드에서 두 달을 보냈다. 이때 나는 마치 스위스의 산속에 와 있는 기분이 들었다. 산맥의 북쪽 기슭에 아직도 남아 있는 잔설, 호수, 그리고 물살이 세차고 암석이 많은 개울은 모두 내게 낯익고 친근한 풍경이었다. 이곳에서 우리는 몇 사람을 사귀게 되었고, 그들 덕분에 나는 착각이나마 행복한 기분에 젖어 들었다. 나와 비교해 클레르발은 훨씬 더 기뻐했다. 그는 재능 있는 사람들과 어울리면서 지성을 넓혀갔고 자신보다 못한 사람들과 교류하는 동안에 느꼈던 것보다 자신이 본질적으로 훨씬 더 많은 능력과 소질을 가졌음을 깨닫게 되었다.

"여기서 사는 것도 좋겠어."

그가 내게 말했다.

"이 산속에서라면 스위스나 라인강도 그리 아쉬울 게 없겠는데."

하지만 그는 나그네의 생활은 즐거움과 더불어 많은 고충이 따른다는 것을 알게 되었다. 나그네의 감정은 항상 긴장 상태다. 나그네는 휴식을 취하게 될 때면, 달콤한 휴식을 그만두고 다시 자신의 주의를 끄는 새로운 것을 찾아 떠나야 한다는 것을, 그리고 그 새로운 것에서도 다른 새로운 것들을 찾아 나서기 위해서는 떠나야 한다는 걸 깨닫게 된다.

스코틀랜드 친구와 약속한 날짜가 가까이 다가오자, 우리는 컴벌랜드와 웨스트모얼랜드의 여러 호수를 찾아가는 일도, 그곳의 주민들과 만나 친분을 나누는 일도 거의 하지 않았다. 그리고 마침내 컴벌랜드와 웨스트모얼랜드를 떠나 여행을 계속했다. 나로서는 아쉬울 게 없었다. 그 무렵 나는 한동안 괴물과의 약속을 게을리했기 때문에 그 악마가 실망해서 무슨 일을 벌일지도 모른다는 생각에 두려움을 느꼈다. 어쩌면 그놈은 스위스에 남아서 식구들에게 복수하고 있을지도 몰랐다. 내 마음이 침착하고 평온해질 때를 제외하고는 이런 생각이 항상 나를 따라다니며 괴롭혔다. 나는 아주 초조하게 편지를 기다렸다. 편지가 늦어지면 비참한 기분이 들고 무수한 두려운 상상에 사로잡혔다. 그리고 편지가 도착해 봉투에 적힌 아버지나 엘리자베스의 이름을 보게 될 때는 감히 편지를 읽고 내 운명을 확인해볼 엄두가 나지 않았다. 때로는 그 악마가 나를 뒤쫓아 와 나의 태만을 벌하기 위해 내 친구를 살해할지도 모른다는 생각에 사로잡히기도 했다. 이런 생각이 들 때면, 나는 앙리 곁을 잠시도 떠나지 않고 그림자처럼 따라다니며, 내 상상 속 그 분노한 파괴자에게서 앙리

를 지켜주려 했다. 나는 큰 죄를 저지르기라도 한 듯 죄의
식에 몹시 시달렸다. 죄가 없었지만 범죄만큼이나 치명적
인 무서운 저주를 내 머리 위로 끌어내린 것만 같았다.

졸린 눈에 나른한 마음으로 에든버러에 도착했지만
그 도시는 세상에서 가장 불행한 존재에게도 흥미를 불러
일으켰다. 클레르발은 옥스퍼드만큼 이 도시를 좋아하지
는 않았다. 그에게는 옥스퍼드의 고풍스러운 모습이 훨씬
더 마음에 들었기 때문이다. 그러나 그는 신도시다운 에
든버러의 아름다움과 정연함, 환상적인 성과 세계에서 가
장 활기 넘치는 도시의 근교, 아서스 시트˙, 성 버나드의
우물, 펜틀랜드 힐스를 보면서 옥스퍼드와는 다른 것에
대한 보상을 받으며 기쁨과 함께 감탄을 금치 못했다. 하
지만 나는 이 여행의 종착지에 하루빨리 도착했으면 하는
마음뿐이었다.

우리는 일주일 내에 에든버러를 떠나 쿠퍼와 세인트
앤드루즈˙˙를 지나, 테이 강기슭을 따라, 친구가 기다리는
퍼스로 향했다. 하지만 나는 낯선 사람들과 웃고 떠들고
싶은 기분도, 그들이 손님에게서 기대하는 유쾌한 기분으
로 그들의 기분을 맞춰주거나 그들의 계획에 맞장구를 쳐

˙ '아서 왕의 자리'라는 뜻을 지닌 언덕
˙˙ 스코틀랜드 동부의 항구 도시

주고 싶은 기분도 아니었다.

그래서 나는 클레르발에게 혼자서 스코틀랜드를 여행하고 싶다고 말했다.

"너는 너대로 즐겁게 지내기를 바란다."

내가 말했다.

"나중에 다시 만나자. 나는 한두 달 떠나 있을 생각이야. 부탁이니 나를 따라나설 생각은 하지 말아줘. 잠시만 나를 조용히 혼자 있게 해줘. 아마 돌아올 때는 훨씬 가벼운 마음일 테니, 그때는 네 기분도 잘 맞출 수 있을 거야."

앙리는 나를 설득해 혼자 떠나지 않도록 하려 했지만 내가 결심을 굳힌 것을 알고 더는 만류하지 않았다. 그는 자주 편지를 쓰라고 신신당부했다.

"나도 낯선 스코틀랜드 사람들과 있는 것보다는 너의 고독한 여행길에 같이 나서고 싶어. 그러니 친구, 부디 빨리 돌아와서 내 마음을 다시 편안하게 해줘. 네가 없으면 내 마음은 편치 않아."

그가 말했다.

친구와 헤어지고 나서, 나는 스코틀랜드의 외딴곳을 찾아가서 조용히 작업을 마치기로 결심했다. 분명 그 괴물은 나를 쫓아와서, 내가 일을 끝마치는 대로 자신의 동반자를 받기 위해 내 앞에 나타날 것이다.

이렇게 결심하고 나는 북부 고지대를 가로질러 가서,

오크니 제도*의 가장 외딴곳을 내 작업 장소로 정했다. 그
곳은 거의 바위 하나로 이루어진 섬으로, 이런 일을 하기
에는 안성맞춤이었다. 높은 절벽 쪽으로는 끊임없이 파도
가 쳤다. 땅은 척박해, 몇 마리 비쩍 마른 소들이나 겨우 먹
을 만한 목초와, 주민 다섯이 먹을 귀리가 자랄 뿐이었다.
수척하고 말라빠진 그들의 몸뚱이를 보면, 그들이 얼마나
형편없는 식사를 하는지 알 수 있었다. 어쩌다 사치를 부릴
때 먹는 채소와 빵은 물론이고 심지어는 민물마저도 8킬
로미터 정도 떨어진 본토에서 가져와야 했다.

　섬을 통틀어서 집이라곤 고작 다 쓰러져가는 오두막
세 채뿐이었다. 그중에 한 채는 내가 도착했을 때 비어 있
었다. 나는 그 집을 빌렸다. 방이 두 개뿐이었던 그 집은 아
주 처참할 정도로 가난한 처지를 여실히 보여주었다. 초
가지붕은 주저앉았고, 벽은 회반죽도 바르지 않은 상태
였고, 문은 경첩에서 떨어져 나갔다. 나는 사람들을 시켜
집을 수리하고, 이런저런 세간을 사들이고 나서야 그 집
에 들어앉았다. 분명 아주 놀라움을 불러일으켰을 이러한
사건도 비참할 정도로 지독한 가난과 궁핍에 찌든 이 벽
촌 사람들의 주의를 끌지는 못했다. 사실 나의 생활이 이

　• 　스코틀랜드 그레이트브리튼 섬 북쪽에 있는 제도로 약 70개의 섬
　　으로 이루어져 있다.

사람들의 이목을 끌거나, 그들에게 방해받는 일은 없었고 얼마간의 음식과 옷가지를 주어도 고맙다는 인사말을 거의 들어보지 못했다. 아마 인간의 가장 원초적인 감정조차 무디게 만들 만큼 그들의 삶이 고단했기 때문일 것이다.

이 은신처에서, 나는 오전 시간을 모두 일에 바쳤다. 하지만 저녁에 날씨가 좋을 때면 돌투성이 해변을 거닐면서 세차게 내 발에 부딪히는 성난 파도 소리를 듣곤 했다. 단조로우면서도 끊임없이 변화하는 풍경이었다. 스위스가 생각났다. 그곳의 풍경은 황량하고 섬뜩한 이곳과는 전혀 달랐다. 그곳의 언덕은 포도나무로 뒤덮이고 평원에는 오두막이 여기저기 빽빽이 흩어져 있다. 맑은 호수는 조용한 파란 하늘을 비추고, 바람이 불면 물결을 일렁이지만 거대한 대양의 포효에 비하면 장난꾸러기 어린애의 장난과도 같다.

처음 도착했을 때는 이런 식으로 작업도 하고 휴식도 하며 보냈지만 매일매일 작업이 진행되어 갈수록 더욱더 끔찍하고 진력이 났다. 때로는 며칠 동안이나 연구실에 발을 들여놓지도 않았는가 하면, 때로는 일을 빨리 끝내려는 욕심에 밤낮으로 작업에 매달리기도 했다. 내가 매달렸던 일은 정말 추악한 과정이었다. 첫 번째 실험을 하는 동안에는 일종의 열정적인 광기에 사로잡혀 있었기 때

내가 매달렸던 일은 정말 추악한 과정이었다.

문에 실험의 소름 끼치는 광경에는 눈이 멀어 있었다. 내 정신은 오로지 작업의 결과만을 생각했기에 연구 과정의 공포스러운 광경이 전혀 눈에 들어오지 않았다. 하지만 이제 냉정하게 작업을 하다 보니, 종종 내 마음은 내 손이 하는 일에 구역질을 느꼈다.

이처럼 한순간도 내 주의를 환기할 만한 어떤 것도 없는 벽지에 처박힌 채 세상에서 가장 혐오스러운 일에 파묻히다 보니 정신이 불안정해졌다. 점점 초조해지고 불안감이 엄습해왔다. 나는 매 순간 그 박해자가 나타날까 봐 두려웠다. 때로는 내 눈에 띌까 몹시 겁이 나는 그 대상과 시선을 마주칠까 싶어, 눈을 들기도 두려운 나머지 그저 앉은 채 바닥만 응시했다. 혼자 있을 때면 그가 나타나 자기 동반자를 내놓으라고 요구할까 봐서 사람들의 눈에 띄지 않는 곳은 걸어 다니지도 못했다.

그러는 사이에도 나는 일을 계속해서, 작업은 이미 상당히 진전되었다. 이윽고 나는 두근거리는 간절한 희망으로 작업의 완성을 바라보게 되었다. 나는 감히 그 간절한 희망에 의문을 던질 자신은 없었지만 그 희망에는 내 가슴속의 심장을 시들어가게 했던 불행에 대한 막연한 예감이 뒤섞여 있었다.

3

    어느 날 저녁 나는 연구실에 앉아 있었다. 해는 이미 지고 달이 막 바다에서 떠올랐다. 작업을 하기에는 불빛이 충분하지 않았기 때문에 나는 한가히 쉬면서 그날 밤은 그만 손을 놓아야 할지 아니면 끈질긴 주의력을 발휘해 빨리 끝을 보아야 할지 생각했다. 그렇게 앉아 있자니, 내 의식은 꼬리에 꼬리를 무는 생각 끝에 내가 지금 하는 일이 어떤 결과를 초래할까 하는 생각에 이르렀다. 3년 전에 나는 지금과 똑같은 짓에 매달려 악마를 만들어냈다. 그리고 그 악마의 견줄 데 없는 잔인성은 내 가슴을 황폐하게 했고, 내 가슴에 지울 수 없는 아주 쓰라린 자책감을 심어주었다. 지금 나는 그때와 마찬가지로 성격조차 모르는 또 다른 존재를 만들려 하고 있었다. 어쩌면 그녀는 자신의 짝보다 몇만 배나 더 사악해서 살인과 참혹한 짓 자체를 즐기게 될지도 모른다. 그놈은 인간들 곁을 떠나 황야에 숨어 살겠다고 맹세했지만 그녀는 아니었다. 그녀도 십중팔구 생각하고 추론할 줄 아는 동물일 텐데, 자기가 창조되기 전에 맺은 계약은 따르지 않겠다고 할지도 모른다. 어쩌면 그들이 서로를 미워할지도 모른다. 내가 오래전에 창조한 놈은 지금까지 자신의 흉측한 외모를 혐오하며 살아왔던 만큼 자기 앞에 나타난, 여자의 모습을 한 나의 또 다른 피조물을 보고 더 큰 혐오감을 느끼지 않으리라는 법도 없지 않은가? 그녀 또한 그놈의 흉한 모습에 혐오감을 느끼고 아름다운 다른 남자에게로 눈길을 돌릴지도 모른다. 그녀가 그놈의 곁을 떠나면 놈은 다시 혼자가될 것이고, 동족에게 버림받은 사실 때문에 더욱 거센 분노를 터뜨릴지도 모른다.

설령 그들이 유럽을 떠나 신대륙의 황야에 살게 된다고 하더라도 그 악마가 갈망하는 교감의 첫 번째 결과 중 하나가 아이들일 텐데, 악마의 종족이 지구상에 번식하는 날이면 인류의 생존 자체가 위태로운 지경에 놓이는 공포로 가득 찬 상황이 벌어질지도 모른다. 나 혼자만의 이익을 위해, 앞으로 계속 이어질 후세대에 이런 저주를 내릴 권리가 내게 있을까? 전에 나는 내가 창조한 존재의 궤변에 마음이 움직이기도 했다. 하지만 사실은 내가 그놈의 악마와 같은 위협에 어리석게 당했다. 그런데 이제야 처음으로 내 약속의 사악한 본질을 깨달았다. 미래의 후손들이 나를, 이기심 때문에 전 인류의 생존을 담보로 자신의 평화를 사는 데 주저하지 않는 벌레 같은 놈이라고 저주할 거라고 생각하니 몸서리쳐졌다.

온몸에 전율이 느껴지고 심장이 멎는 듯했다. 고개를 든 순간, 창문 밖으로 달빛에 비친 그 악마의 모습이 보였다. 놈은 입술에 주름을 잡은 채 소름 끼치는 웃음을 지으며 나를 응시했다. 놈이 강요한 과제를 실행하는 내 모습을 들여다보고 있었다. 그렇다. 놈은 나의 여정을 따라왔을 것이다. 놈은 숲속을 떠돌며 동굴에 숨어 지내거나 잡목이 무성한 드넓은 황야에 몸을 숨겨가면서 그렇게 나를 뒤쫓았을 것이다. 그리고 마침내 놈은 내가 얼마나 일을 진행했는지 확인하고 약속 이행을 강요하기 위해서 나타난 것이다.

그를 바라보니, 그의 표정에는 극도의 악의와 반역이 선명하게 서렸다. 순간 그를 닮은 또 다른 존재를 만들겠다는 약속은 미친 짓이라는 생각이 들었다. 그런 생각에 치미는 분노로 몸을 부들부들 떨면서 나는 만들던 놈을 갈가리 찢어버렸다. 비열한 놈은 내가 자기 미래의 행복이 달린 존재를 파괴하는 광경을 보더니 극도의 절망과 원한에 사로잡혀 한껏 울부짖으며 물러났다.

난 그 방을 나와 문을 잠그면서 다시는 괴물을 만들어내는 일은 하지 않겠노라고 엄숙하게 맹세했다. 그러곤 휘청거리는 걸음으로 내 거처로 향했다. 나는 혼자였다. 나의 우울한 기분을 달래주고 아주 끔찍한 망상이 주는 구역질 나는 중압감에서 나를 구제해줄 그 누구도 주변에는 없었다.

몇 시간이 지난 뒤, 나는 창가에서 바다를 바라보았다. 바람이 잠잠했기에 바다는 물결도 거의 일지 않았고 모든 자연은 고요한 달빛 아래 평화롭게 잠들었다. 고깃배 몇 척만이 작은 점처럼 물 위에 떠 있었고, 가끔 어부들이 서로를 부르는 소리가 부드러운 산들바람에 실려 왔다. 나는 정적을 느끼면서도 그 정적의 심원한 깊이를 거의 의식하지는 못했다. 그러던 사이, 갑자기 가까운 해변에서 노 젓는 소리와 누군가가 내 집 근처에 내리는 소리가 귓가에 와닿았다.

몇 분 후, 누군가 문을 살며시 여는지 문이 삐걱거리는 소리가 들려왔다. 순간 머리끝에서 발끝까지 부들부들 떨렸다. 나는 육감으로 그자가 누구인지 느끼고는 내 집에서 그리 멀지 않은 오두막에 사는 농부를 깨우고 싶은 마음이 간절해졌다. 하지만 종종 악몽에서 느끼듯 코앞에 다가온 위험에서 필사적으로 달아나려 애를 써도 그 자리에 붙박여 있을 때처럼 나는 감각이 완전히 무력해져 꼼짝할 수가 없었다.

곧 통로를 따라 걸어오는 발소리가 들리더니 문이 열

렸고 마침내 내가 그토록 두려워하던 비열한 놈이 나타났다. 그는 문을 닫고 내게 다가오더니 목이 멘 소리로 말했다.

"당신은 시작했던 과업을 파괴해버렸어. 대체 무슨 속셈이지?

감히 약속을 깨겠다는 거야? 나는 지금까지 온갖 고생과 고통을 감내해왔어. 당신과 함께 나도 스위스를 떠났어. 그러곤 라인강변을 따라 버드나무 섬들 사이로 조심스럽게 숨어다녔고 그곳의 언덕 꼭대기를 기어 넘기도 했어. 나는 잉글랜드의 잡목이 무성한 황야와 스코틀랜드의 황무지에서 몇 달씩 지내기도 했어. 상상도 못 할 피로와 추위, 굶주림을 견뎌냈어. 그런데 네놈이 감히 내 희망을 무너뜨려?"

"꺼져! 난 약속을 깨겠어. 네놈처럼 흉측하고 사악한 놈을 다시는 만들지 않겠어."

"노예 놈아, 예전에 그토록 설명해주었건만, 네놈은 나의 정중한 예의를 받을 가치가 없는 놈이라는 걸 스스로 입증하는구나. 내가 가진 힘을 명심해라. 지금 네놈은 스스로 비참하다고 생각하겠지만 난 네놈이 새날이 밝아오는 것조차 싫어할 만큼 더욱더 비참하게 만들어줄 수 있어. 네놈이 나를 만들었지만 네놈의 주인은 나야. 그러니 복종해!"

"우유부단한 나의 모습은 과거의 일이고, 이제 네놈의 힘도 종지부를 찍을 때가 되었다. 네놈이 아무리 위협한다 해도 나는 더는 사악한 짓을 하지 않을 것이다. 오히려 협박하면 할수록 네놈에게 악행의 동반자를 만들어주지 않겠다는 내 결심만 굳어질 뿐이다. 냉혹하게 내가 죽음과 비참한 참상을 즐길 악마를 세상에 풀어놓을 것 같으냐? 썩 꺼져! 내 결심은 절대 흔들리지 않아. 네놈의 말 따위는 내 분노를 부채질할 뿐이야."

그 괴물은 내 표정에서 굳은 결의를 읽더니, 분노가 일지만 어찌할 줄 몰라 이를 바득바득 갈았다.

"어떤 남자건 가슴에 품을 아내가 있고, 어떤 짐승이건 자기 짝이 있는데 나만 혼자 살라는 것이냐?"

그가 입을 열었다.

"나도 한때 애정을 느낄 줄 알았다. 하지만 내가 품는 애정의 대가는 혐오와 경멸뿐이었다. 이봐! 너는 정말 싫겠지만 조심해야 할 거다! 앞으로 네게 남은 시간은 공포와 고통뿐일 거다. 머지않아 네게서 영원히 행복을 앗아갈 벼락이 떨어질 것이다. 내가 참혹한 불행의 구렁텅이에서 헤어나지 못하는 동안에 너는 행복하게 지낼 수 있을 것 같으냐? 너는 내가 열망하는 다른 모든 것도 파괴할 수 있겠지만 나의 복수만큼은 어쩔 수 없을 거다. 이제부터는 내게 복수, 그것은 빛이나 음식보다도 소중한 것이다! 나는 죽을지 모르지만, 그보다 먼저 네놈, 나를 괴롭히는 폭군인 네놈이 네놈의 불행을 지켜보는 태양을 저주하게 될 것이다. 부디 조심해라. 나는 두려움을 모르고, 그래서 강인한 놈이니. 나는 뱀처럼 교활하게 지켜보다가 어느 순간 갑자기 독니로 물 테다. 이봐, 네놈은 물린 상처를 보며 뼈저리게 후회할 거다."

"닥쳐라, 악마야. 그따위 사악한 말로 공기를 더럽히지 마라. 난 이미 내 결심을 말했다. 또한 나는 네놈의 협박 따위에 뜻을 굽힐 겁쟁이가 아니다. 그러니 어서 내 곁을 떠나라. 나는 결코 뜻을 굽히지 않을 것이다."

"좋다, 가겠다. 하지만 명심해라. 네 결혼 첫날밤에 나도 함께 있을 것이다."

나는 깜짝 놀라 펄쩍 뛰며 소리쳤다.

"이 더러운 놈! 내 사형 집행을 경고하기 전에 네 몸뚱이나 잘 간수해라."

나는 그를 붙잡으려 했지만 그는 나를 피해 황급히 집을 빠져나갔다. 몇 분 후 내 눈에는 그가 탄 배가 들어왔다. 그 배는 쏜살같이 물을 가르며 달리더니 곧 파도 사이로 사라졌다.

다시 적막감이 찾아왔지만, 그의 말이 귓전에 울렸다. 내 마음속에서는 내 평화를 깬 그놈을 쫓아가 놈을 바닷속에 처박고 싶은 분노가 불타올랐다. 혼란스러운 마음

네 결혼 첫날밤에 나도 함께 있을 것이다.

으로 조급하게 방 안을 왔다 갔다 하는 동안에 나의 상상 속에는 나를 고문하며 괴롭히는 몇천 가지 영상이 떠올랐다. 왜 그를 쫓아가서 필사적으로 싸우지 않았던가? 나는 상처를 주어 그를 떠나게 했다. 그는 이미 본토 쪽을 향해 길을 떠났다. 그의 만족을 모르는 복수심에 다음 희생자는 누가 될지 생각하니 몸서리가 쳐졌다. 순간 다시 그놈의 말이 떠올랐다.

"네 결혼 첫날밤에 나도 함께 있을 것이다."

바로 그때가 내 운명을 결정짓는 시점이었다. 바로 그 순간에 나는 죽어서 그놈의 원한을 만족시키고 풀어주어야 할 것이다. 그렇게 될 것이라는 예감이 들었지만 두렵지는 않았다. 하지만 사랑하는 엘리자베스를 생각하니, 그녀가 연인을 그토록 잔인하게 빼앗겼다는 걸 깨닫고 흘릴 눈물과 헤어나지 못할 한없는 슬픔을 생각하니 눈물이 하염없이 흘러내렸다. 몇 달 만에 처음으로 흘리는 눈물이었다. 나는 필사적으로 싸워보지도 않고 적 앞에 쓰러지지는 않겠다고 결심했다.

밤이 지나가고 이윽고 바다에서 태양이 떠올랐다. 내 감정은 한결 평온해졌다. 분노의 격정이 깊은 절망 속에 가라앉은 것을 평온이라고 부를 수 있다면 말이다. 나는 집을, 지난밤에 언쟁이 있었던 끔찍한 현장을 떠나 바닷가를 거닐었다. 바다는 나와 동족인 인류 사이에 놓인 건

널 수 없는 장애물처럼 느껴졌다. 아니, 차라리 정말로 그 랬으면 하는 바람이었다. 사실 나는 그 불모의 바위섬에 서 비록 지루하더라도 어떠한 갑작스러운 불행의 충격에 의해서도 삶을 방해받지 않으며 조용히 여생을 살다 갔으 면 하는 바람이었다. 만약 내가 돌아간다면, 그건 나 스스 로 희생을 자처하거나 내가 가장 사랑하는 사람들이 내가 만든 악마의 손에 죽어가는 모습을 보기 위해 가는 꼴이 었다.

사랑하는 모든 것들과 헤어지고 그 이별로 비참함에 빠져버린, 잠들지 못하는 유령처럼 나는 그 섬을 이리저 리 배회했다. 정오가 되어 해가 하늘 높이 떠올랐을 때에 야, 나는 풀밭에 누워 깊은 잠에 빠져들었다. 지난밤을 꼬 박 새워 신경이 곤두섰고 두 눈은 잠을 못 잔 데다 비참한 심경 탓에 몹시 충혈되어 있었기 때문이다. 깊이 취한 잠 이 원기를 회복시켜주었다. 그리고 잠에서 깨어났을 때 다시 한 존재로서 인류에 속해 있다는 느낌이 들었다. 그 래서 나는 한결 침착해진 마음으로 지나간 일을 곰곰이 생각해보았다. 하지만 그 악마의 말들이 조종弔鐘처럼 계 속 귓전에 울렸다. 그 말은 꿈처럼 다가왔지만 현실처럼 생생하면서도 가혹했다.

해가 이미 거의 다 기울었는데도 나는 여전히 바닷 가에 앉아서, 몹시 굶주린 식욕을 귀리 케이크로 달랬다.

그때 고깃배 한 척이 내 옆에 도착하더니, 한 선원이 소포 하나를 건네주었다. 그 안에는 제네바에서 온 편지들이 있었는데, 그중에 어서 돌아오라고 간곡히 청한 클레르 발의 편지도 있었다. 그는 우리가 스위스를 떠난 지 거의 1년이나 지났는데, 아직도 프랑스를 방문하지 않았다고 했다. 그러니 나보고 어서 이 외로운 섬을 떠나, 1주 내로 퍼스에서 만나서 앞으로 진행할 우리의 계획을 세워보자 고 간청했다. 이 편지를 읽으면서 조금씩 다시 살아나는 느낌이 들었다. 결국 나는 이틀 후에 그 섬을 떠나기로 결 심했다.

그러나 출발하기 전에 해야 할 일이 있었다. 그건 생 각만 해도 몸서리쳐지는 일이었다. 화학기구들을 꾸려야 했는데, 그러려면 끔찍한 작업의 현장이었던 연구실로 들 어가 구역질 나는 광경을 보며 기구들을 치워야 했다. 이 튿날 아침에 동이 틀 때쯤, 나는 아주 용기를 내어 연구실 문을 열었다. 내가 파괴한 반쯤 완성되었던 존재의 잔해 가 바닥에 흩어져 있었다. 마치 살아 있는 인간의 살을 난 도질해놓은 것 같은 기분이 들었다. 나는 잠시 마음을 가 라앉히고 연구실로 들어갔다. 떨리는 손으로 기구들을 연 구실 밖으로 옮겼다. 하지만 내 연구의 잔해를 그대로 놔 두고 떠나면 농부들에게 공포와 의심을 살 것이기 때문에 그래서는 안 된다는 생각이 들었다. 그래서 나는 그 잔해

들을 바구니에 담고 돌을 가득 채우고는 밤이 깊어지면, 바다에 던져버리기로 했다. 그동안은 해변에 앉아 화학기구들을 씻고 정리하며 보냈다.

그 악마가 나타났던 밤 이후 내 감정에 일어났던 완벽한 변화에 비할 만한 것은 아무것도 없다. 그전에는 우울한 절망감에 사로잡힌 채, 결과가 어떻든 약속은 꼭 이행되어야 한다고 생각했다. 하지만 이제는 눈 앞에 있던 장막이 걷힌 듯, 처음으로 모든 것이 선명하게 보였다. 작업을 다시 할 생각은 추호도 없었다. 그놈이 내게 한 위협이 나의 사고를 짓눌렀지만, 일부러 나서 조치를 취한다고 해서 그걸 피할 수 있을 것 같지는 않았다. 나는 내가 처음 만들어낸 그 악마와 똑같은 존재를 다시 만든다는 것은 그야말로 비열하고 잔혹한 이기적인 행동이라고 마음속으로 다짐했다. 그러곤 정신 속에서 다른 결론을 끌어낼 만한 생각들을 모조리 떨쳐냈다.

새벽 두 시에서 세 시 사이 달이 떠올랐다. 나는 작은 보트에 바구니를 싣고 해안에서 6킬로미터쯤 앞으로 나아갔다. 사방이 아주 적막했다. 배 몇 척이 육지로 돌아갔지만 나는 그 배들에서 멀어져갔다. 나는 곧 무서운 범죄를 저지르기라도 할 것처럼 불안에 떨면서 이웃 사람들과 마주치지 않으려 그들을 피했다. 조금 전까지만 해도 청명하던 달이 일순간 갑자기 먹구름에 휩싸였다. 그 어둠의 순간을 이용해 바구니를 바다에 던졌다. 나는 꾸르륵거리며 가라앉는 소리를 듣고 나서 그곳을 떠났다. 구름이 점점 하늘을 뒤덮기 시작했고, 마침 북동쪽에서 불어오는 산들바람 때문에 쌀쌀했지만 공기는 상쾌했다. 그런 쌀쌀하고 상쾌한 공기를 마시니 정신이 맑아지고 마음이 편안해져서, 좀 더 바다에 머물기로 했다. 나는 키를 정위치에 고정해두고 배 바닥에 누웠다. 구름이 달을 가려 모든 것이 아주 흐릿하게 보였고 배의 용골이 파도를 가르는 소리만이 들렸다. 자장가처럼 나를 달래주는 그 소리에 나는 순식간에 깊은 잠에 빠져들었다.

그렇게 얼마나 있었는지 모르지만 눈을 떠보니 해가 이미 높이 떠올랐다. 바람이 세게 불어와 파도가 내 작은 배의 안전을 계속 위협해왔다. 북동풍이 부는 걸 보니, 내가 탄 배는 내가 떠나온 해안에서 멀리 밀려온 것이 분명했다. 나는 진로를 바꾸려고 하다가 한 번 더 그랬다가는 당장 배에 물이 차리라는 걸 깨달았다. 상황이 이렇다 보니, 바람을 등지고 배를 모는 수밖에 없었다. 고백하건대, 그때 나는 몹시 두려움을 느꼈다. 나침반도 가지고 있지 않았고 그 지역의 지리에도 거의 익숙하지 않았기 때문에, 태양도 내게 별 도움을 주지 못했다. 어쩌면 나는 광대한 대서양으로 밀려가 굶주림에 갖은 고통을 다 겪거나 사방에서 포효하며 거세게 때리는 거대한 파도에 삼켜질

그 어둠의 순간을 이용해 바구니를 바다에 던졌다.

지도 몰랐다. 이미 바다로 나온 지 오랜 시간이 흐른 뒤였기에 나는 뒤이어 찾아올 다른 많은 고통을 예고하는 전조와도 같은, 타는 듯한 갈증의 고통을 느꼈다. 나는 하늘을 쳐다보았다. 하늘을 가렸던 구름이 바람에 날아갔지만, 그 빈자리는 다른 구름으로 채웠다. 바다를 바라보았다. 그곳이 바로 나의 무덤이 될 것만 같았다.

"악마 놈아."

나는 소리쳤다.

"네놈이 할 일은 이미 다 끝났다!"

나는 엘리자베스와 아버지와 클레르발을 떠올렸다. 그러자 망상이 머릿속을 채웠는데, 어찌나 절망적이고 무섭던지, 눈 앞의 광경이 영원히 막을 내리려는 지금 이 순간에도 그 기억을 떠올리기만 하면 몸서리가 쳐진다.

그렇게 몇 시간이 지나갔다. 점차 해가 수평선으로 기울면서 바람이 잦아들어 부드러운 산들바람으로 바뀌었고 바다는 부서지는 거센 파도들에서 자유로워졌다. 그러나 대신에 거대한 너울 하나가 일었다. 속이 메스꺼워 키를 잡고 있기도 힘들 때쯤 되자, 갑자기 남쪽으로 길게 늘어진 고지가 보였다.

몇 시간을 대부분 피로와 무서운 불안 속에서 힘겹게 견뎌낸 뒤라, 갑자기 살았다는 확신이 따뜻한 기쁨의 밀물처럼 가슴속으로 밀려들면서 눈물이 한없이 쏟아졌다.

우리 감정이란 얼마나 변덕스러운가! 극도의 비참한 상황에서도 우리가 가지는 삶에 대한 끈질긴 애착은 얼마나 기괴한가! 나는 옷을 찢어 또 하나의 돛을 만들고는 육지 쪽으로 방향을 잡고 열심히 배를 몰았다. 육지는 황량하고 바위투성이로 보였다. 하지만 점점 가까이 다가가자, 경작지의 흔적이 또렷이 보였다. 해안 가까이에는 배들이 있었다. 갑자기 문명화된 이웃에게로 돌아가는 것만 같았다. 나는 그 육지의 굴곡을 열심히 추적하다가 마침내 작은 곶 뒤로 솟은 첨탑을 보고는 환호성을 질렀다. 지칠 대로 지친 터라 먹을 것을 가장 쉽게 구할 수 있을 만한 그 도시를 향해 곧장 배를 몰고 가기로 했다. 다행히도 수중에 돈이 있었다. 곶을 돌자, 작고 산뜻한 도시와 아름다운 항구가 눈에 들어왔다. 그 항구로 들어가자니 뜻밖의 탈출에서 오는 기쁨으로 가슴이 마구 뛰었다.

배를 대고 돛을 손보는 사이에 몇몇 사람들이 그곳으로 가까이 다가왔다. 그들은 내 행색을 보고는 무척 놀란 듯 보였다. 하지만 나를 도와줄 생각은 하지 않고 오히려 저희끼리 손짓해가며 쑥덕거렸다. 다른 때였다면, 어쩌면 약간 겁을 먹었을지도 모른다. 실은 나는 그들이 영어를 쓴다는 것 말고는 그들의 대화 내용을 알아듣지 못했다. 그래서 나는 영어로 그들에게 말을 걸었다.

"이보시오, 이 도시의 이름이 뭔지, 여기가 어딘지 알려주시겠습니까?"

"이제 곧 알게 될 거요."

한 남자가 퉁명스러운 목소리로 대답했다.

"내 장담하건대, 당신의 마음에 들 만한 곳은 아니겠
지만, 묵을 숙소를 어디서 찾을까 하는 걱정은 하지 않아
도 될 거요."

나는 낯선 사람이 이렇게 내뱉은 무례한 대답에 무척
놀랐다. 더구나 그의 동료들의 찌푸리고 화난 표정을 보
니 무척 당혹스러웠다.

"어찌 그렇게 무례하게 대답하는 것이오?"

내가 물었다.

"낯선 사람을 그렇게 불친절하게 대하는 건 잉글랜드
인의 관습이 아니지 않소."

"잉글랜드인의 관습이 뭔지는 모르겠지만, 악한을 미
워하는 건 아일랜드의 관습이오."

그 남자가 말했다.

이처럼 이상한 대화가 계속 오가는 사이에 군중이 빠
르게 불어났다. 그들의 표정에는 호기심과 분노가 뒤섞
여서, 나는 짜증 나기도 하고 다소 불안하기도 했다. 여관
으로 가는 길을 물었지만 대답해주는 사람이 아무도 없었
다. 그래서 그냥 앞으로 걸어가는데, 군중이 웅성거리며
따라와 나를 에워쌌다. 그리고 곧 험상궂게 생긴 한 남자

가 내게 다가오더니 내 어깨를 툭 치며 말했다.

"이보시오, 나와 함께 커윈 씨 댁에 가서, 당신이 누구인지 밝혀줘야겠소."

"커윈 씨가 누구요? 도대체 왜 내가 나에 관해 밝혀야 하는 거요? 이곳은 자유로운 나라가 아니오?"

"물론 정직한 사람들에게는 얼마든지 자유로운 나라지. 커윈 씨는 치안판사요. 당신은 어젯밤에 이곳에서 살해된 채 발견된 한 신사의 죽음을 설명해야 할 거요."

그자의 대답을 듣고 무척 놀랐지만 나는 곧 냉정을 되찾았다. 나는 결백했다. 그 사실은 쉽게 증명될 수 있을 것이다. 그래서 나는 조용히 그 사람을 따라 그 도시에서 가장 좋은 집으로 들어가게 되었다. 지칠 대로 지친 데다 몹시 배가 고파 금방이라도 주저앉고 싶었지만 군중에 둘러싸였기 때문에 온 힘을 다해 버티는 것이 현명한 행동이라고 생각했다. 괜히 힘겨운 모습을 보이면, 내가 겁을 먹었거나 죄의식을 느낀다고 사람들이 오해할 수도 있었기 때문이다. 그때까지 나는 잠시 후에 내게 닥칠 불행을, 치욕이나 죽음에 대한 모든 두려움을 공포와 절망 속에 잠재울 불행을 전혀 예상하지 못했다.

이쯤에서 잠시 쉬어야겠다. 이제 곧 내가 기억나는 대로 상세히 들려주려는 그 소름 끼치는 사건들을 회상하려면 실로 엄청난 인내를 발휘해야 하기 때문이다.

　나는 곧 치안판사 앞으로 안내되었다. 판사는 차분하고 온화한 태도를 지닌 인자한 노인이었다. 그러나 그는 다소 엄한 표정으로 나를 바라보았다. 그러곤 나를 데리고 온 사람들에게 시선을 돌리더니, 누가 이 사건의 증인으로 나섰는지 물었다.

　남자들 여섯 명가량이 앞으로 나섰다. 판사가 그들 중 한 사람을 지목하자, 그 남자가 증언했다. 그의 증언에 따르면 그는 전날 밤 아들과 처남인 대니얼 뉴전트와 함께 고기잡이를 나갔다가, 열 시쯤에 북풍이 아주 거세지기에 항구로 향했다. 그때는 달이 아직 뜨지 않아 아주 캄캄했다. 그들은 항구에 배를 대지 않고 늘 하던 대로 항구에서 3킬로미터가량 아래에 있는 작은 만에 상륙했다. 그는 낚시 도구를 들고 앞서 걸었고 다른 두 사람은 약간 거리를 두고 뒤쫓아 갔다. 그는 모래밭을 따라 걷다가 뭔가에 걸려 큰대자로 넘어지고 말았다. 두 사람이 달려와 그를 부축해주며, 랜턴 불빛으로 그가 걸려 넘어진 곳을 비춰보니 분명 죽은 듯 보이는 사람의 몸뚱이가 있었다. 처음에는 물에 빠져 죽은 사람의 시체가 파도에 실려 해안으로 밀려왔으려니 생각했지만, 자세히 살펴보니 옷도 젖지 않았고, 심지어 몸에 온기도 아직 남아 있었다. 당장 그들은 근처에 사는 한 노파의 오두막으로 그 사람을 옮기고는 살려보려 애썼지만 그자는 숨을 거두고 말았다. 그 사람은 잘생긴 젊은이로 스물다섯 살 정도 되어 보였다. 그는 목이 졸린 듯 목에는 검은 손가락 자국이 남아 있었지만, 그것 말고는 폭력을 당한 흔적은 전혀 없었다.

처음에는 그의 증언에 별 관심을 보이지 않았지만 손가락 자국이란 말이 나오자 나는 살해당한 동생이 떠올라 몹시 흥분했다. 온몸이 부들부들 떨리고 눈 앞이 뿌옇게 흐려져, 나는 의자에 몸을 기댈 수밖에 없었다. 치안판사는 예리한 눈으로 나를 주시했다. 당연히 그는 내 태도에서 미심쩍은 낌새를 읽어냈다.

증언자의 아들이 아버지의 증언을 확증해주었다. 그 다음에는 대니얼 뉴전트가 소환되었는데 그는 맹세할 수 있다면서 앞서 말한 남자가 넘어지기 직전에 해안 가까운 곳에서 어떤 사람이 혼자 탄 배를 보았다고 증언했다. 그리고 조금 떠 있는 별빛을 통해 본 바로는 그 배가 내가 방금 내렸던 배와 똑같다는 것이었다.

이제 한 여자가 증언에 나섰다. 그녀는 해안 가까운 곳에서 사는데, 사건이 있던 당시에 자기 집 오두막의 문간에 서서 어부들이 돌아오기를 기다렸다고 했다. 그러던 중에 그녀는 시체가 발견되었던 해변 근처에서 한 사람이 타고 있는 배가 떠나는 것을 목격했는데, 시체가 발견되었다는 소식을 듣기 한 시간쯤 전이었다.

또 다른 여자는 앞서 증언한 어부들이 자기 집으로 한 남자의 몸뚱이를 가져왔다면서 그들의 증언이 옳다는 것을 확인해주었다. 그 몸뚱이는 아직 온기가 있었고, 그들은 그 몸뚱이를 침대에 눕히고는 문질러댔다고 말했다. 그리고 그녀는 대니얼이 약방을 찾아 시내로 떠났지만, 곧 남자의 숨이 끊어졌다고 말했다.

그밖에 다른 몇 사람이 내가 해변에 도착했던 일로 심문을 받았다. 그들은 한결같이 그날 밤에는 강한 북풍이 불어서 내가 도망가려고 바다로 나가 몇 시간 동안 떠돌다가 원래 떠났던 곳에서 가까운 지점으로 돌아올 수밖에 없었을 것이라고 말했다.

게다가 그들은 내가 죽은 사람을 다른 장소에서 데려왔을 것이며, 내가 그 해안에 관해 몰랐던 것으로 보아, 나는 그 시체를 버린 곳의 도시가 어느 정도 넓은지, 시체를 버린 곳에서 도시까지의 거리가 어느 정도 되는지 모른 채 항구로 들어왔을 거라고 말했다. 커윈 판사는 이런 증언을 모두 들은 후 매장을 위해 시체를 놓아둔 방으로 나를 데리고 가서 내게 시체를 보여주고 싶어 했다. 내가 시체를 보고 어떤 반응을 보일지 관찰해보고 싶었던 것이다. 증인들이 살해 방식을 묘사할 때 내가 심하게 동요하는 모습을 보였기 때문에 그가 그런 생각을 했을 것이다. 결국 나는 치안판사와 몇몇 사람들에게 이끌려 시체가 놓인 여관으로 가게 되었다. 중대한 사건이 있었던 그날 밤 사이에 일어난 일들이 이상하게도 우연의 일치를 보여 나는 무척 당혹스러웠다.

하지만 나는 시체가 발견되었던 시각에 내가 머물던 섬에서 몇몇 사람들과 이야기를 나누고 있었기 때문에, 사건의 결과에 대해선 걱정하지 않고 마음을 차분히 가졌다.

나는 시체가 놓인 방으로 들어가 관 쪽으로 이끌려 갔다. 그 시체를 보고 내가 느꼈던 심정을 어찌 말로 표현할 수 있을까? 지금도 공포로 입이 바작바작 마른다. 그 끔찍한 순간을 생각하기만 하면 몸서리가 쳐지고 그를 알아볼 때의 고통스러움을 어렴풋이 상기하는 고뇌에 참을 수 없다. 내 앞에 누운, 생명을 잃은 앙리 클레르발의 모습을 보는 순간 치안판사와 증인들이 참석한 심리審理는 내 기억 속에서 꿈처럼 빠져나갔다. 갑자기 나는 숨이 차서 헐떡

나는 시체가 놓인 방으로 들어가 관 쪽으로 이끌려 갔다.

거렸다. 그러곤 시체에 몸을 던지며 울부짖었다.

"내 끔찍한 계획이 네 목숨, 내가 그토록 사랑하던 앙리의 목숨마저 앗아갔단 말이냐? 벌써 나 때문에 두 사람이나 목숨을 잃었어. 다른 희생자들도 운명의 날을 기다리고 있을 테지. 하지만 네가, 클레르발, 내 친구, 나의 은인이……."

인간의 몸으로는 내가 겪는 괴로운 고통을 더는 지탱할 수 없었을 것이다. 급기야 나는 심한 경련을 일으키며 방에서 실려 나왔다.

이러한 경련 뒤에는 열병이 따랐다. 나는 두 달 동안 죽음의 경계를 넘나들었다. 나중에 들은 얘기로는 나의 광란이 소름 끼쳤다고 한다. 나는 윌리엄과 저스틴, 클레르발의 살해범이 바로 나라고 소리쳤다고 한다. 때로는 간호사에게 나를 괴롭히는 악마를 파멸시키게 도와달라고 애원하는가 하면, 때로는 이미 괴물의 손에 목이 졸리기라도 하는 듯 공포와 고통으로 비명을 마구 질러대기도 했다고 한다. 다행히 나는 모국어로 소리쳤기 때문에 내 말을 알아들은 사람은 커윈 판사뿐이었다. 하지만 내 몸짓과 비통한 울부짖음만으로도 다른 목격자들은 매우 두려워했다.

왜 나는 죽지 않았던가? 세상에서 가장 비참한 인간이었는데, 왜 나는 망각과 영원한 안식 속으로 뛰어들지 않았던가? 죽음은 막 자라나는 많은 어린아이를, 자식을 애지중지 사랑하는 부모의 유일한 희망을 앗아간다. 한때 건강과 희망을 활짝 피웠다가 다음 순간에 벌레의 먹이가 되어 무덤 속에서 썩어가는 신부들과 젊은 연인들이 얼마나 많은가! 그런데 도대체 나는 어떻게 만들어진 인간이기에 그토록 수많은, 돌아가는 수레바퀴처럼 끊임없이 고문을 반복하는 충격을 견딜 수 있었단 말인가?

하지만 나는 살아 있을 운명이었다. 두 달 만에 꿈에서 깨어나니 감옥의 초라한 침대에 누운 채였다. 간수들, 빗장, 지하 감옥의 온갖 처참한 기구들이 사방으로 나를 둘러싸고 있었다. 내 기억에 내가 그렇게 깨어나 정신을 차렸을 때는 아침이었다. 나는 무슨 일이 있었는지 세부적인 것들은 전혀 기억나지 않고 아주 큰 불행이 갑자기 나를 덮쳤다는 느낌만이 남아 있었다. 하지만 주위를 둘러보고 창살을 친 창문과 내가 있는 더러운 방을 보는 순간, 모든 기억이 뇌리를 스쳤다. 결국 나는 비통하게 신음을 토해냈다.

내 신음에 내 옆의 의자에서 자던 노파가 깜짝 놀라며 깨어났다. 나를 돌봐주도록 고용된 그녀는 한 간수의 아내였다. 그녀의 표정에는 흔히 그 계층을 특징짓는 온갖 나쁜 특징들이 서려 있었다. 얼굴에 깊게 팬 짙은 주름은 비참한 광경을 보고도 전혀 동정을 느끼지 않을 것 같은 인상을 풍겼다. 그녀의 말투에는 몹시 차가운 냉담함이 배어 나왔다. 그녀는 나에게 영어로 말했는데, 문득 내가 생사를 넘나들 때 들었던 목소리라는 생각이 들었다.

"이제 정신이 좀 드시우?"

그녀가 물었다.

나는 그녀처럼 영어로 대답했다. 내 목소리에는 힘이 없었다.

"그런 것 같군요. 하지만 이것이 정말 현실이라면, 정말 꿈이 아니라면 내가 아직 죽지 않고 이 고통과 공포를 느끼고 있다는 게 유감이오."

노파가 대답했다.

"그 일을 말하는 거라면, 그러니까 당신이 죽인 그 신사 양반 얘기를 하는 거라면 내 생각에도 당신은 죽는 게 나을 거요. 당신은 이제 아주 험한 꼴을 당할 테니 말이오. 아마 당신은 다음 집행 시기가 되면 교수형을 당할 거요. 하지만 그건 내 알 바 아니오. 난 당신을 돌봐주고 몸을 회복하게 해주려 여기 와 있는 것뿐이오. 그저 양심껏 내 맡은 일을 다 할 뿐이지. 누구나 다 나처럼만 한다면 오죽이나 좋으련만."

방금 죽을 고비를 넘긴 사람에게 어찌 그리도 무정한 말을 내뱉을 수 있단 말인가. 나는 그 여자가 혐오스러워 고개를 돌리고 말았다. 하지만 맥이 빠져 지나간 일들이 하나도 떠오르지 않았다. 지금까지 겪은 내 모든 삶이 꿈처럼 느껴졌다. 때로는 정말로 그것이 현실인지 의심이 들었다. 머릿속에 현실감 있게 떠오르지 않았다.

내 앞에서 떠다니는 영상들이 좀 더 뚜렷해지자, 나는 다시 열병이 났다. 사방에서 어둠이 나를 짓눌렀다. 내 곁에는 사랑이 담긴 다정한 목소리로 나를 위로해줄 사람이 아무도 없었고 내 편을 들어줄 사랑스러운 손길도 없었다. 의사가 와서 약을 처방하면, 노파는 내게 약을 준비해주었다. 처음에는 그저 무심해 보였을 뿐인 표정도 다시 살펴보면 잔인성이 그대로 뚜렷하게 드러났다. 교수형을 집행한 대가로 보수를 받는 교수형 집행인 말고 어느 누가 한 살인자의 운명에 관심을 가지겠는가?

처음에는 이런 생각뿐이었다. 하지만 곧 커윈 판사가 내게 아주 큰 친절을 베풀어주었다는 사실을 알게 되었다. 그는 내게 그 감옥에서 가장 좋은 감방(사실 가장 좋은 감방도 초라했다)을 마련해주었다. 의사와 간병인을 구해준 사람도 그였다. 사실 그는 나를 거의 찾아오지 않았다. 그는 인간으로서의 고통을 덜어주고 싶은 마음은 간절했지만 고통스러운 모습과 비참한 광증을 보이는 살인자 앞에는 나타나고 싶지 않았을 터, 그래서 내가 방치되고 있지는 않은지 살펴보고자 가끔 찾아왔을 뿐이었다. 그나마 방문 시간은 짧았고, 방문 간격은 길었다.

    점차 건강을 회복해가던 어느 날, 나는 반쯤 눈을 뜨고 죽은 사람처럼 창백한 얼굴로 의자에 앉아 있었다. 침울하고 참담한 기분에 빠진 나는 고작 불행이 가득한 세상으로 풀려나기 위해 비참하게 감금 생활을 감수하느니 차라리 죽음을 택하는 게 낫다는 생각을 종종 했다. 그러던 중 언젠가 내가 불쌍한 저스틴보다 결백하진 않지만, 나 스스로 유죄를 인정하고 법의 처벌을 받아서는 안 되겠다는 생각이 들었다. 그런 생각을 하고 있을 때 감방문이 열리고 커윈 판사가 들어왔다. 그는 동정과 연민이 가득한 표정을 지으며 의자를 내 곁으로 당겨 앉더니 프랑스어로 말했다.

    "자네로서는 이곳에서 지내기가 몹시 힘들 텐데, 좀더 편안하게 지낼 수 있게 내가 해줄 일이 없겠나?"

    "말씀은 고맙지만, 어떻게 해주시든 저에게는 아무런 도움이 되지 못합니다. 세상 어디에도 저를 편안하게 해줄 것은 없습니다."

    "자네처럼 기괴한 불행에 시달리는 사람에게는 낯선 사람의 동정이 전혀 위안이 되지 않을 거라는 것은 나도 잘 아네. 하나 어쨌든 곧 암울한 곳을 떠나게 될 걸세. 범죄 혐의를 벗겨줄 확실한 증거가 나왔으니 말일세."

    "그런 것엔 조금도 관심이 없습니다. 저는 이상한 일들을 겪으면서 세상에서 가장 비참한 인간이 되고 말았습

354

니다. 이미 오래전부터 지금까지 늘 시련과 고통에 시달렸는데, 죽는다고 해서 더 나빠질 게 있겠습니까?"

"사실 최근에 일어났던 이상한 사건들처럼 불행하고 괴로운 일은 없을 거네. 자네는 정말 놀라운 우연으로 친절하기로 유명한 이 해안에 오게 되었지. 한데 뭍에 오르자마자 붙잡혀서 살인 혐의를 받았으니. 게다가 자네 눈앞에 보인 첫 번째 광경이 설명할 수 없는 방법으로 살해된 친구의 시체였지. 마치 자네 앞길을 가로막으려는 어떤 악마가 친구를 살해하고 옮겨놓기라도 한 듯 말일세."

커윈 판사가 이런 말을 하는 동안 고통스러운 지난 일이 떠올라 참느라 마음이 몹시 심란했다. 한편 그가 나에 관해서 많은 걸 아는 듯해서 상당히 놀랐다. 내 표정에 놀란 기색이 드러났는지 커윈 판사가 서둘러 말을 이었다.

"자네가 병을 앓은 지 하루 이틀 지나서, 나는 자네의 옷을 살펴볼 생각을 했네. 자네 식구들에게 자네의 불행과 병에 대해서 기별이라도 할 단서를 찾을 수 있을까 해서였지. 편지가 몇 통 있더군. 그중에 한 편지의 첫머리를 읽어보니, 자네 아버지가 보낸 편지라는 걸 알겠더군. 나는 당장 제네바로 편지를 보냈지. 이제 그 편지를 보낸 지 거의 두 달이 되어가는군……. 하지만 자넨 아직도 몸 상태가 좋지 않네. 지금도 떨고 있지 않나. 조금이라도 충격을 받아서는 안 될 것 같네."

"지금과 같은 불안감은 그 어떤 무서운 사건보다도 몇천 배 더 끔찍합니다. 그러니 어서 말씀해주세요. 이번 죽음은 어떻게 일어난 겁니까? 도대체 이번에는 내가 누구의 죽음을 애도해야 하는 겁니까?"

"자네 가족은 모두 무사하네."

커윈 판사가 온화한 목소리로 말했다.

"그리고 친구 한 사람이 자넬 찾아왔네."

그때 내가 어떤 일련의 생각 때문에 그런 생각을 떠올리게 됐는지 모르지만, 순간적으로 그 살인마가 나의 불행을 조롱하고 클레르발을 죽이고서 나를 비웃기 위해서, 그렇게 다시 나를 자극하여 자신의 사악한 욕망에 순종하게 하려고 찾아왔을 거라는 생각이 뇌리를 스쳤다. 나는 손으로 눈을 가리고 비통하게 외쳤다.

"아아! 제발 그자를 데려가세요! 그자를 만날 수 없어요. 제발, 그자를 들어오게 하지 말아요!"

커윈 판사가 당혹스러운 표정으로 나를 바라보았다. 그는 나의 거센 저항을 죄의식 때문이라고 생각할 수밖에 없었던지 다소 엄한 어조로 말했다.

"이보게 젊은이, 아버지가 오셨다면 그처럼 거센 반감 대신에 뜨거운 환영을 보여야 할 테지."

"아버지!"

나는 외쳤다. 순간 내 얼굴 전체와 모든 근육이 고통

에서 기쁨으로 이완되었다.

"정말 아버지가 오셨나요? 정말, 정말 고맙습니다! 그런데 아버지는 어디 계시죠? 왜 빨리 이리로 오시지 않는 거죠?"

이처럼 나의 태도가 돌변하자 판사는 놀라면서도 기뻐했다. 그는 좀 전에 내가 거세게 저항했던 것이 순간적으로 일었던 정신착란 때문이라고 생각했는지, 곧 예전의 인자한 태도로 돌아갔다. 그는 일어서더니 간병인과 함께 방을 나갔고 곧이어 아버지가 들어왔다.

이 순간에 아버지가 찾아온 것보다 더 기쁜 일은 있을 수 없었다. 나는 아버지에게 손을 내밀며 큰 소리로 말했다.

"아버지, 무사하신지요? 엘리자베스와 에르네스트도요?"

아버지는 식구들이 다 잘 있다고 확인시켜주는 것으로 내 마음을 진정시켰고, 내가 마음 깊이 관심을 보이는 화제를 길게 늘어놓는 것으로 가라앉은 기분을 북돋우려 애썼다. 그러나 아버지는 감옥이 마음을 편안하게 할 만한 거처가 될 수 없다는 사실을 곧 깨달았다.

"아들아, 네가 이런 곳에 지내다니!"

아버지는 창살이 쳐진 창문과 초라한 감방을 둘러보고는 애처로운 표정을 지으며 말했다.

"넌 행복을 찾아 여행을 떠났는데, 불운이 너를 쫓아 온 모양이구나. 그리고 가엾은 클레르발은……."

심신이 몹시 쇠약해진 나는 살해당한 불운한 친구의 이름을 듣는 순간, 참을 수 없는 큰 고통을 느꼈다. 급기야 눈물이 쏟아졌다.

"아아! 그래요. 아버지."

나는 대답했다.

"제게 정말 무서운 운명이 드리워졌어요. 저는 살면서 그 운명을 이행해야만 해요. 그렇지 않다면 이미 앙리의 관 곁에서 죽었어야 했어요."

우리에게 더 얼마간 대화를 나눌 시간이 허락되지 않았다. 내 건강이 불안한 상태였기에 가능한 한 모든 필요한 조처를 해 안정을 찾게 해야 했다. 커윈 판사가 들어오더니, 내가 지쳐 쓰러질 수 있으니 너무 무리하지 않는 게 좋겠다고 주의를 주었다. 하지만 나로서는 아버지와의 만남이 마치 수호천사를 만난 것만 같았고, 그 뒤로 차츰 건강을 회복했다.

나는 병을 이겨내고 건강을 회복하자 이번에는 절대로 물리칠 수 없는 침울하고 암담한 슬픔에 빠져들었다. 살해당한 클레르발의 참혹한 모습이 눈 앞에서 사라지지 않았다. 나는 종종 이런 생각에 사로잡혀 심한 심적인 동요를 일으키곤 했는데, 그럴 때마다 식구들은 위험한 병이 재발하지 않을까 몹시 걱정했다. 아아! 어째서 그들은 이토록 비참하고 혐오스러운 생명을 지켰던 걸까? 그건 내가 지금 종착지로 향하는 내 운명을 완수해야 하기 때문일 것이다. 아아, 이제 곧 죽음이 나의 맥박을 멈추고 나를 가루로 만들 듯 짓누르는 엄청난 고통의 무게에서 구해줄 것이다. 그리고 정의에 대한 보상으로 나 역시 영원한 안식에 들어설 수 있을 것이다. 그때는 그처럼 항상 죽고 싶은 생각뿐이었지만 죽음이 등장하려면 아직 멀어 보였다. 나는 종종 몇 시간 동안 말없이 꼼짝하지 않고 앉아서 어떤 거대한 변혁이 일어나 그 변혁의 폐허 속에 나와 나의 파괴자를 묻어버렸으면 하는 소망을 품었다.

순회 재판 시기가 다가왔다. 감옥에 들어온 지 벌써 석 달이 되었다. 나는 여전히 기력이 없었고 계속 병이 재발할 위험이 있었지만, 재판이 열리는 고장으로 거의 160킬로미터나 여행을 해야 했다. 커윈 판사는 책임지고 증인을 구하고 내 변호를 준비하는 일에 온갖 배려를 해주었다. 이번 재판이 생사를 판결짓는 법정까지 가는 것은 아니었기에 나는 범죄자로서 군중 앞에 나서야 하는 수모는 모면하게 되었다. 대배심*은 내 친구의 시체가 발견되었

---

* 배심 제도에서 정식 기소를 위해 하는 배심

던 시각에 내가 오크니 제도에 있었다는 사실이 입증되자 기소장을 기각했다. 그리고 나는 혐의를 벗은 지 2주 후에 감옥에서 풀려났다.

아버지는 내가 억울한 범죄 혐의를 벗고 다시 신선한 공기를 마실 수 있게 되었다는 것과 고향으로 돌아갈 수 있게 된 사실에 더없이 기뻐했다. 하지만 나는 이런 기쁨을 함께 나누지 못했다. 내게는 지하 감옥의 벽이든 궁전의 벽이든 똑같이 혐오스러웠다.

삶의 잔에는 영원히 씻을 수 없는 독이 퍼져 있었다. 햇빛은 행복하고 즐거운 사람들과 마찬가지로 내게도 비추었지만 내 주위에 보이는 건 무서운 짙은 어둠뿐이었다. 그리고 다른 어떤 빛도 꿰뚫을 수 없는 그 어둠을 희미한 두 눈빛이 꿰뚫고 나를 응시했다. 때로는 그 두 눈은 죽어서 생기를 잃었고 검은 눈동자가 길고 검은 속눈썹이 달린 눈꺼풀로 거의 덮인 앙리의 눈으로 나타났고 때로는 내가 잉골슈타트의 연구실에서 처음 봤을 때처럼 눈물이 고인 괴물의 흐릿한 눈으로 나타났다.

아버지는 내게 애정의 감정을 되살려주려 애썼다. 이제 곧 돌아가게 될 제네바나 엘리자베스와 에르네스트에 관한 이야기를 하곤 했다. 하지만 그런 말들은 내게서 깊은 신음만 끌어낼 뿐이었다. 사실 나는 이따금 행복을 열망해보기도 했다. 우울을 동반한 기쁨 속에서 사랑하는 내 사촌을 생각하기도 했고, 굶주린 향수에 젖어 어린 시절에 내게 아주 소중했던 푸른 호수와 론강의 빠른 물살을 다시 한번 보고 싶어 하기도 했다. 하지만 나의 전반적인 감정 상태는 마비되어 있었기에 감옥이라도 자연의 가장 신성한 무대만큼이나 고마운 거처였다. 이런 마비 상태는 간혹가다 일어나는 고뇌와 절망의 발작에 의해서만 드물게 멈추곤 했다. 그런 발작이 찾아올 때면 나는 종종 이 진저리나는 삶을 끝내려 했다. 그렇다 보니 나의 끔찍한 자살 기도를 막기 위해서 끊임없는 보살핌과 감시가 요구되었다.

지금 기억하기로, 나는 감옥을 떠날 때 어떤 한 사람이 하는 말을 들었다.

"그 사람, 살인에 대해선 결백한지 모르지만 뭔가 떳떳지 못한 구석이 있는 게 분명해."

이 말에 나는 충격을 받았다. 떳떳지 못한 구석이 있다고! 그래, 난 분명 떳떳지 못한 구석이 있다. 윌리엄, 저스틴, 클레르발은 나의 끔찍한 계획 때문에 죽었다.

"누구의 죽음이 이 비극을 끝낼 것인가?"

나는 외쳤다.

"아아! 아버지, 이 비참한 고장에 있고 싶지 않아요. 제가 저 자신을, 저의 생존을, 세상 모두를 잊을 만한 곳으로 저를 데려다줘요."

아버지는 내 요구를 쉽게 들어주었다. 그래서 커윈 판사와 작별을 고한 후에 우리는 서둘러 더블린으로 떠났다. 아일랜드에서 불어오는 순풍을 받으며 항해하게 되었을 때, 나는 마치 나를 짓누르는 무거운 짐에서 해방된 듯한 기분을 느꼈다. 그토록 내게 비극적인 현장이었던 고장을 나는 영원히 떠났다.

한밤중이었다. 아버지는 선실에서 잠에 빠져들었다. 그리고 나는 갑판에 누워 별들을 보면서 부서지는 파도 소리에 귀를 기울였다. 나는 아일랜드를 내 시야에서 가려주는 어둠에 찬사를 보냈다. 곧 제네바를 볼 수 있을 거라고 생각하니, 솟구치는 기쁨에 가슴이 마구 뛰었다. 지난 일들이 무서운 악몽처럼 느껴졌다. 하지만 내가 탄 배, 아일랜드의 혐오스러운 해안에서 불어와 내 뺨을 스치는 바람, 그리고 나를 둘러싼 바다는 지난 일이 꿈 같은 환영이 아니었다는 것을 확연히 알려주었다. 또한 내 친구이자 절친한 동료였던 클레르발이, 나와 내가 만든 괴물에게 희생되었다는 사실 또한 명확히 알려주었다. 나는 기억을 더듬어가며, 지금까지 살아온 나의 삶을 되돌아보았다. 제네바에서 가족들과 함께 살면서 누리던 조용한 행복, 어머니의 죽음, 잉골슈타트로 떠난 일 등이 뇌리에 스쳤다. 광기 어린 열정에 사로잡혀 소름 끼치는 원수를 만들어냈던 일을 생각하니 몸서리가 쳐졌다. 그리고 그가 처음 태어나던 날 밤이 떠올랐다. 나는 꼬리를 무는 생각들을 더는 좇을 수 없었다. 수많은 감정이 나를 짓눌렀고, 나는 급기야 비통하게 흐느꼈다.

열병에서 회복된 이후로 나는 매일 밤 습관적으로 소량의 아편제를 복용했다. 아편만이 생명을 유지하는 데 필요한 휴식을 얻을 수 있게 해주었기 때문이다. 머릿속에 떠오르는 온갖 불행의 압박감 때문에 그날 밤에는 평소의 두 배나 되는 아편제를 먹고 곧 깊은 잠에 빠져들었다. 그러나 잠조차도 고통스러운 생각과 불행에서 벗어나게 해주지 못했다. 꿈은 끔찍한 것들을 수없이 보여주며 나를 위협했다. 언제나 아침 무렵이면 나는 악몽에 시달리곤 했다. 내 목을 조르는 악마의 손길이 느껴졌지만 나는 빠져나올 수가 없었다. 이윽고 신음과 고함이 귀청을 울렸다. 나를 지켜보던 아버지가 가위눌린 내 모습을 보고는 깨운 것이었다. 그러곤 아버지는 손으로, 막 우리가 들어가던 홀리헤드 항구*를 가리켰다.

- 웨일스 북서쪽 끝에 있는 홀리헤드섬의 항구로 영국과 잉글랜드를 연결한다.

수많은 감정이 나를 짓눌렀고, 나는 급기야 비통하게 흐느꼈다.

5

우리는 런던으로 가지 않고 잉글랜드를 가로질러 포 츠머스로 가서, 그곳에서 배를 타고 아르브를 향해 가기 로 했다. 내가 여정을 이렇게 잡은 이유는 주로, 사랑하는 클레르발과 함께 잠시 평온함을 누렸던 지역들을 다시 보 는 게 두려웠기 때문이다. 나는 우리가 함께 방문하곤 했 던 사람들과 한 사건, 즉 내가 여관에서 생명을 잃은 육체 를 보았을 때 받았던 고통을 다시 느끼게 할 기억에 관해 질문을 던질지도 모르는 사람들을 다시 만나는 게 두려 웠다.

아버지에 관해 말하자면, 아버지는 오로지 내가 건 강을 회복하고 마음의 안정을 되찾은 모습을 다시 보기를 바라고 그러기 위해 애쓸 뿐이었다. 아버지는 변함없이 애정을 보이며 나를 돌봐주었다. 나의 슬픔과 우울은 기 세를 꺾지 않았지만 아버지 역시 단념하지 않았다. 가끔 아버지는 내가 살인 혐의를 뒤집어썼던 사실에 큰 수치심을 느낀다고 생각했는지, 내게 자존심은 헛된 것임을 가르쳐주려 애썼다.

"아아! 아버지."

내가 말했다.

"아버지는 정말로 저를 잘 모르세요. 저 같은 놈이 자존심을 느낀다면 인간은, 인간의 감정과 열정은 완전히 타락하고 말 겁니다. 불운했던 불쌍한 저스틴은 저처럼 결백한데도 똑같이 살인 혐의를 받고 그 때문에 죽었어요. 그건 바로 저 때문이에요. 제가 그녀를 죽인 거예요. 윌리엄, 저스틴, 앙리. 그들은 모두 제 손에 죽은 거예요."

아버지는 내가 감옥에 있는 동안에도 내 이런 주장을 종종 들어야 했다. 내가 그렇게 자책할 때면 아버지는 해명을 듣고 싶어 하는 듯했고, 어느 때는 그런 내 태도를 정신착란 때문이라고 여기기도 했다. 아버지는 내가 병을 앓는 동안 이런 생각 따위의 상상에 빠져 있었는데 병이 회복됐을 때 그 상상이 기억에 남은 모양이라고 여겼다. 나는 내가 만들어낸 괴물에 관해서는 설명을 피하며 계속 침묵했다. 세상에 그 엄청난 비밀을 털어놓아보았자 미치광이 취급을 받을 테니, 그 비밀에 대해선 영원히 침묵해야 한다고 생각했다.

세 사람이 내 손에 죽었다는 말에 아버지는 몹시 놀란

표정을 지으며 말했다.

"빅터, 대체 무슨 말이냐? 넌 미쳤니? 내 사랑하는 아들아, 제발 부탁이니 다신 그런 말을 하지 마라."

"난 미치지 않았어요."

나는 거센 목소리로 소리쳤다.

"제 작업을 지켜보았던 저 태양과 하늘이 증인이에요. 제 말은 정말 사실이에요. 제가 그 무고한 희생자들을 죽인 암살자예요. 그들은 제 음모 때문에 죽은 거예요. 그들의 목숨을 구할 수만 있었다면 저는 제 피를 한 방울 한 방울 몇천 번이라도 흘렸을 겁니다. 하지만 아버지, 저는 할 수 없었어요. 모든 인류를 희생시킬 수는 없었어요."

이 말을 끝내자 아버지는 내가 제정신이 아니라고 생각하고는 곧바로 화제를 바꿔 내 생각의 방향을 바꾸려 했다. 아버지는 아일랜드에서 일어난 사건들을 내 기억 속에서 말끔히 지울 수 있기를 간절히 원했다. 그래서 아버지는 아버지대로 다시는 그 사건들을 입 밖에 내지 않았고 나는 나대로 내 불행에 대해서 일절 토로하지 못하게 했다.

시간이 지나면서 나는 좀 더 진정되었다. 내 가슴속엔 고통이 숨 쉬었지만 나는 얼토당토않아 보이는 내 범죄에 대해서 더는 말하지 않았다. 나로선 내 범죄 사실을 자각하는 것으로도 족했다. 나 자신에 대한 극단적인 폭

력성으로 나는 이따금 세상에 자신을 밝히고 싶어 하는
절망의 절박한 목소리를 억눌렀다. 그리고 어떻든 나의
태도는 빙해로 여행을 다녀온 이후 그 어느 때보다도 안
정되고 침착해졌다.

우리는 5월 8일에 아브르에 도착했고 그곳에서 즉시
파리로 향했다. 파리에서 아버지가 처리할 용무가 있었기
때문에 우리는 몇 주 동안 그곳에 머물러야 했다. 그 도시
에서 나는 엘리자베스가 보낸 편지를 받았다.

빅터 프랑켄슈타인에게

내가 가장 사랑하는 벗,

파리에서 외삼촌이 보내신 편지를 받고 얼마나 기뻤
는지 몰라. 이제 네가 있는 곳도 그리 멀지 않으니 어쩌면
2주도 안 지나 너를 볼 수 있을지 모르겠구나. 가엾은 내
사촌, 그동안 얼마나 고생이 많았을까! 제네바를 떠날 때
보다 건강이 훨씬 더 안 좋아졌겠지. 지난겨울은 그 어느
때보다도 슬프게 보냈어. 가슴 조이는 불안으로 겨우내
고문당하는 기분이었지. 하지만 평화로움이 감도는 네 얼
굴을 볼 수 있기를, 네 마음속에 아직도 위안과 평안함이
남아 있는 걸 확인할 수 있기를 진심으로 바라.

그래도 1년 전에 너를 그토록 불행하게 만들었던 그

감정이 아직도 남았을까 봐 두려워. 어쩌면 시간이 흐르면서 더욱 깊어졌을지도 모르고. 너무 많은 불행이 너를 짓누르는 이런 때에 너를 불편하게 하고 싶진 않지만, 외삼촌이 출발하시기 전에 외삼촌과 나눈 말이 있어서 그런데, 우리가 만나기 전에 꼭 몇 가지를 해명해야 할 것 같아.

해명이라니! 네 입에서 이런 말이 나올지도 모르겠네. 대체 엘리자베스가 해명해야 할 게 뭐가 있을까? 네가 정말 그리 말한다면 내 질문에 대한 대답은 이미 나온 것이니, 나는 나 자신을 너의 사랑하는 사촌이라고 내세우지도 못하고 또한 내가 할 일도 없을 거야. 하지만 너는 내게서 멀리 떨어져 있으니, 내 해명에 불안한 마음이 들지도 모르지만 어쩌면 오히려 기뻐할지도 모르겠군. 정말 그럴 수도 있겠다는 생각에서 그동안 하고 싶은 말을 이처럼 편지로 알리는 걸 더는 미룰 수가 없었어. 사실 네가 없는 동안 종종 너에게 편지로 표현하고 싶었지만 그럴 용기가 나지 않았거든.

빅터, 너도 잘 알겠지만, 우리가 어릴 적부터 너의 부모님은 우리의 결혼을 소망하셨어. 우리는 어릴 때부터 그 얘기를 들으며 자라왔던 터라 그 일을 기정사실처럼 생각하며 그날을 기다려왔어. 우리는 어린 시절에 다정한 소꿉친구였고 나이가 들어가면서도 서로에게 다정하고 소중한 친구였지. 하지만 남매라면, 흔히 서로에게 따뜻한 애정을 품으면서도 좀 더 친밀한 결합을 열망하지는 않지. 혹시 우리 사이도 그런 게 아닐까? 사랑하는 빅터, 대답해줘. 부디 우리 서로의 행복을 걸고 솔직하게 간단히 대답해줘. 혹 사랑하는 다른 여자가 있는 건 아닌지?

너는 여행을 다녔지. 그리고 잉골슈타트에서는 몇 년을 살았지. 친구, 네게 고백하건대, 작년에 너는 너무나 불행해 보였고, 모든 사람 곁을 떠나 아무도 없는 외딴곳으로 도망치고 싶어 하는 듯 보였어. 그때 나는 네가 우리 관계를 못마땅하게 여긴다고 생각하지 않을 수 없었어. 네가 원하는 속마음은 부모님의 바람과는 다르지만, 도의적으로 부모님의 소망을 저버릴 수 없어서 억지로 부모님의 뜻을 따르는 것이 아닐까 하고 생각했던 거야. 하지만 이건 억측이겠지. 사촌, 고백하지만 나는 너를 사랑해. 그리고 나는 앞으로도 네가 나의 영원한 친구이자 동반자이기를 꿈꾸고 있어. 하지만 나뿐 아니라 너도 행복해지기를 바라는 마음에서 분명히 말해야겠어. 네가 기꺼이 자유롭게 선택한 것이 아니라면 우리의 결혼은 내게 영원히 불행한 일이 될 거라고. 네가 너무 잔인한 불행에 억눌린 채 '도의'라는 것 때문에 오직 너 자신을 되찾아줄 사랑과 행복의 모든 희망을 저버리려는 것은 아닐까 하고 생각하면 지금도 눈물이 나. 정말 아무런 사심 없이 너를 사랑하는 내가 너의 소망에 걸림돌이 되어 너의 불행을 몇 배 가중하는 것은 아닌지 모르겠어. 아아! 빅터, 너의 사촌이자 소꿉친구로서 너를 정말 진심으로 사랑하는 까닭에, 이런 생각을 하게 되면 마음이 너무 슬퍼져. 나의 친구, 그럼 행복하게 지내. 이 한 가지 요구만 들어준다면 세상 어떤 것도 내 마음의 평온을 깨지 못할 거라는 사실에 만족할 거야.

　이 편지를 읽고 너무 부담 갖지는 마. 답장하기 곤란하면, 내일이나 모레, 아니 이곳에 도착할 때까지 답장하지 않아도 돼. 네 건강이 어떤지에 대해서는 외삼촌이 소식을 보내주실 거야. 우리가 만날 때 이 편지 덕택이든 아니면 뭔가 다른 나의 노력 덕택이든, 너의 입가에서 단 한 번이라도 웃음을 볼 수 있다면, 나로서는 더 바랄 행복이 없을 거야.

엘리자베스 라벤자

17××년 5월 18일, 제네바에서

　이 편지를 읽고 나자 그동안 잊고 있었던 기억, 악마의 위협이 머릿속에서 되살아났다.

　"네 결혼 첫날밤에 나도 함께 있을 것이다!"

　이건 나의 사형 선고였다. 악마는 결혼 첫날밤에 나를 파멸시키기 위해 내 고통을 조금이나마 덜어줄 나의 작은 행복을 앗아가기 위해 온갖 술책을 다 동원할 것이다. 그놈은 그날 밤에 나를 죽이는 것으로 자신의 죄악을 완성하고자 했던 것이었다. 좋다, 어디 한번 해봐라. 그렇다면 분명히 목숨을 건 사투가 벌어지겠지. 그놈이 이긴다면 나는 평화를 얻을 것이고 나를 위압해온 놈의 힘은 끝을 맺을 것이다. 그리고 내가 이긴다면 나는 자유의 몸이 될 것이다. 아아! 무슨 자유란 말인가? 마치 농부가 자신의 눈 앞에서 가족이 학살당하고 자신의 오두막이 불타고 땅이 못 쓰게 된 마당에, 혼자가 되어 집도 절도 없이 빈털터리 신세로 떠돌아도 자유는 누린다고 하는 것이나 다름없다. 내 자유란 그런 것일 것이다. 다만 다른 점이 있다면, 내겐 보물과 같은 엘리자베스가 있다는 것뿐이었다. 아아! 엘리자베스야말로 죽을 때까지 나를 따라다닐 양심의 가책과 죄의식의 공포를 달래줄 보물이었다.

상냥하고 사랑스러운 엘리자베스! 나는 그녀의 편지를 읽고 또 읽었다. 그사이에 부드러워진 감정이 내 가슴에 스며들면서 사랑과 기쁨의 낙원 같은 꿈을 속삭였다. 그러나 나는 이미 금단의 사과를 먹어버렸다. 그 때문에 천사의 팔이 내 모든 희망을 앗아갔다. 하지만 나는 그녀를 행복하게 하기 위해서라면 기꺼이 죽을 것이다. 괴물이 자신의 협박을 실행에 옮긴다면 죽음은 피할 길이 없었다. 하지만 나는 결혼이 정말 내 운명을 재촉할 것인지에 대해 다시 한번 생각해보았다. 결혼한다면, 나의 파멸은 정말로 몇 달 더 빨리 찾아올 것이다. 하지만 나를 고문하는 그 악마가 자신의 협박 때문에 내가 결혼을 미룬다고 의심하게 되면 더 끔찍하게 복수할 다른 방법을 찾아낼 것이 분명했다. 그놈은 '내 결혼 첫날밤에 나와 함께 있겠다'고 맹세했다. 하지만 그렇다고 해서 그 위협적인 말이 그동안에는 조용히 있겠다는 뜻은 아니었다. 이 정도의 피로는 아직 만족하지 않았다는 것을 내게 보여주려는 듯 그놈은 협박을 공언하고는 곧바로 클레르발을 살해하지 않았던가. 이런 생각 끝에 나는 결론을 내렸다. 내가 사촌과 하루빨리 결혼하는 것이 그녀나 아버지의 행복에 기여하는 길이라면, 내 목숨을 앗아가려는 적의 음모가 무섭더라도 결혼을 단 한 시간이라도 늦춰서는 안 된다고.

이런 심정으로 나는 엘리자베스에게 편지를 썼다. 내 편지는 차분하면서도 애정이 넘쳤다.

나는 이렇게 썼다.

"사랑하는 나의 여인, 이 세상에 우리를 위해 남은 행복이 거의 없는 것 같아 두려워. 하지만 언젠가 내가 누릴 수 있는 행복은 모두 너에게 있어. 그러니 부질없는 걱정은 하지 마. 오직 너에게만 내 인생과 만족을 위한 노력을 바치겠어. 엘리자베스, 내게는 한 가지 비밀이, 아주 무서운 비밀이 있어. 내 비밀을 듣게 되면, 너는 공포로 온몸이 오싹해질 거야. 그러곤 내 불행에 놀라기보다는 내가 그

걸 견디며 살아온 사실에 의아해할 거야. 그 참담하고 무서운 이야기는 우리의 결혼식 다음 날에 들려주겠어. 사랑스러운 사촌, 그건 우리 사이에 완벽한 신뢰가 있어야 들려줄 수 있는 이야기거든. 하지만 그때까지는 그 얘기에 대해선 아무것도 묻지도 내비치지도 말아주었으면 해. 이걸 간곡히 부탁하니, 꼭 들어주리라 믿어."

엘리자베스의 편지를 받은 지 일주일쯤 후, 마침내 우리는 제네바에 돌아오게 되었다. 내 사촌은 따뜻하게 나를 맞아주었다. 하지만 내 수척해진 몰골과 열병으로 붉어진 뺨을 보자 두 눈에 눈물이 가득 고였다. 그녀의 모습도 변했다. 몸이 예전보다 야위었고, 예전에 나를 매혹했던 아주 멋진 생기발랄함도 많이 사라졌다. 하지만 온화함과 동정 어린 부드러운 표정으로 그녀는 나처럼 고통에 찌들고 불행에 사로잡힌 사람에게 더욱더 어울리는 동반자가 되어 있었다.

그러나 그때 누리게 된 평온함은 오래가지 않았다. 기억이 광기를 불러왔다. 지난 일을 생각할 때면 진짜 정신착란에 빠지기도 했다. 어느 때는 광폭해져 분노로 이글거리는가 하면 어떤 때는 침울해져 풀이 죽곤 했다. 나는 누구와도 말을 하지 않았고 누구도 쳐다보지 않았다. 그저 꼼짝하지 않고 가만히 앉아서, 내게 닥친 수많은 불행에 혼란스러워했다.

엘리자베스의 편지를 받은 지 일주일쯤 후, 마침내 우리는 제네바에 돌아오게 되었다.

오직 엘리자베스만이 이런 발작에서 나를 꺼내줄 수 있었다. 그녀의 상냥한 목소리는 격정에 휩싸인 나를 달래주었고 무감각해진 내게 인간적인 감정을 불어넣어주었다. 그녀는 나와 함께 나를 위해 울어주었다. 그러다가 그녀는 정신을 차리고는 내게 충고하며 내가 지난날을 체념해버릴 수 있게 하려고 애썼다. 아! 불행한 사람은 그저 체념하면 그만이지만 죄를 범한 사람에게는 평화란 없다. 가끔 끝없는 슬픔을 탐닉하는 사치를 누릴 수도 있으련만, 양심의 가책에서 오는 고통은 그런 사치마저도 독살한다.

내가 도착한 후 얼마 지나지 않아 아버지는 내게 사촌과 곧바로 결혼식을 올리라고 말했다. 나는 아무런 대답을 못 했다.

"그럼, 염두에 둔 다른 여자라도 있는 거냐?"

"절대 없어요. 저는 엘리자베스를 사랑하고, 우리의 결혼을 기쁘게 기다리고 있어요. 그럼, 결혼 날짜를 잡도록 하지요. 그날에 저는 죽든 살든 내 사촌의 행복을 위해서 제 몸을 바치겠어요."

"빅터, 그런 식으로 말하지 말거라. 비록 엄청난 불행이 우리를 덮쳤지만 남은 사람들에게 더욱 애정을 보이며, 우리 곁을 떠난 사람들에게 줄 사랑을 아직 살아 있는 사람들에게 주자꾸나. 우리 가족은 작아질 테지만 사랑과 함께 공유하는 불행이라는 끈으로 더욱 단단히 묶일 거야. 그리고 너의 절망감이 누그러질 때면 기쁨을 안겨줄 새로운 사랑의 대상이 태어나 우리가 그토록 잔인하게 빼앗겼던 사람들의 빈자리를 채워줄 거야."

아버지는 그렇게 타일렀다. 하지만 괴물의 협박이 다시 내 뇌리를 스쳤다. 누구든 그 악마가 지금까지 잔악한 짓을 하며 행사한 전능한 능력을 보았다면, 나로서는 그를 대적할 상대가 결코 될 수 없다는 사실을 추호도 의심하지 않을 것이다. 그놈이 "네 결혼 첫날밤에 나도 함께 있을 것이다"라고 선언한 이상, 파멸의 운명은 피할 수 없었다. 하지만 엘리자베스를 잃지 않는다면 나는 기꺼이 죽음을 받아들이겠다. 그렇기에 나는 만족스럽고 심지어 아주 밝은 표정으로 사촌만 좋다면 열흘 내로 결혼식을 올리자는 아버지의 말에 동의했다. 내 상상대로라면 내 운명의 봉인은 그렇게 찍힌 것이다.

이럴 수가! 만일 한순간이라도 그 악마 같은 원수의 흉악한 속셈이 무엇일지 생각했다면 나는 그 불행한 결혼에 동의하는 대신에 내 고향 땅을 영원히 떠나, 방랑자가 되어 혼자서 세상을 떠돌았을 것이다. 하지만 그 괴물은 마법이라도 썼는지, 자신의 속셈을 보지 못하게 내 눈을 가리고 말았다. 그리고 나만이 죽을 준비를 마쳤다고 생각했을 때, 나는 내게 너무나 소중한 희생자의 죽음을 재촉하게 되었다.

우리의 결혼식 날짜가 점점 다가올수록 겁이 나서였는지 아니면 어떤 불길한 예감 때문이었는지 가슴이 철렁 내려앉는 기분이 들었다. 하지만 이런 기분을 숨기고 밝은 표정을 지어 보이자, 아버지의 표정에 웃음과 기쁨이 감돌았지만 세심하고 예리한 엘리자베스의 눈을 속이기는 힘들었다. 엘리자베스는 현실에 차분히 만족하며 우리의 결혼을 기다렸지만, 지난날의 커다란 불행이 남긴 것인지 약간 두려움의 기색도 엿보였다. 그 두려움은 이제 뚜렷한 모습으로 나타날 것이고 손에 잡힐 듯한 행복은 곧 허황한 꿈으로 흩어지고, 가뭇없지만 영원히 사무칠 후회만 남길지도 몰랐다.

결혼식을 위한 준비가 진행되었고 하객들이 속속 도착했다. 사람들은 모두 밝은 표정이었다. 나는 마음을 좀먹던 불안감을 가능한 한 마음속에 깊어 묻어두고, 열성적인 모습을 보이며 아버지의 계획을 순순히 따랐다. 비록 그 계획이 내 비극의 장식품으로밖에 쓰이지 않을지라도. 우리의 신혼살림을 위해 콜로니 인근에 집 한 채를 구입했다. 그곳이라면 우리는 전원의 즐거움을 누리며, 제네바 인근이기에 매일 아버지를 볼 수도 있을 것이다. 아버지는 학교에서 학업을 계속해야 할 에르네스트를 위해서 계속 성 내에 거주할 생각이었다.

한편 나는 그 악마가 공공연히 공격해올 것을 대비해서 내 몸을 보호하기 위한 만반의 준비를 하였다. 권총과 단검을 항상 지니고 다녔고, 혹시 있을 놈의 흉계를 막기 위해 항상 경계를 늦추지 않았다. 그리고 그런 방법을 통해서 나는 꽤 안정을 얻었다. 실은 시간이 갈수록 놈의 협박은 더욱더 내가 노심초사할 가치가 없는 망상처럼 여겨졌다. 반면, 내가 결혼해서 바라는 행복은 결혼식 날이 점점 다가올수록 더욱더 뚜렷한 모습을 취해갔다. 그리고 내 귓가에는 어떤 사고로도 자신의 출현을 막을 수 없을 거라고 속삭이는 행복이란 목소리가 계속 들리는 듯했다.

　　엘리자베스는 행복해 보였다. 나의 평온한 태도가 그녀의 마음을 크게 진정시켜주었다. 그러나 내 소원과 운명이 이루어지기로 되어 있던 그날, 그녀는 우울한 기분에 젖어 들었다. 무언가 불길한 예감이 그녀를 사로잡은 듯 보였다. 어쩌면 그녀는 내가 다음 날에 털어놓겠다고 약속했던 그 무서운 비밀을 생각했는지도 모른다. 한편 몹시 흥에 겨운 아버지는 결혼식 준비로 부산을 떠는 중에, 조카가 우울해하는 모습을 보고는 그저 신부의 수줍음 정도로 여겼다.

　　결혼식이 끝난 뒤에는 아버지의 집에서 성대한 축하연이 열렸다. 하지만 엘리자베스와 나는 에비앙에서 오후와 밤을 보내고, 다음 날 아침에 콜로니로 돌아가기로 되어 있었다. 날이 화창했고 순풍이 불어, 우리는 배를 타고 여행을 하기로 했다.

이때가 인생에서 내가 행복이란 감정을 마지막으로 누렸던 순간이었다. 우리는 빠른 속도로 항해했다. 태양은 뜨거웠으나 우리는 차양 따위로 햇빛을 가리고 아름다운 경치를 감상했다. 때로는 호숫가로 가서 몽살레브와 상쾌해 보이는 몽탈레그르 기슭, 저 멀리로 모든 산이 둘러싸고 있는 아름다운 몽블랑, 그리고 그 산과 겨뤄보려 헛되이 애쓰는 눈 덮인 수없이 많은 산을 보았다. 때로는 반대편 기슭을 따라가며, 장엄한 쥐라산을 보았다. 그 산은 고향 땅을 떠나려는 야망을 품은 자들에게 그 어두운 사면을 들이대며 맞섰고, 자신을 정복하길 바라는 침략자들에게는 난공불락의 방벽으로 대항했다.

나는 엘리자베스의 손을 잡았다.

"너, 슬퍼 보이는구나. 아! 내가 무엇으로 고통받아왔는지, 아직도 무엇을 더 견디어야 하는지 안다면, 너는 적어도 오늘 하루만큼은 내가 절망을 잊고 평온과 자유를 맛볼 수 있도록 해줄 텐데."

"빅터, 마음 편히 생각해."

엘리자베스가 대답했다.

"더는 너를 가슴 아프게 할 일은 일어나지 않을 거야. 비록 내 얼굴이 기쁨이 가득한 표정은 아닐지라도 마음만은 만족하고 있어.

　다만 무언가가 내게 우리 앞에 열린 앞날의 희망을 너무 믿어선 안 된다고 속삭이는 것만 같아. 하지만 그런 사악한 목소리에는 귀 기울이지 않을 거야. 우리 배가 얼마나 빠르게 질주하는지 좀 봐. 그리고 저 구름도 보라구. 때로는 보이지 않을 정도로 흐릿한가 하면, 때로는 몽블랑의 지붕 위로 올라가 이처럼 아름다운 장관을 한층 더 멋지게 만들잖아. 그리고 저 맑은 물속에서 헤엄치는 수많은 물고기도 좀 봐. 물이 너무 맑아 바닥에 있는 조약돌 하나하나를 헤아릴 수도 있겠어. 정말 멋진 날이야! 모든 자연이 너무나 행복하고 평화로워 보여!"

　그렇게 엘리자베스는 우울한 상념에서 자기 생각은 물론이고 내 생각을 돌리려고 애썼다. 하지만 그녀의 기분은 심하게 동요했다. 한순간 그녀의 눈이 기쁨으로 빛나는가 싶다가도 곧 마음이 심란해져 망상에 빠지곤 했다.

　태양이 하늘에서 낮게 내려앉았다. 우리는 드랑스강을 지나가면서, 그 강이 높은 언덕의 협곡 사이로, 그리고 낮은 언덕의 골짜기 사이로 흘러가는 것을 바라보았다. 이곳에서는 알프스가 호수에 더욱 가까웠다. 우리는 알프스의 동쪽 경계를 이루는 원형 극장 모양의 산맥으로 다가갔다. 에비앙의 뾰족한 봉우리가 자신을 둘러싼 숲과 위협적으로 자신을 굽어보는 겹겹의 산맥 밑에서 빛났다.

지금까지 우리를 매우 빠른 속도로 싣고 오던 바람이 해 질 녘이 되자 약한 산들바람으로 잦아들었다. 부드러운 바람에 호수는 잔물결이 일었고 우리가 호숫가로 다가가자, 나무들이 반가운 듯 가지를 가볍게 흔들었다. 그리고 호숫가에서는 바람에 실려 온 꽃과 건초의 아주 상큼한 향기가 감돌았다. 뭍에 올랐을 때는 태양이 이미 지평선 아래로 가라앉은 뒤였다. 호숫가의 땅에 발을 디디는 순간, 나는 곧 나를 휘감고 영원히 내게 달라붙어 놓아주지 않을 두려움과 불안감이 되살아나는 것을 느꼈다.

6

여덟 시쯤 뭍에 올랐다. 우리는 잠시 호숫가를 거닐면서 곧 사라질 빛을 즐겼다. 그러곤 여관에 들어갔고, 어둠 속에서 희미해졌지만 여전히 검은 윤곽으로 모습을 보이는 물과 숲과 산의 아름다운 풍경을 감상했다.

남쪽에서 불어오던 바람이 잠잠해지자, 이제는 서쪽에서 바람이 거세게 불어왔다. 하늘 꼭대기에 올라갔던 달이 기울기 시작했다. 구름이 독수리의 비행보다 빠르게 달 앞으로 날아가며 달빛을 가렸고, 분주한 하늘의 정경을 비추던 호수는 막 일기 시작한 쉴 새 없는 파도 때문에 더욱 바빠졌다. 그리고 갑자기 엄청난 폭우가 쏟아졌다.

내 마음은 낮 동안에는 평온했다. 하지만 밤이 되어 모든 사물의 형체가 흐릿해지자 내 마음속에 수많은 걱정이 일었다. 나는 불안한 마음으로 주위를 경계하며, 가슴속에 숨겨두었던 권총을 오른손으로 꽉 쥐었다. 나는 아주 작은 소리에도 깜짝 놀라곤 했지만 내가 죽든 적이 죽든 한쪽이 끝장날 때까지 절대 개죽음을 당하지 않을 것이고 임박한 싸움에서 절대 물러서지 않으리라 다짐했다.

엘리자베스는 한동안 겁을 먹은 듯 아무런 말도 하지 못하고 그저 심리적으로 크게 동요하던 나를 지켜보았다. 그러다가 마침내 입을 열었다.

"빅터, 무엇 때문에 그렇게 안절부절못하는 거야? 뭐가 그리 무서운 거야?"

"아! 엘리자베스, 진정해. 아무 걱정하지 마."

나는 대답했다.

"오늘 밤도, 앞으로도 아무 일 없을 거야. 하지만 오늘 밤은 무섭구나, 정말 무서워."

이런 심정으로 나는 한 시간을 흘려보냈다. 그러던 중 불현듯, 당장이라도 일어날 싸움을 아내가 본다면 얼마나 무서울까 하는 생각이 뇌리를 스쳤다. 그래서 나는 적의 상황이 어떤지 어느 정도 파악할 때까지는 그녀와 함께 있으면 안 되겠다고 판단하고는 그녀에게 내 곁에서 물러나 있으라고 간곡히 당부했다.

그녀가 내 곁을 떠났고 나는 몇 시간 동안 계속해서 그 집의 통행로를 왔다 갔다 하면서 내 적이 숨었을 만한 곳을 구석구석 뒤졌다. 하지만 그놈의 흔적은 발견하지 못했다. 혹시 운 좋게도 그놈이 자신의 협박을 실행에 옮길 수 없는 일이 일어난 게 아닐까 하는 생각이 들기 시작했을 때, 돌연 소름 끼치는 날카로운 비명이 들려왔다. 엘리자베스가 들어가 있던 방에서 나는 소리였다. 그 소리를 듣는 순간, 사태의 모든 진실이 뇌리를 스쳤다. 두 팔이 축 늘어지고, 온몸의 근육과 힘줄의 움직임이 멈추는 듯했다. 피가 혈관 속을 흐르는 것을, 그리고 피가 손끝과 발끝에서 끓어오르는 것을 느낄 수 있었다. 하지만 이런 상태도 한순간이었다. 비명이 다시 들려왔고 나는 그 방으로 뛰어 들어갔다.

맙소사! 왜 나는 그때 죽지 않았단 말인가! 왜 내가 이 자리에서, 가장 희망적이며 가장 순수했던 존재의 파멸을 이야기하고 있단 말인가? 그녀가 그곳에 있었다. 생기를 잃고 숨을 거둔 채로. 그녀는 침대 위에 내던져진 채 고개를 축 늘어뜨렸는데, 창백하게 일그러진 얼굴은 머리카락에 반쯤 가려져 있었다. 어디로 눈을 돌리든 똑같은 형상만 보였다. 살인자가 신방의 침대에 내동댕이친 그녀의 핏기 없는 팔과 늘어진 몸 말이다. 그 광경을 보고도 내가 어찌 살 수 있었을까? 아아! 삶이란 몹시 질겨 가장 증오할 때 가장 집요하게 들러붙는 법이다. 한순간 나는 모든 기억을 상실했다. 그러곤 의식을 잃었다.

정신을 차리고 보니 여관 사람들에게 둘러싸여 있었다. 숨을 죽인 그들의 표정에는 공포가 서렸다. 하지만 다

그녀가 그곳에 있었다. 생기를 잃고 숨을 거둔 채로.

른 사람들의 얼굴에 서린 공포가 내게는 그저 조롱으로, 날 짓누르는 감정의 그림자로 느껴졌다. 나는 그들에게서 벗어나 엘리자베스, 내 사랑, 나의 아내, 조금 전까지만 해도 살아 있던 너무도 사랑스럽고 소중한 그녀가 시체가 되어 누워 있는 방으로 갔다. 그녀는 내가 처음 보았던 때와는 다른 자세를 취하고 있었다. 가로 눕힌 채 머리는 한쪽 팔을 베었고 얼굴과 목에 걸쳐 손수건이 덮여서, 마치 잠든 것만 같았다. 나는 그녀에게 달려들어 힘껏 그녀를 껴안았지만, 그녀의 몸뚱이는 생명의 숨결이 없고 그저 차가울 뿐이었다. 그 순간에 내 품에 안긴 몸뚱이는 더는 내가 사랑하고 아끼던 엘리자베스가 아니었다. 그녀의 목에는 악마의 흉악한 손자국이 남았고 입술에서 더는 숨결이 느껴지지 않았다.

나는 절망의 고통 속에서 여전히 그녀를 끌어안은 채 우연히 고개를 쳐들었다. 좀 전까지만 해도 그 방의 창문은 어두컴컴했다. 방을 비추는 어슴푸레한 노란 달빛을 보자, 불현듯 섬뜩한 기분에 휩싸였다. 덧문이 활짝 열려 있었다. 그 열린 창문을 보는 순간, 나는 도저히 말로는 표현할 수 없는 공포감에 사로잡혔다. 바로 그곳에는 세상에서 가장 소름 끼치고 혐오스러운 얼굴이 있었다. 그 괴물은 씩 웃었다. 놈은 조롱이라도 하듯 흉측한 손가락으로 내 아내의 시체를 가리켰다. 나는 창가로 달려가면서 가슴에서 권총을 꺼내 방아쇠를 당겼다. 하지만 놈은 교묘히 나를 피해, 서 있던 자리에서 펄쩍 뛰어내리고는 번개처럼 날쌔게 달아나더니 호수 속으로 뛰어들었다.

총소리에 사람들이 방으로 달려왔다. 나는 놈이 사라진 곳을 가리켰다. 그러곤 우리는 배를 타고 놈을 추적하기 시작했다. 그물을 던져보기도 했지만 허사였다. 몇 시간을 허비한 후에 우리는 아무런 소득 없이 돌아왔다. 함께 추적에 나섰던 사람들 대부분은 내가 본 것은 망상이 만들어낸 헛것이었다고 믿었다. 호숫가에 내린 후에 사람들은 몇 명씩 짝을 이뤄 서로 다른 방향으로 흩어져 숲이나 포도밭을 돌아다니며 그 일대를 계속 수색했다.

나는 그들을 따라가지 못했다. 기진맥진한 상태였다. 눈 앞이 흐릿하고 고열로 피부가 타들어 가는 것만 같았다. 이런 상태에서 나는 무슨 일이 일어났는지 거의 의식하지 못한 채 침대에 누워 있었다. 내 눈은 잃어버린 뭔가를 찾는 듯 방 안을 이리저리 배회했다.

마침내 나는 아버지가 엘리자베스와 내가 돌아오기만을 간절히 기다릴 것이고, 나 혼자 돌아갈 수밖에 없다는 사실을 기억해냈다. 그런 생각을 하자, 두 눈에 눈물이 가득 고였다. 결국 나는 오랫동안 흐느꼈다. 하지만 머릿속에는 서로 다른 여러 가지 생각들이 떠오르면서 내 불행과 그 원인을 내게 보여주었다. 나는 놀라움과 두려움

나는 그들을 따라가지 못했다. 기진맥진한 상태였다.

의 암운 속에서 어쩔 줄을 몰랐다. 윌리엄의 죽음, 저스틴의 사형 집행, 클레르발의 살해에 이어 결국에는 내 아내까지 죽임을 당하다니. 나는 그 순간에도 남은 식구들이 그 악마의 사악한 손길에서 무사한지조차 몰랐다. 어쩌면 지금 아버지는 그놈의 손아귀에 붙들려 몸부림치고 있고 에르네스트는 놈의 발밑에 죽어 있을지도 몰랐다. 이런 생각에 나는 몸서리치며 정신을 차렸다. 나는 벌떡 일어나 가능한 한 빨리 제네바로 돌아가기로 결심했다.

말을 구할 수 없었기에 호수를 통해 돌아가는 수밖에 없었다. 바람이 사납게 불고 비가 억수같이 내렸다. 하지만 아침이 밝으려면 아직 멀었기 때문에 나는 다시 밤이 찾아오기 전까지는 도착할 수 있으리라 기대했다. 나는 배를 저을 사람들을 구하고 나도 함께 노를 저었다. 육체적인 일에 빠져 있으면 정신적 고통이 완화된다는 사실을 항상 경험했기 때문이었다. 하지만 지금 느끼는 비참함은 감당하기 힘들 정도로 너무 무겁고 지금 내 마음에 이는 동요는 걷잡을 수 없을 만큼 컸기 때문에, 노를 저을 힘마저 없었다. 나는 노를 팽개치고 두 손으로 턱을 괸 채, 떠오르는 우울한 생각들에 빠져들었다. 고개를 들면 행복했던 시간에 내게 익숙했던 풍경이, 불과 하루 전에 엘리자베스와 함께 감상했던 풍경들이 눈에 들어왔다. 이제 그녀는 그림자와 기억으로밖에 존재하지 않았다. 눈물이 흘러

내렸다. 비가 잠시 그치니 물속에서 몇 시간 전과 마찬가지로 물고기들이 노니는 모습이 보였다. 엘리자베스가 보았던 물고기들이었다. 갑작스러운 커다란 변화만큼 인간에게 고통스러운 것은 없다. 여느 때처럼 태양은 빛나고 구름은 낮게 걸려 있을지 모르지만 나에게 어제와 똑같이 보이는 것은 아무것도 없었다. 악마가 내게서 행복한 미래의 모든 희망을 앗아가버렸다. 지금까지 나만큼 비참한 존재는 없었을 것이다. 인간의 역사에서 그토록 소름 끼치는 사건은 다시는 없을 것이다.

한데 이 엄청난 최후의 비극에 이어진 사건들까지도 말해야 할까? 지금까지 내게 일어난 사건은 정말 소름 끼치는 이야기였다. 나는 이미 절정에 이른 가공할 이야기를 들려주었다. 이제 내가 들려줄 이야기는 지루할 수도 있다. 내 가족들은 한 사람씩, 차례로 놈의 손에 생명을 빼앗기게 되었고, 결국 나는 혼자 남았다. 지금 나는 기력이 쇠진했다. 그러니 이 소름 끼치는 이야기의 나머지 내용은 간단하게 말해야겠다.

나는 제네바에 도착했다. 아버지와 에르네스트는 아직까지 무사했지만, 내가 전한 소식에 아버지는 쓰러지고 말았다. 아버지는 정말 훌륭하고 존경스러운 어른이었다! 자신을 매혹하고 즐거움을 주었던 사람을 잃은 까닭에 아버지의 눈은 초점을 잃고 이리저리 흔들렸다. 아버지가 애지중지하던 조카딸은 아버지가 애정이 시들어가는 인생의 황혼기에 접어들어, 아직 남아 있는 식구들에게 더욱 열성을 다해 매달리는 한 인간이 느낄 수 있는 가장 큰 애정을 기울였던, 딸 이상의 존재였다. 저주받을, 그 저주받을 악마가 아버지의 노년의 삶에 너무나 큰 불행을 던지고 아버지를 비참함 속에서 쇠락하게 했다! 아버지는 계속해서 일어나는 참혹한 일을 더는 견디지 못했다. 아버지는 뇌졸중의 발작을 일으키더니 며칠 만에 내 품에서 숨을 거두었다.

그다음 내게는 무슨 일이 일어났을까? 나는 모른다. 나는 감각을 잃었고, 오직 나를 짓누르는 구속과 암흑만 느낄 뿐이었다. 이따금 꽃이 만발한 초원과 상쾌한 계곡을 어릴 적 친구들과 거니는 꿈을 꾸곤 했다. 하지만 깨어나 보니 지하 감옥이었다. 우울증이 뒤따랐지만 차츰 내가 처한 불행과 상황을 뚜렷하게 인식하게 되었고, 그러고 나서야 나는 감옥에서 풀려났다. 사람들은 내가 미쳤다고 생각했기 때문에, 내 생각에 나는 아주 여러 달 동안, 어떤 독방에 갇혀 있었던 모양이다.

하지만 나는 정신을 차리면서 동시에 복수심에 눈을 떴다. 이제 자유란 내게 있는 것도 아니지만 있다 해도 쓸모없는 선물에 지나지 않았다. 과거의 불행한 기억이 나를 짓누를 때면, 나는 그 원인을 생각해보곤 했다. 결국 내가 창조한 괴물, 내가 세상에 내놓은 그 비열한 악마가 나를 파괴한 것이다. 놈을 생각할 때면 나는 미칠 듯한 분노에 사로잡혀, 내 손으로 놈을 잡아 놈의 저주스러운 머리통에 대고 복수의 칼자국을 사정없이 남기고 싶은 마음이 간절했고 그렇게 되기를 간절히 기도했다.

그렇다고 해서 나의 증오심이 줄곧 헛된 바람에만 젖어 있었던 것은 아니었다. 나는 놈을 잡기 위한 가장 좋은 방법을 생각하기 시작했다. 그러곤 마침내 그 방법으로, 석방된 지 약 한 달 후에 그 도시의 치안판사를 찾아가서 고소할 일이 있으며, 우리 가족을 살해한 범인을 안다고 밝히고는 그 살인범의 체포를 위해 그가 가진 모든 권한을 발휘해달라고 요구했다.

치안판사는 친절하고 주의 깊게 내 말에 귀를 기울였다.

"걱정하지 마시오. 어떤 노고나 어려움도 마다하지 않고 그 범인을 찾는 데 총력을 기울이겠소."

"감사합니다."

내가 대답했다.

"그럼, 이제 제가 하는 증언에 귀 기울여주십시오. 사실 너무나 이상한 이야기라서 판사님은 실제로 일어난 일이라고 믿지 않으실 것 같아 걱정입니다. 부디 아무리 이상하게 들릴지라도 믿으셔야 합니다. 이 이야기는 꿈으로 오인했다고 보기에는 너무나 논리적인 일관성을 띠고 있습니다. 또한 저로서는 거짓말을 할 이유가 전혀 없습니다."

나는 강렬한 인상을 풍기면서도 침착하게 말했다. 나는 이미 그 파괴자의 죽음을 볼 때까지 놈을 추적하겠다고 마음속으로 결심한 상태였다. 이렇게 목표를 굳히자, 고통이 진정되고 잠시나마 삶과 기꺼이 타협할 수도 있었다. 그렇다 보니 나는 내 이야기를 날짜까지 정확히 붙여가며, 간단하면서도 단호하고 아주 명확하게 말할 수 있었고 악담이나 절규하는 짓으로 빠져드는 일을 피할 수도 있었다.

치안판사는 처음에는 전혀 믿지 않는 눈치였지만, 내가 이야기를 계속 이어나가자, 어느 순간 한층 더 주의를 기울이더니 점점 더 흥미를 느끼기 시작했다. 그는 이따금 공포에 몸서리를 쳤고 때로는 불신이 전혀 섞이지 않은 아주 놀란 표정을 얼굴에 그대로 드러냈다.

나는 이야기를 끝맺으며 덧붙였다.

"제가 고발하려는 자가 바로 그자입니다. 판사님, 모든 힘을 동원해 그자를 체포해서 처벌해주시길 부탁드립니다. 그렇게 하는 것이 치안판사로서 의무지요. 또한 저는 판사님이 꼭 판사라서가 아니라 그저 감성을 지닌 한 인간으로서 이 사건의 해결에 적극적으로 나서 주시리라 믿습니다."

이 말을 들은 판사의 표정이 크게 변했다. 그는 내 이야기를 유령이나 초자연적인 사건을 들을 때처럼 반신반의하며 들었던 것인데, 결국 공식적인 조처를 요구받자, 한꺼번에 밀려든 불신감이 다시 그의 마음을 사로잡았다. 하지만 그는 조심스럽게 대답했다.

"그자를 추적하는 데 기꺼이 모든 협조를 하겠소만, 당신이 말한 그 존재는 내가 가능한 모든 힘을 동원한다고 해도 전부 막아낼 힘을 지닌 것 같소. 빙해를 가볍게 건너고 사람은 들어갈 엄두도 내지 못하는 동굴이나 동물의 굴에 사는 짐승을 누가 뒤쫓는단 말이오? 게다가 그자가 범죄를 저지른 지도 벌써 몇 달이 지났으니, 그자가 어디를 떠돌아다녔는지, 지금 어느 구석에서 사는지 짐작할 사람은 아무도 없지 않소."

"분명 그자는 제가 사는 집 근처를 떠돌 겁니다. 그리고 정말로 그자가 알프스에 숨어 있다면 영양을 사냥하듯 사냥해서 맹수인 양 죽이면 됩니다. 저는 판사님이 무슨 생각을 하시는지 잘 압니다. 판사님은 제 이야기를 믿지 않으시니, 제 적을 잡아 응분의 처벌을 내리실 의향이 없으신 거죠."

나는 눈에서 분노의 불꽃을 튀기며 말했다. 그러자 치안판사는 겁을 먹었다.

"당신이 내 말을 잘못 알아들은 거요."

그가 말했다.

"그 괴물을 잡을 수만 있다면, 내 무슨 수를 써서라도 잡고 말겠소. 그때는 놈의 죄에 합당한 처벌을 내릴 것이오. 하지만 당신 스스로 말했듯이 그자가 엄청난 능력을 갖췄으니 그자를 잡기란 불가능하지 않을까 걱정된다는 거요. 그래서 하는 말인데, 나는 필요한 모든 조처를 하겠지만, 당신도 실패할 경우를 염두에 두어야 할 거요."

"그럴 순 없습니다. 아무리 말씀드려봤자 소용이 없을 것 같군요. 제 복수 따위가 판사님에게 중요한 일일 리 없을 테죠. 저도 복수가 나쁜 짓이라는 건 인정하지만 솔직히 말씀드려, 그것만이 제 영혼이 갈구하는 유일한 열정입니다. 제가 세상에 풀어놓은 그 살인마가 아직도 버젓이 살아 있다는 걸 생각할 때면 말할 수 없는 분노가 치밉니다. 판사님은 저의 정당한 요구를 거절하셨습니다. 그러니 이제 제겐 단 한 가지 방법밖에 없습니다. 죽든 살든 제가 그놈을 죽이기 위해 온몸을 다 바치는 수밖에 없겠지요."

이렇게 말하면서 나는 격하게 이는 심리적인 동요로 몸을 부들부들 떨었다. 내 태도는 몹시 격앙되었다. 분명 고대 순교자들의 태도에서 엿보였다고 하는 오만한 분노 같은 것도 드러났을 것이다. 그러나 헌신적인 일이나 영웅적 행위와는 아주 거리가 먼 사고에 지배되었던 제네바 판사에게 이런 고결한 정신은 미친 짓처럼 보였을 것이다. 그는 유모가 어린아이를 달래듯 나를 달래려 애썼으며, 내 이야기를 정신착란의 결과로 여겼다.

나는 외쳤다.

"이봐요! 지혜롭다는 자부심이 대단하신 분이 어찌 그리도 무지할 수 있는 겁니까! 그만두십시오. 판사님은 자신이 무슨 말을 하는지도 모릅니다."

나는 격분하여 혼란스러운 마음으로 치안재판소를 뛰쳐나왔다. 그러곤 다른 조치를 모색하기로 했다.

    당시 상황에서 나는 자발적인 사고 능력을 완전히 상실했다. 나는 분노에 내둘렸다. 복수만이 나에게 힘과 평정을 주었다. 그것이 내 감정을 형성해주었고 정신착란이나 죽음에 사로잡혔을 시기에는 나를 빈틈없고 조용한 사람이 되게 해주었다.

    나는 우선 제네바를 영원히 떠나기로 마음먹었다. 행복하고 사랑받던 시절에는 내게 고향은 아주 소중한 곳이었지만 이제 불행 속에 있다 보니 아주 지긋지긋해졌다. 나는 수중에 있던 돈과 어머니가 가지고 있던 보석들을 챙겨서 고향을 떠났다.

    이제 숨이 끊어질 때에야 끝나게 될 나의 방랑이 시작되었다. 나는 지구의 상당한 영역을 횡단했고, 여행자들이 사막과 미개한 땅을 여행하며 부딪히게 마련인 온갖 역경을 경험했다. 정말 내가 어떻게 살아왔는지는 나는 잘 모른다. 팔다리가 말을 듣지 않아 모래벌판에 드러누워 죽기만을 간절히 빌었던 적도 한두 번이 아니었다. 그러나 복수심이 내 생명의 밧줄이 되어주었다. 나는 내 원수를 살려두고 먼저 죽을 수는 없었다.

제네바를 떠났을 때 우선으로 한 일은 극악한 적의 행적을 뒤쫓기 위해 단서를 얻는 것이었다. 하지만 나의 계획은 불안정했다. 그래서 나는 어느 쪽 길을 따라가야 할지 결정하지 못하고 도시 주변에서 몇 시간을 배회했다. 밤이 다가왔을 때, 정신을 차리고 보니 윌리엄과 엘리자베스와 아버지가 잠들어 있는 묘지의 입구에 서 있었다. 나는 묘지로 들어가 그들의 묘비가 있는 무덤으로 가까이 다가갔다. 바람에 가볍게 바스락대는 나뭇잎들의 소리 말고는 아무 소리도 들리지 않았다. 밤의 어둠이 점점 짙어지자 주위는 아무리 무관심한 구경꾼이라도 숙연해지고 애처로워하게 할 만한 풍경으로 변했다. 떠난 사람들의 영혼이 주위를 날아다니면서 애도하는 사람의 머리 위로 보이지는 않지만 느낄 수 있는 그림자를 드리우는 듯했다.

처음에 이런 풍경이 자아냈던 깊은 슬픔은 곧 분노와 절망으로 바뀌었다. 그들은 죽었고 나는 살아 있었다. 그들을 죽인 살인마 역시 살아 있었고, 그놈을 죽이기 위해 나는 지칠 대로 지친 내 몸뚱이를 질질 끌고 나아가야 했다. 나는 풀밭에 무릎을 꿇고 땅에 입을 맞추고는 입술을 떨며 소리쳤다.

"이 내 몸이 무릎 꿇은 성스러운 땅에, 내 곁을 떠도는 그림자들에, 내가 느끼는 깊고 영원한 슬픔에 맹세하노라. 그리고 아, 그대 밤에게, 그대를 관장하는 영혼들에게 맹세하노라. 나는 이 불행을 일으킨 악마를 찾아내, 놈이나 내가 죽을 때까지 사투를 벌일 것이다. 이 목적만을 위해 나는 살아 있을 것이다. 바로 이 간절한 복수를 위해서 나는 다시 태양을 보고 대지의 풀밭을 밟을 것이다. 그런 복수를 꿈꾸지 않는다면, 그것들은 내 눈 앞에서 영원히 사라지고 말 것이다. 사자死者들의 영혼이여, 방황하는 복수의 사신들이여, 그대들에게 간청하오니, 부디 나를 도와 내 과업이 이루어지게 하소서. 그 저주받을 흉악한 괴물이 처절한 고통의 잔을 마시게 하소서. 지금 나를 괴롭히는 이 절망을 그놈이 느끼도록 하소서."

나는 엄숙한 마음과, 살해당한 가족의 그림자들이 나의 기도를 듣고 승인해주었다고 내게 보증해주는 어떤 외경심을 가지고 그렇게 간청했다. 하지만 끝내는 분노가 나를 사로잡았고, 끓어오르는 격정에 목이 메어 말을 하지 못했다. 나의 맹세에 대한 답변이기라도 한 듯 밤의 적막을 뚫고 잔악한 웃음소리가 요란하게 들려왔다. 그 소리는 오랫동안 무겁게 귓전을 울렸다. 그 소리가 산에 메아리쳐 반복해서 울리자, 마치 사방의 지옥이 비웃음과 조롱으로 나를 에워싼 것만 같았다. 맹세하며 복수를 예비해두지 않았더라면, 나는 분명 그 순간에 광란에 사로잡혀 비참한 내 존재를 파멸시키고 말았을 것이다. 그 웃음소리가 사라지자, 귀에 익은 역겨운 목소리가 분명 아주 가까이에서 그저 들을 수 있을 만큼 작게 속삭였다.

"흡족하군. 가련한 인간아! 살아남기로 결심했다니, 나로서는 아주 흡족한걸."

나는 소리가 나는 쪽으로 쏜살같이 달려들었지만 그 악마는 나의 손길을 피했다. 갑자기 커다란 둥근 달이 떠오르더니 인간으로서는 불가능한 엄청난 속도로 달아나는 놈의 소름 끼치는 일그러진 모습을 환하게 비추었다.

나는 놈을 추적했다. 그렇게 놈을 추적하는 일이 여러 달 동안 계속되었다. 어렴풋한 단서를 쫓아 굽이진 론강을 따라 추적했지만 허사였다. 이윽고 푸른 지중해까지 이르게 되었는데, 기이한 우연으로, 나는 그 악마가 밤을 틈타 흑해로 향하는 배에 몰래 올라타는 것을 목격하게 되었다. 나도 그 배를 탔지만 놈은 어떻게 수를 썼는지 도망치고 말았다.

타타르와 러시아의 황야에서도 나는 계속 그의 뒤를 쫓았지만, 놈은 언제나 교묘히 나를 피해 달아났다. 때로는 유령이라도 본 듯 그놈의 모습에 기겁했던 농부들이 놈이 향한 길을 알려주었다. 그리고 때로는 그놈이 내가 자신의 발자취를 완전히 놓치고는 절망에 빠져 죽을까봐 걱정되었는지 흔적을 남겨 나를 이끌기도 했다. 그러던 중 어느 순간 내 머리 위로 눈이 내리기 시작했다. 그러자 곧 하얀 평야에 커다란 발자국이 보였다. 이제야 인생에 첫발을 내디딘 당신이, 근심에 익숙지 않고 고통이라는 걸 알지 못하는 당신이, 내가 느껴왔고 지금도 느끼는 것들을 어떻게 이해할 수 있겠는가? 추위와 굶주림과 피로 따위는 내가 견디어야 할 최소한의 고통에 지나지 않았다. 나는 지독한 악마의 저주를 받아, 영원한 지옥을 짊어지고 다니게 되었다. 그러나 선한 영혼이 나를 따라다니면서 내가 가야 할 발길을 인도해주었다. 내가 아주 강하게 불평을 터뜨릴 때는 극복할 수 없는 듯한 난관에서 갑자기 구해주기도 했다. 때로는 굶주림에 지쳐 죽을 지경이 되었을 때, 황야에서 나를 위해 준비해놓은 것만 같은 먹을 만한 것을 발견하고는 기운을 차리고 용기를 내곤 했다. 사실 그 음식은 시골 농부들이 먹는 음식처럼 형편없었지만, 나는 그것이 내가 도움을 청했던 영혼들이 그곳에 차려놓은 음식임을 의심치 않았다. 종종 모든 것이 메마르고 하늘에는 구름 한 점 없는 날에 내 목이 갈증으로 타들어 갈 때는 엷은 구름이 하늘을 덮고 나를 소생시켜주는 비를 몇 방울 뿌리고 사라지곤 했다.

나는 될 수 있는 한 강의 방향을 따라갔다. 그러나 악마는 강가를 피해 다녔다. 실은 그 지방 사람들이 그런 곳에 주로 모여 살았기 때문이다. 다른 곳에서는 사람을 보기가 좀처럼 쉽지 않았다. 나는 보통 길을 가다가 마주치는 야생동물을 잡아먹으며 살아갔다. 수중에 돈이 있었기에 마을 사람들에게 돈을 나누어주거나, 아니면 사냥한 짐승을 내 몫으로 약간 떼어내고는 항상 그들에게 가져다주어 그들의 호의를 얻었다. 대신에 나는 그 사람들에게서 불과 조리도구들을 얻었다.

이윽고 이런 식으로 지내는 생활이 정말 지겨워졌다. 나는 잠자는 동안에만 기쁨을 맛볼 뿐이었다. 아아, 고마운 잠이여! 종종 아주 비참할 때, 나는 잠에 빠져들었고, 그럴 때마다 꿈이 내 마음을 달래주어 환희마저 느끼게 해주었다. 나를 보호해주는 영혼들이 행복한 이런 순간, 아니 이런 시간을 만들어주어 내가 순례를 마칠 수 있도록 내게 힘을 주는 것이었다. 이러한 안식마저 없었다면, 나는 이미 역경의 바다에 익사하고 말았을 것이다. 낮에는 밤에 대한 희망을 품고서 참고 견뎠다. 잠에 빠져들면, 나는 가족들, 내 아내, 사랑하는 고향을 볼 수 있었다. 다시 인자한 아버지의 얼굴을 볼 수 있었고 엘리자베스의 낭랑한 목소리를 들을 수 있었고, 아주 젊고 건강해 보이는 클레르발을 볼 수 있었다. 고생스러운 기나긴 여정에 지칠 때면 나는 지금 꿈을 꾸는 것이고 밤이 되면 사랑하는 가족들의 품속에서 현실을 만끽하게 될 거라고 스스로 위로했다. 그들을 향해 내가 얼마나 애절한 사랑을 느꼈던가! 때로는 깨어 있는 동안에도 그들을 떨쳐내지 못한 채 얼마나 내가 사랑하는 그들의 모습에 집착하며 그들이 아직도 살아 있다고 스스로 설득했던가! 그런 순간에는 내 마음속에서 불타는 복수심도 사그라졌고, 나는 그 악마를 파멸시키는 일을 내 영혼의 열렬한 욕망 때문이 아니라, 하늘이 명한 일이라서 따르는 듯, 내가 의식하지 못하는 어떤 힘의 기계적인 충동에 따라 그 악마를 찾아 길을 나섰다.

내가 추적하는 그놈의 심정이 어떨지 나로서는 알 수 없다. 가끔 그는 나무껍질에 글씨를 써 표시를 남기거나 돌을 새겨 표시해놓아 나를 인도하고 내 분노를 부추겼다.

"나의 지배는 아직 끝나지 않았다. 너는 살아 있고 내 능력은 완벽하다. 나를 따라와라. 나는 북극 영원불멸의 빙해로 간다. 그곳에서 너는 내가 느끼지 못하는 차가운 공기와 혹한의 고통을 느끼게 될 것이다. 너무 늦게 따라오지만 않는다면 이 근처에서 죽은 산토끼를 발견하게 될 것이다. 그것을 먹고 기운을 차려라. 내 원수여, 어서 오라. 아직도 우리는 우리 목숨을 위해 싸워야 한다. 그때가 올

때까지 너는 아직도 힘들고 비참한 많은 시간을 견뎌야만 한다."(새겨놓은 글들 중 하나인 이 글은 또렷이 읽을 수 있었다.)

악마 놈, 나를 비웃다니! 나는 다시 복수를 맹세했다. 다시 한번 맹세하건대, 흉악한 악마, 네놈에게 고통을 주고 네놈을 죽여주겠다. 그놈이든 나든 하나가 죽을 때까지는 절대 추적을 멈추지 않겠노라. 그런 후에야 나는, 지금도 나를 위해 이 지루한 고생과 끔찍한 순례에 대한 보상을 준비해둔 엘리자베스와 가족들, 친구 곁에 기쁜 마음으로 갈 것이다.

나는 북쪽을 향해 여정을 계속했다. 북쪽으로 갈수록 눈발은 더욱 거세지고 추위는 견딜 수 없을 정도로 심해졌다. 농부들은 오두막에 꼼짝하지 않고 지냈으며 몇몇 대담한 사람들만이, 은신처에서 나와 먹이를 찾아 나선 굶주린 짐승들을 사냥하려고 밖으로 나올 뿐이었다. 강이 얼음으로 뒤덮여서 물고기도 잡을 수 없었기 때문에 나는 목숨을 부지하기 위해 기본적으로 먹어야 할 것조차 구하지 못했다.

내 일이 난관에 부딪힐수록 내 적은 더 큰 승리감을 맛보았다. 그놈은 어느 날 내게 이런 글을 남겼다.

"각오하라! 너의 고난은 이제 시작에 불과하다. 모피로 네 몸뚱이를 감싸고 식량을 준비해라. 우리는 곧 여행을 떠날 것이고, 그 여행 중에 겪을 너의 고난은 나의 끝없는 증오를 만족시켜줄 테니 말이다."

이 조롱의 글은 나의 용기와 인내심에 불을 지폈다. 나는 반드시 목적을 이루겠노라고 결심했고 신에게 도와 줄 것을 간절히 빌며 지칠 줄 모르는 열정으로 광활한 황 무지를 횡단했다. 그러자 마침내, 저 멀리에서 바다가 나 타나며 끝없이 펼쳐진 수평선을 그려냈다. 아! 남쪽의 푸 른 바다와 어찌 그리도 다를까! 얼음으로 뒤덮인 바다는 훨씬 황량하고 험난해 보일 뿐 육지와 별반 다를 것이 없 었다. 그리스인들은 아시아의 언덕에서 지중해를 보고는 기쁨에 겨워 눈물을 흘리며 고난의 끝을 열렬히 환호했 다. 나는 울지 않았다. 하지만 무릎을 꿇고, 벅찬 가슴으로 안전하게 그곳까지 이끌어준 영혼들에게 감사를 표했다. 적의 조롱 따위와는 상관없이 나는 그곳에서 놈을 만나 결전을 벌이고야 말 것이다.

몇 주 전에 나는 썰매와 개들을 구했기 때문에 매우 빠른 속도로 눈 위를 횡단할 수 있었다. 그 악마도 썰매를 타고 달렸는지는 모르겠지만, 추적하는 나는 그전까지는 매일 뒤처졌다. 하지만 이제 놈을 따라잡았다는 걸 알 수 있었다. 내가 처음 그 바다를 보았을 당시 놈은 불과 나보 다 하루 정도 앞서 나아가고 있었기에 나는 어쩌면 놈이 저쪽 해안에 도달하기 전에 가로막을 수 있기를 기대했 다. 다시금 용기를 내어, 나는 쉼 없이 계속 달려 이틀 만

나는 반드시 목적을 이루겠노라고 결심했고 신에게 도와줄 것을 간절히 빌며
지칠 줄 모르는 열정으로 광활한 황무지를 횡단했다.

에 바닷가에 있는 초라한 작은 마을에 도착했다. 나는 그곳 주민들에게 그 악마에 관해 물어보아 정확한 정보를 얻었다. 그들 말로는 전날 밤에 엽총 한 자루와 권총 여러 자루로 무장한 거대한 괴물이 와서는 외딴 오두막에 들이닥쳤고, 그 괴물의 소름 끼치는 모습에 겁에 질린 그 집안 사람들은 부리나케 달아났다는 것이다. 그날 밤, 그놈은 주민들이 비축해둔 겨울 양식을 가져다가 썰매에 싣고 썰매를 끌 만한 훈련된 개들을 여러 마리 붙잡아 마구를 채우고는 공포에 질린 주민들의 모습에 희열을 느끼며, 바다를 가로질러 결코 육지에는 이를 수 없는 방향으로 떠났다는 것이다. 그 마을 사람들은 그놈이 빙판이 깨져 바다에 익사했거나 끝없는 혹한에 곧 얼어죽었을 거라고 추측했다.

그 소식을 듣고 나니, 잠시 절망감이 들었다. 이미 놈은 나를 피해 달아난 것이었다. 나는 바다의 거대한 빙산을 넘어 거의 끝도 없는 죽음의 여행을 시작해야 했다. 그 빙산의 추위는 마을 사람들도 오래 견디기 힘들 만큼 혹독한데, 온화하고 따뜻한 지방 출신인 내가 그곳에 가면서 살아남기를 바란다는 건 있을 수 없는 일이었다. 하지만 그 악마가 살아서 승리하게 된다는 생각을 하니 다시 분노와 복수심이 치밀어 오르며 거대한 물결처럼 다른 감정들을 압도했다. 그리고 나는 잠시 잠에 빠져들었는데,

그 사이에 죽은 자들의 영혼이 나타나 내 주변을 떠돌면서 계속 분투하여 복수하라고 부추겼다. 나는 곧 꿈에서 깨어나 여정을 계속할 준비를 했다.

나는 육상용 썰매를 울퉁불퉁 얼어붙은 바다를 달리는 데 적합한 썰매로 바꾸었다. 그러곤 많은 양식을 구입한 후에 육지를 떠났다.

그로부터 며칠이 지났는지 모른다. 하지만 나는 혹독한 시련을 견뎌냈다. 그저 가슴속에서 불타오르는 영원한 복수심만이 내가 살아 있을 수 있게 해주었다. 아주 험준하고 거대한 빙산이 종종 앞길을 가로막았고, 나를 집어삼킬 듯 위협하며 꺼지는 빙해의 천둥 같은 소리가 빈번히 귀청을 울렸다. 그러나 다시 혹한이 닥쳤고, 덕분에 바닷길은 안전해졌다.

양식을 많이 소비한 것으로 보아, 3주를 그렇게 여행했던 것 같다. 내 가슴속으로 되돌아오는 자꾸만 멀어져가는 희망 때문에 나는 종종 쓰라린 낙담과 슬픔의 눈물을 흘리곤 했다. 사실 나는 절망의 먹잇감으로 잡힌 꼴이었기에 곧 그 비참함에 먹힐 처지였다. 어느 날은 나를 싣고 달리는 불쌍한 개들이 죽을힘을 다해 경사진 빙산의 꼭대기로 나를 끌어올린 후에 한 마리가 지친 채 쓰러져죽고 말았다. 비참한 기분에 젖어 내 앞에 펼쳐진 광대한 풍경을 보고 있자니, 갑자기 어스레한 평원 위에 검은 점

하나가 내 눈길을 사로잡았다. 그것이 무엇인지 확인하려고 잔뜩 긴장한 채 지켜보던 나는 썰매와 그 안에 탄, 몹시 일그러진 낯익은 모습을 알아보고는 미친 듯이 환호성을 질렀다. 아! 내 가슴속에서 희망이 얼마나 거센 불꽃으로 다시 타올랐던가! 눈가에 뜨거운 눈물이 고였지만 재빨리 닦아냈다. 눈물 때문에 내 눈에 들어온 그 악마를 놓쳐서는 안 되었기 때문이다. 하지만 뜨거운 눈물 때문에 여전히 시야가 흐릿했다. 급기야 나는 억눌러왔던 감정에 무너져 큰 소리로 흐느꼈다.

그러나 이처럼 시간을 지체할 때가 아니었다. 나는 죽은 개를 썰매에서 풀어 치우고, 나머지 개들에게 먹이를 넉넉히 주고 한 시간쯤 쉬게 했다. 개들에게 휴식은 꼭 필요했기에 어쩔 수 없었지만, 나로서는 아주 진저리나는 시간이었다. 휴식 시간이 끝나자, 나는 다시 여정을 계속했다. 그 썰매는 여전히 내 시야에 들어와 있었고, 얼음 바위가 우뚝 솟은 울퉁불퉁한 부분으로 잠시 눈 앞을 가렸던 순간을 제외하곤 그 썰매를 다시는 놓치지 않았다. 정말로 그놈을 상당히 가까이 따라잡았다. 이틀의 추적 끝에 불과 1, 2킬로미터 정도 떨어져 있는 적을 보자 가슴이 마구 뛰었다.

하지만 적이 거의 손에 닿을 만한 거리로 다가갔을 때, 갑자기 희망이 사라지고 말았다. 그놈이 온데간데없이 사라지고 만 것이다. 그 어느 때보다도 그놈의 흔적을 완전히 잃고 말았다. 빙해가 꺼지는 소리가 들렸다. 그러곤 발아래에서 물결이 출렁이며 부풀어오르면서 내는 천둥소리가 순간순간 더욱 불길하고 무서운 분위기를 고조시켰다. 나는 계속 앞으로 나아가려 애썼지만, 소용없었다. 바람이 일고 바다가 으르렁거렸다. 지진이라도 일어난 듯이 거대한 충격이 일었다. 그러곤 요란한 소리와 함께 빙해가 갈라지더니 빙산이 쪼개져 나갔다. 순식간에 그 과정은 끝났다. 몇 분 사이에 사납게 요동치는 바다가 나와 적 사이에서 굽이쳤고, 나는 어느새 쪼개진 얼음판을 타고 떠다니게 되었다. 그 얼음판은 점점 작아지면서 내게 섬뜩한 죽음을 예비하게 했다.

그렇게 처참한 많은 시간이 흘러갔다. 개 몇 마리가 죽었고 나는 계속되는 고난을 감당하지 못하고 쓰러질 찰나였다. 바로 그때 정박해 있던 당신의 배, 생명을 구해줄 희망의 손길을 보게 된 것이다. 배가 그토록 먼 북극까지 오리라고는 전혀 생각해본 적이 없었기에 나는 그 광경을 보고 무척 놀랐다. 나는 재빨리 썰매 일부를 부숴 노를 만들었다. 그러곤 지칠 대로 지친 몸으로 그 노를 이용해 얼음 뗏목을 당신 배 쪽으로 저어갈 수 있었다. 나는 당신이 남쪽으로 간다면, 내 목표를 포기하느니 차라리 계속 바다의 자비에 내 운명을 맡겨보려 마음먹었다. 당신에게 배 한 척을 달라고 부탁해서 그 배로 적을 쫓아갈 작정이었다. 하지만 당신은 북쪽으로 가고 있었다. 내가 기진맥진했을 때 당신이 나를 배에 태워주었다. 그렇지 않았다면, 나는 계속된 엄청난 고난을 이기지 못하고 죽었을 것이다. 나는 과업을 완수하지 못했기 때문에 아직도 죽음이 두렵다.

아! 나를 그 악마에게 인도해주는 수호천사는 내가 그토록 원하는 안식을 언제쯤 허락해주려는 것일까? 아니면 나는 죽고 그놈은 계속 살아야 한단 말인가? 월턴, 내게 맹세해주게. 내가 죽으면, 그놈을 놓치지 않겠다고, 그놈을 찾아 죽여 내 원수를 갚아주겠다고. 아니, 아니야. 내가 자네에게 내 순례를 맡아달라고, 내가 겪어온 고난을 겪으라고 부탁하다니? 그럴 순 없지. 나는 그렇게 이기적이지 않아. 하지만 내가 죽고 나서 혹시라도 그놈이 나타난다면, 복수의 사신들이 그놈을 자네에게 보내기라도 한다면, 그놈을 살려두지 않겠다고 맹세해주게. 놈이 쌓이고 쌓인 나의 비통함을 딛고 살아서, 나와 같이 비참한 또 다른 인간을 만들어내는 일이 없도록 해주겠다고 맹세해주게. 그는 달변인지라 사람을 잘도 설득하지. 한번은 그놈의 말이 내 마음까지 움직였네. 하지만 그놈을 믿지 말게. 놈의 영혼은 놈의 외모만큼이나 추악하고, 배신과 극악한 적의로 가득 차 있다네. 놈의 말을 듣지 말게. 월리엄과 저스틴, 클레르발, 엘리자베스, 내 아버지, 그리고 이 가련한 빅터의 죽은 영혼을 부르며 자네의 칼을 놈의 심장에 꽂아주게. 나는 근처에서 떠돌며 그 검이 정확히 꽂히도록 도와주겠네.

월턴, 이어지는 편지
17××년 8월 26일

마거릿, 이 이상하고 무서운 이야기를 다 읽었겠지. 혹시 피가 얼어붙는 것 같지 않니? 지금도 나의 간담을 서늘하게 하는 그 공포로 때문에 말이다. 이따금 그는 갑작스러운 고통에 사로잡혀 이야기를 잇지 못했어. 어느 때는 갈라지는 새된 목소리로 아주 고통스러운 이야기들을 어렵게 꺼내기도 했지. 맑고 아름다운 눈은 어느 때는 분노로 이글거리는가 하면, 어느 때는 무거운 슬픔에 사로잡혀 한없는 비참함 속에서 그 빛을 잃곤 했어. 가끔 그는 표정과 어조를 조절해가며, 일렁이는 마음을 완전히 억누른 채 아주 끔찍한 사건들을 차분한 목소리로 말하곤 했어. 그러다가 폭발하는 화산처럼, 갑자기 얼굴이 아주 매서운 분노가 서린 표정으로 바뀌면서 그 박해자에게 저주를 퍼붓기도 했어.

그의 이야기는 논리정연하며, 그야말로 가장 단순한 진실처럼 들려. 게다가 그가 내게 직접 보여준 펠릭스와 사피의 편지들, 우리 배의 시야에 희미하게 들어왔던 괴물의 모습은 그의 이야기들이 실제 있었던 사실임을 한층 더 믿게 해준단다. 그렇게 내가 직접 본 그 괴물이야말로 그가 아무리 진지하고 논리정연하게 말한다고 하더라도 그의 주장보다도 더욱더 신빙성이 있는 증거지. 그러니 그런 괴물이 정말로 존재한다는 거란다! 나는 그 사실을 의심하지 않지만 정말 놀라고 탄복하지 않을 수 없구나. 가끔 나는 프랑켄슈타인에게서 그 피조물의 구조를 상세히 알아내려 했지만 이 점에 관해서 그는 입을 굳게 다물었어.

"자네, 미쳤나?"

그가 말했어.

"아니면 어리석은 호기심으로 무슨 짓을 하려나? 자네도 자신과 세상에 적대적인 악마와 같은 적을 만들려 하는가? 그게 아니라면 자네 질문의 의도가 무엇인가? 진정하게, 진정해! 내 불행을 잘 보고 불행을 자초할 짓은 생각조차 하지 말게."

프랑켄슈타인은 내가 자기 과거의 삶을 기록한다는 걸 알아차렸어. 그는 그걸 보자고 하더니 직접 여러 부분을 수정하고 덧붙일 곳은 덧붙였어. 하지만 그는 주로 자신이 적과 나눈 대화에 생동감과 활력을 부여해주었어.

"이왕 자네가 내 이야기를 기록했으니 말인데, 후손에게 부정확한 기록을 남겨주지 말아야지."

그가 말했어.

그렇게 지금까지 누구도 상상해내지 못했던 기이한 이야기를 듣는 사이에 일주일이 지나갔어. 내 생각과 내 영혼의 모든 감정은 내 손님에 대한 호기심, 즉 그의 이야기와 그의 고상하고 온화한 태도가 빚어낸 것에 대한 호기심에 흠뻑 취했어. 나는 그를 위로해주고 싶었어. 하나 그렇게 한없이 비참한 사람에게, 그렇게 위안을 얻을 희망을 모조리 잃어버린 사람에게 살아야 한다고 충고할 수 있겠니? 아, 그럴 수 없지! 지금 그가 품을 수 있는 유일한 기쁨은 산산이 깨진 그의 감정들을 평화와 죽음으로 진정시킬 때야 비로소 얻을 수 있을 거야. 하지만 그런 그도 고독과 정신착란이 주는 하나의 위안을 누렸어. 그는 꿈속에서 가족들과 대화를 나누며, 그들과 함께 지내는 것에서 자신의 불행에 대한 위안이나 복수에 대한 의욕을 얻을 때면, 그들이 환상의 산물이 아니라 머나먼 세계의 영역에서 자신을 방문한 실제 존재라고 믿는단다. 이러한 믿음 때문에 그의 몽상에 숙연함이 느껴지는구나. 그리고 그게 혹여 몽상일망정 내게 진실처럼 흥미와 감동을 주는구나.

우리 대화가 언제나 그의 과거의 삶과 불행에 국한된 것은 아니야. 그는 문학 일반의 모든 점에서 해박한 지식과 날카롭고 통찰력 있는 식견을 과시하는구나. 그의 웅변은 설득력이 있고 감동적이지. 나는 그가 슬픈 사건을 들려주거나, 연민이나 사랑의 감정을 자극하려 할 때면, 눈물을 흘리지 않고는 그의 말을 들을 수 없단다.

그는 파멸에 이른 지금도 그토록 고결하고 존엄해 보이는데, 행복한 시절에는 얼마나 매력적인 인물이었을까! 그는 자신의 가치와, 자신이 얼마나 가혹하게 몰락했는지 아는 것 같아.

그가 말했어.

"젊었을 때, 나는 나 자신이 굉장히 큰일을 할 운명이라고 믿었다네. 나는 감성이 풍부했네. 하지만 빛나는 성취에 필요한 냉철한 판단력도 지니고 있었네. 이런 자긍심은 다른 감정들이 억눌릴 때 나를 지탱해주는 버팀목이었지. 나는 무용한 슬픔에 젖어, 인류를 위해 유용하게 쓰일 능력을 썩히는 것은 죄악이라고 생각했던 거네. 내가 완성한 그 일, 그러니까 감정과 이성을 지닌 존재를 창조해낸 일을 생각하면 나 자신을 평범한 과학자로 생각할 순 없었지. 하지만 내가 과학자로서 첫발을 내디딜 때, 힘을 북돋우던 그러한 생각 때문에 지금 내가 먼지 구덩이 속에 깊숙이 처박힌 거네. 나의 모든 생각과 희망은 수

포가 되어버렸고, 전능함을 갈망하던 대천사처럼 나는 영원한 지옥에 갇히게 된 거지. 나의 상상력은 풍부했고 분석력과 응용력은 아주 뛰어났지. 이런 자질들을 통합해서 나는 인간의 창조를 꿈꾸었고 그걸 실행에 옮긴 거야. 지금도 그 연구가 완성되기 전에 느꼈던 공상들을 떠올리면 열정에 사로잡히곤 하네. 나는 천국을 밟는 상상에 빠져들었고 내 능력에 기뻐했고 그 연구의 성과를 생각하며 기쁨에 타올랐지. 어릴 적부터 나는 높은 이상과 고결한 야망을 꿈꾸곤 했지. 한데 지금 나는 얼마나 몰락했는가! 아! 친구여, 자네가 옛날의 내 모습을 알았다면 이처럼 타락해버린 나를 알아보지 못했을 거네. 나는 낙담이라는 것을 거의 모르고 살았네. 내게 숭고한 운명이 예비되어 있다고 생각했지. 내가 쓰러져 다시는 일어설 수 없을 지경이 되기 전까지는 말이네."

바로 이런 훌륭한 사람을 잃어야 한단 말인가? 나는 친구를 갈망해왔어. 내 뜻에 공감하고 나를 사랑해줄 친구를 찾아왔어. 아, 이 황량한 바다에서 나는 마침내 그런 친구를 찾았다. 하지만, 그의 진정한 가치를 알았을 뿐인데, 곧 그를 잃을까 봐 걱정이구나. 나는 그를 삶과 화해시키려 하지만 그는 완강히 거부한다.

그가 말했어.

"고맙네, 월턴. 이 불쌍한 놈에게 친절을 베풀어줘서

말이네. 하나 자네는 새로운 인연과 애정을 말하지만, 누가 떠난 사람들을 대신할 수 있겠는가? 내게 클레르발을 대신해줄 사람이, 엘리자베스를 대신해줄 여자가 있을 수 있겠나? 애정이 남달리 유별난 사이가 아니라고 하더라도 어린 시절 친구는 항상 우리의 마음을 사로잡는 특별한 힘이 있지. 훗날 사귄 친구로서는 가질 수 없는 힘 말일세. 어릴 적 친구 사이에는 어렸을 때의 기질들을 서로 잘 알지. 그 기질은 훗날 아무리 변한다고 해도 결코 지워지지 않을 걸세. 그리고 어릴 적 친구들은 그런 기질을 서로 잘 알기 때문에, 우리 행동의 실제 동기가 무엇인지에 관해 판단할 때, 좀 더 확실한 결론을 내릴 수 있는 거라네. 누이나 형제라면 다른 형제의 속임수나 거짓된 행동을 절대 의심하지 않지. 그런 징후가 어릴 적부터 보이지 않았다면 말이네. 그러나 훗날에 사귄 친구의 경우에는 아무리 우정이 강하다고 해도 때에 따라선 의심하게 마련이라네. 하나 내 친구들과 더없이 소중한 사이가 되었던 것은 어릴 적부터 서로의 기질을 잘 알았고 함께 지내왔기 때문인 것은 물론이고, 그들이 가졌던 장점 때문이기도 하지. 내가 어디에 있든 엘리자베스의 따뜻한 목소리와 클레르발과 나눈 대화는 영원히 내 귓가에 나지막이 울릴 거네. 그들은 죽었지. 이런 고독 속에서는 오직 한 가지 감정만이 내가 목숨을 끊지 않도록 나를 설득할 수 있다네. 내가 인류에게 아주 커다란 도움을 줄 숭고한 일이나 계획에 헌신한다면 그 일을 완수하기 위해서라도 살수 있을 걸세. 하지만 내 운명은 그렇지 않네. 나는 내가 생명을 주었던 존재를 쫓아서 파멸시켜야만 해. 그러면 지상에서의 내 운명은 실현된 것이니 나는 숨을 거둘 것이네."

9월 2일

사랑하는 누이야,

나는 위험에 둘러싸여, 사랑하는 잉글랜드와 그곳에 사는 그리운 친구들을 다시 볼 수 있을지 알지도 못한 채 편지를 쓴단다. 나는 빠져나갈 틈이 전혀 없는 빙산들로 둘러싸였어. 게다가 그 빙산들은 순간순간 배를 부숴버릴 듯 위협하는구나. 내가 설득해 이곳으로 이끌고 온 용감한 동료 선원들은 도움을 바라고 나만 쳐다보지만 내가 도울 수 있는 일은 아무것도 없어. 우리는 뭔가 정말 끔찍한 상황에 부닥친 것 같지만, 아직 내 마음속의 용기와 희망은 나를 저버리지 않았어. 우리는 살아남을 거야. 우리가 살아남지 못한다면, 나는 세네카°의 교훈을 되풀이해서 말하고 용감하게 죽을 거야.

하지만 그리된다면 마거릿, 네 심정은 어떨까? 너는 내가 죽었다는 소식을 듣지 못하고, 내가 돌아오기만을 마음 졸이며 기다리겠지. 몇 년이 지나는 사이에 절망하겠지만, 그래도 희망을 버리지 못하고 괴로워하겠지. 아! 사랑하는 누이야, 너의 간절한 기대감이 비통하게 무너지는 게 나 자신의 죽음보다 더 두렵구나. 하지만 너에겐 남편과 사랑스러운 아이들이 있으니 행복해지겠지. 신께서 네게 축복을 내려 행복하기를!

나의 불행한 손님은 정말 진정으로 나를 동정해주는구나. 그는 내게 희망을 주려고 애쓰면서 삶을 자신이 소중히 여기는 소유물인 듯 말한단다. 그는 이 바다에 도전했던 다른 항해자들도 비슷한 사고를 얼마나 자주 겪었는지 상기하도록 하면서 나도 모르는 사이에 내게 밝은 예감을 심어주었어. 심지어 선원들도 그의 유창한 말의 힘을 느낀단다. 그가 말을 하면 선원들은 더는 절망하지 않아. 그가 사기를 돋워주니, 선원들은 그의 목소리를 듣는 동안 저 거대한 빙산들은 인간의 결연한 의지 앞에서 사라지게 될 둑에 지나지 않는다고 믿게 되지. 그러나 그러한 감정도 일시적일 뿐, 매일매일 멀어져가는 기대감 때

- 고대 로마 제정기의 스토아철학자로 네로의 스승이었지만, 역모 혐의를 받고 자결했다.

문에 선원들은 두려움에 사로잡혔어. 이런 절망으로 혹여 폭동이 일어나지나 않을까 걱정되기까지 하는구나.

9월 5일

방금 일어난 사건이 너무나도 이상해, 이 편지가 네 손에 들어가지 못할 가능성이 높지만 그 사건을 적지 않을 수 없구나.

우리는 여전히 빙산들에 둘러싸여 있고, 우리 배는 여전히 빙산들과 충돌해 파괴될지도 모르는 절박한 위험에 처해 있어. 혹독한 추위에 불행한 동료 중 여럿이 이미 이 황량한 세계에 묻히고 말았구나. 그리고 프랑켄슈타인의 건강은 날이 갈수록 쇠약해지고 있단다. 그의 눈은 여전히 성난 불꽃처럼 이글거리지만, 그는 지칠 대로 지쳤어. 어느 때는 힘을 내려는 듯 갑자기 벌떡 일어났다가도 금방 다시 죽은 듯 쓰러지곤 한단다.

지난 편지에서 나는 폭동이 일어날까 두렵다고 언급했지. 오늘 아침이었어. 내 친구의 창백한 얼굴을 지켜보며 앉았는데, 그의 눈은 반쯤 감겼고 사지는 힘없이 축 늘어졌어. 선원 여섯이 선실로 찾아와 들어와도 되겠냐고 물었어. 정신이 번쩍 들더구나. 그들이 들어오더니 주동

우리는 여전히 빙산들에 둘러싸여 있고,
우리 배는 여전히 빙산들과 충돌해 파괴될지도 모르는 절박한 위험에 처해 있어.

자가 내게 말했어. 자신과 동료들은 다른 선원들이 대표로 선출해주어, 나와 담판을 지으러 왔다고 말이다. 솔직히 나는 그들의 요구를 거부할 수 없었어. 우리는 빙산 속에 갇혔으니, 그곳을 빠져나갈 가망이 없을 거야. 하지만 그들은 혹시라도 빙산이 흩어져서, 배가 빠져나갈 길이 열리면, 이 곤경을 잘 이겨낸 후에 내가 무모하게 항해를 계속해서, 그들을 다시 새로운 위험 속으로 몰고 가지 않을까 걱정했던 거야. 때문에 그들은 배가 빙산에서 빠져나오면 즉시 진로를 남쪽으로 돌리겠다는 약속을 단단히 받아내야겠다는 거였어.

이 말을 듣고 나니, 몹시 괴로웠어. 나는 절망해본 적이 없어. 또한 빙산에서 빠져나가면 돌아갈 거라고 생각을 해본 적도 없어. 하지만 정당성이나 심지어 가능성의 견지에서도 내가 그 요구를 거절할 수 있겠어? 나는 대답하지 못하고 망설였지. 바로 그때, 지금까지 그저 조용히 입 다물고 있던 프랑켄슈타인이, 실은 끼어들 힘도 거의 없이 보이는 사람이 몸을 일으켰어. 그의 눈은 번득였고 뺨은 순간적인 활력으로 붉어졌어. 그는 선원들 쪽으로 얼굴을 돌리면서 입을 열었어.

"그게 무슨 말이오? 당신들, 지금 선장에게 무슨 요구를 하는 거요? 그리도 쉽게 당신들의 계획을 저버리겠다는 것이오? 당신들은 이 항해가 영광스러운 탐험이라고 하지 않았소? 무엇 때문에 이 항해가 영광스러웠던 거요? 그건 남쪽 바다에서처럼 뱃길이 순탄하고 평온해서가 아니라 위험과 공포가 가득했기 때문이잖소. 불굴의 정신을 발휘하며 강한 용기를 내게 했던 온갖 새로운 사건들, 사방으로 둘러싸인 위험과 죽음, 바로 당신들이 용감히 맞서 싸워 이겨내야 할 그런 위험들 때문이잖소. 바로 그런 이유 때문에 이 항해가 영광스럽고 명예로운 일이었던 것이잖소. 당신들은 장차 인류에 큰 공헌을 한 위인으로 찬사를 받을 것이오. 당신들은 후대에 명예와 인류의 복리를 위해 죽음에 맞선 용감한 사람으로 존경받으며 널리 이름을 떨칠 것이오. 그런데 지금은 당신들은 어떻소. 당신들은 고작 이제야 닥친 위험이나, 이런 말을 해서 미안하지만 처음으로 당신들의 용기를 시험하는 강력하고 무서운 시련에 잔뜩 움츠러들고, 추위와 위험 따위를 견딜 힘도 없었던 사람들로 후세에 기억되는 것에 만족하고 있소. '그래서 불쌍한 영혼들, 그들은 추워서 따뜻한 난롯가로 돌아왔구먼' 같은 이따위 소리를 들으려고 이 여행을 준비했던 거요. 그저 자신들이 겁쟁이임을 증명하기 위해서라면, 굳이 당신들의 선장을 이렇게 멀리까지 끌고 와서 좌절의 수치심을 맛보게 할 필요는 없었소. 아! 사나이, 아니 그 이상이 되시오. 일단 목표를 확고히 정하면, 바위처럼 흔들리지 마시오. 이 빙산은 당신들의 마음과는 다른 것으로 만들어졌소. 이 빙산은 변하기 쉽고, 당신들이 마음만 단단히 먹으면 당신들을 이겨낼 수 없소. 당신들의 이마에 불명예스러운 오명을 새긴 채 가족들에게 돌아가지는 마시오. 싸워서 정복한 영웅, 적에게 등을 보이는 것이 무엇인지 모르는 영웅이 되어 돌아가시오."

그는 고상한 이상과 영웅심이 넘쳐나는 눈빛으로, 말하는 상황에 따라 다양한 감정에 맞게 목소리에 변화를 주면서 그렇게 말했어. 이러니 그 사람들은 당연히 감동할 수밖에 없었지. 그들은 서로의 얼굴을 쳐다볼 뿐 아무런 대답도 못 하더구나. 내가 그들에게 말했어. 물러가 자신들이 한 말을 다시 한번 생각해보라고. 그들이 계속 강경하게 반대한다면, 나는 그들을 이끌고 북쪽으로 더 가지는 않을 거라고. 하지만 그들이 좀 더 신중히 생각해보고 용기를 되찾기를 바란다고.

선원들이 물러갔고, 나는 친구에게로 향했어. 쓰러져 옴짝달싹하지 못하던 그는 겨우 숨이 붙어 있는 것만 같았어.

이번 항해가 어떻게 끝날지 모르겠지만 나는 목적을 이루지 못한 채 수치스럽게 돌아가느니 차라리 죽겠어. 하지만 바로 그런 것이 내 운명이 아닐까 두렵구나. 영광과 명예라는 이상의 버팀목이 없는 사람들은 결코 현재의 고난을 기꺼운 마음으로 계속 견디려 하지는 않을 거야.

9월 7일

주사위는 던져졌다. 나는 우리가 이곳에서 무사히 살아나가면, 돌아가기로 약속했다. 결국 소심함과 우유부단함 때문에 내 희망이 깨지고 마는구나. 나는 밝혀낸 것 없이 실망만 안고 돌아간다. 이러한 부당함을 끈기 있게 참아내기 위해서는 내가 가진 것 이상의 철학이 필요한 듯하구나.

9월 12일

이제 다 끝났어. 지금 잉글랜드로 돌아가는 중이다. 인류에 공헌하고 영예를 얻겠다는 희망은 사라지고 말았어. 그리고 친구도 잃었어. 하지만 사랑하는 동생아, 이 쓰라린 상황을 너에게 자세히 전하고자 한다. 그리고 잉글랜드로, 너에게로 가까이 다가가고 있으니 낙심하지 않으련다.

9월 9일에 빙산이 움직이기 시작했어. 저 멀리에서 천둥 같은 우렁찬 소리가 들리더니 사방에서 얼음 섬들이 쪼개지고 갈라졌어. 위험이 바로 눈앞에 다가왔지만 우리로서는 손쓸 수 없는 상황이었지. 사정이 그러니 나는 그저 불행한 손님에게나 신경을 쏟았어. 그는 병세가 크게 악화되어 침대에만 누워 있었어. 우리 뒤편의 빙산이 갈라지더니 북쪽으로 거세게 밀려나갔어. 서쪽에서 산들바람이 불어왔고 11일이 되자, 남쪽으로 향하는 뱃길이 완전히 트였어. 선원들은 그 뱃길을 보자 드디어 고향으로 돌아갈 수 있다고 확신하고는 기쁨에 겨워 오랫동안 계속해서 크게 환호성을 질러대며 떠들썩했어. 졸고 있던 프랑켄슈타인이 정신을 차리더니 웬 소동이냐고 묻더구나.

"선원들이 환호성을 지르는 겁니다. 곧 잉글랜드로 돌아갈 테니까요."

내가 말했지.

"자네, 정말 돌아갈 생각인가?"

"아아! 그럴 수밖에요. 그들의 요구를 거부할 수 없어요. 그들을 억지로 위험 속으로 끌고 갈 순 없으니 돌아가는 수밖에 없지요."

"그렇다면 그리하게. 하지만 난 돌아가지 않겠네. 자네는 목적을 포기했는지 모르지만, 내 목적은 신이 정해주신 것이기에, 나는 포기할 수 없네. 나는 체력이 많이 약해졌지. 하지만 나의 복수를 도와주는 영혼들이 분명 내게 충분한 힘을 줄 거야."

그는 이 말을 하면서 침대에서 몸을 일으키려 했지만 그에겐 무리였던지 다시 쓰러져 정신을 잃고 말았어.

그가 정신을 차리기까지 한참이 걸렸어. 나는 종종 그가 완전히 숨을 거두었다고 생각했지. 한데 드디어 그가 눈을 뜨더구나. 하지만 그는 겨우 숨을 쉴 뿐 말을 하지 못했어. 의사는 그에게 진정제를 주고는 우리에게 그를 방해하지 말고 혼자 있게 하라고 이르더구나. 그러곤 그 의사는 내게 내 친구가 몇 시간밖에 살지 못할 것이라고 말해주었어.

그에게 죽음의 선고가 내려졌으니, 나는 그저 슬퍼하며 꾹 참을 수밖에 없었어. 나는 그의 침대 옆에 앉아 그를 지켜보았어. 그는 눈을 감고 있었는데, 그저 자는 것만 같더구나. 하지만 곧 그는 가냘픈 목소리로 나를 부르더니 가까이 오라고 했어. 그러곤 말하더구나.

"아아! 내가 의지하던 힘도 떠나갔어. 나는 곧 죽을 거야. 그런데 그놈, 나의 적, 박해자는 여전히 살아 있겠지. 월턴, 그렇다고 해서 내가 생명이 붙어 있는 마지막 순간까지 한때 보였던 것과 같은 불타는 증오와 복수의 열정에 사로잡혀 있었다고 생각하지는 말게. 적의 죽음을 갈망하는 건 나로서는 정당한 거였어. 요 며칠 동안 내 지나온 과거의 행적을 깊이 생각해보았네. 특별히 비난받을 만한 일은 없었어. 나는 열정적인 광기에 사로잡혀 이성적인 존재를 창조했고, 내 힘이 닿는 한 그의 행복과 안녕을 보장해주기로 했네. 그게 나의 의무였지. 하지만 그것

그는 가냘픈 목소리로 나를 부르더니 가까이 오라고 했어.

보다 더 중요한 것이 있었어. 나로서는 인간들에 대한 의무가 더욱 중요하게 느껴졌던 거야. 그런 내 마음에는 인간의 행복이나 불행이 더욱 큰 비중을 차지했기 때문이지. 그래서 나는 자신의 반려자를 만들어달라는 그 첫 번째 피조물의 요구를 거절했던 거였네. 그런 내 행동은 옳았어. 그놈은 상상할 수도 없는 사악한 원한과 이기심을 드러냈어. 그놈은 내 친구들을 죽였어. 그리고 섬세한 감성과 행복과 지혜를 지닌 존재들을 해치는 데 몰두했어. 그런 복수에 대한 갈증이 어디에서 끝날지 모르겠네. 아마 그놈은 더는 비참하게 만들 사람이 없어, 자신이 비참해질 때에야 죽을 것이네. 그놈을 죽이는 것이 나의 과제였지만 나는 실패하고 말았네. 나는 이기적이고 사악한 동기에 사로잡혔을 때, 자네에게 내가 이루지 못한 일을 나 대신 해달라고 부탁했네. 이제 나는 이성과 덕을 회복했으니, 맑은 정신으로 다시 한번 부탁하겠네.

하지만 나는 이 과업을 완수하기 위해서 자네에게 조국과 친구들을 버리라고 요구할 수는 없네. 잉글랜드로 돌아가는 이상 자네는 그놈을 만날 가능성은 거의 없겠지. 하지만 이러한 점들을 숙고해볼 문제와 자네가 의무로 여기는 일들을 균형 있게 잘 해결할 문제는 자네에게 맡기겠네. 죽음이 점점 가까이 다가오니, 벌써 판단력이나 사고가 흐려진 것 같네. 내가 옳다고 생각하는 걸 해달라고 억지로 요구하지는 않겠네. 아직도 지나친 열정 때문에 내가 잘못 판단할 수도 있으니 말일세.

그놈이 죽지 않고 악행을 저지를 것을 생각하니 마음이 혼란스럽네. 어떤 점에선 지금 이 시간, 잠시 내가 해방을 기대하는 이 순간이 최근 몇 년 동안에 유일하게 누릴 수 있는 행복한 시간이네. 저세상으로 떠난 사랑하는 사람들의 모습이 눈 앞에 어른거리네. 서둘러 그들의 품으로 가야겠네. 잘 있게, 월턴! 평온함 속에서 행복을 찾고 야망은 피하게. 야망이 과학과 발견의 분야에서 자네에게 명성을 안겨줄, 언뜻 순수한 것으로 보일지라도 말일세. 그런데 내가 왜 이런 말을 하는 걸까? 나는 그런 기대감 때문에 파멸을 자초했지만 다른 사람은 성공할지도 모르는 일인데."

그의 목소리가 점점 더 희미해져갔어. 그러곤 마침내 그는 말할 힘조차 잃었는지 입을 다물더구나. 그 후로 한 시간 반쯤 지나서 그는 다시 말을 해보려 애썼지만 입술을 떼지 못했어. 그는 힘없이 내 손을 잡더니, 영원히 눈을 감았어. 동시에 그의 입술에서는 부드러운 웃음의 빛이 사라졌어.

마거릿, 이 고귀한 영혼이 너무나 일찍 세상을 떠나는 걸 보고 내가 무슨 말을 할 수 있겠니? 무슨 말을 해야 네게 내 슬픔의 깊이를 이해시킬 수 있을까? 어떤 말을 하

더라도 모자라고 미약할 거야. 눈물이 나는구나. 내 마음
은 온통 실망의 구름으로 뒤덮였어. 하지만 나는 잉글랜
드로 향하니 그곳에서 위안을 찾을 수 있겠지.

　　지금 어떤 소리가 나를 방해하는구나. 대체 무슨 일
이 일어나려고 이런 소리가 나는 거지? 지금은 한밤중이
다. 산들바람이 적당히 불고 갑판의 불침번은 조용히 있
는데. 다시 그 소리가 들리는구나. 사람의 목소리지만 좀
더 거칠다. 프랑켄슈타인의 시신이 누운 선실에서 나오는
소리다. 어서 가서 살펴봐야겠다. 잘 자라, 누이야.

　　이럴 수가! 대체 방금 무슨 광경이 벌어졌던 걸까! 그
광경을 떠올리면, 아직도 정신이 아찔하구나. 내게 그 광
경을 자세히 옮길 능력이 있을지 모르겠구나. 하지만 지
금까지 내가 기록한 이야기는 놀라운 이 마지막 대단원을
빠뜨린다면 미완에 그치고 말 거야.

　　나는 불운한 운명을 맞이한 고귀한 친구의 시신이 누
운 선실에 들어갔어. 한데 그의 머리 위로 어떤 말로도 설
명할 수 없는 한 형체가 드리워져 있었어. 거대한 체구지
만, 몸의 균형이 기괴하게 일그러진 모습이었어. 그의 얼
굴은 관 위로 늘어뜨렸기에, 길고 텁수룩한 헝클어진 머
리카락에 가려졌어. 하지만 커다란 한 손을 뻗었는데 그
살결과 피부색은 미라의 손과 똑같아 보였어. 내가 들어
오는 소리를 듣자 그놈은 슬프고도 소름 끼치는 탄식을

그치고 창문 쪽으로 재빨리 뛰어갔어. 나는 그놈의 얼굴처럼 소름 끼치는 모습을, 정말 그토록 역겨우면서도 아주 섬뜩한 몰골을 본 적이 없어. 나는 나도 모르게 눈을 감고, 이 파괴자에 대한 내 의무가 무엇이었는지 생각해내려 애썼어. 결국 나는 그놈을 불러 세웠어.

그는 멈춰 서더니 의아한 눈초리로 나를 노려보았어. 그러곤 다시 생명을 잃은 자기 창조자의 시신 쪽을 돌아보더니 나라는 존재는 잊은 듯, 격정을 억제하지 못하고 아주 거친 분노가 서린 표정과 몸짓을 보였어.

"저 사람도 내가 죽였구나!"

그가 소리쳤어.

"그를 죽인 것으로 내 죄악은 이제 끝이로구나! 계속된 나의 비참한 삶도 이제 종말 앞에 다가서 있구나! 아, 프랑켄슈타인! 관대하고 헌신적인 존재여! 이제 와서 당신에게 용서해달라고 간청한들 무슨 소용이 있겠는가! 당신이 가장 사랑하는 사람들을 모조리 죽임으로써 당신을 완전히 파멸시켜버린 나를. 아아! 그대의 몸은 싸늘하고 그대는 아무 대답도 할 수 없구나."

그놈은 목이 메는 듯 보였어. 처음에 일었던 충동, 즉 자신의 적을 죽여달라고 한 내 친구의 유언에 복종하여 의무를 이행해야 한다고 마음속에서 이는 충동은 이제 호기심과 동정심이 뒤섞인 감정 때문에 유예되었어. 나는 이 무시무시한 존재에게 다가갔어. 하지만 시선을 들어 다시 그놈의 얼굴을 쳐다볼 엄두가 나지 않았어. 그놈의 흉측한 얼굴에는 이 세상에는 없는 소름 끼치는 어떤 기운이 서려 있었어. 나는 말을 꺼내보려 애썼지만 말들이 닫힌 입 안에서 사라지고 말았어. 그 괴물은 계속해서 앞뒤가 맞지 않는 자학적인 말들을 토해냈어. 그의 폭풍처럼 휘몰아치던 격정이 잠시 잠잠해진 순간에 마침내 나는 용기를 내어 그에게 말을 꺼냈어.

"이제 와서 그렇게 후회해봐야 소용없어. 네가 이렇게 극단적으로 잔인한 복수를 하기 전에 양심의 목소리에 귀를 기울이고 양심의 가책에서 오는 고통을 유념했다면 프랑켄슈타인은 아직 살아 있었을 거다."

"지금 무슨 헛소리를 하는가?"

그 악마가 말했어.

"그동안 내가 고통과 양심의 가책을 못 느낀 줄 아시오?"

그는 시체를 가리키며 말을 이었어.

"저 사람은, 복수심이 절정에 이르렀을 때 느낀 것 이상으로 고통과 양심의 가책을 느끼지는 않았소. 아아! 복수의 구체적인 실행이 지체되는 동안 내가 느꼈던 고통의 만분의 일도 느끼지 못했단 말이오. 무서운 이기심이 나를 재촉해댔지만 그럴 때마다 내 마음은 양심의 가책으로 큰 상처를 입었소. 내 귀엔 클레르발의 신음이 음악 소리로 들렸을 것 같소? 내 심장은 사랑과 동정에 민감하게 만들어졌소. 그러니 불행 때문에 악과 증오로 내 마음이 뒤틀릴 때면, 나는 당신이 상상할 수도 없는 엄청난 고통을 느끼며 그 변화가 가하는 폭력을 참아내야 했소.

클레르발을 살해한 후에 나는 비탄에 젖어 완전히 맥이 빠진 채 스위스로 돌아갔소. 프랑켄슈타인이 너무 불쌍하게 느껴졌소. 불쌍하다 못해 두렵기까지 했소. 나는 나 자신을 증오했소. 하지만 나는 그가, 내 존재를 만들고 말로 다 표현할 수 없는 고통을 심어주었던 그 장본인이 뻔뻔하게 행복을 바란다는 사실을, 내게는 불행과 절망을 한층 심하게 안겨주면서도 자신은 내게는 영원히 금지된 도락에 빠져 감상적이고 열정적으로 즐거움을 향유하려 한다는 걸 알게 되었소. 그런 사실을 알게 된 순간 나는 무력한 질투와 쓰디쓴 분노가 치밀면서, 가시지 않는 복수의 갈증에 사로잡혔소. 내가 그동안 그에게 가했던 협박을 떠올리고는 그것을 그대로 실행하기로 결심했소. 죽음의 고통을 자초하는 길이라는 걸 알았지만 그때 나는 아무리 싫어도 거역할 수 없는 충동의 노예였지 주인이 아니었소. 하지만 그녀가 죽었을 때! 오히려 그때는 비참하지 않았소. 나는 엄청난 절망에 빠져들어 모든 감정을 떨쳐버리고 모든 고통을 억눌러버렸던 거요. 그때부터 내게는 악이 선이 되었소. 그리해서 나는 내가 기꺼이 선택한 본령에 내 본성을 순응시키는 수밖에 없었소. 나의 악마적인 계획을 완성하는 것이 탐욕스러운 열망이 되었소. 그리고 이제 그 열망은 끝났소. 바로 저 사람이 내 마지막 희생자요!"

나는 처음에는 자신의 불행을 털어놓는 그의 말에 연민을 느꼈어. 하지만 문득 그가 뛰어난 언변과 설득력을 지녔다고 했던 프랑켄슈타인의 말이 떠올랐고, 내 친구의 생명이 없는 모습에 다시 시선을 던지자, 마음속에서 분노가 또 타올랐어.

"비열한 놈!"

내가 말했어.

"이곳까지 찾아와서 자초한 비참함에 울다니, 꼴좋다. 산더미 같은 건물들에 횃불을 던져놓고는 그 건물들이 다 타버리자, 잿더미 한가운데에 앉아서는 파괴된 그 건물들에 통곡하는 꼴이구나. 위선적인 악마! 네놈이 애도하는 그 사람이 지금도 살아 있다면 여전히 그는 네놈의 저주스러운 복수의 대상일 테고, 다시 네놈의 손에 희생되고 말았겠지. 네놈이 느끼는 건 연민이 아니야. 네놈은 그저 네놈의 원한의 희생자가 네놈의 손아귀에서 벗어났기에 슬퍼하는 거야."

"아니, 그렇지 않소. 그렇지 않아."

그놈이 내 말을 가로막으며 말했어.

"그간 의도적으로 보이는 내 행동 때문에 그런 인상을 받았을 줄 알고 있소. 그렇다고 해서 내 불행에 동정을 구하려는 건 아니오. 나를 동정할 사람이 누가 있겠소. 내가 처음 동정을 구했을 때 그것은 미덕에 대한 사랑, 나의 온몸에 넘쳐흐르는 행복과 애정의 감정이었소. 나는 그것을 함께 나누고 싶었소. 그러나 이제 내게 그 미덕은 그림자가 되었고 그 행복과 애정은 혐오스러운 쓰디쓴 절망으로 변해버렸소. 이럴진대 내가 어디서 동정을 구할 수 있겠소? 나는 고난이 계속되는 한 혼자서 기꺼이 견디겠소. 죽을 때 나는 혐오와 악담이 나의 기억을 잔뜩 채울 거라는 사실에 만족하오. 한때 나는 공상을 하곤 했는데, 그럴 때면 선과 명예, 즐거움을 꿈꾸면서 위안을 받았소. 한때 나는 나의 겉모습을 너그럽게 봐주며, 내가 보여줄 수 있는 훌륭한 자질들 때문에 나를 사랑하는 존재들을 만나리라는 헛된 바람을 가졌소. 내 마음은 명예와 헌신이라는 숭고한 생각으로 충만했소. 그러나 나는 이제 악행으로 말미암아 가장 비천한 짐승보다 못한 존재로 타락했소. 어떤 죄악이나 해악도, 어떤 악의나 참담함도 나의 것과는 비교가 안 될 것이오. 내가 저지른 그 무서운 일들을 돌이켜보면, 지금의 내가 한때 아름다움과 선의 위엄에 관한 숭고하고 초월적인 비전들로 충만한 사유를 했던 존재라는 것이 믿기지 않소. 하지만 그게 사실이오. 타락한 천사는 사악한 악마가 되는 법이오. 하지만 신과 인간의 적인 바로 그 악마조차 외로움 속에서도 친구와 동료 들이 있소. 그런데 나는 혼자요.

프랑켄슈타인을 친구라 부르는 당신은 내가 지은 죄와 그의 불행에 관해 아나 보군. 하지만 그가 당신에게 아무리 자세히 얘기했다고 하더라도, 내가 부질없는 열정에 빠져 헛되이 보내며 그 많은 시간과 오랜 세월 동안 겪어야 했던 고통을 설명할 순 없었을 거요. 나는 그의 희망을 부숴버렸지만 나 자신의 욕망은 만족시키지 못했소. 욕망은 언제나 불타오르며 갈구했소. 나는 여전히 사랑과 우정을 갈구하고 여전히 버림받았소. 그건 정말 불공평하지 않소? 인간들은 모두 내게 죄를 저지르는데 왜 나만 죄인 취급을 당해야 하는 거요? 당신은 왜 친구를 문전 박대한 펠릭스는 미워하지 않는 거요? 자기 자식을 구해준 사람을 죽이려고 한 그 시골 사람은 왜 증오하지 않는 거요? 그래, 그들은 고결하고 순결한 존재라는 것이지! 나, 흉측하고 버림받은 놈은 멸시당하고 걷어차이고 짓밟혀도 되는 괴물이란 말이지. 그런 부당함을 생각하면 지금도 피가 끓어오르오.

하지만 내가 비열한 놈이라는 건 옳소. 나는 사랑스럽고 힘없는 사람들을 살해했소. 아무 죄도 없는 사람들을 자고 있을 때 목 졸라 죽였고, 나나 다른 어떤 생물에게 해를 끼치지 않은 어린아이의 숨통을 끊어놓았소. 나는 내 창조자를, 사람들의 사랑과 존경을 받기에 충분한, 사람들의 귀감이 될 만한 사람을 불행에 빠뜨리는 데 헌신했소. 나는 그를 돌이킬 수 없는 파멸로 몰아넣었소. 저기에 그가 창백하고 싸늘한 시체가 되어 누워 있소. 당신은 나를 증오하지. 하지만 당신의 그 증오는 내가 나 자신을 증오하는 것에는 미치지 못할 것이오. 지금 나는 그 끔찍한 일을 저지른 손을 보고 있소. 나는 그 끔찍한 일들에 대한 상상을 품고 있던 마음을 떠올리며, 이 두 손으로 내 두 눈을 찌르고 싶소. 그 끔찍한 일에 대한 상상이 내 머릿속에서 떨어져 나가도록 말이오.

내가 앞으로 무서운 악행을 저지를까 두려워하지 마시오. 이제 내 일은 거의 끝났소. 나의 존재를 완성하고 내게 주어진 일을 마치기 위해서는 당신이나 다른 사람들의 죽음이 아니라 나의 죽음이 필요하오. 그 제물을 바치는 데 시간을 오래 끌지 않겠소. 저기 내가 타고 왔던 얼음 뗏목을 타고 당신 배를 떠나, 지구의 최북단까지 갈 것이오. 그곳에서 나의 장례식을 위한 장작을 모아 피우고 이 비참한 몸뚱이를 재로 태워버리겠소. 나는 그렇게 재가 되어 사라져, 나와 같은 또 다른 존재를 만들고 싶어 하는 호기심 많고 부정한, 가련한 사람에게 어떠한 실마리도 남기지 않을 것이오. 나는 죽을 거요. 이제 더는 나를 갉아먹는 고뇌를 느끼는 일도, 충족되지도 억제할 수도 없는 감정의 희생양이 되는 일도 없을 거요. 내게 생명을 주었던 사람은 죽었으니, 나만 죽으면 우리 둘에 대한 기억은 곧 세상에서 영원히 사라질 것이오. 나는 더는 태양이나 별을 보지 못하고 뺨을 스치는 바람도 느낄 수 없을 거요. 빛, 감정, 감각도 사라질 것이오. 그리고 그 상태에서 나는 행복을 찾게 될 것이오. 몇 년 전, 이 세상이 보여주는 모습이 맨 처음 내 눈 앞에 펼쳐졌을 때, 기운을 돋우는 여름의 온기를 느끼고 나뭇잎들이 바스락거리는 소리와 새들이 지저귀는 소리를 들었을 때, 바로 그것들이 내 삶의 전부였을 때, 울다가 죽었어야 했소. 이제 죽음만이 나의 유일한 위안이오. 죄로 더럽혀지고 몹시 쓰라린 양심의 가책에 마음이 갈기갈기 찢긴 내가 죽음 말고 어디에서 안식을 찾을 수 있겠소?

잘 있으시오! 이제 떠나겠소. 당신이 내 두 눈으로 보는 마지막 인간일 것이오. 잘 있으시오, 프랑켄슈타인! 그대가 아직 살아 있어서, 여전히 나에 대한 복수의 열망을 품고 있었다면 내가 죽는 것보다 차라리 살아 있는 편이 흡족한 일이었을 텐데. 하지만 그렇게 되지 않았소. 그대는 내가 더 큰 악행을 저지르지 못하도록 나를 없애려 했소. 만일 내가 모르는 어떤 방법으로 그대가 지금도 계속

죄로 더럽혀지고 몹시 쓰라린 양심의 가책에 마음이 갈기갈기 찢긴 내가
죽음 말고 어디에서 안식을 찾을 수 있겠소?

생각하고 느낀다면, 그대는 내가 계속 불행하게 살아가는 걸 원치 않을 것이오. 그대도 몹시 고통스러웠겠지만 내 고통은 그대의 고통보다 훨씬 더 컸소. 죽음으로 내 마음의 상처가 영원히 아물 때까지 쓰라린 양심의 가책은 계속해서 그 상처를 쑤셔댈 테니 말이오."

그는 슬프고도 엄숙한, 열정적인 목소리로 소리쳤어.

"하지만 곧 나는 죽을 거요. 그러니, 지금 느끼는 이 고통스러운 심정도 더는 느끼지 못할 거요. 이 가슴속에 타오르는 비참한 심정도 곧 꺼지고 말 거요. 나는 의기양양하게 나의 장례식 장작더미에 올라가 온몸을 불사르는 불길의 고통 속에서 미친 듯이 기뻐할 것이오. 그 불꽃이 꺼지면, 나의 재는 바람에 실려 바다로 날릴 것이오. 내 영혼은 평화로이 잠들 것이오. 혹시 영혼이 생각을 한다 해도 지금 같은 생각은 절대 하지 않을 것이오. 잘 있으시오."

그는 이 말을 남기고는 선실의 창문으로 뛰어오르더니, 배 근처에 두었던 얼음 뗏목 위로 뛰어내렸어. 그는 곧 물결에 밀려가더니, 어둠 속으로 멀리 사라졌어.

끝

스탠더드 노블스 판 저자 서문(1831년)

　'스탠더드 노블스' 시리즈의 발행인들[•]이 그 시리즈의 하나로《프랑켄슈타인》을 선택하면서, 내게 이 소설의 탄생 배경을 설명해주었으면 했다. 나는 그 제안에 기꺼이 응하기로 했는데, 그동안 종종 받았던 질문—'어떻게 내가, 당시에 젊은 아가씨였던 내가 그토록 섬뜩한 착상을 하게 됐고, 그것을 소설로 쓰게 됐는가?'—에 내 나름대로 대답할 기회가 생겼기 때문이다. 실은 내가 직접 글로 밝히려니 무척 꺼림칙했다. 하지만 내가 밝히는 설명이 그저 예전에 출간한 작품의 부록으로 나올 테고, 나의 저작과 관련된 주제에만 국한된다면 주제넘게 나선다고 자

[•] 　1831년판《프랑켄슈타인》은 헨리 콜번Henry Colburn과 리처드 벤틀리Richard Bentley가 기획한 스탠더드 노블스Standard Novels 시리즈의 아홉 번째로 기획된 작품이다.

책하지 않아도 될 듯하다.

저명한 문필가를 부모로 둔 덕에 나는 어릴 때부터 자연스럽게 글을 쓸 생각을 품었다. 어릴 적부터 글을 끄적였고, 여가 시간이면 소일거리로 '이야기 쓰는 것'을 무척 좋아했다. 하지만 이보다 훨씬 더 즐거웠던 일은 허공에 성을 짓는 것, 즉 백일몽에 빠져드는 것이었다. 꼬리를 물고 이어지는 생각의 흐름을 쫓아가다 보면, 주제에 따라 이어지는 일련의 상상 속 사건들이 자연스럽게 만들어지곤 했다. 그렇게 꿈꾼 상상들이 내가 쓴 글보다 더 환상적이고 그럴 듯했다. 글 쓸 때 나는 거의 모방자에 가까웠다. 내 머릿속에 떠오른 생각을 온전히 그대로 옮겨 적기보다 다른 사람들이 쓴 글을 모방했다. 내가 썼던 글은 적어도 다른 한 사람— 내 어린 시절의 단짝 친구— 에게 보여주기 위한 것이었다. 하지만 내가 떠올린 상상들은 온전히 나 혼자만의 것이었다. 그 누구를 위해 생각해낸 것이 아니었다. 내게 그 상상들은 내가 속이 상할 때는 도피처였고 한가로울 때는 더없이 큰 즐거움이었다.

어릴 적 나는 주로 시골에서 살았고, 스코틀랜드에서 아주 많은 시간을 보냈다. 종종 그림처럼 아름다운 곳을 방문하기도 했지만 내가 살던 집은 던디Dundee 근처 테이강 북쪽 기슭의 황량하고 쓸쓸한 곳에 있었다. 물론 지금 돌이켜보면 황량하고 쓸쓸한 곳이긴 하지만, 어릴 적에는 그런 느낌이 들지 않았다. 그곳은 자유의 둥지이고, 누구의 눈에도 띄지 않고 내 상상의 존재들과 마음껏 이야기를 나눌 수 있는 편안한 영역이었다. 그때 나는 글을 썼는데 아주 평범한 문체의 글이었다. 진정한 나의 작품, 하늘로 높이 비상한 내 상상력이 태어나고 자란 곳은 바로 우리 집 마당의 나무들 아래 또는 근처 벌거숭이 산의 황량한 기슭이었다. 나 자신이 내 이야기 속의 여주인공이 되어본 적은 없었다. 나 자신을 생각할 때, 삶이란 지극히 평범한 것이었다. 낭만적인 비애나 경이로운 사건들이 내 운명이 되리라고는 상상할 수 없었다. 그러나 나는 나 자신의 정체성에만 갇혀 있지 않고, 그 당시 내 감성보다 훨씬 더 흥미로운 작품들을 읽으며 시간을 보냈다.

그 후 내 생활이 더욱 분주해지면서, 현실이 허구의 자리를 대신했다. 하지만 남편은 처음부터 내가 문필가 집안의 혈통임을 증명하고 문단에 이름을 남기기를 몹시 원했다. 그는 내가 문학에 완전히 무관심해진 이후에도 문학적 명성을 얻도록 항상 격려해주었고, 나 역시 이제는 그런 명성을 얻고 싶은 마음이 들었다. 그는 당시에 내가 글을 계속 쓰길 바랐는데, 내게 주목을 받을 만한 아이디어는 그리 많지 않지만 앞으로 좋은 글을 쓸 재능이 있다고 판단했던 모양이다. 하지만 나는 글을 전혀 쓰지 못했다. 여행하고 가족을 돌보고 공부하면서 시간을 보냈다. 독서하고, 나보다 훨씬 더 교양이 풍부한 남편과 이야기를 나누면서 내 사고 수준을 향상하는 것이 내가 생각할 수 있는 문학 수업의 전부였다.

1816년 여름에 우리는 스위스를 방문했는데 그곳에서 바이런° 경과 이웃해서 지내게 되었다. 우리는 처음엔 호수에 있거나 그 기슭을 거닐면서 즐거운 시간을 보냈다. 당시 우리 중에서《차일드 해럴드의 편력*Childe Harold's Pilgrimage*》3권을 쓰고 있던 바이런 경만이 자기 생각을 글로 표현하던 유일한 사람이었다. 그가 우리에게 잇달아 작품들을 보여주었는데, 그 작품들은 하나같이 시적인 빛과 조화로 채색된 글로 하늘과 땅의 신성한 영광을 그대로 드러내는 듯했다. 우리는 그렇게 그의 작품을 감상하며 받은 감동을 함께 나누었다.

하지만 그해 여름은 습하고 날씨가 나빴다. 쉬지 않고 계속 내리는 비 때문에 며칠씩 집에 갇혀 있는 날이 많았다. 그때 우연히도 프랑스어로 번역된 독일의 괴담 몇 권을 수중에 넣게 됐다. 그중에《변덕스러운 연인의 이야기*History of the Inconstant Lover*》는 한 남자가 사랑을 맹세한 신

•   《카인》(1821),《사르다나팔루스》(1821),《코린트의 포위》(1816),
《차일드 해럴드의 편력》(1812~1818) 등의 작품으로 유명한 영국의 낭
만파 시인(1788~1824)

부를 껴안았는데, 알고 보니 그 신부는 예전에 자신이 버렸던 여자의 창백한 유령이었다는 얘기였다. 또한 어떤 가문의 죄 많은 시조始祖 이야기도 있었다. 비참한 운명을 맞은 그는 집안의 숙명을 타고난 젊은 아들들이 모두 전도유망한 나이에 이르면, 그들에게 죽음의 키스를 해야만 한다는 이야기였다. 한밤중에 간간이 비치는 달빛에, 그의 거대한 그림자 같은 형체가 보였다. 마치 〈햄릿Hamlet〉의 유령처럼 머리끝에서 발끝까지 갑옷을 입었지만 투구의 턱가리개를 올린 채로 어두컴컴한 한길을 따라 천천히 앞으로 향했다. 그 형체는 성벽의 그림자 속으로 사라졌다. 하지만, 곧 성문이 열리고 발소리가 들리고 방문이 열리면, 그는 꽃다운 젊은이들이 곤히 잠든 침대로 다가갔다. 그는 몸을 숙여, 그 아들들의 이마에 입을 맞추었는데, 그의 얼굴에는 영원히 가시지 않을 슬픔이 배어 있었다. 그리고 그의 입술이 아들들의 이마에 닿는 순간, 줄기가 꺾인 꽃처럼 시들어갔다. 나는 그 후로 이 책들을 다시 읽은 적은 없지만, 이 이야기는 마치 어제 읽은 듯이 기억에 생생히 남아 있다.

"우리 각자 괴담 한 편씩 씁시다."

바이런 경이 말했다. 그의 제안에 모두 동의했다. 우리는 모두 네 명이었다. 이 고결한 작가는 이야기 한 편을 쓰기 시작해서, 나중에 《마제파Mazeppa》란 서사시의 맨 끝에 실었다. 이야기의 장치를 꾸미는 것보다 아이디어와 감성을 재기 넘치는 상상력의 빛으로, 우리의 언어를 장식하는 가장 아름다운 선율의 음악과 같은 시로 표현하는데 재주가 있는 남편 셸리는 어렸을 때의 경험을 토대로 이야기를 쓰기 시작했다. 이제 고인이 된 폴리도리*는 열쇠 구멍으로 뭔가 아주 충격적이고 봐서는 안 되는 것— 그것이 무엇인지는 기억이 나지 않는다— 을 엿보았다는 이유로 벌을 받아 머리가 해골로 변한 어떤 숙녀에 관한 소름 끼치는 이야기를 구상했다. 그러나 폴리도리는 그녀를 유명한 코벤트리의 톰**보다 더 비참한 상황에 몰아넣고는 그녀를 어떻게 처리해야 할지 몰라 하다가, 별 수 없이 그녀에게 어울리는 유일한 곳인 캐퓰릿 가의 묘지로 보내버렸다. 저명한 시인들 역시 산문체의 진부한 이야기

• 존 폴리도리John Polidori, 바이런의 개인 주치의였던 그는 이때 바이런의 제안이 계기가 되어 본격적인 최초의 뱀파이어 소설《뱀파이어The Vampyre》(1819)를 발표한다.

•• 고디바 부인의 전설에서 나오는 인물이다. 코벤트리의 영주 부인인 고디바가 마을 사람들의 세금 감면을 조건으로 알몸으로 말을 탄채 마을을 한 바퀴 도는데, 그 부인의 뜻에 감복한 마을 사람들은 그녀를 엿보지 않았다. 하지만 유일하게 톰이라는 양복 재단사가 엿보다가 눈이 멀고 말았다. 엿보는 톰Peeping Tom은 관음증 환자를 지칭하기도 한다.

에 못 견디더니, 자신들의 기질에 어울리지 않는 과제를 곧 포기하고 말았다.

나는 이야기를 생각해내느라 분주했다. 나는 이 과제를 수행하도록 자극을 주었던 작품들에 견줄 만한 이야기를 쓰려 했다. 우리 본성에 감추어진 까닭 모를 두려움을 자극해서 섬뜩한 공포를 불러일으키는 이야기, 독자가 주위를 돌아보는 것조차 무서워하고, 간담이 서늘해지며, 심장 고동이 빠르게 뛰는 그런 이야기를 쓰고 싶었다. 내가 그만한 이야기를 쓰지 못한다면, 나의 괴담은 괴담이라고 불릴 수도 없을 것이다. 나는 생각하고 또 생각했지만 헛수고였다. 백지장처럼 텅 빈 창작의 무능함을 느꼈다. 그 기분은 애타는 기도에 아무런 응답도 없을 때 작가들이 느끼는 가장 큰 비참함이었다.

"이야기를 생각해냈어요?"

나는 매일 아침 이 질문을 받았고, 그때마다 씁쓸하게 부정적인 대답을 해야만 했다.

산초˙가 말한 대로 모든 것에는 시작이 있게 마련이다. 그리고 그 시작은 앞서 존재했던 무언가와 반드시 연결되어 있다. 힌두교도들은 세상을 코끼리가 떠받들고 있

˙ 세르반테스의《돈키호테》에 등장하는 돈키호테의 시종

다고 생각하는 한편, 그 코끼리는 거북이 위에 서 있다고 생각한다. 우리는 발명이 무에서 창조되는 것이 아니라 혼돈에서 창조된다는 것을 겸손하게 인정해야 한다. 물질은 처음부터 있어야 한다. 발명은 어둡고 형체가 없는 재료에 형체를 부여할 수 있지만 재료 그 자체를 만들어낼 수는 없다. 발견과 발명에 관한 한, 심지어 그것이 상상력의 영역에 있다고 하더라도 우리는 계속해서 콜럼버스와 그의 달걀 이야기를 떠올리게 된다. 발명은 대상의 잠재력을 포착하는 능력과 그 대상에서 연상되는 아이디어를 빚어 형상을 만들어내는 능력에 있다.

바이런 경과 셸리는 오랜 시간에 걸쳐 많은 대화를 나누곤 했다. 나도 그 대화에 열렬히 동참했지만 거의 말없이 경청했다. 언젠가는 다양한 철학 학설들이 논의되었는데, 그중에 생명 원리의 본질에 관한 주제가 거론되었다. 바로 그 본질이 발견되어 세상에 알려질 가망이 있는가 하는 문제였다. 두 사람은 다윈 박사의 실험에 관해 이야기했다(나는 다윈이 실제로 했다거나 그가 했다고 직접 말하기라도 한 실험이 아니라, 좀 더 정확히 말하자면, 당시 소문으로 그가 실행했다고 하는 실험을 말하는 것이다). 다윈 박사는 베르미첼리* 한 가락을 유리 상자에 넣고 보관해두었다가 마침내 어떤 비상한 수단을 이용해 그 국수가락이 저절로 움직이게 했다고 한다. 어쨌거나 생명이 그런 식으로는 태어나지 않을 것이다. 한데 시체라면 다시 살아날 수 있을지도 모른다. 갈바니즘**은 그 가능성의 증거를 보여 주었다. 어쩌면 생명체를 구성하는 부분들을 만들어 함께 결합한다면, 그것은 생명의 온기를 띠게 될지도 모른다.

이런 대화를 하는 동안 밤이 깊어갔고 우리는 마녀가 출몰할 시간도 지난 뒤에야 잠을 청하러 갔다. 나는 베개에 머리를 눕혔지만 잠이 오지 않았다. 그렇다고 딱히 뭐라 말할 수 있는 생각에 골몰하지도 않았다. 자연스럽게 상상력이 나를 사로잡더니, 평소에 빠져드는 공상보다 훨씬 더 생생하게, 머릿속에 떠오르는 연속적인 영상들을 펼쳐 보여주며 나를 이끌었다. 나는 눈을 감았지만, 예민한 정신적인 눈으로 또렷이 보았다. 불경스러운 기술을 지닌 창백한 얼굴의 학생이 자신이 하나로 결합해 만들어낸 괴물 옆에서 무릎을 꿇고 있었다. 그리고 사지를 쭉 뻗고 누운 한 남자의 소름 끼치는 환영이 보였다. 이윽고 아주 강력한 엔진이 작동하면서 생명의 신호가 보이더니 반

- 국수 종류
- 갈바니Luigi Aloisio Galvani(1737~1798)는 개구리 뒷다리에 전기적 충격을 가하면 다리가 움직인다는 사실을 발견했는데, 그의 동료인 물리학자 볼타Alessandro Volta(1745~1827)가 이러한 효과를 갈바니즘 Galvanism이라고 칭했다.

쯤 살아 있는 동작으로 어색하게 움직였다. 정말 섬뜩한 광경이었다. 인간의 어떤 노력이든 결과적으로 이 세상을 창조한 조물주의 거대한 메커니즘을 조롱하려는 것이라면 그것은 그 무엇보다도 무서운 일일 것이다. 그 피조물을 성공적으로 만들어낸 일은 창조자 본인조차 경악케 할 것이다. 결국 그는 역겹고 소름 끼치는 자기 피조물에게서 도망치고 말 것이다. 그는 피조물을 방치하고는, 자신이 불어넣었던 가냘픈 생명의 불꽃이 사라지기를 소망할 것이다. 그렇게 불완전한 생명을 얻은 그 존재가 생명이 없는 물질로 사그라지기를 바랄 것이다. 그리고 어쩌면 그는 자신이 한때 생명의 요람으로 기대했던 소름 끼치는 시체의 일시적인 생존이 무덤의 정적 속에 영원히 묻히게 될 것이라고 믿으며 잠들지도 모른다. 그렇게 그는 잠든다. 그러나 누군가가 그를 깨운다. 그는 눈을 뜬다. 그의 눈에는 침대 곁에 서 있는 섬뜩한 괴물이 들어온다. 괴물이 커튼을 젖히고 노랗고 촉촉이 젖은, 하지만 명상에 잠긴 듯한 눈으로 창조자를 내려다본다.

나는 두려워서 눈을 떴다. 내가 그 생각에 얼마나 빠져 있었던지, 공포감으로 온몸에 소름이 돋았다. 순간 소름 끼치는 상상을 떨쳐버리고 주변의 현실로 돌아오고 싶었다. 내게는 그때의 환영이 지금도 생생하다. 그 방과 그 어두운 마룻바닥과 닫힌 덧문들과 문틈 사이로 가까스로 비집고 들어오는 달빛이 보이는 것만 같고, 유리 같은 호수와 높고 하얀 알프스가 저편에 보일 것만 같은 느낌이 든다. 섬뜩한 환영은 쉽사리 지워지지 않았다. 그것이 계속 나를 괴롭히며 놓아주지 않았다. 나는 그 상상을 떨쳐버리며 애써 뭔가 다른 생각을 해야 했다. 하지만 결국엔 괴담으로 되돌아갔다. 지긋지긋하게 풀리지 않는 괴담! 아아! 지난밤 내가 무서워했던 것처럼 독자들을 소름 돋게 만들 이야기를 쓸 수만 있다면!

갑자기 빛처럼 빠르게 뇌리에 스치는 생각에 기운이 솟았다.

"바로 그거야! 내가 무서워했듯이 다른 사람들도 무서워할 거야. 그럼 이제 한밤중에 머리맡을 떠나지 않던 그 무서운 존재를 묘사하기만 하면 돼."

그 이튿날 나는 '이야기를 생각해냈다'고 공표했다. 나는 백일몽의 섬뜩한 공포를 그저 글로 옮기며, '11월의 어느 음산한 밤이었다'라는 말로 그날을 시작했다.

처음에 나는 몇 쪽짜리 단편을 쓰려고 생각했다. 하지만 셸리는 그 착상을 좀 더 길게 발전시켜보라고 권했다. 나는 이야기 속 단 하나의 사건도 남편의 도움을 받지 않았고, 단 하나의 감정 흐름도 남편의 도움을 빌리지 않았음을 분명히 밝힌다. 하지만 남편의 격려가 없었다면 이 이야기는 현재의 모습대로 세상에 태어나지 못했을 것이다. 그리고 이 자리를 빌려 밝히는 바, 초판의 서문만큼은 내가 쓴 글이 아니다. 내 기억으론 초판의 서문은 전부 남편이 썼다.

그리고 지금, 나는 다시 한번 소름 끼치는 내 자식에게 세상에 나가 크게 성공하라고 명한다. 나는 이 녀석을 사랑한다. 이 녀석은 행복했던 시절, 그러니까 죽음과 슬픔은 그저 단어일 뿐 나로서는 전혀 공감할 수 없는 것이었던 시절의 소산이기 때문이다. 이 작품의 여러 페이지에 등장하는 많은 산책과 마차 여행 그리고 수많은 대화는 내 동반자와 함께 경험한 일들이다. 이제 나는 동반자를 이 세상에서 더는 볼 수 없다. 그러나 이것은 내 개인적인 문제일 뿐 독자들은 이 연상과는 아무런 관계가 없다.

내가 수정한 부분에 관해 한마디만 덧붙인다. 수정한 부분은 주로 문체다. 줄거리는 전혀 고치지 않았고, 새로운 착상이나 상황을 추가하지도 않았다. 이야기의 흥미를 방해할 정도로 과하게 단조로운 문체는 수정했다. 이런 변화는 주로 1권의 도입부에 있다. 이야기에 부속되는 부분만 수정했고 핵심 내용은 손대지 않고 그대로 두었다.

M. W. S.

1831년 10월 15일 런던에서

1. 메리 셸리의 삶과 문학

과학소설Science Fiction의 선구자로 평가받는 메리 셸리는 1797년 8월 30일, 영국 런던에서 태어났다. 메리의 아버지는 《정치적 정의와 그것이 일반 미덕과 행복에 미치는 영향에 관한 고찰An Enquiry Concerning Political Justice and Its Influence on General Virtue and Happiness》(1793)을 저술하여 '권력을 행사하며 불평등과 폭력이라는 부조리를 낳게 마련인 인습적인 정치 체제하의 정부'를 거부하고 공동 생산과 공동 분배의 소규모 자립 공동체를 주창했던 '무정부주의의 선구자인 급진주의 사상가', 윌리엄 고드윈이었다. 또 어머니는 《여성의 권리 옹호A Vindication of the Rights of Woman》(1792)를 저술하여 여성의 교육적·사회적 평등을 주창한 (자유주의) 페미니즘의 선구자이자 교육자였던 메리 울스턴크래프트다. 메리를 낳은 지 11일 만에 출산 후유증으로 사망했다.

메리의 아버지 고드윈은 메리가 네 살이 되던 해에 이웃에 살던 메리 제인 클레어몬트와 재혼한다. 이로써 어머니 울스턴크래프트가 고드윈과 결혼하기 전에 동거했던 미국인 사업가, 길버트 임레이 사이에서 낳은 이복 자매 패니 임레이, 클레어몬트가 전 남편 사이에서 낳은 아들 찰스와 딸 제인이 한 가족이 되었다.

어머니의 죽음 이후 이처럼 메리의 마음을 어둡게 했던 아버지의 재혼과 복잡한 가족 관계, 계모와의 갈등 속에서 그녀가 찾을 수 있는 유일한 위안거리는 독서였다. 더욱이 아버지가 워낙 유명한 인사였던 터라 집에 자주 드나들던 문인들과 접하면서 자연스럽게 독서와 글쓰기에 친숙해졌다. 어릴 적《프랑켄슈타인 또는 현대의 프로메테우스 *Frankenstein : or, The Modern Prometheus*》의 본문에도 인용된 새뮤얼 콜리지의 〈늙은 선원의 노래〉를 콜리지가 직접 낭송하는 것을 듣고 무척 감동했다고 한다. 어린 나이인 이때부터 자연스럽게 자신의 운명을 문필가로 받아들였고, 가정에서 아버지에게 교육을 받고 아버지의 지도하에 수많은 책을 접하면서 상상력과 지성을 쌓아갔다. 어느 순간부터 계모의 시선을 피해 성 판크라스 교회 묘지에 있던 어머니의 무덤가에서 책을 읽는 것이 일상이 되었다. 얼굴한 번 본 적이 없지만 자신의 이름을 남겨준 어머니의 이상을 마음속에 품으며 어머니를 정신적 지주로 삼았다.

메리는 계모와 갈등이 심해지자, 1812년 6월에서 1814년 5월 사이에 스코틀랜드 던디에 있는 백스터 집안에서 머물게 된다. 그 사이에 낭만파 시인 셸리는 고드윈의 사상에 매료되어 그와 서신 교환을 시작으로 자주 그의 집에 찾아오곤 한다. 메리는 잠시 런던의 아버지 집에 들렀다가 당시 스무 살이었던 셸리와 그의 아내 해리엇을 만난다. 메리는 1814년 집으로 돌아와서도 셸리와 자주 만나면서 자신의 아버지처럼 지적이면서도 급진적이고 자유분방한 사고를 지닌 그와 사랑에 빠지고 만다. 하지만 두 사람의 관계를 아버지는 절대 용납하지 않았다. 결국 두 사람은 1814년 7월에 유럽 여러 나라로 사랑의 도피 여행을 떠난다. 그해 9월에 영국으로 돌아와 숨어 지내던 메리는 이듬해 2월, 딸 클라라를 조산했는데 아기는 생후 11일 만에 죽고 만다. 1816년 1월에 아들 윌리엄을 낳고 봄(5월)이 되자 셸리, 그리고 이복자매인 제인 클레어몬트와 함께 영국을 떠나 제네바로 여행을 갔다. 그곳에서 훗날 제인 클레어몬트와 연인으로 발전하게 되는 바이런을 만나 친분을 쌓았다.

바로 이 시기에 바이런이 괴기 소설을 써보자는 제안을 했고, 이를 계기로 메리는 《프랑켄슈타인 또는 현대의 프로메테우스》를 구상하게 되었다. 메리는 그해(1816년) 여름 집필을 시작해 1818년 1월, 20세 나이에《프랑켄슈타인 또는 현대의 프로메테우스》를 익명으로 출간했다. 그 사이에 그녀는 딸 클라라 에버리나를 출산하고《6주간의 여행담*History of a Six Weeks' Tour*》(1817)을 출간한다. 그리고 신상에 많은 변화를 겪는다. 이복자매 패니 임레이가 자살하고, 뒤이어 셸리의 부인 해리엇마저 투신자살한다. 해리엇이 죽고 나서 얼마 후인 1816년 12월 30일에 메리는 런던의 성 밀레드 교회에서 퍼시 셸리와 결혼한다. 메리는 행복한 생활을 꿈꾸었겠지만, 결혼 이후의 생활 역시 순탄치 않았다.

1818년 1월《프랑켄슈타인 또는 현대의 프로메테우스》를 출간한 이후 셸리 부부는 당시 자신들에게 쏟아지는 세간의 눈길을 피해 이탈리아에서 도피 생활을 한다. 그러던 중 딸 클라라가 1818년 9월에 죽고 아들 윌리엄이 이듬해인 6월에 죽고 만다. 이처럼 그의 가족이나, 주변 사람들의 죽음이 끊이지 않았다. 1819년에 유일하게 죽지 않고 성장하게 되는 자식인 퍼시를 낳고 마음의 위안을 찾는가 싶었는데, 1822년 7월 8일에 메리의 창작 활동을 진심으로 격려해주고 그녀의 문학성을 인정해주었던 남편마저 그녀의 곁을 떠난다. 그는 자신의 요트 '동 쥐앙호'를 타고 이탈리아의 리보르노에서 항해 중 갑작스러운 돌풍을 만나 익사하고 말았다. 그때 메리 셸리의 나이는 겨우 스물네 살이었다.

이처럼 젊은 나이에 겪어야 했던 계속된 불행을, 감당하기 쉽지 않았을 텐데, 메리는 애써 마음을 추스르고 남편의 작품을 정리하여 출간하는 일과 자신의 창작 활동에 전념한다. 남편 셸리의 시를 정리하여 《유고 시집 Posthumous Poems》(1824)을 출간하고, 남편의 시에 전기적 사실을 수록해 편집한 《시 작품Poetical Works》(1839)을 출간한다. 그리고 페스트로 인류가 멸망한 21세기 말, 유일한 생존자 라이오넬 버니의 시선을 통해 현대 문명의 묵시록을 그리는 《최후의 인간The last Man》(1826)을 비롯, 《퍼킨 워벡의 행운The Fortunes of Perkin Warbeck》(1830), 《포크너 Falkner》(1837) 등의 소설과 1840년과 1843년 사이에 아들 퍼시 플로렌스와 독일과 이탈리아를 여행했던 이야기를 담은 《1840, 1842, 1843년 독일과 이탈리아 산책Rambles in Germany and Italy in 1840, 1842 and 1843》(1844)을 발표한다.

1848년에 아들이 결혼한 이후로 그녀는 아들 부부와 함께 여생을 보내다가 1851년 2월 1일, 런던 체스터 스퀘어에서 뇌종양으로 생을 마감한다.

메리 셸리는 당시 시대적인 통념과는 화해할 수 없는 전복적이고 혁신적인 사고를 했고, 그 시대의 지배적 가치와 소통이 쉽지 않았던 여성 작가였기 때문에 오랫동안

정당한 평가를 받지 못했다. 하지만 후대에 이르러 메리의 작품들이 던지는 페미니즘적인 비전과 진보적인 사고, 창의적인 문학성이 새롭게 조명을 받으며 이제는 시대를 앞선 혁신적인 작가로, 새로운 장르를 개척한 과학소설의 선구자로 칭송받고 있다.

2. 프랑켄슈타인 또는 현대의 프로메테우스

1818년판 《프랑켄슈타인 또는 현대의 프로메테우스》는 익명으로 출간되었다. 아마 작품의 성격이 사회의 지배적인 통념을 뒤흔드는 내용이라는 사실과 당시 문학계에서 소외되던 여성 작가로서의 처지, 퍼시 셸리와의 스캔들로 받았던 비난, 그리고 작가인 메리 셸리 자신이 대중의 시선이 곱지 않았던 고드윈과 메리 울스턴크래프트의 딸이라는 사실 등 때문일 것이다. 하지만 1818년 오리지널 작품이 우리에게 익숙한 1831년 텍스트(수정판)와 비교해 더 급진적이고 작가가 애초에 의도했던 문학에 좀 더 가까워 보인다.

1) 과학소설의 탄생과 지배적 가치의 허구성

문필가 아버지 밑에서 메리 셸리는 철학과 문학은 물론이고 당시의 자연과학에 관련된 지식과 교양도 풍부하게 쌓았다. 그리고 과학에 상당한 지식을 갖추고 있던 남편 퍼시 셸리를 만나면서 과학에 더욱 관심을 가지게 되었다. 이처럼 과학에 깊은 관심을 가졌던 그녀는 '동물의 발생에 대해서 진화설에 기초를 두어 전성설前成說을 부정했던 생리학자 에라스무스 다윈의 이론', '자연인류학의 창시자로 두개골의 계측적인 연구를 통하여 인류를 다섯 인종으로 분류했던 블루멘바흐의 이론', '화학자 험프리 데이비의 화학 이론', 그리고 (소설 속에 언급되어 있기도 한) '동물 전기 현상을 발표했던 루이지 갈바니 이론'을 염두에 두고 바이런이 제안한 괴담을 고딕소설 형식으로 쓰기 시작했다.

이성과 합리성의 세계로부터 소외된 욕망을 그려낸다는 점에서 《프랑켄슈타인 또는 현대의 프로메테우스》는 고딕소설이 가장 적합한 소설적 양식이었다. 하지만 마침내 탄생한 《프랑켄슈타인 또는 현대의 프로메테우스》는 고딕소설의 형식을 갖추었으면서도 당시의 과학적인 이론을 반영하고 내용 면에서 과학 자체를 문제시했다는 점에서 기존의 고딕소설과는 그 차원이 달랐다. 바야흐로 과학소설이 탄생한 것이다. 메리 셸리는 그 시대의 풍경과 실체를 그려내는 데 고딕소설의 양식으로 현실에 일정 거리를 두면서도 과학적 개연성으로 현실성을 부여하고자 했다.

빅터 프랑켄슈타인은 18, 19세기 중산층 사회를 대

표하는 지성인, 과학적이고 합리적인 이성을 갖춘 인물이다. 그는 인류에 공헌하겠다는 이상으로, 생명의 비밀을 밝혀내려는 열정 어린 연구 끝에 마침내 생물을 창조해내지만, 자기가 만든 피조물을 스스로 감당하지 못하고 파국에 이른다. 이와 같은 생명 창조의 문제는 유전공학이 크게 발전한 오늘날에 더욱 큰 의미를 지닐 테지만 예나 지금이나 항상 윤리적 문제와 결부되곤 한다. 인간에게 생명을 만들어낼 권리가 있느냐 하는 것이다.

결국 괴물이 가져온 파국은 인간이 넘지 말아야 할 선을 넘은 프랑켄슈타인의 그릇된 욕망의 산물이다. 그릇된 욕망이 그 자신의 파멸을 자초한 것이다. 하지만 그 욕망과 파멸은 프랑켄슈타인 개인의 문제에 그치지 않는다. 그가 중산층을 대변하는 인물이라는 점에서 그가 불러온 괴물의 탄생은 '그 사회의 이념 및 지배적인 가치의 왜곡성'과 현대 문명의 위기를 상징적으로 보여준다.

이렇듯 메리 셸리는 단순히 과학이 낳을 수 있는 파국에 대해 경고하는 것에 그치지 않고 그 시대가 내세우는 이성적이고 합리적인 가치의 허구성을 폭로한다. 그 시대의 과학과 지배적 이데올로기가 만들어낸 괴물의 입을 통해, 자신을 탄생시킨 시대 가치의 허구성을 조롱하고 숨어 있던 실체를 폭로한다.

그 허구성과 실체는 평온한 평상시에는 드러나지 않

다가 위기가 닥치고 파국을 맞이할 때에야 비로소 확연히 드러나게 마련이다. 그리고 파국의 중심에는 괴물이 있다. 그럼 괴물의 최후는 어떨까! 결말에서 괴물은 스스로 몸을 불살라 재가 되겠다고 말하지만, 우리로서는 그의 생사에 대해서 알 길이 없다. 그는 그저 어둠 속으로 사라졌을 뿐이다. 어쩌면 그는 영원히 죽지 않고 이따금 우리 곁에 나타나 우리가 믿고 있는 가치의 허구성을 폭로할지도 모른다.

2) 괴물의 탄생

억압적 사회 제도와 지배 계급, 지배적인 가치에 비판을 가했던 부모처럼, 메리 셸리는 《프랑켄슈타인 또는 현대의 프로메테우스》를 통해 사회의 지배적 가치의 부조리를 날카롭게 비판한다. 하지만 부모와는 달리 사회적 발전에 따른 유토피아적인 전망에 대해선 믿지 않았다. 그녀는 당시 사회 내에 존재하는 남성 및 지배 계급의 이데올로기와 사회 내부에 존재하는 봉합할 수 없는 다양한 갈등을 폭로하고자 했다. 하지만 단순한 논리의 계몽적인 소설을 쓰려 하지는 않았다. 오히려 세 명의 화자(월턴 선장, 프랑켄슈타인, 괴물)를 등장시켜 이야기를 복합적으로 그려냄으로써 성, 과학, 소수자, 계급 등의 문제에 관련해 다양한 의미들을 던져주었다.

언뜻 보면, 《프랑켄슈타인 또는 현대의 프로메테우

스》는 선과 도덕을 중시하는 가족들로 이루어진 이상적인 한 중산층 가정이 외부의 폭력으로 말미암아 파멸에 이르는 비극을 그린 작품처럼 보인다.

프랑켄슈타인의 가족들은 하나같이 따뜻한 마음씨에 애정이 넘치는 사람들처럼 보인다. 하지만 그 실체를 보면, 프랑켄슈타인 집안은 시대의 지배적 가치가 요구하는 중산층의 이상적인 가정상일 뿐, 실제로는 가부장적 가족 내에 결코 해결할 수 없는 갈등과 위기가 숨어 있다. 그리고 그 문제는 한 가족에 국한된 것이 아니라 사회 전체와 관련되어 있다.

프랑켄슈타인의 가족을 자세히 들여다보면, 가부장적인 가족의 가치에 눌려 여성들은 완전히 소외되어 있다. 여성은 공적인 기능과 교육에서 배제된 채 가정에 머물며 가정을 돌보는 일에 만족해야 한다. 아마도 조해나 스미스*의 말처럼 프랑켄슈타인의 가부장적 가족 내에서 여성이란 필연적으로 부채를 진 존재이기 때문일 것이다. 빅터의 어머니인 카롤린은 빅터의 아버지와 결혼하는 순간 빈곤에서 구제되면서 빚을 지게 되었고, 빅터의 고종

---

* Johanna M. Smith, "Cooped Up": Feminine Domesticity in Frankenstein, Frankenstein. Edited by Johanna M. Smith.(New York: St. Martin's Press, 1992), pp. 281~282

사촌인 엘리자베스와 프랑켄슈타인 집안의 하녀인 저스틴은 어릴 적부터 프랑켄슈타인 가정의 보살핌을 받으면서 빚을 지게 되었다. 따라서 세 여성은 가정을 위해 봉사하고 가정을 돌보는 일로 부채를 청산해야 하는 것처럼 그려진다. 그들은 늘 감사하고 헌신하는 가정적 역할에 충실할 수밖에 없었고, 어느새 그런 의무감을 자연스럽게 내면화한다. 그런 연유에서 엘리자베스는 운명으로 맺어진 프랑켄슈타인의 아내가 되는 걸 거부할 이유가 없고 저스틴은 죽을 운명에 순응할 수밖에 없다.

이처럼 왜곡된 가부장적 가족(사회)의 실체는 가정(사회)에 위기가 닥쳤을 때 드러난다. 프랑켄슈타인은 그런 가족이 해체되려는 위기에 두려움을 느끼고는 가족 내부에 존재해왔던 왜곡된 관계의 본질 앞에선 눈을 감고, 파국의 원인을 괴물에 투영해 그 괴물을 죽임으로써 가부장적인 가족을 회복하려 한다. 사실 그 괴물은 프랑켄슈타인, 또는 그의 가족이나 그가 몸담은 사회가 만들어낸 것이고, 그런 점에서 괴물의 탄생 이전에도 가족 내에는 이미 위기가 존재했다. 하지만 그 괴물이 탄생하고 가족이 파괴될 때에야 그 실체가 명확히 드러난다.

이제, 메리는 괴물의 입을 통해 자신을 소외시킨 사회를 비판하는 것으로 당시 사회가 프랑켄슈타인의 가정처럼 안고 있던 문제점을 숨김없이 밝힌다. 이런 입장을 볼 때, 많은 비평가가 말하듯이 괴물은 가부장적인 사회의 여성을 상징한다고 볼 수 있다. 더 나아가서는 괴물이 말한 다음 문장에서 연상되듯 괴물은 소외된 하층계급이나 노동자를 상징하기도 한다.

"인간은 부와 신분이 높은 순수한 혈통 중 하나만 지녀도 존경을 받을 수 있을 것이오. 하지만 어느 하나도 가지고 있지 않으면, 아주 예외적인 경우를 제외하고는 부랑자와 노예 취급을 받으며, 선택받은 소수의 이익을 위해 자기 능력을 낭비할 수밖에 없는 운명에 처할 거요!"

이렇듯 괴물은 사회의 지배적 가치와 이념에서 소외된 자로 소설에서 가장 중요한 인물이다. 그리고 그가 여러 대상을 상징하는 만큼, 그가 처한 상황이나 그의 성격은 매우 복합적일 수밖에 없다. 하지만 그동안 사람들이 괴물에 대해 가졌던 인상은 매우 단순하고 편협했다. 그것은 아마도 1910년, 에디슨사社가 〈프랑켄슈타인 Frankenstein〉을 제작한 이후 괴물의 원형적 이미지를 창조한 제임스 웨일 감독의 〈프랑켄슈타인〉(1931)을 시작으로 원작에 다소 충실하려 했던 케네스 브래너 감독의 〈프랑켄슈타인Mary Shelley's Frankenstein〉(1994)에 이르기까지 프랑켄슈타인을 소재로 한 무수한 영화들과 드라마, 애니메이션, 만화, 동화 등 다양한 대중문화가 그려낸 괴물의 이미지 때문일 것이다. 누구든 프랑켄슈타인이 창조한 괴물을 떠올리면, 추한 모습에 단순한 감정을 지닌 짐승이나, 말 그대로 괴력을 지닌 잔인한 괴물만을 생각해왔기 때문이다. 사실 그런 이미지는 프랑켄슈타인이 괴물에 투영한 이미지에 불과하다.

하지만 소설 속 괴물에 대한 첫인상을 떠올리면, 루소가 말하는, 문명에 오염되지 않은 순수한 자연인, 고결한 야만인이 생각날지도 모른다. 괴물은 적어도 사람들이 자신을 공격하기 전까지는 아직 사회화되지 않아 미숙해 보일 뿐 남에게 해를 끼칠 만한 존재는 결코 아니었다. 아니, 그는 고결한 야만인 이상의 존재였다. 사실 괴물을 보며 우리가 놀라는 이유는 그의 엄청난 능력 때문이다. 인간의 눈에 비치는 흉한 외모를 제외하면, 그는 신체적으로나 지적으로나 인간을 훨씬 능가하는 존재다.

괴물은 어느 날 문득 인간들 간의 소통에서 가장 중요한 매개가 언어임을 깨닫고, 자신도 언어소통이 가능하면, 인간 사회에 받아들여질 수 있으리라 생각해 온 힘을 다해 언어를 배운다.

그러곤 《젊은 베르테르의 슬픔》, 《실낙원》, 《플루타르코스 영웅전》 등의 책을 읽으면서 인간의 역사와 문화를 배우고 인간이 가진 감성과 이성을 체득한다. 그 후로 그가 들려주는 이야기와 그가 느끼는 생각은 오히려 프랑켄슈타인의 지성과 감성을 뛰어넘는다. 하지만 그가 언어를 배우기 전에 느꼈던 생각과는 달리, 완벽한 언어를 터득했는데도 그는 언어로 이루어진 사회, 인간 사회에 들어가지 못한다. 그것은 프랑켄슈타인 가족 내에서 채무를 진 여성들이나, 그 사회 내에서 소외된 노동자들의 처지와 같다. 또는 익명으로밖에 책을 출간할 수 없었던 메리 셸리의 처지와도 유사하다.

하지만 어쨌든 메리 셸리는 책을 출간했고, 오늘날에 와서는 정당한 평가를 받고 있다. 그녀는 나름의 방법으로 자신의 문학적·사회적 욕망을 표현했다. 그녀의 문학적 실천과 결과처럼 이 작품을 긍정적으로 읽을 수 있는 것은 괴물의 욕망은 죽지 않는다는 것 때문이다. 괴물은 잡을 수 없는 자율성을 지닌 존재다. 프랑켄슈타인이 괴물을 억압하면 할수록 프랑켄슈타인이 원하는 가족이 파괴될 뿐이다. 결국 괴물은 사회의 지배적 가치를 전복하는 존재다. 그런 점에서 그는 프랑켄슈타인 가족의 특정 개인을 죽인 것이 아니라 가부장적 가족(사회)의 구조를 전복한 것이다.

이처럼 괴물의 욕망과 가족(사회)의 관계가 구조의 문제임을 염두에 두고 우리의 현실적 관점에서《프랑켄슈타인 또는 현대의 프로메테우스》를 읽는다면, 괴물은 우리 사회의 지배적 가치와 이념에서 소외된 소수자들, 예컨대 성적 소수자나 외국인 이주 노동자라고도 볼 수 있다. 그 소수자들은 우리 사회에서 정당한 대우를 받지 못하고 사회의 지배적 가치와 편견으로 사회적 욕망이 억눌려 있지만, 그 무엇도 그들의 그런 욕망을 꺾을 수는 없을 것이다.

개인적으로 사랑하는《프랑켄슈타인 또는 현대의 프로메테우스》(1818년판)를 직접 번역할 수 있어 무척 기분이 좋았다.

끝으로 이 책을 번역할 기회를 주신 문예출판사에 감사드린다.

옮긴이

1797년

8월 30일 영국 런던에서 태어남. 아버지는 정치사상가 윌리엄 고드윈William Godwin, 어머니는 《여성의 권리 옹호 A Vindication of the Rights of Woman》의 저자 메리 울스턴크래프트 Mary Wollstonecraft 로 메리를 출산한 직후 산욕열로 사망함.

1801년 • 4세

아버지 윌리엄 고드윈이 메리 제인 클레어몬트 Mary Jane Clairmont와 재혼함.

1808년 • 11세

메리가 찰스 딥딘Charles Dibdin의 노래를 개작하여 아버지 소유의 출판사 '고드윈 앤드 컴퍼니M. J. Godwin & Co.'에서 청소년용 문고판 시집 《마운시어 농통포 Mounseer Nongtongpaw》로 출간함.

1812년 • 15세

퍼시 비시 셸리Percy Bysshe Shelley가 아내 해리엇Harriet과 함께 스승인 고드윈을 방문해 메리를 처음 만남.

1814년 • 17세

결혼생활에 회의를 느끼던 퍼시 셸리와 메리가 재회하여 사랑에 빠짐. 메리의 이복자매인 제인 클레어몬트Jane Clairmont(이후 '클레어'로 개명함)를 대동하고 퍼시 셸리와 함께 유럽 여러 나라를 여행함.

1815년 • 18세

2월 영국에서 퍼시 셸리와 메리 사이의 첫딸 클라라Clara를 출산하나 두 달 남짓 조산한 탓에 생후 11일 만에 사망함.

1816년 • 19세

1월 아들 윌리엄William이 태어남. 6월 메리와 남편 퍼시 셸리, 아들 윌리엄, 이복자매 클레어가 함께 여행하다 스위스에서 훗날 클레어의 연인이 되는 시인 바이런George Gordon Byron을 만남. 바이런의 제안으로 괴담을 하나씩 쓰기로 하고, 《프랑켄슈타인 또는 현대의 프로메테우스Frankenstein: or, The Modern Prometheus》 집필을 시작함. 11월 퍼시 셸리의 아내 해리엇이 자살함. 12월 퍼시와 메리가 런던에서 결혼식을 올림. 이후 '메리 셸리'로 불림.

1817년 • 20세

9월 딸 클라라 에버리나Clara Everina가 태어남. 메리와 퍼시 셸리가 함께 집필한 여행기 《6주간의 여행담History of a Six Weeks' Tour》을 11월 익명으로 출간함.

1818년 • 21세

1월 《프랑켄슈타인 또는 현대의 프로메테우스》 출간. 세간의 주목을 피해 이탈리아에서 도피 생활을 하던 중 9월 클라라가 베니스에서 이질로 사망함.

1819년 • 22세

6월 아들 윌리엄이 말라리아로 사망함. 8월 《마틸다Matilda》 집필을 시작함(이 작품은 작가 사후 공개됨). 11월 아들 퍼시 플로렌스Percy Florence가 태어남.

1820년 • 23세

퍼시 셸리와 함께 신화를 다룬 시극 《페르세포네*Proserpine*》와 《미다스*Midas*》를 집필함.

1822년 • 25세

7월 8일 퍼시 셸리가 자신의 배 '동 쥐앙 호'를 타고 이탈리아에서 돌아오는 길에 사고로 익사함.

1823~1830년 • 26~33세

소설 《발페르가*Valperga*》(1823) 출간하고 이듬해 퍼시 셸리가 쓴 시를 모아 《유고 시집*Posthumous Poems*》(1824)을 출간함. 인류 멸망을 그린 소설 《최후의 인간*The Last man*》(1826)을 비롯해 모험담 《퍼킨 워벡의 행운*The Fortunes of Perkin Warbeck*》을 출간함.

1831년 • 34세

《프랑켄슈타인》을 개작해 재출간함.

1836~1837년 • 39~40세

아버지 윌리엄 고드윈이 사망함. 이듬해 소설 《포크너*Falkner*》(1837)를 출간함.

1844년 • 47세

메리 셸리의 유작이 된 여행기 《1840, 1842, 1843년 독일과 이탈리아 산책 *Rambles in Germany and Italy in 1840, 1842 and 1843*》을 출간함.

1851년 • 54세

2월 1일 런던 체스터 스퀘어의 집에서 뇌종양으로 사망. 유언에 따라 부모님 윌리엄 고드윈과 메리 울스턴크래프트 곁에 묻힘.

옮긴이 **임종기**

서강대학교 대학원에서 사회학을 전공하고 현재는 전문 번역가로 활동하고 있다. 지은 책으로《SF부족들의 새로운 문학 혁명, SF의 탄생과 비상》이 있으며, 옮긴 책으로《행복의 과학》,《유한계급론》,《아이스크림 메이커》,《자살클럽》,《도리언 그레이의 초상》,《악마를 찾아서》,《뷰티풀 브레인》,《얼음의 제국》,《찰스 다윈 평전》,《히든 브레인》,《야성의 부름》,《빅 스위치》,《투명 인간》,《우주전쟁》,《철학적 탐구》,《바로크 사이클》,《타임머신》 등이 있다.

프랑켄슈타인

1판 1쇄 발행 2023년 1월 30일
1판 2쇄 발행 2023년 7월 10일

지은이 메리 셸리 | 옮긴이 임종기
펴낸곳 (주)문예출판사 | 펴낸이 전준배

편집 이효미 백수미 박해민 | 디자인 최혜진
영업·마케팅 하지승 | 경영관리 강단아 김영순

출판등록 2004. 02. 12. 제 2013-000360호 (1966. 12. 2. 제 1-134호)
주소 04001 서울시 마포구 월드컵북로 21
전화 393-5681 | 팩스 393-5685
홈페이지 www.moonye.com | 블로그 blog.naver.com/imoonye
페이스북 www.facebook.com/moonyepublishing | 이메일 info@moonye.com

ISBN 978-89-310-2301-5 04800
ISBN 978-89-310-2269-8 (세트)